我们阅读
WOMENYUEDU
魅丽文化
花火工作室

城春故里

词树 著

江苏凤凰文艺出版社
JIANGSU PHOENIX LITERATURE AND ART PUBLISHING

图书在版编目（CIP）数据

城春故里 / 词树著 . -- 南京 : 江苏凤凰文艺出版社 , 2022.7
ISBN 978-7-5594-6820-8

Ⅰ . ①城… Ⅱ . ①词… Ⅲ . ①长篇小说 - 中国 - 当代
Ⅳ . ① I247.5

中国版本图书馆 CIP 数据核字 (2022) 第 075301 号

城春故里

词树 著

责任编辑 张 倩
出版统筹 曾英姿
特约编辑 石 婷 申昕可
封面插图 陶 然
封面设计 殷 舍
出版发行 江苏凤凰文艺出版社
南京市中央路 165 号，邮编： 210009
网 址 http://www.jswenyi.com
印 刷 湖南天闻新华印务有限公司
开 本 880mm × 1230mm 1/32
印 张 11
字 数 317 千字
版 次 2022 年 7 月第 1 版
印 次 2022 年 7 月第 1 次印刷
书 号 ISBN 978-7-5594-6820-8
定 价 46.80 元

目录

c o n t e n t s

第一章 春日重逢 /001

第二章 时光匆匆 /018

第三章 云泥之别 /039

第四章 最近的距离 /053

第五章 夜长梦多 /074

第六章 白日梦 /088

第七章 故人远到 /101

第八章 新的征途 /130

第九章 从南至北 /147

目录

c o n t e n t s

第十章 自少年时 /163

第十一章 愿有前程可奔赴 /186

第十二章 南城夜雨 /197

第十三章 时光破碎 /214

第十四章 人生恍然 /234

第十五章 好久不见 /248

第十六章 故里逢春 /261

番外一 四季三餐两人 /283

番外二 重回少年时 /307

第一章

春日重逢

“要不要在前面休息一下？”副驾驶座上的教练问道。

许愿控制着车速和方向，抬头瞥了一眼。

前方是个水库，两岸垂柳发着嫩芽，万条垂下的绿丝随着微风晃动着，水平面倒映着蓝天、白云和绿柳，像面镜子似的。

“好啊好啊。”后座的两个女生趴在车窗上，看着风景表示赞同。

“打灯，踩死离合，轻踩刹车，靠右侧停车。”教练指挥着，许愿照做。

教练车在水库侧边缓缓停下。车停好后，后座的两个女生下了车，看着水库提议：“许愿，要不要跟我们去前方拍照？”

“你们去吧，我歇会儿。”许愿拿过后座的风衣，边穿边回她们。

“好啊，那教练我们去拍照咯。”

教练挥了挥手：“快去快回。”两个女生欢呼一声，往前跑去。

教练想起什么似的“哎”了一声，加大音量喊：“注意安全啊！不要靠水太近！”

“知道啦！”声音远远地传来。

许愿拢了拢雾青色风衣，从口袋里摸出香烟，给教练递了一支。教练把烟别在耳后，从副驾驶座上拿出一个弹弓邀她去水库边转转，许愿直摇头。

教练哈哈一笑，拿着弹弓往远处去了，她便沿着水库边缘的水泥地慢慢走着。水库线是朝侧后方绕过去的，她顺道走着，偶尔踢踢脚下的小石子。

水库两岸除了垂柳倒挂，还有不知名的野花盛开。偌大的水平面随风而动，波光粼粼。过了弯，前方靠山一侧停着一辆灰色轿跑，许愿瞥了一眼，看到了奔驰标志。

她停下脚步，没再往前走，而是靠水库边缘站定。

春风似剪刀，呼啦啦吹着，吹乱了些许头发。她伸手，往后轻轻抓了把头发，又拢了拢衣服。

“啪”的一声，有东西落在脚边。许愿低头看，是驾校报名处发的纸巾。她弯腰捡起来，拿在手里把玩，目光看向前方垂柳。

南城近段时间的气候忽冷忽热，经过前些天的暴雨，这两天回暖起来，有了几分春回大地的样子。

身后的车门“砰”的一声关上，有脚步声传来。

许愿的目光从垂柳滑到水平面上，单手抱着胳膊。

旁边站定一个人，一股气势笼罩下来。这种感觉令她不是很舒服，皱了皱眉头，偏头看去。

这一眼倒叫她瞬间愣在原地，心跳都停了几拍。耳边春风越过山岭，和煦也温柔。

她在心里听见了万物复苏的声音，带动心脏也跟着复苏般跳动起来，甚至有越来越快的趋势。

男人抬着手腕，看着她手里的纸巾，随后视线从纸巾滑到她的眼睛上，带着些许疏离地开口询问：“能借张纸巾吗？”

冷淡的视线对上，才发现是一模一样的清冷。

水面平静下来，连风也轻了，寂静飘浮在荒山野岭之中。男人多看了她几眼。鼻尖是男人身上凉凉的清冷气息，这种清冷让许愿清醒了几分——是明望。

他的气质和英俊都是毋庸置疑的，成年后颀长挺拔的身姿，清冷矜贵的气质，都让她狠狠地恍惚了片刻。

许愿脑海里浮现出少年精致的容颜，一点一点地和如今硬朗的五官逐渐重合。她有几年没见他了？五年？十年？不，好像是八年吧……时间过得真快啊。

见她看着自己没动，男人挑了挑眉，轻轻地甩了甩手。

许愿被眼前的一抹红色惊得回神，这才看见他的拇指上有一道伤口。呼吸停滞了一瞬后，她将手里的纸巾递了过去。

男人修长的大手伸过来，然后摊开手心，避免了两个人之间的触碰。

许愿屏息，看着他纹路清晰的手掌，轻轻地放下纸巾。刚放下，电话铃声就响了起来。她摸出手机，是苏城那边的电话，转过身接起来。

明望接过纸巾后，抬头打量了一眼女人。一身干净利落的风衣，显得个子高挑纤细，齐肩短发又黑又亮。

水面折射出刺眼的光，漂亮的五官从他眼前一闪而过。他眨了眨被刺到的眼睛，视线倒没移开。

女人侧着身子在讲电话，半边短发垂落。她伸手钩起，露出小巧的耳朵，浑身气质淡然，莫名有种熟悉感。

他看了片刻后垂眸，瞧着左手手心里的纸巾，竖起右手大拇指撕开包装，抽出一张来轻轻擦着。余光见女人打完电话后看着自己，他微微抬头。

许愿被他漆黑的眼看得心跳加速，直愣愣地移开视线，保持着冷静没再看他。她突然慢半拍地想起自己兜里好像还有创可贴，于是伸手进兜里一摸，果然有，便拿出来递了过去。这还是前几天穿新鞋磨脚时买了几个，没想到关键时刻起了作用。

明望诧异了一瞬，伸手接过创可贴。她放下的一瞬间，小拇指不争气地碰到了他温热的指尖。许愿一秒憋住气，余光看向他。

男人像没发现似的，只看着手里的创可贴。她松了口气，快速转头看向水库。

明望撕开创可贴贴在伤口上，再将垃圾捏在手里。他抬头看向她，想开口道谢，脑海里却突兀地晃过一张胖乎乎但严肃的小冷脸。他微微愣住，随后移开视线，轻轻笑了笑。

鼻尖传来一缕淡淡的薄荷清香混着海洋气息的香味。许愿听见他低沉的笑声，还是没忍住，转过头看他。

她一直知道他很高，上高中时就是，只是这会儿更加挺拔了，将近一米九的个子。黑色衬衫一丝不苟地别在黑色皮带里，半卷着袖子，笔直的长腿被黑色西裤包裹着。

见她看向自己，明望晃了晃拇指说："谢了。"

许愿轻轻地摇了摇头。明望站了两秒，转身走回车里。

过了片刻，一个西装革履的年轻男人从轿跑那头跑过来，拉开驾驶座的车门上车，然后发动车子。轿跑瞬间轰鸣着离开了水库。

看着远去的车辆，许愿愣怔地放下手。

他没认出她来，不知是该高兴还是难过。不过他没认出她来也正常，毕竟两个人从高二到高三虽然是在同一个班，却毫无交集。

她能一眼认出他来，凭借的是那三年的每一次关注和暗中喜欢，也是凭借着这些年来的偶尔打听。

许愿沉沉地呼了一口气，看向四方天地。

这是她的故里，一离开就是好多年。

轿跑驶上高速，窗外的景色成了快速后退的残影。明望靠在座椅上问："那片地的情况怎么样了？"

助理张勇边开车边回："谈妥了。后续再过来赔点安迁费，年底估计就可以建起工厂了。"

明望可有可无地点了点头。

张勇："老板，一会儿送你去哪儿？"

明望单手转着银白色金属盒，看向远方："去八号公馆吧，老徐他们等着呢。"

"好。"张勇一脚踩下油门。

八号公馆在南城江边，是一家特色餐厅，下面四层楼包含四大菜系，上方四层楼是休闲娱乐区。

奔驰轿跑停在地下车库，两个人直接上了八楼。八楼是棋牌室，装修清雅，放着年代感的粤语老歌。

张勇提前一步打开包间门，里面的人正热火朝天地打着牌。见明望进来，大家安静了一瞬，还是徐是钰笑着开口："终于舍得过来了？"

明望轻笑一声，在他旁边拉开椅子坐下，懒懒地靠着椅背。

一个朋友推了推他身边的女孩。女孩顺着他的力道，走到明望身边，拿杯子给他倒了杯酒后递给他。明望接过，浅抿一口后才拿起牌，慢悠悠地顺着。

水库边上，风越来越大了。

“回去了！回去了！”教练站在教练车旁边，手拢在嘴边做成喇叭状朝四处喊着。许愿动了动站得发麻的小腿，往教练那边走去。

回去的路不是许愿开车，而是之前后座俩女生中的一个。

许愿坐在后座上，半开着车窗，春风刮过，带起她的发丝。她转向车窗外，看着后退的景色，忽然想起很久很久以前的青春年少。

都说少女怀春总是梦，她的梦里藏了一个秘密。

高一军训过后，父亲的身体健康状况就开始急剧下降，被查出晚期癌症，得天天住在医院做化疗。

那时的她随时会逃掉下午的自习课去医院照顾父亲。

那是立冬后某天下午的自习课，许愿照常逃了。她走到老校区的篮球场边的老榕树矮墙旁，先将书包丢了出去，随后爬上老榕树，从树杈上跨到墙头。

就在她熟练地翻上墙头的时候，一低头就看到自己的书包被一个少年提在手里。

看见他的那一刻，许愿的心几乎停止了跳动。

一是因为墙外的少年，是那个同年级很优秀，也是进学校第一天帮她的人；二是因为自己逃课被人撞见了。

两个人面面相觑，许愿的视线下移，见他没说话。她缓了缓，手按着墙头做撑力，腿一晃就跳了下去。

少年后退了几步。她脑海里一片空白，木着脸走过去，心跳随着距离越来越近而狂跳，低头从他手里接过书包。

少年放手，她抱起书包，默不作声地跑远了。

被少年提过的书包带沾上了他手心的温热，温度从手心传来，许愿的心也跟着温热又滚烫。

跑过围墙之后，她忍了忍，又悄悄退到墙边，探出脑袋偷看。

穿着黑色卫衣的少年后退几步助跑，跳起来撑着她刚刚跳下来的围墙，一翻就进了学校，动作快速又利落。

一瞬间，许愿的心脏剧烈跳动起来。她捂着胸口靠着墙，终于明白了每次一见到一班的同学，视线就不由自主地寻找他的身影的原因了。

是心动，是喜欢，是年少青春无法对外人诉说的暗恋。

她将撞见少年自习时间外出的事当成秘密，也时常为这份独有的秘密开心。

只是时光渐逝，秘密早已不是秘密。

没想到时隔八年，居然能在这么偏僻的地方遇见。他们之间唯一的联系方式还是早期的QQ号，那时在高二班级群里加的，但他好像从来没用过，头像永远是灰的。

许愿无论换多少部手机，QQ始终下载登录着，只为这唯一幸存的联系方式。

她知道这些年来，他越发成熟稳重了。偶尔从闺密发小口中听说起他，都是高不可攀的存在。房产、酒店、新媒体等均有涉及，未来更是会平步青云。

因为他是明望。一个人的未来如何，在他年少时就能初见端倪。

今日一见，许愿觉得闺密她们还是夸少了。至少真正见到他的那一刻，她才惊觉他们之间的距离，就好比那天上的云和地下的泥，可望而不可即。

中途路过老城区，教练把车停下来，许愿在这儿下了车。快要进到老小区的时候，电话响了，她看了一眼后接起来：“妈？”

“愿愿，回了没？”

“回来了，到超市门口了。”

“那正好，家里没有白醋了，带一瓶上来。”

“好。”许愿接着电话，拐进超市，拿了瓶白醋，结账后进入小区。

这是老城区里的老小区，估计不到一两年就会全部拆了。许愿看着周围老旧的环境，沉默着进了单元楼，直上三楼，打开正对楼梯口的那张门。

屋里许母正在厨房里忙碌着。许愿将包挂好后，进厨房看了一眼，接过许母身上的围裙道：“妈，都说了让你别忙了。你才刚刚康复，就好好养着，这些等我回来弄。”

许母退到旁边，看着女儿接过菜刀，利落地切起丝来。她笑眯眯地将女儿额头上的碎发捋到耳后。

“我闲不住，总想做点什么。”

许愿抬头看了母亲一眼，颇有些无奈地道：“那重活可不许干。”

“好好好。”许母连忙答应。

许愿将切好的土豆丝过了一道水，打开灶台上的火，往锅里放油，等油烧开后将青椒倒进去翻炒一番，随后倒入土豆丝。

母女二人的晚饭简单又家常，两个人边吃边唠嗑。

许母忽然说：“我今天跟老姐妹们去做养生，遇到了你高中时的好姐妹。”

“陈茜茜？”许愿猜。

“对，就那丫头。我记得上高中那会儿你还带她来家里吃过饭呢，这一转眼就自己开了个养生会所，小丫头都当大老板咯。”

许愿点点头。母亲说的那个会所，她刚从苏城回来的时候去过，毕竟是闺密，这些年也断断续续联系着。

陈茜茜当初开会所的启动资金还是跟她借了一部分，当然后来也还上了。那会所装修得还挺高端大气的。

陈茜茜最大的志向，就是好好努力拼搏一番，然后融入南城的另一个圈子，从此不愁下半生。许愿希望她的愿望能早日实现。因为这些年茜茜生活得也很艰难，过够了苦日子，但愿余生能富足一些。

次日一早起来，许愿没去驾校，而是好好收拾一番后去了闺密陈茜茜的会所。这是因为昨天晚上临睡前，陈茜茜在闺密群里发了消息。

闺密群里也就三个人，都是高中时关系最好的三个小姐妹，陈茜茜、许愿，还有朴美玲。

朴美玲和许愿是同一个村的发小，两个人从小学到高中都是一个班的好朋友。后来上高中时遇到了同样性格且合得来的陈茜茜，三个人便成了好闺密。

许愿到会所的时候，会所里忙得热火朝天。陈茜茜的办公室里，美玲早已经到了，当然还带着她的宝贝儿子。

美玲是三个人之中结婚最早的，她跟老公是通过相亲认识的，她老公有份不错的工作，双方处了一年，在前年结了婚。剩下许愿和陈茜茜还在四处闯荡。

陈茜茜这会儿忙得不见人影。许愿在办公室里逗了逗美玲家的“小神兽”，又等了片刻，站起来跟美玲打了声招呼便出了门。

走廊里很安静，但到了大厅，四处都是走动的人影。穿着白大褂的美容师们带着顾客一波来又一波走，可见生意十分红火。

陈茜茜的养生会所是一家集美容和养生于一体的会所，在市中心的望江大厦占了三个楼层。望江大厦第一层是大型超市，往上第五层是一家酒吧，再往上就都是娱乐场所。不得不说，她这家养生会所的位置挑得真好。

许愿在二楼的女士美容调理大厅里观看了一会儿，又转回陈茜茜的办公室里等着。

中午的时候，陈茜茜身着一身干练的西装走进来，看到她们俩在等着就连忙道歉。她也没想到今天的事情会这么多。她带着两个大人一个小孩直上望江大厦七楼，那是一家地道的粤菜馆。

三个大人加一个小孩边吃边聊。

过了片刻，陈茜茜忽然问：“哎，我说愿愿，你还要出去吗？”

许愿点点头：“当然出去了。我这样的什么都不会，除了进厂还能干什么？”

美玲冷哼一声：“你一个大课长都这样说的话，那我干脆别出来给社会添乱了。”

许愿无奈地摇头，她的这种职位在外界看来什么都不是。她就职于苏城 LU 精密科技，是 T 厂组装课正课长。LU 精密科技生产的是高端电子产品，涉及智能声触手机、降噪蓝牙耳机、可视频手表等。

许愿这次回来属于停薪留职。因为之前许母大病了一场，苏城没法享受医保，加上很多年没回南城了，许母一心想回来看看。于是她就先办了停职，等处理完事情再回去复职。

陈茜茜叹了口气道：“我还想等你辞职了，回来跟我一起干呢。”

许愿没接话。她长时间不在南城，相当于对这里一无所知，所以不会轻易做什么决定。

吃过午饭，美玲就回去了。她婆婆给她打了电话，让她带着孩子回去。

许愿今天不去驾校，相当于一天都没什么事，就跟着陈茜茜回了会所。她没事的时候就看看她们的美容养生资料，偶尔听听旁边培训室内的技师给美容师们培训手艺。

下午的时候，陈茜茜的事情少了很多。她拉着许愿到旁边的商场逛了一会儿，挑了几身晚会上要穿的礼服，给许愿也挑了几身。

晚上有个高层招商晚会，是陈茜茜从四楼一个贵公子手里千方百计讨来的机会，顺便带许愿见识一下南城的圈子。许愿没有推辞，心中存着的那一丝侥幸促使她无法开口拒绝——或许，他也会去呢？

陈茜茜挑好自己的礼服——一件酒红色抹胸晚礼服，试好后，她又推着许愿进换衣间试礼服。

挑来挑去，许愿最后换了一身黑棕拼接的贴身抹肩小长裙，借着换衣间的镜子涂了口红，整理好以后才走出来。

陈茜茜看她的眼睛发亮，调侃道："不得了啊许小愿，越长越漂亮了。"

许愿属于个子高挑纤细，前凸后翘，五官出挑的美人，稍稍打扮一番就漂亮得让人移不开眼睛。

她笑了笑，搭配了一双高跟鞋。两个人又转去陈茜茜朋友开的形象造型工作室做了造型，弄好一切后才出了商场。

陈茜茜的小助理开着车来接她们，去到晚会地点。

门口有侍者在收请柬，陈茜茜上前递了两张，侍者收了请柬后侧身引路，陈茜茜便带着许愿进去。

大门打开，喧嚣和奢华感迎面扑来。晚会很热闹，往来交谈的都是南城上层圈子里的商人名士。

陈茜茜进去以后，从侍者手中的托盘里拿了杯酒递给许愿，再拿了一杯端着，带着许愿四处与南城有钱有名的人士攀谈。看得出来，她对这样的宴会得心应手。

许愿跟着她走了一圈，收了几张名片。后来她感觉肚子饿了，就跟陈茜茜说了一声，到点心台取了盘子挑了几块小蛋糕。她找到一处沙发坐下，慢悠悠地吃起蛋糕来。

她正吃着蛋糕，大厅的门再次打开，原本闹哄哄的会场声音都小了些，几秒后交谈声才重新热烈起来。

大厅门口，侍者正引着三个气质出众的男人进来。许愿及附近所有人的目光，一瞬间全集中到一个方向。

大厅里有几个西装革履的男人端着酒杯迎上去。旁边的女孩十分惊讶："这三个人居然一起过来？我还以为明大少不会来呢。"

有人接话："徐三少和陆小少爷会来，我觉得还正常，但明大少不是一直都很低调吗？很少见他出现在这种场合。"

"别管那么多，他能来最好不过了。快看看我的妆容怎么样？"

许愿垂眼，吃了几口后轻轻地放下叉子，目光追随着人群中风度翩翩的男人。

他端着红酒倾身聆听身边人讲话，姿态从容又大气，英俊的面容随和，带着淡淡的笑意。周围围了一圈又一圈商业人士，就连陈茜茜那抹亮眼的酒红色身影也在外圈，跃跃欲试想凑上去攀谈。

许愿看着，从路过的侍者手中的托盘里端了杯红酒，仍坐在沙发上。她不动声色地靠近旁边几个女孩，想再听一些跟他有关的内容，可惜几个女孩已经开始谈论起了妆容。

她往后靠着沙发，一口一口喝完杯里的红酒。放下杯子后，她看了一眼陈茜茜因为凑不上去，转而围在几位老总身边巧笑嫣然，默了默，还是不打算上前去。

她提着手袋向后走去，打开门出了走廊。门一关上，大厅里的热闹就被隔绝开来。

夜晚的风轻轻吹着，带着一丝凉意，却也能吹散晚会带来的躁意。

许愿走了几步，路过走廊，进了休息区。休息区干干净净，散发着若有似无的清香，角落的花瓶里还插着几枝鲜红的玫瑰。

她在窗边站定，新买的高跟鞋磨脚，便把脚跟稍稍退出来些许，侧身斜靠在窗边。外面是个小花园，月亮高高挂在天空中，一部分月光透过窗户照进来，洒下一地清辉。

片刻后，左侧的窗边缓缓走过来一个男人。他和许愿一样，一言不发，安静地拿出香烟，偏头点火。

这身影没来由地让她眼皮一跳，压迫感也在这一瞬间笼罩下来，是她再熟悉不过的。她稳着心跳，假装被惊扰到一般，轻轻地抬手顺了顺头发，顺带把脚收进鞋子里站稳，而后才转头看他。

这一转头，倒让明望点火的动作顿了一下。银白的月光下，抹肩长裙显得女人的身材高挑性感，但气质却是清清冷冷的。

认识吗？不认识。熟悉？有一点儿。

毕竟昨天还跟人家借过纸巾来着。

目光在那纤细的腰上停了一瞬，他抬起眼皮看向女人的眼睛，发现那双化了妆的漂亮桃花眼也在看自己。只是那目光和她本人一样，一样冷冷清清。

片刻后，那清冷中有了一丝波动。明望想，她也跟自己一样认出了他。

两个人没打招呼，都不是爱攀谈的人。短暂对视后，明望收回视线看向窗外，脑海里又缓慢地勾画了一下刚刚看到的曼妙身姿。

不得不承认，两性之间的吸引来得莫名其妙。他缓缓呼气，在薄雾中眯起狭长的双眸。

男人和女人之间就是这么奇妙，人的魅力最大之处大概也就是对异性的吸引力了。

明望收回视线后，许愿看了一眼他的拇指，随后也转过头。他真的是个出色的男人，成熟稳重，高不可攀，却又比高中时更强烈地吸引着她。这种吸引在成年后，是更深一层的不可言说的吸引力。

她扶着窗边的手抖了一下，随后平稳下来。她狠狠地吸了一口冷空气，将所有妄想随着冰凉的气体埋进肺里，压进身体里，带了一丝细微的疼。

室内很安静，薄荷清香随着男人的烟雾散开。

许愿放缓呼吸，抬手轻轻撩了撩头发。头发的香味飘起，和薄荷清香融合缠绵，混成另一种缠绵悱恻的香，成了她的奢望。

明望抽完最后一口香烟，手指在窗边轻轻点了点。过了片刻，他偏头看了一眼身边的人。

他本来要走了，只是仿佛有不知名的东西在钩着他，让他停下。

当他转头看她的时候，她的侧脸在月光下仿佛蒙上了一层滤镜，美得不像话。她的短发应该稍稍打理过，内卷着，钩着白皙锁骨上的月光，像精灵在跳舞。

他在月光下转身，一言不发地离开了吸烟室。

等脚步声远去，许愿挺直的脊背才稍稍放松下来。她打开手袋，拿出气垫霜和口红，细致地补了个妆。

许愿再进去晚会大厅的时候，陈茜茜已经瘫在糕点台旁边的沙发上了。她走过去，在陈茜茜身边坐下，目光在大厅里淡淡地巡视着，找遍每一个角落，都没发现那个想要看见的身影。

她安静地收回视线，看了陈茜茜一眼："茜茜，要不回去了吧？"

陈茜茜数了数名片："好啊。"

两个人走出大厅，到了停车场。许愿刚坐上陈茜茜的宝马，旁边一辆灰色轿跑滑了出去。她的心跳快了一拍，直直地看着前方，直等尾灯消失了，才转头问："你刚刚说什么？"

陈茜茜翻了个白眼："你的魂飞哪儿去了？我是问你今晚要不要去我那儿住。"

许愿摇头："我妈估计还在家里等着我呢，我还是回去吧。"

想到许母，陈茜茜也没多说挽留她的话，就让小助理开车去老小区。

许愿回到家的时候，已经快十二点了。客厅里亮着温暖的灯光。

她去晚会前给母亲发了信息，告诉她回来得会很晚，所以母亲先睡了，但是给她留了盏灯。这是母亲一贯的方式，告诉许愿，不管多晚，家里始终有一盏灯在亮着等着她回来。

她换了鞋走进去，悄悄去母亲的卧室看了一眼，替母亲将被角掖了掖，随后便出门关了客厅的灯，再走进自己的卧室。

本来这次回来，许愿想租个好一点的小区的，但许母说还是想回来这里住。

早前许愿上高中的时候，父亲健在，一家和睦。父母也都是跟着许愿走的，她来南城上高中，父母就从乡下出来，在城里租了房，又在城里打工挣钱。

这个老小区就是当初他们一住三年的小区。老小区里当年住的一些邻居搬走的搬走，但大部分还是熟悉的。母亲住在这里也有个伴，不会很孤单，许愿也就没再多说什么。

只是……她拿起床头柜上的房地产宣传单，看了又看，心里滚烫。

以母女俩目前的积蓄，大概是可以买一套城边一百多平方米的新房子的。现在南城发展速度快，地铁已经开通了十三条，去哪儿都很方便。

她们闺密三个，陈茜茜凭着自己的努力，成为美诺南城总代理，已经买了公寓，也买了宝马。美玲嫁人后，婆家给他们夫妻俩在市中心买了套学区房，而她自己在没结婚前买了辆大众一直开着。

只有许愿，在外漂泊八年，至今为止无房无车，所以她也迫切地想拥有一套属于自己的房子。有了房子，就有了属于自己的家。

她翻着宣传册，想去实地看一看。但一看时间快一点了，决定还是先睡觉。于是她抱着睡衣进了洗手间。

日子一天天过去，许愿没来得及去看房子，忙着练车，忙着考试。她车练得不错，科目三一次考过，只剩下科目四了。

这日一觉醒来，许母已经做好午餐在等着她了。许愿整理好后，吃过午餐，提着包就要出门。

“记得带伞，天气预报说今天有雨。”许母的声音从厨房里传来。

“好。”许愿换着鞋子，应了一声。临到要出门时，她翻了一下包，发现钥匙没带，又转身回卧室拿钥匙。

她到了驾校，就进了科目四练习室，打开电脑练着习题。

科目四是所有科目里最简单的一科，许愿练了一会儿就不想练了，主要还是等着中午的安全教育培训。这个培训是由驾校组织的，会有教练开车带学员去车管所。

下午他们听完课回到驾校，将单子交到教务处后，教练就让他们这一批次的学员预约科目四的考试。许愿照做，预约好科目四的考试。

弄好一切已是傍晚，刚从驾校出来，一滴雨就落在了许愿的额头上。她抬头看去，天空乌云密布，黑压压地笼在正上方，四周刮起了大风。

她拿出手机看了看时间，公交车快来了，考虑一秒后还是走出了驾校。风越来越大，吹得她头发乱飞。

在公交车站台站定，因为是城边，站台十分简陋，根本挡不住春日的暴风雨。不一会儿，大雨“哗啦啦”地下来，她翻了一下包，这才发现忘记带伞了。

她将包顶在头上，想着要不跑回驾校，等雨停了再回去。这个当头，一辆黑色保时捷驶过，许愿避了避。

那车开过去一段后，却突兀地靠边退了回来。许愿虽然诧异，却也没多想。她看了看天空，正要跑进雨里。

“美女！”前方传来一道声音。

许愿愣了一下，停下脚步。

“美女，快上车！”保时捷驾驶室探出一个脑袋，对着她喊完立马又缩了回去。

许愿看到那个人后，瞬间明白这辆车是谁的了。

大雨淋着大地，也淋在她心里，一瞬间就湿漉漉的。

她踌躇片刻，还是没敢自以为是，偏头看了周围一圈，确定只有自己这才快速走过去，打开后座的车门坐了进去。

张勇给她递了一盒纸巾。

“谢谢。”许愿接过。幸好她没有全部湿透，还没到淌水的地步，不然她会想立马撞墙。

“这雨怕不是有人在发誓了。”张勇乐呵着，发动了车子。

许愿抽出纸巾擦了擦，勾了勾嘴角，却笑不出来。她现在神经都是紧绷着的。

车厢里是好闻的橙子味，但橙子味里还掺杂着一缕缕薄荷的清香，一丝又一丝地往许愿鼻孔里钻。她知道这丝味道是哪儿来的，于是低下头，不受控制一般轻轻呼吸着，慢悠悠地擦拭发尾。

后座的男人随意又松散地靠着椅背，随着她坐进来，带了一股忍冬花的香味，很淡很淡。

她的脸被雨淋湿了，一滴雨水从脸颊侧边滑下，慢慢滑过脖颈、锁骨，最后滑进淡绿色V领薄针织衫里。她皮肤白，淡绿色很配她，在昏暗的天色里倒是越发亮眼。

“美女，你住哪儿？我们给你送回去。”张勇的声音让男人将审视她的目光收了回去。

许愿放松了神经：“不用，你们就近找个地铁站让我下车就行了。”

“那可不行，你瞅瞅这雨有多大，你自己回去迟早淋成小落汤鸡。”一个调侃的声音从驾驶室传来。

许愿还要拒绝：“不用麻……”

“住哪儿？”旁边传来低沉的一声，打断了她的话。

张勇悄悄看了一眼后视镜。明明刚才都已经开过去了，老板却忽然说停车，往后退。他退回去才看到路边站了一个高挑的短发美女。

老板也不发话，于是他试探着叫了那个美女一声。老板没阻止，当然也没说话就是了。但张勇就是知道自己做对了。

许愿愣了一下，偏过头看他。昏暗的光线下，她只能看到男人的大概身形，看不清他的脸，也看不清他的表情。

目光下移，离着自己腿不远的，是被黑色西裤包裹的大腿。因为坐着，一截裤腿挑高一点，露出结实的脚踝以及黑色袜子边缘，还有锃亮的皮鞋。

她自问：许愿你是变态吗？盯着人家的腿和脚看。她不动声色地收回视线，脸颊都烧了起来，但还是保持清冷的声音回答：“香橼小区。”

“那是老城区了吧？”张勇问。

“嗯，是的。要是不方便找个地铁站也行。”

张勇想了几条路线：“没事，也不远，刚好进城会路过。”

许愿轻轻点头，知道他们的时间很宝贵，如果因为送她而浪费了，她心里也会过意不去。

车里没有播放音乐，安静从后座蔓延开来。许愿不敢动来动去的，但余光总是忍不住瞥向旁边。

片刻后，男人收回长腿，一只手轻轻地搭在膝盖上。

白皙修长的手，西裤、皮鞋，露出的脚踝，无一不让许愿目光笔直。她在心里骂了自己无数次后，终于移开了视线。

这已经是他们第三次碰面了，加起来的话也才三句——

“能借张纸巾吗？”

“谢谢。”

“住哪儿？”

许愿想跟他打招呼，想微微笑一笑，想落落大方地跟他说一声“好久不见”，却无论如何也开不了口。

二十多分钟后，车子进了城区，越来越接近小区，男人的目光再次落在她的身上。

许愿笔直地坐着，腰肌隐隐泛酸。直到到达小区门口停了车，她才放松了脊背，刚要打开车门下车，从旁边递过来一把黑伞。许愿十分诧异，抬起头看他。

他坐起来了一些，能看得清英俊的五官，梳理整齐的头发，目光幽深地看着她。

见许愿看自己，明望开口了：“还下着雨，别淋湿了。”

滚烫的灼热从心底冒出来，“咕噜咕噜”烫得她全身发热。她伸手接过他手里的伞：“谢谢。”又问，“我到时候怎么把伞还给你？”

明望坐正身子，双手懒洋洋地撑在膝盖上，白衬衫的袖口和腕表露了出来。

“送去明氏大厦，会有人收的。”

“好。”许愿握紧伞，打开车门下车，即将关上的时候说了一句，“你们一路注意安全。”

明望偏头，女人撑着黑伞站在一方天地间，温柔地叮嘱了一句。

他看向她的眼睛，熟悉感再次涌上来，却理不出头绪，片刻后他回：“好。”

保时捷开了出去，许愿安静地看着。

片刻后，她撑着伞进了小区。

许愿刚进家门，许母就急忙拿着大毛巾围到她身上，说道：“赶紧擦擦，都说了让你带伞，怎么就是不听呢？”

许愿拉下毛巾：“妈，我没淋雨。”

“啊？”许母愣住，随后便看见了她手里的大黑伞。

“你买伞了？”她收起毛巾问。

许愿安静片刻。

“跟别人借的。”

“哦，好心人啊。”许母说着，接过她手里的黑伞，撑开放在阳台上风干。

许愿换了鞋进厨房，将做好的饭菜端出来。

许母在桌边坐下：“到时候问问借你伞的那个人，这伞是在哪儿买的，又大又结实，质量不是一般的好。”

许愿没回话，许母也不在意，继续说：“看你这段时间拿回来好多房产宣传单，怎么？有想法？”

许愿抬头看母亲，她的脸不再苍白泛青，而是透着健康的色泽。许愿心里高兴，母亲恢复得很好。

她吃着饭，一边吃一边回：“妈，我想买套房子。以后不管走多远，回来南城还是有个家，心里也踏实。”

许母表示赞同：“妈也是这个想法，女孩子有了房子，底气也足。”她又问，“什么时候去看房？妈和你一起去。”

“看房随时都可以去，妈你要是有空也可以留意一下。等驾驶证拿到后，我还想买辆车。”

许母诧异地问：“那样的话，资金会不会很紧张？”

“要么房子付首付，要么车子付首付，不够再去挣。”

许母点头笑道：“可以，我女儿一点不比男娃娃差劲！”她又感叹，“买了房，再买了车，妈也就安心了。你结不结婚，以后都有家了。”

许愿看向母亲，心里十分熨帖。许母是难得一见的开明的家长。或许也是这些年在外省打工的缘故，见了太多的事情，所以她很想得通，从来没逼过许愿交男朋友或是催婚，还有逼婚。

但其实她也是为人父母，不逼女儿，并不代表她心里不渴望。只是愿愿太苦了，她不忍心自己的孩子不快乐。

至于许愿自己，结婚一事她也考虑过，最后还是觉得不结婚挺好的。不结婚，她就可以一直陪着母亲，也可以一直做母亲的小公主。

第二章
时光匆匆

许愿拿到驾驶证那天，距离明望送她回来已经过去了半个月。她把伞拿去明望的公司还给前台了，在那之后就再没见过他。

苏城那边打了几次电话过来，催着她该回去了，但许愿总是下不了决心。

拿到驾驶证在家里窝了几天后，她跟着许母转了一圈房产市场，也没见到什么心动的房子，只能暂时按捺住，先留意着。

车子还没买，但她已经去看过几次了。

空闲的时候她帮美玲带了几天孩子，最后还摸去了陈茜茜那里。在会所待了几天后，一些简单的美容手法她都快学会了。

美诺做保健品，联合美容养生行业，开成了连锁店铺。更高深的养生保健手法，许愿学不来也害怕。所以她没学那些，只是没事干学点美容的手法，比如洗脸、水疗、脸部按摩等。

立夏后的某一天，陈茜茜将许愿拉进了一个群，群名：高中老同学南城一聚。

几乎全班同学都在，许愿翻着成员列表，终于在字母 M 那一列看到了想看的微信号。

那一列只有一个字母 M，头像是一幅黑白简笔画。没有签名，也没有朋友圈。但许愿凭直觉，那就是明望。

她点开了无数次，却都不敢加他，最后只好放弃。

班长将聚会时间定在了这个月的二十号下午五点开始。许愿看了一眼日期，今天是十六号，也就是说还有四天。

班长正在统计人数。许愿一直看着，每次名单有更新，她都会吸一口气，然后又呼出去。明望始终没有说过一句话。也许像他们那样的人，是懒得搭理这群老同学。

许愿离开南城许多年，和高中同学除了俩闺密，再没有联系过其他人，相当于已经很陌生了。

她不太喜欢这样的聚会，无非就是这些年发展如何，再相互攀比炫耀一番。

许愿自高中毕业以后就没有继续读书了，父亲患癌症去世后，家里差着一笔又一笔贷款和高利息。现实生活远不如小说和电视里演的那样简单，靠着自己打工就能上学。

还债的压力迫使许愿在十八岁时，跟随母亲离开南城到了苏城，进了 LU 精密科技。她在里面一干就是八年。

微信响了一声，是班长加了她，许愿点了通过。

班长问她去不去，许愿回他：不去了班长，我还在苏城，怕是赶不回去。

班长：可惜了。

愿：不好意思啊班长，只能下次再聚了。

班长：没事，没事。你在外面照顾好自己。

愿：好。

是啊，有点儿可惜，还想着回苏城前再见他一面的。

许愿放下手机，安静地发了一会儿呆。

片刻后，她撑着身子站起来，抱着衣服进了洗手间。等她擦着头发出来的时候，听见电话在响。她走过去拿起手机，接通：“茜茜？”

“许小愿！你怎么现在才接电话？”

“怎么了？”

“还怎么了？”陈茜茜气呼呼地道，“你为什么不去参加同学聚会啊？我和美玲都去。”

许愿抿唇，陈茜茜使出撒手锏：“告诉你哟，明望也去。”

许愿愣了一下，在床上坐下道：“我刚刚没看到他的名字，还以为……”

“哼，果然被我猜对了。”陈茜茜哼哼着。

许愿嘴里苦涩，这下是真不知道该如何是好了。她前脚刚拒绝班长，后脚就去，这也太打脸了吧。

她将刚才的事说给闺密听，陈茜茜道：“我有办法，但是你回苏城之前得来给我当苦力！”

许愿轻呼一口气，笑着说：“那好啊。”

陈茜茜会所里的产品许愿可以随便用，顾客太多的时候她只要帮帮忙就行，其实平时也就是窝在她的办公室里给自己捣鼓来着。

到了二十号这天，许愿收拾好后到了陈茜茜的会所。在会所里好好保养了一番后，她才开始化妆。

聚会地点在望江边的一家五星级酒店里。许愿和陈茜茜一起进去，美玲没来，被她婆婆带走办事去了。

这个时间不早也不晚，来的人不是特别多。

班长季远行在看见许愿的时候愣住了，随后又看向陈茜茜。确定是许愿后，他眼睛一亮，走过来招呼她们。

“许愿？”他惊讶地发问。

许愿点点头：“班长，好久不见。”

季远行看了又看，许愿和高中时完全不一样了。

高中时的许愿，长头发，厚厚的齐刘海，稍微有点儿胖。没想到女大十八变，这几年过去她再回来，都快认不出来了。

“不好意思啊，许愿，为了这个同学聚会你还特意请假赶回来。”他走到她们身边，抱歉地开口。

许愿看了一眼陈茜茜，不知道这个人跟班长说了些啥。她笑道：“没有没有，也是因为正好有事要回来。”

季远行带着两个人进去，拉开椅子让她们坐下，随后又去招待进来的其他同学。

许愿安静地坐着，过了一会儿，陈茜茜就和同学们打成一片，趁着机会还将名片发了出去，算是打了广告。

有越来越多的老同学进来，许愿看着一批又一批同学，有几个已经变得认不出来了。

有人端了酒过来，挨个敬过去。轮到许愿时，那个人愣了一下，悄悄问旁边的人：“这是谁啊？我们班还有这么漂亮又有气质的人？”

旁边端着酒杯的男人也愣了一下，猜想是谁带来的家属。而那头的季远行见许愿身边站了两个端着酒杯的男人在交头接耳议论着，就猜到他们绝对没认出来这是许愿。

他走过去，向他们介绍：“李云、钱飞，这是许愿。”

俩男人愣住了，盯着许愿看了又看，笑呵呵地走过去敬她的酒：“许愿啊，变化好大，我们都没认出来。”

许愿和他们碰了一杯：“你们俩变化也挺大的，我也差点没认出来。”

聚会过了一半，明望才姗姗来迟。

老同学中大部分都留在了南城，谁不知道这是明家大少爷，明氏集团总裁。本来班长组织同学聚会的时候有一半人不打算来的，哪知他们得知明望会来，于是呼啦啦全来了。

许愿轻声呼吸，看了一眼进来的男人，然后看向前方，慢悠悠地喝着手里的饮料。

明望随着季远行走了几步，就看见了许愿的身影。本来他是要往前走的，停了一下，季远行也跟着停下脚步。

“我去那边坐。”明望突然说。

季远行顺着他的视线看过去，就看到许愿旁边的陈茜茜不知道跑哪儿去了，空出了一个位子。还没等季远行说那儿有人，明望已经走到许愿身旁。他拉开椅子，松了松西装扣子，在她旁边坐下。

他只是有点诧异，记忆里好像没有她的影子，难道是一个班的？

许愿在明望坐下来以后，背都挺直了，也不敢大口吃东西了。男人身上的淡香味慢慢飘了过来。

周围的老同学们一个接着一个要来给明望敬酒，但他只是轻轻摇头，季远行就过来帮他将酒给挡了回去。

待没人来敬酒后，明望偏头看了一眼许愿。她安安静静地坐在位子上，不开口讲话，也不跟同学们往来。他有心说话，却无形中被她的冷漠挡住。他喝了口茶，转头跟季远行说起话来。

季远行是在杭城读的大学，学的是计算机。他这次回南城也是打算跳槽重新找工作，而明望今天就是过来挖人的。

陈茜茜发完名片回来，见自己的位子上坐着明望，对许愿暗戳戳地眨了眨眼，就找其他位子去坐了。

很少有同学会过来跟许愿讲话，这些年他们举办了好几次同学聚会，几乎每一次必缺席的就是许愿。现在看来，说她是陌生人也不为过。人情往来这回事，讲的就是往来。

许愿毫不在意，自己又不是香饽饽，哪有人人都关注的道理。没人来跟她说话她倒也乐得清静，竖起耳朵听旁边人说话。但其实她一概听不懂，只看他们聊得认真且投入。

聚会接近尾声。明望与季远行谈妥后，手里也收了几张名片。他喝了口温水，班里的同学一个接一个过来跟他打招呼，之后就陆陆续续散了。

许愿最后看了一眼明望。

“要不要去打声招呼，说句话？”陈茜茜拢着手悄声问。

许愿摇头，挽着她的手往外走。

出了酒店大门后就没几个熟人了，老同学们该走的都走完了。陈茜茜瞄了几眼，放松神经，才走了几步就开始晃荡，许愿忙扶稳她。

“许小愿，见到你年少时的白月光成长得如此优秀，开不开心？”陈茜茜趴在许愿耳朵边逗她。

许愿偏头，见她站不稳，扶着她直叹气：“你这是喝了多少酒啊？”

陈茜茜眯着眼，拇指和食指轻轻一搓：“就这么一点儿。”

许愿扶着她往路边走去。今天陈茜茜是自己开车过来的，这会儿她喝了酒，估计也开不了了。

“茜茜，我送你们回去吧。”身后一个女声叫住了她们。

“咦？小会？好呀好呀。”陈茜茜乐呵呵地挥手。

车子在她们旁边停下，已经坐了不少人，就剩下一个位子了。叫小会的女人催着后座的两个人：“你们挤一挤。”

“不用了。”许愿开口，将陈茜茜扶进去坐好，然后关上车门，“要麻烦你把茜茜安全送回去了，我没醉，打个车就行。”

小会看了看车里，只得叮嘱她："那你注意安全啊。"

许愿站在路边点了点头，看着车子缓缓远去。

初夏的气温到了夜晚就降了下来。这座城市的夜晚被一盏盏霓虹灯照得绚丽多彩，江对面大厦上的电子大屏幕轮番播放着广告。

明望今天是自己开车过来的。从地下车库出来，转了个弯，他就看见前方的路边站着一抹倩影。

女人一袭米色半身裙，长腿白皙笔直，短直黑发在夜色下偶尔晃动，整个人温柔又清冷。

他看着她，车子原本是要直行的，手轻轻一转打了方向盘，朝她开过去，并按了一下喇叭。

许愿转身回头，见是一辆迈巴赫，稍稍带了点疑惑，却也随着车窗降下露出里面的人脸后消散。

明望看着她，手随意地搭在方向盘上："送你回去。"他说的是平直的肯定句。

许愿呆愣地看着他，有点反应不过来。夜风随意地吹着，而她站着，忘了回应。

"嗯？"明望偏了偏头。

冷静又短暂地思考了一瞬后，许愿走了过去。

明望打开门锁，她绕过去拉开门，坐到了副驾驶座上。和之前的保时捷一样，车里干干净净，散发着淡淡的橙子的香味。

系好安全带后，许愿看了他一眼。这是她距离明望最近的一次，不由得心跳加速。

他发动车子，单手打着方向盘，英俊硬朗的五官在一盏盏霓虹灯的照耀下若隐若现。她的余光在他的侧脸停了片刻，然后控制不住地往下移，看到了漂亮修长的脖颈，还有凸起的性感喉结。

他的衬衣扣子开了两颗，领子稍稍松开些许，一股慵懒随性的姿态差点砸晕了许愿。她极力克制着，转移视线看向前方。

"还是回香橼小区吗？"

许愿点点头，又想起他开着车："是的，老城区那边。"

"我知道。"明望回了一句，随后语调低沉又随意地开口，"碰见这么多次了，要不认识一下，我叫明望。”

他偏头看她一眼，余光留意着路面：“怎么称呼？”

许愿罕见地愣住，车里一片安静。

几秒后，明望转头看前方，想起刚才的聚会又问：“难不成……真是我们班的？”他的语气里带着明显的不相信。

“嗯。”这次她轻轻回了一句，报了班级。

明望再次转头细看了她一眼，还是没印象。在他的记忆里，他们班就没有这么漂亮的人。

许愿顶着他的视线，安静了几秒后，开口回道：“我是许愿。”

这次轮到明望愣住，诧异了一瞬。前方遇到红灯，他一脚踩停。

随后他大幅度地偏过头，视线像红外线一样，一点一点扫过她的五官，终于和记忆里的那双桃花眼对上了。

还真是女大十八变啊，在他的记忆里，许愿的外形和季远行记忆里的一样。

他一开始会知道她，还是因为那个时候男同学开他玩笑说他跟许愿是天生一对，因为他们的名字组合起来——愿望。而且还是许愿在前。

因为这个，那个时候他特意看过许愿，微胖的身材和五官，厚重的刘海，唯一出彩的就是那双桃花眼了。他也是后来才知道，她出彩的可不仅仅是那双漂亮的眼睛。

他脑海里一晃而过这段时间莫名其妙的熟悉感和被吸引住的视线，以及刚刚扑腾而来的情绪，最终轻轻感叹一句：原来是她啊。

只能怪她的变化太大了，让他在八年后重逢时没能第一时间认出她。都说胖子是潜力股，这句话果然不假。

他轻笑一声，忍不住打开烟盒，抽出一支烟直接点燃。随后他又把烟盒递向许愿：“来一支？”

面对递过来的烟，她摇了摇头。明望收起烟盒，前方绿灯亮了，挂挡起步，车子驶了出去。

视线被吸引着落在他的手上，五根手指修长漂亮，指甲修得整齐平滑，腕表在白衬衣袖子里若隐若现，英俊的五官在烟雾中添了一丝朦胧感。

车内光线较暗，他一只手搭着车窗弹了一下烟灰，转过头，视线和她的对上，忽然问：“那天在水库是不是认出我了？”

许愿也坦荡，直接承认：“是的。”

“那怎么……”他说着便停下了。其实后来还遇见过两次，她也没说，这说明她不想。至于不想什么……明望动了动脖子，在心底哂笑一声。

两个人都没再讲话。许愿沉默地靠着椅背，看着车窗外城市的繁华一点点褪去，渐渐进入老城区。车子绕了几个弯后，在香橼小区门前停下。

明望的手臂搭着车窗，偏头看许愿下车。在她解安全带的时候，他拿起自己的手机解锁，打开微信后递了过去：“加个联系方式。”

许愿再次愣住，总觉得今天晚上有很多事出乎她的意料。但能加上他的微信，她求之不得。

于是她强忍着狂跳的心，保持冷静，拿出手机打开微信扫他。她并没有立即添加，明望也不在意，收起手机。

许愿下了车，关上车门后叮嘱道：“路上注意安全。”明望收回手，“嗯”了一声，车灯亮起，倒车，上路，一气呵成。

许愿看着车子远去，打开手机。她猜得没错，那个简笔画头像，大写字母M的微信号确实就是他的。她点了添加到通讯录，随后发送。几秒钟后，她的微信列表里就多了一位好友。

夜风温柔地吹着，撩动心弦。年少的心思如陈年烈酒发酵，在成年后越来越频繁的遇见中险些压制不住。许愿轻呼一口气，往家走去。

月上枝头，安静的深夜里，卧室里亮着一点微弱的灯光。许愿来来回回看了很多次明望的微信，最终嘴角无法控制地上扬。

她没给他改任何备注，只是将他的微信号置顶。在消息列表的最上方，独一无二。

次日，许愿在陈茜茜的店里帮忙。突然，医院打来一通电话，说她母亲在路上晕倒被人送往了医院，让家属赶紧过去。

许愿挂断电话立马放下手中的工具，找了个美容师顶班，随后进入陈茜茜的办公室，拿起她的车钥匙就跑。

车开至半路，电话再次响起，许愿打开免提。

“愿愿，怎么了？听说你着急忙慌地跑了？”陈茜茜的声音从电话那头传来。

许愿保持冷静，看着路面情况回答她：“我妈又进医院了，你的车我先开过来了。”

“没事没事，你尽管开。你先过去，我马上过来。”

“好。”

许愿到了医院，一路问过去，找到了手术室。医生正等着她，看到她过来立马拉着她签字，随后手术室的灯就亮了起来。

许愿愣怔地站着，旁边忽然响起一声“对不起”。声音还挺洪亮，吓得她缩了一下肩膀，转头看过去。

是一个小姑娘，正对自己鞠着躬。许愿四处看了一眼，疑惑地拉起她：“这是怎么了？”

“我……我开车的时候一不小心碰到了阿姨，对不起！我会负全责的。”她说着又要鞠躬。

许愿拉住她道：“可医生不是说她是晕倒的吗？”

明月对了对手指，小声说：“那也有我开车不小心的因素在，你放心，我真的会负全责的。”

许愿心乱如麻，暂时不想跟小姑娘多说什么，点了点头便转身看着手术室大门上方的灯。

“姐姐你别担心，我已经给我哥打电话了，他立马就会赶过来处理。”

许愿还是没说话，安静地站着。明月也不好再开口，白白净净的脸上一片红一片白，她才十九岁，刚考到驾照，第一次上路就把人别倒了，以后开车恐怕都会有阴影了。

半刻钟后，电梯“叮”了一声，电梯门打开，一群人走了出来。

许愿无暇关注周围，一直在心里默默祈祷。倒是刚刚那个小姑娘眼睛一亮，欢呼出声：“哥！”然后立马跑上前去。

空气中遍布消毒水和药水的苦味，明望大步走过来。他身后的助理本来要直接找伤者家属的，哪知一眼就看到了许愿闭眼祈祷的身影。助理愣了一下，条件反射地看向自家老板。

显然，他的老板也看到了。明望向前看了一眼，助理的脚变了方向，转到前方去处理医疗费用的事了。

明望在她身边站定，许愿似有所感地睁眼。

男人穿了一身灰色西装，打暗色领带，头发梳理得很齐整，抬头往上看的视线和他漆黑的双眸对上。

许愿这才发现他的眼睛是细长的丹凤眼，从下往上抬起眼皮看人的时候，透出一股散漫的气息。此时他眼里盛着细碎的浅光，无端让人沉迷。

这个月的频繁相遇，让许愿开始抱有侥幸，或许两个人之间还是有缘分的。

但缘分这个词，不拘于情爱。她跟他是老同学，光这一层就已经够有缘了。老话不是说——前世五百次回眸，才能换来今生的一次擦肩而过嘛。

“别担心。”男人开口。

许愿移回视线，看着手术室的大门，“嗯”了一声。

过了片刻，电梯门再次打开。陈茜茜跑了出来，在即将到达许愿身旁时来了个急刹车。她看看许愿，再看看站在她旁边的明大少，有些弄不清状况。

许愿看到她，喊了一声：“茜茜。”明望偏头，见到老同学，微微颔首。

陈茜茜点头示意，走过去站在许愿身旁，搂了她一下，安慰道：“会没事的，不要担心。”

许愿点点头没说话，静静地看着手术室的大门。在等待的过程中，陈茜茜终于弄清楚明望为什么会在这里了。

她看了一眼旁边耷拉着脑袋的小姑娘，知道她哥是明望后，也不好开口说什么。不过有明望在这里，那肯定是会负起责任的，这让她又放下心来。

陈茜茜陪着许愿等了两个多小时，中途电话一个接一个，手机响个不停。许愿见她确实很忙，便将车钥匙递给她，劝她先回去。

陈茜茜看了一眼许愿，又看了看明望，手机响了一遍又一遍。

有明望在这里，她也放心，最后就走了。

不知过了多久，手术室大门上方的灯终于灭了。大门打开，许母闭着眼睛躺在推车上被推了出来。

许愿直愣愣地走过去，大概是站得太久腿有些麻了，差点跌倒。身旁的男人伸手握住她的手臂，将她支撑了起来，还问她：“许愿，你没事吧？”

温热的皮肤相贴，她的身体渐渐滚烫起来。男人伸了另一只手过来虚扶住她，让她动一动脚。许愿说没事，又道了声谢，要离开前犹豫了一秒，抬手撑在他有力的胳膊上。

她最终还是站稳了身子，随后走过去，看了母亲一眼，再转向医生问道：“我妈这次是什么问题？”

护士推着推车进了病房，几个护士合力将许母移到病床上躺着，吊水也挂上了。许愿跟着医生，医生手里拿着病历说道：“是肾结石，已经做完手术了，好好休养就能康复。”

剩下的事情明望没让许愿去处理，而是让张助理在跑腿。甚至等许愿和明家兄妹吃完饭上来，许母已经换到了VIP（贵宾）病房。

在吃饭的过程中，明月全部坦白了。她开着车在路边停下，低头找耳机的时候，有人敲她的车窗，告诉她她撞人了。

明月自己也确实感觉停车时好像撞到了什么，还以为是路边的花坛。哪知她下车一看，车子旁边倒了一位老人家，面色泛青，吓得立马就打了急救电话。

可医生告诉许愿的是，许母是自己疼得晕了过去，身上并无任何外伤。

这也说明其实明月没有撞人，只是凑巧许母走到车旁的时候晕倒了，撞到了明月的车上。而明月在第一时间拨打了急救电话，可以算是许母的救命恩人，所以许愿就更不想耽误他们。

本就该她道谢的，并且她在吃饭的时候也郑重地道了谢。

明月吃完饭就回去了，在得知不是自己撞了人后，她的心情都好了起来。

如今看着眼前豪华的病房，许愿转头看向明望。

这个男人，即使知道不是自己妹妹撞了人以后，也没有立马就走，而是跟着她上了楼。承了他这么大的人情，许愿不知道该怎么感谢才好，也不知道该如何拒绝他的帮忙。

许愿进病房看了母亲一眼，大概是刚做完手术的原因，她的脸色还有点儿苍白。医生说她这一觉至少得睡到明天早上。

许愿又出来，明望还没走。她走过去，开口道："明望……"

"你就当我是乐于助人吧。"明望手插兜坐在病房外的长椅上，开口打断她的话，"毕竟如果是其他同学的家人遇到什么困难，我也是会出手帮助的。"

张勇站在旁边，闻言看了老板一眼，暗自翻白眼。老板要是会乐于助人，他的张字倒过来写。

许愿动了动嘴唇，最后只能说："谢谢，医疗费我会转到你微信上。"

明望看了她一眼，没说话。

过了一会儿，夜间看护过来了，张勇忙过去交代注意事项。

许愿倒是想留在医院里陪着母亲，但张勇跟说她这看护的钱都已经给了，她留下来也没地方住。

病房里只有一张床，许母躺着。有张单人沙发，是给夜间看护休息的，还确实是没地方了，总不能去跟母亲挤吧。

而且……许愿想起了上次在夜间照顾母亲，反而让母亲自己按铃呼叫护士的糗事。她就没硬留下来，打算明早早点过来。

明望带着她走出了医院大楼。

"送你回去。"他一副熟稔的语气。

许愿看着他，抿唇道："不用了。这么晚了，耽误你挺长时间的，你先回去吧。"

明望闻言，偏头看她。女人站在医院大楼前，身上穿着单薄的衣衫，短发被夜风吹动。她身上有股脆弱感，但她又自以为用冷淡掩饰得很好，矛盾得让人想保护。

明望没说话，看了她一眼后，转身走向停车坪。

脑海里浮现少年时的她，板着小脸从捐款箱旁走开的样子，那时的脆弱，她也是用冷漠来伪装的。两道影子重合，倒让他的心一下变得又软又酸涩，为她和她的年少。

他坐进车里，伸手揉了一下太阳穴，将车开出来，还是上次那辆迈巴赫。他把车子直接停在许愿面前，降下车窗，不说话，只是看着她。

许愿没动，几次让他绕大半个南城送自己回家，她有点不好意思。

黑色迈巴赫就这样停在医院前的道路上，位置又刚好在医院停车坪通往外面公路的交界路口——这就导致后续出来的车辆都被堵住了出不去。

医院大门口的保安已经小跑着赶过来，而明望还稳稳地在车上坐着。他甚至打开了烟盒，慢条斯理地揉着烟。

许愿到底不如他那般坐得住，见保安快要到了，连思考的时间都没有，立马绕过车头，走到副驾驶室那边。

明望开了车锁，许愿上车关上门，系好安全带。迈巴赫在保安还差一步到车边的时候，一个疾驰驶上大马路。

黑夜包裹着大地，霓虹温柔地点亮南城。

久违的故里，有了让她特别想留下来的冲动和念头，她是如此贪恋这一刻。被黑暗笼罩的夜间，太容易让人踏上不归路了。

两个人的话一直都很少，车里也没放音乐，显得十分静谧。明望很享受这样的静谧，她本就不是火热的性子，这一点让他很喜欢。

车子绕了大半个南城，进了老城区，开到小区楼下。明望现在对这里已经很熟了。

许愿下车后，他的手肘搭在车窗上，看向她的幽深的双眸中透着平和，轻声说："快进去吧，一会儿该下雨了。"

晚风吹着，确实有要下雨的迹象。许愿只好先进去。

"那你路上注意安全。"

明望看着她笑了笑："进去吧。"

他很少笑，许愿遇见了他几次，从来没见他这样笑过。那笑简单又纯粹，直直地落在她的心上。

她的呼吸停顿了一瞬，冷静地转身，按捺住心跳，快步回家。

看着许愿进了楼道，明望并没有急着走。他懒懒散散地靠向椅背，眼睛看着前方，最近那栋楼的楼道灯一路亮到三楼。

他垂首点燃香烟，胳膊肘搭在车窗上，静静地看着。带着湿气的夏风越刮越狂，三楼靠左的一户人家亮起了灯光。明望猜着，那大概就是她家吧。

手机铃声一声接着一声响起，今天下午他确实耽误了太多时间。不过……他看着那抹暖黄色的灯光，烦躁的心慢慢沉静下来，觉得耽误得似乎挺值。

许愿回家打开门，客厅一片漆黑，没有往常回来时那一盏温暖的灯。她愣了一下，感觉有些不习惯。她摸着黑，将客厅和卧室里的灯全部打开，然后瘫在沙发上。

过了一会儿，屋外狂风大起，吹得客厅的窗帘四下乱飞。

许愿站起来，过去拉窗帘。她正要关上落地窗的时候，看见下方斜侧面的路边停着一辆黑色的车子。有点像刚刚送她回来的那辆。

客厅这边看不太清，许愿快速地将落地窗锁好，然后关了客厅的灯回到卧室。

从卧室的窗户看下去就清晰多了，确实是明望开的那辆。许愿站在窗边看了一会儿，他还没走。

自己要不要下去？他是忘了什么东西吗？还是自己忘了什么东西？脑海里还在瞎想的时候，她兜里的手机微信提示音响了一声。

她掏出来看了一眼，愣了一下后又看向下方。迈巴赫的双闪闪了一下，随后车灯亮起，缓缓倒了出去，开上大路。

许愿和M的微信聊天页面上，除了一开始加好友时的系统信息，最新一条是来自对方的：早点休息，晚安。

许愿退回床边，在床上坐下来。她捧着手机看了又看，这才想起来回复他：你也是。

紧接着她又发了一句：晚安。

那边没再回信息。

直到许愿洗完澡出来，也没有再回。她略感失落，却也觉得正常。她倒在床上，安静地看着黑夜。

大雾四起的故里，她总感觉会迷失在这里。前路看不见，命运不给答案。

次日一早，许愿就收拾了点东西赶去医院。她到医院的时候，许母也已经醒来了。

许母看到许愿，再看看四周的环境，和上次住院时的病房不一样，这里一看就很高级，肯定花费了很多钱。

“你这孩子，干吗浪费这个钱呢？”

许愿沉默片刻后回道：“没事，您好好住着就行。”

许母絮絮叨叨说着，无非就是快买房了能省一点是一点。许愿沉默地收拾着手里的东西，没回话。

到了饭点，她去医院食堂买了饭菜拿回来给母亲吃。许母吃过饭，喝了药后，又睡了过去。

许愿就静静地在病房里待着，偶尔起身去趟洗手间。

一天过去，夕阳西下，橙黄的晚霞从窗外照进来。她从窗口看出去，过一会儿就站起来打算出去。

不想门从外面推开了。许愿要迈出去的脚步顿了一下，就见男人抱着一束鲜花进来，侧了侧身。这有点出乎她的意料，没想到他还会过来看望她妈妈。

明望将花递给她：“阿姨好些了没？”

许愿接过花，放在病床旁的柜子上：“好很多了。”随后她将椅子移到旁边，“你坐会儿。”她站起来，病房里寂静无声，让人有些不自在。

许愿拿手顺了顺头发：“谢谢你。”

“嗯？”明望稍稍偏头看着她。面前的女人穿了件雾蓝色衬衫，下摆一侧扎进裤腰里，短发整齐地贴在脑后。她移了椅子后，又伸手把吊瓶水的流速调了一下，袖子滑下来，露出白皙的手臂。

许愿没回答，明望也不在意，在椅子上坐下来。

病房外，夜间看护过来了，许愿和她交代了一些事情。她交代完，看护便出去了。

“没吃晚饭？”他问。

许愿点点头，刚刚她就是跟看护交代准备点食物备着，万一母亲晚上醒来了也可以吃一点。

明望站起来，抬手看了一眼时间："先去吃饭。"顿了一下，他又说，"我也没吃。"

许愿看了一眼母亲，转头看向他："走吧，我请客。"

明望垂眸看着她，许愿稳住没转移视线。

片刻后，他轻笑一声，往外偏头。许愿捋了把头发，越过他往外走去。男人慢条斯理地跟着她走。

吃饭的地方离得不远，出了医院转到后巷，有一排小吃店。许愿带着明望绕了个小圈子，最后找到一家粤菜馆。

粤菜馆藏于闹市，里面装修得很有特色。许愿回了南城后特别喜欢吃粤菜，听老歌，特别是粤语老歌。

站在粤菜馆门口，她看向旁边的人问："吃粤菜吗？"

明望看她一眼，丹凤眼微微勾起："正合我意。"他喜欢粤菜，一般约他出去吃饭的人大多都会选粤菜餐厅，倒是没想到两个人口味相投。

许愿带着他进去，跟老板要了个包间。进了包间坐好后，服务员将菜单递给许愿。她翻看着菜单，问道："有没有什么忌口的？"

明望将外套脱下来搭在椅子上："随便点吧，粤菜我都可以。"

许愿诧异地看了他一眼，点了几个菜后便将菜单递给他："你也点几个吧。"

明望卷了卷袖子，接过菜单，看了一眼后点了几个。

"就这些吧。"他将菜单递给服务员。服务员接过菜单，然后退了出去。

包间里安静下来，过了一会儿，服务员又端着茶水和两包湿纸巾进来一一摆放好。

服务员退出去后，包间里再度安静下来。许愿有心想打破沉默，却找不到话题。她倒着茶水，有些犹豫。

"之前在哪儿上班？"明望拿起一包湿纸巾撕开，递给她后问道。收回来的手像是不经意般触碰到她的手心。

许愿的呼吸停滞了一瞬，抬头看他。男人好像没感觉一般，又重新撕开一包，慢条斯理地擦了擦手，见她看着自己，神色疑惑。

“苏城。”许愿垂眸回道。

明望看她一眼，勾起嘴角：“辞职了还是？”

许愿抿了一下唇，沉默片刻后说：“停薪留职。”

“还回去？”他问。

她点点头。

明望沉默一瞬，慢悠悠地放下纸巾。

“南城虽然不如江浙沪那边那样繁华，但近年来也在飞速发展。不打算回来吗？”

许愿用手指钩了钩头发：“我什么都不会，回来怕是会生存不下去。”

明望没再说话，包间里一时安静下来。

许愿后知后觉地反应回来，刚刚他的意思是想她留在南城。他这样的人，一般不会轻易开口说一些无关紧要的废话。就像同学聚会，他目标明确地给班长季远行的面子去了，就是要把他挖到公司里去。

那么现在呢？他想让她留在南城是为什么？

为什么呢？自己一无是处，要学历没有，要社会经验也没有，在南城更是没有人脉。她握紧拳头，看向明望。

他正抽出纸巾细致地擦着手。他的任何动作都慢条斯理的，赏心悦目，慵懒又随性。许愿看着他，一下子忘了想说的话。

擦完手后，他把纸巾叠好放在一旁，发现许愿正看着自己，便向她投去一个询问的眼神。然后他点了一支烟。

许愿在烟雾缭绕中看着他英俊的五官，着迷地沉默了。

服务员端着一盘盘菜上来，许愿没动筷子，想等着他抽完烟后一起吃。明望看了一眼旁边的人，拿起筷子，慢悠悠地夹着菜。

见他动筷，许愿也拿起筷子。尝了几口后，明望开口：“味道挺正宗的。”

许愿回他：“这家店的老板是个广东人，听说在这里开了十几年了。我上次来吃过，觉得口味还挺独特的，就记下了。”

明望边夹菜边看她：“上次？”

许愿轻轻点了点头。

“上次也是我妈住院，偶然间发现的。我吃腻了医院食堂的饭菜，就到这里来吃。”

明望摁灭烟，笑了笑道：“不错，以后想吃粤菜又多了个地方。”

她夹菜的手顿了一下。本来带他来这样偏僻的地方吃饭，她还担心明望会嫌弃。

在她的认知里，他们这样的大老板吃饭的地方应该是那种高档餐厅，喝着红酒，吃着牛排。倒没想到他在这样的环境吃饭也能怡然自得，还说以后会再来。

在这小小的包间里，明望就像是从天上轻轻飘落的云，温柔地砸在了许愿的心上。

没有哪一刻，他们的距离如此近过。躲在热闹城市的街头馆子里，连烟火都带了一丝甜味。

时间像是跨越了八年。

那时他们高中的后大门出去是一条美食街。放学后，三个小姐妹蹲在麻辣烫摊子前面“呼哧呼哧”地吸着粉条，四周是同样的学生们。

许愿正大口吃着，从麻辣烫摊子旁边的巷子里走出来几个高大的男生。

中间的少年穿着白 T 恤，蓝色校服搭在他的手腕上，被几个男生搭着肩膀，从她们面前走过。

许愿死死地闭着嘴巴，满嘴都是又烫又辣的食物。明知道他们不可能看向自己，却还是悄悄低了头。

神采飞扬的少年们往前走去，却又退了回来，在旁边的路边摊坐下，招呼老板一人来一碗粉。

慢慢将嘴里的食物咽下去后，许愿偷偷看他。

少年背后是即将落下的夕阳，橙黄色的光从他身后透过来，像是在发光一样。不知旁边的男生说了什么笑话，他也跟着淡淡地笑了笑。夕阳西下，看着少年纯净的笑容，许愿如被雷击，呆愣在原地。

忽然，少年的目光轻飘飘地瞥了过来，和许愿的对上。她慌忙低头，一举碗豪迈地一口干了麻辣烫的汤底，后知后觉地反应过来自己这个样子有多丢人。

她的脸涨得通红。后悔死了，她应该慢悠悠地移开视线，或者应该高冷地瞥他一眼的。再不济，娇羞地低下头也行啊，就是不应该一把端起麻辣烫的碗把汤底给干了。

许愿一遍遍地自我催眠：他没看到他没看到。

自我催眠的时候她忍不住抬起眼皮子看他，见少年看向别处，嘴角带了一丝若有似无的笑意后，她才长长地舒了口气。

看样子是没看到她的丑样，不然他怎么还笑得出来。

等美玲和茜茜吃完，她又悄悄抬头看向少年们。他们正低着头吃东西，和其他男生稀里哗啦一大口一大口的吃法不同，少年明望吃得很斯文。

“太好看了吧！”旁边的茜茜夸赞一声。

许愿赞同地点头，茜茜这个小颜控，向来都是有什么说什么。然而看着明望夹粉的手一停，许愿像做贼一样，拉着茜茜和美玲掉头就跑。

丢人！真丢人啊！

那个时候的他也是接地气的，与她没多少差别。他们同样在巷子里的路边摊吃着同样的食物。

后来身处外乡，无数次想起他，她都觉得那次在夕阳下吃东西的他们是距离最近的一次。

现在看来——她抬头看了一眼明望，又垂下视线。这会儿才是他们距离最近的一次，她离着他不过半臂的距离，他身上的薄荷清香围绕着两个人，空间里也只有他们。

没有外人，仅仅是他们。

高中三年没能面对面讲过一句话，倒是在他们成年后的第八年里，对话无数次。

吃完晚饭，从粤菜馆里出来，天已经黑透了。夜晚的南城还残留了一丝闷热，夏天马上就来了。

明望的车子停在医院的停车坪，两个人和来时一样走回去。彼此没怎么说话，都是想起什么就说上一句，气氛平和，也没有不自在。

晚风轻拂，从两个人之间穿过，带着丝丝缠绵的味道。

许愿在他旁边安静地走着，低头便看见他垂在腿边的手指间夹着一支香烟，没怎么抽。跟他说话的时候，他会微微俯身垂首看你，一股子被珍视的柔和感。

她的心跟着柔软下来，顷刻间便满足了，只希望时间能走得慢一点，再慢一点。

路再长也还是要走完，更何况只是一段短短的距离。刚要从医院的后大门进去，许愿的手机响了，她翻出来接听："茜茜？"

"许小愿，你跑哪儿去了？"电话那头的人气呼呼的。

许愿疑惑地问："你在病房？"

"那可不咋的，你人呢？"

她抬头看向身边的人，他站在旁边，挺拔的身影像那山巅迎风而立的雪松。夜色将他英俊的五官模糊了些，朦朦胧胧地挠着心脏。

不是太亮的城市灯光将两个人的身影拉得很长，交叠重合像是拥抱在了一起。

"我马上就回去，出来吃个饭。"许愿收回视线后回答，"先挂了。"不等陈茜茜说话，她就挂断了电话。

抽完烟的人已经走回她身边看着她，空气中有片刻安静。他说："进去吧。"

"好。"许愿回。医院的停车坪就在后大门旁边，几步路的距离，不过片刻就近在眼前。

"那我先回去了。"明望轻声说。

即使许愿有再多的情绪也只能按捺心间，轻轻地点头，跟着他走到停车坪，看到里面停着灰色轿跑。

男人拎着外套在车边站定，忽然回头看她："本来还打算今晚带你去江边兜兜风呢。"他轻轻笑了笑，"看来是去不了了。"

这话将她定住，不动如山地站着，却怎么也不敢相信这是明望会对自己说的话。

他打开车门，将外套丢到副驾驶座上，自己也坐进去，随后转头看她："下次再去吧。早点回去休息。"

许愿紧紧捏着手指，强迫自己像个没事人一样，开口叮嘱："路上小心。"

明望发动车子，轻轻颔首，车子驶了出去。

许愿看着车开远，才慢慢转身往住院部走。她的脑子像是被岩浆糊住了，猜不透他刚刚的话是什么意思。

今晚的一切都超出她的预料。

她像是被上天垂怜，给了一丝幸运，能与他频繁相遇。

第三章

云泥之别

许愿回到病房时，母亲已经醒了，正在和陈茜茜聊天。两个人聊着聊着便笑开了，清脆的笑声传到走廊上，带得她也不自觉地勾起嘴角。她站在门口，静静地看着。

病房里的陈茜茜笑着转头看她，招了招手道：“许小愿，进来呀！”

许愿走进去，看见病床旁的柜子上放着空了的保温盒，知道母亲已经吃过晚餐了。她转头问陈茜茜：“吃过饭了吗？”

陈茜茜撇嘴道：“去吃饭也不叫我一声，来医院找你，到头来却让我吃医院的饭菜。”

许愿看着她，后者嘴巴翘得老高。她笑了笑，拿起果篮里的苹果，削了一个递给她。

“那大小姐原谅一次？”

陈茜茜接过去，咬了一口道：“原谅你了。”

许母在旁边看着，面带微笑说：“愿愿你这段时间都在陈丫头那儿帮忙，要不干脆别出去了，就去她那里上班得了。”

陈茜茜啃着苹果，眼睛一亮，非常赞同：“是啊是啊，愿愿你就和我一起干嘛。以后姐带着你干更大的事业。”

许愿难得地停顿了一下，没有立即拒绝，也没有马上答应。

陈茜茜在病房陪着她们，一直到快午夜许母才睡去。给母亲掖好被角后，她又叮嘱了夜间看护几点注意事项，才随着陈茜茜下楼。

“你今晚是不是跟明望去吃饭了？”

许愿愣了一下，看向正在开车的人。陈茜茜很美，属于明艳的美人，一头奶茶棕的小波浪卷，一身干练的西装。

她们都变了，高中时正是“杀马特文化”流行时期。一整个班的女生都是厚重的齐刘海，或是斜刘海盖住半边眼睛，再学着楚雨荨一般高高扎起一个斜马尾。现在回头看照片，简直是不忍直视。

许愿转回头看向前方的车流，“嗯”了一声算是回答。

“怎么样？跟高中时的白月光坐在一起吃饭，你是不是特别激动？”她这话说得比当事人还要激动。

许愿笑了笑：“从前没想过的事。能跟他一起吃饭，大概是荣幸吧。”

“你还喜欢他吗？”陈茜茜暗戳戳地八卦。

她低头静默，片刻后，车厢里响起轻轻的一声回答：“应该吧。”

只是这份喜欢比起年少的单纯，多了一份浓烈的欲望。

年少时的喜欢，总是看一眼就能开心一整天。如果能擦肩而过，那天半夜总会失眠，一遍遍回想着自己有没有给他留下好印象。

而成年后开始有了欲望，想更近一步，想触摸他皮肤的温度，甚至会更深入地妄想。

在十字路口停车等红灯时，陈茜茜笑着看向她道：“你们能在八年后重逢，又这么有缘。许小愿，如果喜欢就去追吧！”

许愿看着她的眼睛，一瞬间被激励了。她犹豫着说：“那……等下次见面再说吧。”

“加油啊，咱姐妹三个，我垫底了！”陈茜茜大笑。许愿也跟着轻笑起来。

将她送回老城区后，陈茜茜也回去了。

等许愿洗了澡出来，看到陈茜茜在微信上报了声“安全到家”。

回了句“晚安”后，许愿又将明望的微信点开看了一眼，意外地发现他开了朋友圈，还罕见地发了一条动态——转发了他公司公众号的内容。

这让她略感失落，点进公众号，大致地浏览了一遍内容。

原来是要办电子芯片的厂了，而且是南城首家以新人工智能为载体的电子芯片、半导体为依托的大型工厂。这么说，明望是要开始涉足科技行业了。

新科技，新领域，新行业以及新贵，这就是明望。就像她之前说过的，未来的他会平步青云，只因为他是明望。

现实像是一盆冷水，当头浇了下来。追什么追？仰望就行了。

许母住院这几天，明望过来探望了两次。但他很忙，每次都待不了多长时间。

有一次刚好遇上许母醒着，当许母知道他是当初帮自己打急救电话的好心人的哥哥后，诚心地表示了感谢。

明望回去后的第二天，明月也过来看望了许母，给许母感动得不行，让许愿好好招待人家。

明月在病房待了半个小时就离开了。许愿送她下楼时，她盯着许愿看了又看，撒娇卖萌地加了微信，最后捂着嘴，笑眯眯地跑了。

许愿站在医院大楼门前，在日头高照下看着远去的轿车，安静了片刻，才回了住院部。

隔天下午，明望路过医院，进来看了她们一眼，陪着拆完线后他就走了。许愿照常送他下楼。

等人走后，许愿回来和母亲聊了一会儿天，聊着聊着老人便睡着了。她给母亲掖好被角，刚打算出去，就看到美玲提着礼品进来了。

高中同学聚会时她陪着婆婆去了外省，也就是婆婆的娘家，没赶上。很多事情她其实都是不知情的。

只是她刚刚在楼下看到许愿和明望站在一起，好像还挺熟的样子，而且许愿看明望的目光还和从前一样，她就有话想跟许愿聊一聊。

她将礼品放到病房里，又拉着许愿在走廊的座椅上坐下："愿愿，你……跟明望？"

许愿靠着椅背，简单地说了一遍重遇明望以后发生的种种。

她说完，走廊里安静了片刻，美玲只问："那你现在是……爱他还是喜欢？"

许愿笑了笑："不知道，或许更深，又或许没那么深。只是这么多年来，他在我心里的地位越来越重了。”她说着淡淡一笑，自我嘲讽，“不见面还好，一旦见了面，感觉越陷越深。”

美玲愣了一下，许愿比谁都清醒。这份清醒和年少的自知之明还不一样。

她握着许愿的手道：“给你灌点生活的毒鸡汤吧。”

许愿转头看她，片刻后靠着座椅，笑着说：“来灌一口吧，不然前路太迷茫了。”

美玲也笑，说出来的话却毫不留情。

“高中时的喜欢就埋在心底吧。到了我们这个年龄，喜欢不喜欢又不能当饭吃。以后走的路是过日子的路，适合才最重要。

“我们都不小了，你也得考虑考虑你妈妈。感情这种东西太过浪漫，只有生活才最真实。你看，柴米油盐，人情往来，哪一样不是一地鸡毛。”

她停顿片刻，见许愿没有反驳，才继续说：“而且你知道吗？高门大户最看重的就是家世，所以古往今来才会有‘门当户对’这么一说。”

话音落下，走廊里寂静无声，穿堂风凉飕飕地吹过，引发了许愿心里的一片山洪。这就是现实，结了婚的人总是要比她们看得清。

但许愿比谁都清醒地明白什么叫生活，什么叫世俗。

高一下学期的暑假，父亲患癌症去世后留下了一堆烂摊子。癌症的治疗费，父亲之前做生意借的高利息贷款，还有早期欠下的贷款，逼得许母起早贪黑，勉强将许愿的高中供完，就被追债的人追得到处低声下气地跪着求人。

那时她就知道了什么是生活。是母亲膝盖下的声音；是打不完的临时工；是追债人的恐吓；是破败潮湿的地下室。仅仅活下去就很难了，还谈什么梦想？所以她放弃了念大学。

回想起早年落魄艰难的生活，半晌后，许愿回答：“我明白。他只是我的一个妄想而已，自始至终。”她叹道，“或许过几天，我就该回到原本的地方去了。”

中学时从乡镇考到南城的名华高中，土不拉几的两个人拖着行李箱，带着各自的家长，在校园里迷了路。他们问过路的人都不怎么搭理他们，家长们已经局促起来，揪着背上的行李袋，自觉给孩子们丢脸了。

那时的明望抱着篮球，不知从哪里过来，看到他们以后，就带着他们去报名，找宿舍。

清风朗月的少年，并没有因为世俗看不起她们。自古以来，英雄救美，令多少姑娘芳心暗许，许愿也不例外。

许愿吐了口气，将所有情绪压在心底。

“还没吃晚饭吧，走，咱们俩去吃一顿。”许愿约她。

美玲笑了笑：“好啊。难得今天小神兽不在身边，好好吃一顿去。”

两个人站起来，许愿进去看了一眼母亲，随后便带着美玲转去后巷。这次她们没去粤菜馆，而是去了自助旋转火锅店。

点了汤底后，她们就找了位子坐下，等了没几分钟，小汤锅就端了上来。

将喜欢吃的蔬菜和肉下锅，两个人又说起话来，话题围绕的还是以后过日子、生活的种种。

吃完饭快深夜了，美玲离开后，许愿就没回去，在病房里将就了一晚，第二天就带着许母办理出院手续。

在家陪了许母几天，有一天下午，美玲突然约她出去喝咖啡。许愿化了个淡妆，提着包就出去了。

天气不是太好，阴沉沉的，刮着些许闷热的风。喝咖啡的地点在市中心的商业区，从老城区出来，搭乘地铁可以直达。

路过美玲所说的咖啡馆，从窗外就能看到她坐在靠窗的最后一桌等着。许愿推门进去，热气被挡在门外，咖啡馆里一阵凉爽。

“这里。”美玲看见她后招了招手，随后又叫来服务员：“一杯拿铁。”

许愿走过去，拉开椅子坐下。

美玲今天难得打扮了一番，化了淡妆，穿一身嫩绿色贴身针织裙。

怀过孕的她比以前圆润不少，头发拿漂亮的发卡绾起来盘在脑后，留了些刘海垂在脸颊两侧。她五官本就长得好，整个人圆润后越发显得温柔了。

许愿看着她问："怎么突然想起约我喝咖啡了？"

美玲轻轻搅着咖啡回道："吵架了，不想待在那个家里，出来透透气。"

许愿无话可说，这种情况以前她在苏城的时候就听美玲在微信上抱怨过。

她算是高嫁，婆婆和公公都是知识分子，曾经是教师，现在退休在家。她老公在一个不错的单位上班，唯独美玲连份工作都没有，难免被婆家看低。

她和婆婆基本是三天一大吵，两天一小吵。唯一好点的是她老公知道疼她，每次她跟婆婆吵了架都会带着她出来住几天。

"我打算去找份工作，不管工资多少，上着班心里总踏实点。"美玲说着接下来的打算。

许愿看着她，点点头表示赞同。

美玲嘲讽道："看见没，这就是现实。"

许愿笑了笑："要不你们干脆重新买套房子自己住？"

"谁不想啊。这不刚生完孩子，积蓄一下就花光了。我说出去上班也是不想他一个人太辛苦了。"美玲抱怨着，又问，"那你呢？"

"我和我妈商量过了，也打算买房了。"许愿回答。

"可以，早点买早点安心。"美玲一声叹息，"我就是后悔结婚早了，没有多奋斗几年，给自己留个家。"

"你看现在，和婆婆吵了架我连个去的地方都没有。"

许愿笑道："要不去我那里？"

美玲摇头，抬手看了一下手表："今天就不去了，改天去看看阿姨。"

许愿看着她："咋了？"

美玲笑眯眯地道："我老公快要下班了。"

许愿搅着咖啡的手顿了一下，偏头翻了个白眼。

美玲正要开口说什么，却见许愿的目光看向外面一动也不动。她疑惑地跟着看出去，人来人往什么也没有。她有些疑惑地问："怎么了？"

许愿细看了一眼，不确定那辆黑色保时捷是不是明望的。她转过头："没事，看错了。"她回着话，却还是忍不住再次将目光转向窗外。

看见男人下车的那一刻，她顿了一下。这回可以肯定是明望了。

美玲也看见了，在心里暗暗叹息。

身形颀长的男人穿着黑西裤，配一身白色衬衫，手插兜正朝咖啡馆走来。他边走边从口袋里摸出手机，在手里转了个圈，打开看了一眼。就这一错眼，导致他没能看到靠窗而坐的两个人。

明望进了门，咖啡馆里四面八方的视线都聚集过去。小姑娘们一个个红着脸转头偷看。

许愿是背对着门口的，这会儿背挺得笔直。她能听见周围的人说悄悄话，都在说见到了一个超级成熟有魅力的帅哥。

她低头搅着咖啡，拿起手机看了一眼后，心里暗暗期待着。她的脸颊有点儿发烫，确实也有好久没见到他了。

但许愿等了几分钟，也没见人过来打招呼。

"啧，这是来相亲的啊！"美玲看着许愿的背后，端起咖啡喝了一口，抬了抬下巴，示意她看。

许愿的身子僵住，脸上是火辣辣的难看和无地自容，为自己的自作多情。

"愿愿？"美玲小声地喊了一句。

"没事。"许愿微笑着，绷住快要崩溃的情绪，不想让美玲看出来，却还是忍不住稍稍侧身。

明望就在她的侧后方，他是背对着她坐的，一只手斜斜地搭在椅背上，能看得出他此刻的姿态是慵懒而随性的。

他的对面是一位穿着香奈儿小黑裙，打扮奢侈的美人。她是真的很美，笑起来甜甜的。她在服务员拉开的椅子上收着裙子坐下，一举一动透着端庄大气，从骨子里透出涵养。

心脏倏然被拧住，许愿转头端起咖啡喝了一口，苦涩如同心情一般缓缓流进心里。苦和痛在撕扯着，表面却只能用平淡来遮掩。

"那好像是万宇食品集团的千金。"美玲介绍了一下。

"是吗？"许愿勾唇微笑，"也挺好。"

美玲看向许愿："愿愿，凡事不可求。"

许愿垂眸："我明白。"

一杯咖啡喝完，美玲又叫了一杯，顺带点了几样点心。她的电话响起，许愿瞥过去，就看见"老公"两个大字。她看向美玲："陪我一会儿，好不好？"

美玲笑了笑，接起电话，没等那边说话就开口道："老公，你今晚加会儿班再下来。"

罗佳远："啊？"还不等他说话，电话就挂断了。

他正疑惑着，主任突然宣布今晚要加班。他摇头苦笑，他媳妇这张乌鸦嘴啊。

许愿和美玲静静地坐在咖啡馆的角落里，后面的人在交谈，因为距离太远，什么都听不见。

几十分钟后，男人和女人都站了起来。

"他们要走了。"美玲看了一眼说。

"嗯。"许愿低低地应了一声，偏头看向窗外。

夜晚的城市霓虹亮起，咖啡馆外是一棵棵缠绕着彩灯的火树银花。或许夜晚的灯太亮，许愿看见一辆黑色保时捷缓缓地开过来停在门口，郎才女貌的两个人从咖啡馆走出去，正停在保时捷旁边。

明望伸手拉开后座车门，侧身微笑着，女孩轻轻提起裙摆坐进去。他将车门关上，随后单手插兜，慢悠悠地绕过车头，拉开后座的另一侧车门也坐了进去。保时捷缓缓启动，离开了咖啡馆。

许愿的目光也随着远去。她突然想起那时在驾校外，和后来他每一次送她回家，从来都没有这样对过她。

原来，他所有的绅士和周到，从来就没有给过她。

别妄想了许愿，她告诫着自己，快速转头将咖啡一口喝完："我们也走吧。"

美玲多看了她几眼，随后提起包去结账。

出了咖啡馆的门，南城的闷热扑面而来。夏风虽然吹着，但在这一刻，带来的只有无尽的热和烦闷。

美玲的电话再次响起，她接起道："老公？"

“好，可以下班了，我在人民路路口等你。”她说完就挂断了电话。

许愿说：“你去找你老公吧，我也回去了。”

“今天……没事吧？”美玲多看了她几眼。

许愿笑了笑：“没事，我先走了。”

“好吧，那你路上注意安全。”

“嗯。”许愿应了一声，抬脚往左侧走去。

天空飘了几滴雨下来，风也在这一刻突然大起来，卷起了她的裙摆。细雨落下，她没躲也不急，身边来来往往的人在四处躲着避雨。

大街上一下便空旷起来，甚至能听到脚下高跟鞋踩在地上的声音。走着走着，她突然崴了一下，踉跄几步，胳膊被一只手扶住。

熟悉的感觉令她的眼睛亮了一下，却又在下一刻暗淡了下去。

“没事吧？”低沉的男声，却不是她想听到的。

“没事。”许愿站稳后转头道谢，然后顿了一下。

季远行笑着放下手，偏头向旁边的便利店示意了一下：“过去避一下雨吧。”还不等许愿说话，他就转头先走了。

许愿无奈，只好跟上。

雨越下越大，两个人站在便利店的屋檐下看着雨滴。季远行拍了拍袖子上的雨水，问道：“怎么来这边了？来上班吗？”

许愿摇了摇头说：“不是，美玲约我过来喝咖啡。”顿了顿，她随意地问他，“那你呢？”

季远行笑着说：“我在这边上班啊。明望你还记得吧，他要往新人工智能这块发展，我就去他那里上班了。”

这个名字让她愣了一下，片刻后缓缓点头。

雨水滴落的声音里，季远行多看了许愿几眼，越发觉得她美得令人心动。他叫她：“许愿。”

许愿转头，向后抓了一把头发：“怎么了？”

“你高中毕业后是不是没去读大学？”他问。

目光对上他打探的眼神，静了半晌后，许愿从包里掏出烟，背靠着便利店的玻璃窗。点燃香烟后，她在季远行诧异的目光下吸了一口，然后才回答他：“是啊。”

季远行愣怔地看着她，清冷又性感，她驾驭得很轻松。

“那后来呢？”他愣怔地问道。

她细白的手指弹了一下烟灰，笑了笑：“打听这么多做什么？”

季远行也跟着笑了笑：“你家里就没有催你结婚？”

许愿一下子就听明白他话里的意思了：“没有。”她说得随意，“而且，我也不想结婚。”

这话季远行就没办法接了，他又不是什么都不懂。

看着雨夜里便利店透出的灯光照耀下的许愿，他明显感觉自己比往常木讷了不少。

片刻后，一辆白色本田停在便利店门口的路边。许愿瞅了一眼车牌号，掐灭烟。

“我先走了，班长。”

季远行跟着她往前走了几步，看着她上了车，又叮嘱道：“路上小心。”

“嗯，你也早点回去休息吧。”她在车内淡淡地颔首。

“好。”他回答。

看着车子远去，季远行站了片刻，原路返回，到公司大厦的停车场将车开了出来。

他吃完晚饭从咖啡馆对面走出来，就看见许愿一个人在慢悠悠地走着。他没忍住隔空喊了她一声，只可惜街上太吵了，许愿没听见。

于是他就顺着人行横道过来，想跟她说几句话。哪想话是说上了，机会却一点不留。

他叹了口气，转动方向盘，车子驶入夜色之中。

许愿回到家，她被雨淋了个半湿，短发湿漉漉地贴在脸颊上。许母推着她赶紧去冲个热水澡，见她进了卫生间，忙又去厨房熬了一碗姜汤。

等许愿洗完澡出来，等待她的就是一碗热辣的姜汤。她有些无奈，捏着鼻子喝下，随后跟母亲道了声“晚安”就进了卧室。

她扑倒在床上，只觉身心疲惫。

大半天时间过去，她拿出手机，看见有两条新消息。一条来自苏城，自己的顶头老板T厂产品组装部部长兼大工程师何硕的消息。

何硕：你复职的日期快到了，什么时候回来？

另一条来自明望：在干吗呢？

许愿看着信息，最后忍住没回明望的，点回老板那边。她暗自回想了一下，回来确实快有五个月了。

她点出键盘，一个字一个字地输入：月底就回去了。

随后她按了发送。

所有的妄想，都将随着这条消息沉入心底，让时间来腐朽，直至成灰。

许愿用一晚时间收拾好自己的所有情绪。

都是成年人了，多少困苦都吃过了还怕熬不过这一段时间的难过？她相信时间能淡化过往。

年少时自芸芸人海中偷窥了少年一眼，记了这么多年，如今天各一方，更是难以高攀。但她会始终仰望，祈求他安康顺遂。

她关了电子设备，去了一趟书店后就在家静静地窝了几天。

某天吃饭时，许母突然提起老家一个和她同龄的人买车了。她抬头看向桌对面的母亲，同时看到了母亲眼里的担忧。

许愿暗叹，自己这种情绪着实有些过了，倒叫母亲担心了。于是她吃完饭收拾了一番，然后出了门。

夏日知了在树上不停歇地鸣叫着，增添了夏日的闷热和烦躁。许愿没地方去，想起车子的事，干脆转去了南城最大的车市。

她到车市时刚好是在下午两点日头最晒的时候，气候还是最闷热的当下，立马挑了一家店进去避暑。

销售员端了水过来给她，询问她想要的车型。

吹着空调吹出的凉风，许愿沉思着，考虑了片刻。她也不太懂车，只能说安全性能高，价格在十万到十五万之间，其他没什么要求。

销售员带着她去看车，许愿转了一圈又一圈，都不怎么满意。最后她让销售员去忙，自己慢悠悠地逛，不知不觉就逛到奔驰那边去了。

明望站在二楼，手搭着栏杆微微俯身，看着她在底下晃晃悠悠地四处溜达。让他有点想不明白的是，自己无形之中是不是哪儿得罪她了。

这两天他在外地出差，给她发了几条信息。第一条“在干吗呢”，她隔天早上回复说“昨天睡得早”，第二条和第三条则干脆不回了。

他看了片刻，直接下楼，有些事还是得直接问清楚。

许愿在奔驰大厅里转了一圈，发现价格都不在她所能承受的范围之内，打算过过眼瘾就出去。

“要买车了？”他在她身后开了口。

一个熟悉的声音让她愣住，站在原地转身不是不转身也不是。

因为他相亲，因为知道两个人没可能，还因为她马上要回苏城了，在各种情绪掺和下产生了回避心理。她想，今后怕是没机会碰见了。

这种心理促使她开始渐渐冷回应，以他这样聪明的人，绝对知道这是什么意思。但尴尬的就是现在这样——他直接出现在她面前。

她的脑海里一片空白，没法思考，只想遁地逃跑，但明显有人不让。她刚迈开步子，胳膊就被人给扯住。

“许愿？”他有些奇怪，叫住她。

站得近，她闻到了男人身上的薄荷清香。他的手还抓着她的胳膊，温度也从相接触的皮肤传到身体各处。

心脏不听话地加速跳动，渐渐有死灰复燃的苗头。

许愿不得不停下脚步，尽管心里被各种情绪折磨着，但她还是极力稳住，转身对着他淡淡地笑了笑，再回答他之前的问话：“没，就打算先看看。”

明望放下手，靠近她后微微低头，直视她问：“我是不是哪里得罪你了？”

许愿移开视线，顺了一下头发：“怎么这么问？”

他的视线还是没放过她，带着些许审视。

“如果我哪里做得不好，能不能指出来一下？”

这话让许愿愣住了。他怎么可能做得不好，只是她想远离而已。

许愿摇头，轻笑道：“没有。那什么……我先走了。”她说着迈开脚步，侧身想走，没想到身旁的人也同时侧身。

许愿没来得及收脚，人就往他身上扑了过去，满满的薄荷清香中带了一丝淡淡的爱马仕男士香水味裹住周身。明望半抬手虚搂着她的后背，轻声说：“小心点儿。”

许愿又窘又尴尬，扶着他的身体站稳：“谢谢。”

明望收了手，却也没让她走，而是问道：“打算买什么样的车？”

许愿不好不回：“安全性能高一点，十多万吧。”便宜的就便宜的，没什么不好意思说的。

他闻言，沉思了一瞬，侧身看向左前方，示意着问：“去那边看看？”

许愿顺着他的视线看过去，片刻后又转头看他，低低地“嗯”了一声。

明望带着她过去，直奔高尔夫专区。售车经理迎上来：“明总，来这里看车？”

明望说：“高尔夫最新款，带我们去看看。”

经理将他们带去 VIP 区，边走边说：“这些都是刚从德国运过来的，您随便看。”

两个人走进去，许愿一眼就看中了左侧白色的那辆。她绕着车子转了一圈，经理跟在身后给她介绍着各种性能。这辆车各方面都不错，就是报价高了一点，这让她有些犹豫。

明望走过来，问她：“最高范围是多少？”

“十五万。”许愿回。

听到回答后，他拿起手机，给助理发去信息。

几分钟后，张勇手里拿着卡跑进来。见到许愿，他不得不诧异她跟老板的缘分，将卡递给经理。

经理过来问许愿：“女士，您确定就选这辆吗？”

看着他手里的卡，再看向明望，许愿罕见地慌了神。

“明望，车我能……”

明望伸出食指轻轻竖在嘴唇前，示意她先不要说话。然后他看向经理，微微颔首。

经理乐滋滋地说：“好嘞，一会儿还要麻烦女士过来签字。”说完便不再打扰他们，拿着卡和张勇一起退出 VIP 专区。

明望放下手后，许愿是真着急了，拉住他的袖子说道：“明望，车子我真的有能力自己支付的。”不就是二十万吗？咬咬牙她也能买。

明望看了一眼她的手，轻笑一声：“我又没说给你买。”

“是吗？”许愿尴尬地收回手去。

“那是贵宾卡。”他回了话，带着她往外走去。

他这话说出来，许愿心里忽觉难堪。不仅再次为自己的自作多情，还为自己不懂贵宾卡有什么作用。

这就是圈子，是她永远也够不到边的地方。

经理在顾客区等待，等他们过去坐下，倒了几杯水后，就拿出购车合同给许愿看。等她看清上面只需支付十四万的时候，简直快要失去语言组织能力了。原来贵宾卡这么好用。

签好购车合同后，许愿加了经理的微信。车子还得从德国调过来，暂时提不了。等经理走后，许愿再次道谢：“明望，谢谢你。”既保留了她的自尊，又给她提供了帮助。

她又欠他一个人情，只是一码归一码。

明望的手机铃声响起，他看了一眼后摁灭，随后看向她：“不如请我吃顿饭？”

许愿点点头，大方地看向他道：“好啊。”她说着点了点他的手机，“等你有时间了约我。”明望微微笑着，轻轻点头。

许愿站起来：“那我先走了。”

他背靠着椅背，看着她颔首，在许愿转身之际点了点手机。许愿点点头，转身出了门。

高跟鞋声远去，张勇不知从哪儿蹿出来催促道：“老板，得赶紧回去开会了！”

“这不正打算回去嘛。”明望说着站起来，“账单记我卡上。”

“好。”张勇回答。

奔驰车从旁边的4S店开出来，张勇过去接车，捎上老板后，转了个弯从后大门开出去，直奔公司。

第四章

最近的距离

许愿回家时路过菜市场，进去买了些菜和排骨提回家。

买车这件事直到现在她都是晕晕乎乎的，明明也没有那么强烈要买的念头，可是就因为碰见了明望，这车也就买下来了。

开门进去，许母还躺在房间里。她进去喊了一声，随后又出来，进厨房弄晚饭。两菜一汤做好后，许愿进房间将母亲扶出来在餐桌旁坐下，又给她添饭。母女俩说着话，慢悠悠地吃饭。

吃过晚饭，许愿帮母亲洗了澡出来，就照顾她休息。等母亲睡下以后，她才回到自己的房间，抱着睡裙进洗手间冲了个澡出来。

她在床上坐下后，手机屏幕亮了一下。她拿起来，没想到是明望给她发了消息。许愿再次看了看回程日期，只有一个多星期了。

她将对话框点开，看他发过来的消息。

明望：在家吗？

明望：今晚有空，出来吃个饭？

两条信息，中间间隔了十多分钟。

许愿不想回了，说她冷血也好，说她白眼狼也罢，这份情就永远欠着吧。这样，以后明望想起她，她就不再是一个无足轻重的老同学，而是会感叹这个人曾经欠了他人情还没还。

她将手机放下，躺到床上。在寂静的夜里，一股浓浓的自厌情绪从心底翻滚而来。

过了一会儿，床上的手机响了。

许愿顿了两秒，翻身捞起手机，是一个南城的陌生来电。她愣了片刻后接起来："喂？"

电话那头声音低沉："是我。"

"嗯。"许愿问，"有什么事吗？"

"看微信了吗？"

许愿愣了一下，站起来靠在窗边："还……"

"你看了。"明望打断她的话，"看了为什么不回？"

许愿没说话，深吸一口气，自我厌恶地想：总不能说我不会插足别人吧，可真是又坏又贪心。

明望透过车窗，看向三楼侧边的窗户，能看到窗帘上映出一个小小的人影。他看见她伸手撩了一把头发，侧身靠着窗户。

他低头，拿了支烟出来衔在嘴里，却没点燃。他的头朝座椅靠去，视线不离窗户，听筒里安安静静没声音。

"许愿。"明望叫她。

"嗯。"电话那头有回应。

他说："今晚有空，一起去吃个饭。"

"要不改天吧，今晚我得照顾我妈。"

窗户边上没了影子，拖鞋声通过听筒传过来，随后是将水倒入杯子里的声音。几秒后，客厅的灯灭了。

明望不说话了，许愿站在黑暗中也没开口，电话两头都安安静静的。

片刻后，明望突然说："许愿，你下来。"

许愿刚要拒绝，他的话就接上："我在你家楼下。"

许愿一瞬间愣住，又突然清醒过来，水都没喝就进去卧室走到窗边拉开窗帘。楼下老小区的一侧，一辆车的车灯闪了闪。

明望拿出打火机将烟点燃，深吸一口，手指轻点着方向盘。

"怎么，不敢下来见我？"紧接着，他话语里带了点罕见的痞气说道，"还是，怕我吃了你？"

过了几秒钟，电话被挂断。明望将手机丢回中控台，手搭着车窗抽烟。

三楼窗户的窗帘拉了回去，她似乎是在换衣服。五六分钟后，楼道里的灯光开始一层一层往下亮起来。

小区暗黄的路灯照耀下，一个高挑纤细的身影慢慢走过来。明望开了车锁，但许愿并没有上车的意思，就站在车外看着他。

两个人的视线相对，半晌后，明望意味不明地笑了笑，摁灭烟，打开车门下了车。

他还是穿白色衬衣，只不过全从皮带里扯了出来，纽扣松松地扣着几颗。

今晚的他是懒散的，手插兜绕过车头往许愿这边走过来时带着一股随意。他的步子迈得很大，眨眼间就到了跟前。

他给了许愿一种来势汹汹的压迫感，许愿没忍住往后退了一步。

明望看着她，缓缓笑了，带着一股流氓气息，视线紧盯着她。

许愿抿紧嘴唇，有一种被狼盯住猎物的错觉，却又吸引着她忍不住想看更多，心“扑通扑通”跳快。她当真没见过他这副模样，很是吸引她。

不过大概只要是明望，什么样她都会喜欢吧。

他越走越近，到了面前还没停下。许愿迫不得已往后退了几步，视线里明望的手突然伸过来，一把搂住她的腰，再往前收力。这个动作太突然了，许愿猝不及防撞到他怀里。

空气一瞬间安静下来，只有越来越快的心跳声，简直——震耳欲聋。尴尬直冲大脑，许愿忙站直身体。哪想她刚要往后退，腰上的手臂使力再次将她拉了回来。

身前背后是他有力的躯体和手臂，许愿进退两难。

明望沉默了几秒，搂着她，大手不着痕迹地搭在她纤细的腰肢上。他偏头往前看了一眼，带着她往后退了两步。转头间，绵长的馨香从她的身上散发出来。

许愿稳住自己，按捺住悸动后冷静下来，想要拉开距离。偏偏这个人还不肯放过她。

他搂着怀里的人，低头在她耳边沉声道：“小心，再往后退就掉进花坛了。”

原来是这样，再退就要栽跟头了。

这是他们离得最近的距离，仅隔着两层衣服。他温热的体温透过衬衣传到她的皮肤上，没有人比她更迷恋这一刻了。

“好。”回话的声音带着点颤抖。她伸手抓在他的胳膊上，强撑着自己站稳，手掌下是温热有力的肌肉。

明望适时地放开手，看着她从自己怀里退出去，一双漆黑的丹凤眼浓得像是化不开的墨。

许愿撩了一把头发，转过头没看他：“这么晚了来这里干吗？”

明望站直身体，将手重新插回兜里：“来讨顿晚饭。”

这话令许愿感到诧异，转过头看着他：“你还没吃晚饭？”

男人点点头。

久违的愧疚直冲大脑，许愿喉咙里像是被塞了一口刺，什么话也说不出来。

明望看着她，眼前的人已经洗过澡了，小脸白皙不带妆，唇是淡淡的粉色。他坦白说：“我还饿着，你也不理我。”这话带了一丝玩笑般的委屈。

她愣怔地抬头看他，她让他饿肚子了……确实是她闹小脾气作的，但自己现在这个样子也不好陪他去什么餐厅吃饭……她忽然看了一眼楼上，一个大胆的念头跳出来。

明望见她看向楼上，挑了挑眉。

“要不去我家？我给你弄点吃的。”许愿问他。

“好啊。”明望轻笑，“尝尝你的手艺。”

许愿松了一口气，提前打好预防针道：“我只会一般的家常菜，你可不要嫌弃。”

“怎么会？”他笑着，垂眸看她，“我很想吃家常菜。”

许愿忍不住抬头看他一眼，见他正温和地看着自己，如烫到一般转移视线，将耳边的头发钩回去，侧身带路。

“等一下。”明望却出声叫住她。许愿不明所以地停下脚步，转头看他。明望打开后备厢，提了几样东西出来，随后便锁了车。

看着他手里的礼品，她一时之间说不出话来。

“阿姨在家，总不好空着手去。”他说着，下巴往楼道方向偏了偏，

“带路吧。”

许愿裹着外套，带着明望往家里走去。她开了门进去，摁亮客厅的灯。明望跟在她后面进来，关了门。

地方不大，但是很干净和温馨。所有物品都摆放得好好的，电视机下有两丛碧绿的富贵竹，唯一乱了些的估计也就是茶几上放着的些许小玩意儿。

许愿让明望随便坐，空调刚关不久，客厅里还带着点凉意。她重新打开空调，随后便向厨房走去。

沙发是布艺沙发，沙发巾是米黄色的。墙壁由淡绿色和米黄色相拼，阳台上还有几盆多肉，处处都透着温暖。

明望在沙发上坐下，看着忙前忙后的许愿，神经倏然就放松了，身子往后斜靠着沙发。人就是这样，一旦处于温馨的环境下，就会不由自主地放松下来。

许愿挽起袖子：“想吃点什么？家里有菜。”她打开冰箱看了一眼，给他报了几道菜。

明望靠在沙发上，视线追随着她道：“都可以，快点就行，我是真饿了。”

许愿转头看他，对上他认真的目光，片刻后拿起面条。做饭太慢了，面条会快一些。

卧室里传来两声咳嗽，许愿先烧了水，然后进了母亲的房间。摁亮灯后，她过去扶起母亲：“妈，怎么了？是哪儿不舒服吗？”

许母靠着枕头坐起来一些，往外看了一眼，刚好跟走到门口的明望对上眼。

“这明总……”她看向女儿。

许愿硬着头皮瞎扯：“刚刚下楼买东西的时候碰上明总的车在旁边坏了，就带他上来歇会儿。”

许母又看向明望。明望看了许愿一眼，微微笑着，顺着她的话回答：“今天运气不太好，还好碰见许愿了。”随后他又问，“阿姨您好点了没？”

许母忙应答：“好很多了，过几天就活蹦乱跳了，这还得感谢明总呢。”

明望说道：“您客气了，我跟许愿是同学，应该相互帮助的。”

许愿瞥了男人一眼，侧身一步一步退了出去。

里面的人又讲了几句，随后就听许母的声音传来：“愿愿，好好招待明总啊。”

“妈，我知道了。”她应着，前脚进了厨房，后脚门框边就靠了个人。

许愿拿菜的手一顿，又重新拿起菜。水开了，她把面条下下去，看着量够了，又放好面条。她拿筷子搅了一会儿面后，将火调小些，再拿了菜冲洗。

身后有温热传来，随后旁边就站了个人。明望拿起她搭在旁边的筷子，学着她刚刚的样子，轻轻搅动着面。

厨房里很安静，只有锅里的面条在翻腾。洗菜的间隙，许愿偏头看了一眼。

男人站在烟火中间，衬衫随意地穿着，一只手拿着筷子在专注地翻搅，一只手插在裤兜里。他的态度认真且随意，就好像是……万家灯火里洗手做汤羹的平凡夫妻一样。下了班，一起归家，一起做饭。

许愿愣了片刻，转头将小白菜洗干净。随后她站到明望旁边，将肉酱和调料摆好。看面煮得差不多了，她开口道：“我来吧。”

明望将筷子递给她，收回手的时候不经意间从她的手背上轻轻挠过，随后退了一步，侧身靠着旁边的料理台看她。

都说指尖连接着心脏，这话果然不假。许愿的呼吸停滞了一下，片刻后才缓缓呼出：“你先出去吧，我要炒菜了，油烟会很呛。”

明望倒也听话，转身出去了，到客厅的沙发上坐下。许愿把厨房门关上，将面条捞起来用冷水过了一遍后晾着，开始炒许母之前做好的肉酱，以及做汤。

厨房的门是磨砂玻璃的，从明望这边看过去，能看到一个模糊的人影在里面忙碌着。这股人间烟火味倒让他感受到久违的温暖。

看了一会儿，他转头瞥向茶几，看见一个大的陶瓷杯和一个小的淡绿色咖啡杯，咖啡杯上的字是：今天我最可爱。他伸手将小的那个端起来，想起她下楼之前应该是在倒水。他嗓子有点儿干，于是将水喝下。

等许愿端着一碗面出来的时候，明望也端着水杯走了过去。见她看着自己手里的杯子，他举了举："口太渴了，没找到你家的一次性杯子，猜这个是你的，所以就喝了。"

故意使坏的人做坏事，还要告知别人，这是独属于他的小恶劣，一点一点地在她面前展示出来。

心脏不受控制地悸动，许愿看了看杯子，再看了看他。

明望顿住，慢悠悠地举起杯子，不确定地问："这杯子，是你的吧？"

见许愿点了点头，明望这才将杯子放在桌上，拉开椅子坐下道："那就行了。"随后又抬头看她，"你不会怪我吧？要不……"

"没有。"许愿摇头，只是有一个不敢想的念头在脑海里盘旋。

明望点点头，当着她的面，又端起水杯喝了一口水。许愿不自在地转移视线，他这种行为，说是流氓也不为过，她却一点也不讨厌。

明望放下杯子后看向面条，色泽很漂亮，奶白色的浓汤，有很多肉，还有绿色的小白菜，味道也很香。

他实实在在被馋到了，手一动才发现她没给自己筷子，于是抬头看着她。许愿回神，将手里的筷子递给他。

明望吃东西很斯文，速度却很快。许愿拿出客厅柜子里的一次性杯子，给他倒了杯水放在餐桌上。明望边吃边在水杯上敲了敲，意思是满上。许愿顿了顿，拿杯子接了杯温开水放在他手边。

她怎么也想不明白，自己的杯子给客人喝水，自己却拿待客的一次性杯子喝水？

明望吃完以后，许愿将碗拿进去清洗。他跟在她的身后进了厨房，见她倒了洗洁精擦干净碗，又用清水清洗。

胃里熨帖了，感觉浑身都舒畅。他靠近她，俯身伸手，接着她洗的碗和她一起在清水下冲洗着。

他明明没有靠在她身上，两个人之间还隔了一拳的距离，可许愿却像是被包裹在他怀里，这种感觉还不如一把抱住她来得痛快。她浑身开始发热，有冒汗的前兆——这个人坏得很。

好在碗很快就洗干净了。放好碗后，她又往手上挤了点洗手液，再认真地搓洗。

明望忽然开口："下次去我家吃吧。"

搓洗手的动作停下，她抬头看他。

"家里有人做饭，不用洗碗。"明望看着她的手说，"你的手那么漂亮，不该用来碰这些的。"

心一瞬间战栗，许愿说不清那是一种什么样的感受，酸的甜的一股脑全涌了上来。她使劲搓了搓手，然后冲洗干净。

她关上水龙头后，厨房里便安静下来。

"你还没回答我。"

许愿抬头："什么？"

"下次去我家吃饭。"

她抿紧嘴唇，这怎么好回答呢？

明望倾身，低头去看她，轻声问："怎么不回答了？"

许愿低头捏着手，几秒后缓缓开口："我还是不去了吧，万一被别人误会就不好了。"

任她在心里和解万遍，他一问，她就什么都忍不住了。

"嗯？"明望不解。

许愿说："你相亲那天，我也在咖啡馆。我都看到了。"她抬起手捋了一把头发，看着他的眼睛，真诚地道，"明望，我希望你永远幸福。"

明望的舌尖顶了顶腮帮子，似乎笑了笑，终于明白这段时间她为什么会躲着自己了。

他俯身，视线直直地对准她："哪有相亲就必须结婚的道理。"

"而且，"他说，"你就知道我会幸福？"

厨房里很安静，许愿轻声开口："她那么漂亮，你们又门当户对，肯定会幸福的。"

明望嗤笑一声，直起身道："幸福啥啊幸福，我又不喜欢她那样的。"

那你喜欢什么样的？这句话被许愿冷静地压在喉咙口。

过了片刻，他话题重谈："下次去我那儿吃饭？"

“我……到时候看。”

明望挑眉哼了一声：“许小愿，你可真能耐。”

他——叫她许小愿，许愿愣住了。一声声回音伴随着心跳，反复在心底荡漾，她从没觉得自己的名字这样好听过。

她抬头看向男人挺拔的后背，短发清爽的后脑勺。他当真是哪儿哪儿都完美。

明望没听到她回话，也不在意，往客厅走去，边走边说：“反正在我这里你就是答应了。”

许愿回神跟着他，明望拿起茶几上的车钥匙往门口走去。

“到时候我来接你。要是我没时间，就让张勇来接你。”他说着转身，“张勇知道吗？就我那个助理。”

许愿点点头。

明望看着她，忽然笑了笑：“不准不理我了。”

她仍然点头。他没忍住，突然伸手揉了一把她的头发：“小哑巴。”

头顶的触感犹存，许愿的心停跳了一瞬，伴有阵阵耳鸣。他今晚叫她许小愿、小哑巴……是很亲昵的说话方式吧？

明望出了门，许愿按捺住悸动，跟过去要送他下楼。可他没让她送，拦住了她。他的手掌贴着她的胳膊，触手可及的细腻感让他顿了片刻才轻轻将她往屋内推。

“这个时间了，下楼不安全。”随后他又说，“早点休息。”还不待许愿回话，门就在眼前被关上了。许愿愣了一下，进了自己的卧室，站在窗边往楼下看。

过了几分钟，男人挺拔的身影从楼道口出去，走向小区侧边的那辆黑色轿车。车灯亮起，男人上了车。

片刻后，许愿的手机里收到明望的信息——

别看了。

早点休息。

晚安。

楼下有汽车发动的声音响起，许愿看下去，他正在倒车。

她点出键盘，输入：路上注意安全。

回去早点休息。

她没打“晚安”两个字，而是发了两个字母：An。

夏日的闷热到了夜里也丝毫不减，从窗口吹来的热风在这一刻忽然也没那么讨厌了。

他今晚的一系列行为，都在狠狠地拉扯着她进入大雾弥漫的人间，又或是天堂？她不知道，但只要是他，心动会让她彻底沉沦。

明望再联系她的时间并不是太长，是那晚过后的第三天，也是她回苏城的倒数第四天。

这几天许愿没事干，就都待在陈茜茜的会所里。她现在没学那些美容手法技术了，而是被陈茜茜带着开始学管理，学营销。

管理许愿会，毕竟她在苏城管着一整个组装课，手底下至少也有千把号人。她在管理这一块倒是没什么问题，能活学活用。管理管理，万变不离其宗，把奖惩制度用上，让陈茜茜也惊讶了一把。

她主要学的还是营销，产品是直销产品，外界对此的认知很少。这就要看你如何将产品推广给顾客，如何用产品的质量来吸引顾客使用，甚至是开卡以及拉代理商了。这是一门技术，许愿还有得学。

他发信息给她的时候，是晚上快十点了。她都已经准备洗洗躺到床上了，他的信息才发过来。

明望：吃过晚饭没？

紧接着他又发了一条：要不去吃点夜宵？

许愿问：还没吃晚饭吗？

明望：一忙就忙到了现在。

忙到现在，一下班就往她这边跑？许愿看了一眼坐在客厅看电视剧的母亲，走进厨房。

灶台上摆着煮熟的饺子还在散热，是母女俩煮多了的。许母一直强调，热菜热饭不要第一时间就放冰箱里。至于什么原因她又说不出来，只是说这样不好。

许愿碰了碰碗的边缘，被烫了一下后忙缩回手。她们也是刚吃完饭不久，大夏天的饺子散热慢，以至于此时还热着。

她给明望回了消息：等我几分钟。

那边回得很快：好的。

许愿笑了笑，放下手机便忙活起来。

明望收起手机，动了一下脖子，懒洋洋地靠着椅背。忙到现在，早已经过了想吃饭的点，他出了公司以后就开着车在街上慢悠悠地转着。

老徐叫他去喝酒他不想去，家也不想回，感觉很疲惫，不知不觉就将车停在了老小区门口。

看着三楼的灯光，他忽然想起他们有几天没见了，心里涌起一股冲动，可一看时间都大半夜了。不知是出于什么心理，他没给她打电话，而是发了微信。

他想，如果她看见了更好，没看见……那他就再等等吧。

他盯着她回的消息看了几分钟，眉眼弯起，手指一点从和她的聊天页面退出，搜起南城的高档餐厅来。

许愿找了家里的饭盒，装了满满一盒饺子，又在旁边放了一小碟陈醋，再拿了双一次性筷子。

临出门前她看了一眼自己，又转回卧室，快速换了一身短裙。穿衣服太麻烦了，还是裙子方便，一套就完事。她淡淡地抹了点口红，急急忙忙提着饺子下了楼。

她走出楼道，侧边老树下的车灯亮起，照亮她脚下的路。许愿一只手拿手机，一只手提着饺子走过去，几步后顿了顿脚步，低头看脚上穿反了的人字拖。

人字拖？穿反了？什么叫无语，这一刻她深深地体会到了。

前方车门打开，他似乎是要下来。许愿忙回神，几步走上前，拉开副驾驶室的车门。

刚坐好，旁边就传来低沉的笑声，大概是他刚刚都看到了。那么亮的车灯照着路面，想不看见都难。

他笑着将车灯关了，打开顶灯后转回头看她，视线从她的腿上滑下去，看了一眼她穿的人字拖。

“能不笑了吗？”怪尴尬的。她赶忙换了回来，脸颊通红。

明望拉平嘴角的笑意，眼里的笑意却丝毫未减，看着她手里抱着的粉色盒子问：“那是什么？”

许愿将盖子拉开，里面塞得满满的，摆得整整齐齐的饺子散发出香味。她将盒子端起来说："我妈包的饺子，要不要吃点？"

明望愣怔片刻，内心止不住地微微发热。他抬手接过她手里的食盒，粉色的盒子在这个空间里突兀得十分明显。他看着食盒，忽然道："我发现你真的很喜欢粉色的食盒，高中时就是。"

她高中时不会在学校吃饭，一般都是家里做好了用食盒装着带去学校。即使是假期去打工，她也很少在外面吃饭。因为光一碗粉的钱对于那时的她来说都太贵了，够她和母亲吃三天的菜了。

许愿低头，手指钩了钩发尾，有些难堪。没想到他记住她年少的，居然是一个粉色食盒。

"用手抓是不是有点不太雅观？"

许愿奇怪地抬头看他，见他眼里带着笑，另一只手在饺子上面试探了好几下，不好意思下手的小动作。

她这才想起没给他筷子，赶紧将手里的筷子撕开外包装后递过去，想了想又问："蘸醋吗？"

"还以为你没拿。"他笑着叼起一个饺子，用神色示意给他醋。

许愿要开小盒子的手顿住，降下自己这边的车窗："你那边的车窗也降下来吧，醋味大，可别整得一车都是。"

明望嘴里塞着东西，往后靠："没手了，你来。"他一只手端着饺子，一只手拿着筷子，腮帮子一鼓一鼓的。

许愿的心被软软一戳，俯身过去，按在车门的按钮上。忽然间，整车的车窗都降了下去。她愣了一下，忙要去按后面两个按钮。他温热的大手却突然覆下来，轻声说："没事。"

许愿不自觉地偏头看他，被美色迷了一下眼，又惊觉两个人的距离不是一般的近，尤其是胸部和他的衬衫之间仅有一个指甲盖的距离。

她一瞬间跟触电了似的弹回去，在副驾驶座上坐好，心"怦怦"跳快。呆愣地看着前方缓了一会儿，她才默默打开小盒子，放在座位中央。

明望勾了勾嘴角，手按下去，后座的车窗升起来。他举起右手里的食盒，夹起一个饺子蘸了醋，放到嘴里，微微眯了眯眼睛。

许愿偏头看他，见他吃得香，心情渐渐平缓下去。

母女俩自己吃的饺子，馅放得特别多，一口咬下去，汁肉香浓，蘸醋又能缓解油腻。这两天的晚饭，他真是吃得太香了。

他的胃口好起来，不一会儿就将一盒饺子吃完了。他将盒子盖好，收在一旁，又拿纸巾擦了擦嘴巴。随后他拿着筷子和醋盒下车，不一会儿又回来，手里拎着两瓶水。

坐上车后，他拧开其中一瓶水的瓶盖后递给她，自己则一口气把另一瓶水喝了一大半。靠着椅背，在夜风里安静了片刻后，他扭头看她一眼，问道："带你去兜兜风？"

许愿看着他："好。"

车子掉了个头后开出小区，他随意地问："想去哪儿？"

夜风吹动她的短发，她往后靠窝在椅子里，答得也随意："都可以，想去哪里就去哪里。"

男人将一只手伸出车窗外，随意地搭着，一只手掌握方向盘。听了她这些话，轻笑一声，往一条僻静的小道开去。

穿过小道就是迎江大道，夜晚的大路上没几辆车，车子速度加快，江风凉爽透彻。

车里很安静，两个人没怎么讲话。车子一直顺着大江往远处开去。

许愿不知道他要带自己去哪里，她也不问，趴在车窗上闭着眼享受夜风快速吹拂在脸上。

不知开了多久，城市的繁华被抛到身后，四周一片漆黑，路边被车灯照到的是一棵棵树。许愿直起身子看了一眼明望，还是没问他要把自己带到哪里去。

半个多小时后，车子停了下来，远方的山头一片明亮。

明望说："下去看看？"

"好。"许愿下了车，公路是柏油公路，路外就是山坡。山里的夜风比城市里的要凉爽很多，夜空中也出现了很多星星。

车灯照亮前方，明望下车后走了几步，出了柏油公路，站在路边，一只手插在兜里，往对面的高山上眺望。

许愿看着他的背影，跟着走了几步。出了柏油公路刚踏出一步，男人转身，抬手自然又亲昵地虚搂了一下她的腰："小心点。"

许愿低低地"嗯"了一声，在他旁边站好后，他才松开手站好。

“那对面在干什么？灯火通明的。”她也跟着看向对面山头，随意地问道。

他笑着低头看她：“你猜？”

她真猜了：“偷挖金矿的？”

明望被她逗得笑出声：“那偷矿的头子现在就在你面前，你怕不怕？”

“你？”许愿哑然，看了看他再看向山顶，“真是采矿的？”

“不逗你了。”他笑得咳了几声，没想到她这么不经逗，“是建温泉酒店呢。”

许愿动了动嘴唇，片刻后也轻笑起来。车灯照着两个人，细小的飞虫在光线下飞舞。许愿的目光从山顶的灯光转到夜空的繁星，过了一会儿，不得不偏头看他。

明望手里转着打火机，手插兜闲闲地站着，视线定格在她的脸上。见她看过来，他勾了勾嘴角。

他风流倜傥，许愿被看得心里一阵悸动，往旁边走了几步。他笑着看她：“小心些，别走太远。”

于是她又转了回来。

那一晚，他们在山脚待了半个多小时，吹吹夜风，聊了几句便开车回去。他在小区门口放她下车时，又问她明天有没有时间。

许愿自然是有时间的，他便笑着说明天来接她。至于接她去干什么他没说，这也让她胡思乱想了大半夜。

第二天晚上六点半左右，迈巴赫停在望江大厦地下停车场。许愿收到信息后就跟陈茜茜打了招呼，乘电梯直达停车场。

开车的人是张勇，明望坐在后排。

许愿上车时他就坐在中间，许愿上了车以后他也没往里面挪。将车门关上后，许愿坐好，肩膀挨着他的胳膊。

明望慵懒地靠着椅背，偏头看她问道：“上面的会所是陈茜茜开的吧？”

“嗯。”

“干得怎么样？”

“还行吧。”

他话题突然一转，问道：“那你怎么想？”

许愿看向明望，不明白他为什么会这样问。

明望偏头，手指在膝盖上轻轻点着：“这家产品做得还挺大，总部在滨市，收购了老牌保健品重新研发出符合当下中老年人的保健用品和仪器，专注联合市场上现有衰退的美容养生，以实体店促进消费来拉动产品生产。”

车窗半开，夜晚的路灯灯光从窗外一缕一缕地透进来，打在他英俊硬朗的五官上，像流星坠落一般闪闪发光。她看着，思绪飘远一些。

他这是特意去调查过吗？

他的下一句话肯定了她的猜想：“没事干的时候随便查了一下。”说着他笑了笑，“发展势头还挺猛，短短两年多时间，已经在全国各地开起了连锁店。只要他们的产品和营销不出问题，未来将不可估量。”

他看向许愿说：“陈茜茜是首个拿下南城总代理的人。”

竟然连明望都给予美诺这么高的评价，说不心动是不可能的。许愿淡淡地笑了笑，按捺住内心疯狂生长的念头。

明望说这番话，另一层意思其实是在留许愿。

他想让她留在南城，更希望她能留在他身边。只是不知道她能不能明白话里深层次的意思。

他偏头看她，却见她一副不在意的样子，心里缓缓升起一种别扭的情绪。

很难得，近年来他已经看淡了很多，即使是事业上的成败也不会让他有情绪上的起伏。这么多年了，也只有她屡次让他感受到这种情绪。

车子里安静下来，谁也没再开口说话。

许愿垂首，目光虚空。她只知道，明望留她了，这让她心中留在南城的天平开始一点点倾斜。

车子路过一处施工地段，有点儿颠簸。许愿被颠得身子前倾一截又坐回来，紧紧贴着座椅，低下头想找后座的安全带。

一只温热的大手伸过来，轻轻揽着她的肩。她四处瞎摸的手顿住，在下一次要被颠簸着向前倾的时候，因为男人握住了她的肩膀得以稳稳地坐着。

这段路并不怎么长，几分钟就走完了。但明望的手并没有收回去，还在椅背上虚搭着。许愿像是偎依在他怀里一般，连呼吸都放轻了，也没有提醒他。

两个人都清醒，也都明白自己在做什么。就是这样的清醒在一点点撑大许愿的妄想。

车子七拐八拐绕进了一个安静的巷口，街边的老槐树枝繁叶茂。

到了地方许愿才知道是一个藏在闹市的公馆。外面是庭院花草，一番江南水乡的风味，等进到里面，所有装修偏复古却又很奢侈。

偌大的场子，像是民国时的歌舞厅。吧台两侧摆满了酒水饮料，歌舞台上有人在唱歌，看打扮像是《情深深雨濛濛》里依萍的那身，唱的也是那个时候的歌曲。

围着场地的长沙发上坐着各种各样的人，聊得热火朝天。一盘又一盘水果从后台由穿着旗袍的服务员端上来。

明望走进来，场子里长沙发那边安静了一瞬，随后立即有人打招呼。陆华谦和徐是钰坐在沙发上，喊了他一声。

明望看见他们，随意地抬了抬手，放下的一瞬间拉住许愿的手，带着她过去。

而被牵住手的人顷刻间愣住了，毫无反应似的随着他往前走。走了几步，许愿回神，感受着他手掌的温热，手心渐渐沁出汗来。

他们……牵手了。不是一秒钟、一分钟，而是很长一段时间。

一路上遇到的人都会跟明望打招呼，打完招呼后就给他们让出道。明望随意地应着，自然而然地牵着身边的女人，姿态亲昵。

路过的人嘴里打着招呼，却都把更多的视线放在了许愿身上。惊讶的、好奇的、羡慕的，各种都有。

许愿跟在明望身后，目光转了一圈，见整个场子里的女士都是盛装出席，有一半以上还都是旗袍加身。她忍不住问他：“明望，我要不要去换身衣服？”

明望闻言，回头看她。一身淡黄色贴身吊带裙，外面套了件宽松的细针织开衫，锁骨处露出的皮肤在复古的橙黄灯光下透着润玉的暖光。他停下脚步，看着她清冷的脸上带着一点点难为情。

他抓着她的手，忍不住使力。许愿被拉过去一些，两个人几乎要贴到一起。明望倾身，声音低沉："不用，你穿什么都很好看。"

她的耳尖悄悄红了，伸手捋了捋头发，嘴角上扬片刻又恢复原状，脸上再没表现出什么，跟着他走过去。

到了那边，有个男人起身给他们让座。徐是钰瞥了一眼明望，再偏头看了一眼他带着的女人，笑道："不介绍一下？"

有服务员给他们上酒，明望拿了杯果酒给许愿，回道："高中时的老同学。"陆华谦坐在暗处，意味不明地笑了一声。明望没理他，这人就是个小疯子。

几个人说着话，许愿坐在明望身边抿着果酒。

桌子那边坐着一个穿淡紫色旗袍的女人，从明望带着许愿进来后，脸就拉了下来。她把酒杯往桌上用力一放，也不管其他人怎么说，站起身就风情万种地走过来，在许愿的对面坐下。

桌边的另一个女人撇了撇嘴道："发什么脾气呢，还以为自己是在明大少身边的时候，高傲给谁看呢。"

旁边的人看向长沙发那边，应道："明少还是一如既往喜欢那种类型的。"

有人接话："有些人就是给点资源就飘了，去了外面几趟，回来都看不起我们这个小地方了。不怪明少会跟她分手，换了我我也会，心高气傲放不下身段，成天摆脸子给谁看呢。"

一个男人走过来，笑话她们："你们就是见识短，就算我们这儿只是个小地方，那也是直辖市。不要看不起它，未来会发展成什么样是不可估量的。"

"是是是，我们没什么见识……"几个人笑着应和，将话题揭过去。桌上又是一片热火朝天。

果酒的味道很淡，许愿喝完一杯，看着桌面上一排排五颜六色的酒水，有些蠢蠢欲动。

明望边跟旁边几个人说着话，边从桌上挑了一杯薄荷叶的鸡尾酒，偏头看着身边人问道："酒量怎么样？"

许愿犹豫了一下，慢吞吞地道："应该还可以吧，这酒的酒精浓度很低。"

递酒过去的手顿了一下，明望看着她，忽地笑了笑，还是递给了她："少喝点，后劲大。"

"嗯。"许愿接过去。见到薄荷绿，她没忍住喝了一口，淡淡的薄荷清香混着一丝丝酒精味在口腔里漫延。

明望看了她几秒钟，收回来的手自然而然地搭在她身后的沙发背上，虚揽着她。他偏过头点了支烟，随意地应着说话的人。

穿紫色旗袍的女人倒了一杯清酒，坐在明望对面，柔声开口："明望。"她直呼其名，这让许愿忍不住抬头瞅了片刻。

明望回过头，轻轻地睨了一眼，烟雾从他的嘴里飘出。女人见明望没动作，手端着酒杯越递越近，眼里满是柔光。

许愿平静地看着，将果酒端到嘴边。她还没喝就被明望捏着手腕往下一拉，"叮"的一声——果酒杯和清酒杯碰在了一起，甚至还将清酒杯往下压去。

女人的脸色瞬间就变了，许愿的脸色也变了，一抹冷笑浮在脸上。

长沙发周围安静了一瞬，片刻后在徐是钰的吆喝下又热闹起来。女人变了脸，退到沙发边上去坐着了。

明望这才将许愿的手松开，揉了揉她的手腕，转头去跟其他人说话。

许愿在心里淡笑一声，将果酒一口喝下。他们的事，她置身事外是最聪明的。可当那个女人带着敌意的目光第三次从她脸上扫过时，她轻皱眉头看了过去。

女人充满敌意的视线和许愿的撞上，那种冷淡的目光让她顿了一下，这目光太像她旁边那个人了。

片刻后，女人略带高傲地瞅了一眼许愿，随后伸手理了一下鬓边的头发，再收回视线。

许愿看着她，从她高傲的眼神里明显看到了藏在眼底的鄙夷，突然想起母亲这几天在看的一部电视剧，一个主演的脸和女人的对上了。

片刻后，她不动声色地收回视线，并没有理会女人。带有敌意，却又不敢过来放肆，联想刚才的举动，就知道她忌惮的人是谁了。

许愿垂眸，重新拿起一杯酒，一口喝完，转头看向身边人。

面对一个放浪形骸，玩得起又放得下，外形出众又潇潇洒洒的风流少爷，心动在所难免。

比起来，她们俩其实是半斤八两，都想占海为王。而那海，就是她身边的男人。

许愿唯一比她强一点的，大概也就是那层薄弱的同学关系了。

有人将牌局移了过来。徐是钰招呼了两个朋友，他们在旁边坐下。

明望从侍者端着的盘子里取了块牌子给许愿把玩，旁边的两个人笑了起来："看样子明大少今晚心情不错啊，哈哈。"

明望意味不明地笑出声，引得许愿看向桌面，却是两眼一抹黑，什么也看不懂。

有人开始洗牌，明望又靠回来挨着她，手搭在她身旁，偶尔偏头看她一眼。

牌局开始后，四个男人一边打着牌，一边说说笑笑。女服务员穿梭在几个人中间，倒了酒放在他们身边。舞台上换了个港风女歌手，唱着粤语老歌。

声色嘈杂的场合里，身边的男人放松了神态，脸上是淡然随意的笑容。灯光打在他的俊脸上，是许愿没见过的风流场上的纨绔浪子样。

那搭在她身边的手在每一局打完后都会放下来，或轻或重地擦过她的身体和胳膊。偶尔见她手里的酒杯空了，他还会单手给她拿酒水。

几局过后，两个人靠得越发近。更多的还是男人给她递了酒水后就没坐正回去，就那样挨着她的身体斜靠着。

明望今晚的手气特别好，几局下来大赢小输。几个人调侃他，说有美人在身边，为博美人一笑，他真是不留半点情面。

明望捋着牌面，偏头瞧了许愿一眼，懒洋洋地回："可惜美人不笑。”他坐正了一些，摸了张牌打出去。

几个人笑起来，纷纷调侃许愿，让她给明总一个面子。

听着他们的调侃，许愿应声勾唇笑了笑。她靠着沙发背，端着酒杯静静地看着他，嘴角始终带着一丝淡淡的笑意。

明望偏头看她，见她没有半点不适应，也很给面子。

他动了动脖子笑起来，抬手想去触碰她的脸颊，却见她目光清澈地看着自己。他手一顿，从她手里将酒杯接过来一口喝完，又转回去“杀”了几个人一把。

这又是另一个她从未见过，却又致命吸引她的，轻狂风流样的明望。

不知不觉中，许愿面前已经空了几个酒杯。半晌，她的身体微微发热，眼前开始迷糊起来，脑袋一阵阵发晕。

许愿摇了摇头，不敢相信自己居然被几杯果酒给干倒了。但她定定地看着灯光的时候，总感觉那光晕在一圈圈放大。

忽然，有人靠近她，一丝薄荷清香传来。

她下意识地屏住自己的呼吸，温热的气息拂过耳郭，低沉磁性的嗓音传来：“还说酒量好？”随后他低笑一声，揽着她肩膀的那只手带着力度压下来，将她搂到怀里。

他另一只手点了点她的鼻尖，声音里带了点无奈和宠溺：“呼吸，小傻瓜。”

许愿这才大口呼吸，空气里全是他身上好闻的味道。她感觉自己越来越晕，身体里的力气全被抽空，让她无力支撑，只好靠在他怀里。

明望搂着许愿站起来，捞起外套：“我带她先走了，你们继续。”

徐是钰看着醉倒在他怀里的人，手指点了点明望：“明望，居心不良啊，混着酒给人家喝，你还是个人吗？”

“他不是人，但有美人抱。你是人，可什么也没有。”陆华谦端着酒杯轻嘲。

徐是钰的手转了个方向，指了指他：“小兔崽子还不是只能四处藏着偷看人小姑娘。”陆华谦走过去，替明望踢了徐是钰一脚。

“疼！”徐是钰缩腿，“你瞎啊？”

“瞎没瞎不知道，反正眼睛比你大。”

徐是钰：“我……”

明望才不管他们吵成什么样，将外套搭在许愿身上后问：“还能走吗？”

许愿抓着他的胳膊，含糊地道：“当然能，我又没醉。”

如果不是她的脸颊太红，眼神飘忽的话，明望都快要相信了。他半搂着她的腰，将她带了出去。

夜里一片寂静，偶尔一辆晚归的轿车行驶在路上。深夜的南城，温度比起白天要降了一些，夜风吹过，带来一丝凉爽。

明望将车窗降下去一些，偏头看坐在副驾驶座上的人。

她很安静，呆呆地看着前方。就在明望想跟她说话的时候，她两眼一闭靠在椅背上，身上盖着自己的外套。

明望沉默了。

半晌，他叫了她一声：“许愿？”

四周一片安静，她看起来像是睡着了。他思考了一瞬，临时做出决定，转了一把方向盘。

车子往市中心开去，绕过南城最大的中央商务区，往楼湖开过去。二十分钟后，车子进入南城富人居住的别墅区。

第五章

夜长梦多

许愿睁开眼睛的时候，入目一片雪白。她视线下移，正对着一幅壁画。转移目光看了一圈后，她才发现这里不是自己的卧室。

昨天最后的印象是她跟着明望走了。

明望？那这里是？她按着太阳穴醒了醒神，掀开被子爬起来，身上的裙子还是昨晚穿的那条，外衫挂在了衣架上。

“咚咚咚”！房门被敲响，随后传来男人的声音：“许愿？”

“起来了。”许愿回了一声，拿过外套披上，抓了一把头发就过去开门。门打开，身穿马甲和白衬衫的男人手插西裤兜站在门口，轻声道：“早。”

他又变回平日那个气质清贵的正人君子，好似昨晚那个男人不是他一般。

这个人骨子里亦正亦邪。

“早。”许愿回道。

“洗漱用品都在洗手间，洗漱完了就下来吃早餐。”明望瞧了她几眼后笑着偏头，下巴点了点房间里的洗手间。

许愿点点头，看着男人挺拔的背影消失后，立马进洗手间洗漱了一番。洗手间内还有女士化妆水，她的视线从上面掠过，垂下眼睑，抽了张洗脸巾擦干净，然后走出房间。

下楼的时候她看了一眼，这里应该是别墅，面积宽广，装修偏欧美风。

楼下餐厅里，巨大的落地窗旁，明望坐在椅子上，手里拿着一份报纸。餐桌上已经摆好了许多早餐。

许愿走到餐厅的时候，明望抬头看了她几秒，随后将报纸折好放在旁边道："过来坐。"

她走过去，拉开他旁边的椅子坐下。

从厨房里走出一位老妇人，手里端着一杯牛奶和一杯温开水。

"也不知道那位小……"看到许愿，她干脆问，"小姐早上习惯喝牛奶吗？"

许愿笑着点点头，接过她手里的牛奶道："谢谢您。"

"那就好。"她笑眯眯地问，"该怎么称呼？"

"我叫许愿。"

"许小姐。"林嫂应了一声，"叫我林嫂就行。"

许愿笑着点点头。林嫂将温开水递给明望，又问他："晚上回来吃饭吗？"

明望喝了一口温水，回道："暂时还不知道，随便备着就行。"

吃过早餐，许愿跟着明望一起出门。

青砖砌好的围墙被铁栏杆围着，一丛丛月季越过墙头开得正好。铁围栏式的大门正开着，院子里是青青草地，靠墙角有棵老槐树，别墅是欧式建筑。

明望让她等一下，他去开车。

片刻后，车开过来，许愿上了车。他先将许愿送回家，然后才绕去公司。

看着明望的车越开越远，许愿在即将热起来的天气里站了半晌才回家。

许母在家，正在浇花。见许愿进门，她责怪了一句："晚上不回来也不晓得给我打个电话什么的。"

许愿走过去，接过她手里的洒水壶："昨天晚上跟茜茜一起去应酬，喝了点酒就忘了。"

"你啊你。"许母拿手指轻点许愿的额头，"几时回苏城？"

"大后天。"

“要不，留在南城吧。我不出去了，也不放心你一个人在外面。”

许愿转身笑道：“我都在那儿干了七八年了，有啥不安全的。”

许母轻轻地叹了口气：“愿愿啊，你还是好好想想吧。我总觉着跟茜茜那丫头一起干也不错。”

许愿愣住，母亲已经不是第一个叫她留下来的人了。

第一个人是陈茜茜，一早她就希望许愿能够留下来跟她一起干。昨晚明望也开了口，现在母亲又开口了。她要回苏城的心已经被动摇得不成样子。

晚上明望发来一条微信，问她在干吗。

许愿看着，心里先自动回复：在考虑要不要回苏城。但这话她还挺不好意思说出来的，就放下手机去洗漱，等擦着头发出来时才想起还没回他的微信。她赶紧拿起手机回了句“刚刚在洗漱”。

明望没回信息过来，估计在忙。她捧着手机等了十几分钟后，就上床睡觉了。

明望此时并没在忙，而是回了老宅。

明家在南城扎根已久，往上追溯估计得到民国。回老宅也是一个月一次的家庭聚会，这是明老爷子定下的规矩。

明老爷子生了两个儿子和一个女儿，女儿早些年嫁去国外就不回来了，家里大多数时间能见到面的就是两个儿子，也就是明望的父亲明国华和明望的二叔明国诚。两个人都不在明家产业内工作。

明望的二叔有个儿子，是小明望几个月的堂弟，去当兵了。明望是明家孙辈中的老大，也是第一个接手老爷子产业的继承人。

明望小时候过得不太愉快。他的母亲和父亲是属于世家联姻，但父亲不爱母亲。母亲为了让父亲归家，在他很小的时候就会用打他的方式来博取父亲回家的次数。

但有些事情次数一多就不奏效了，父亲以此为证据直接起诉离婚。离婚一年后他就娶了现任妻子，也就是明月的母亲。

明望对长辈失望透顶，从小性子就冷漠。因为他后来是在老爷子的教导下成长的，学会了隐藏，也学会了圆滑，对世人皆保持一份礼貌。

但他对后来自呱呱坠地看见他就笑，渐渐长大后仍屁颠屁颠地跟在身后的妹妹明月倒是关心又爱护。

对于这种家庭聚会，明望并不怎么乐意回来。只是老爷子还在世，这个规矩就得遵守。

今天挺热闹的，他刚走进院子，客厅里就有笑声传出来。他进门一看，原来是在当兵的堂弟回来了。

明奶奶刚好从门外进来，见他站在门口，奇怪地问："怎么不进去？"明望侧身喊了声奶奶，扶着她老人家一起进去。

明奶奶在明老爷子旁边坐下，几个小辈都叫了她，她和蔼地笑了笑。明望转回明景旁边坐下。

二叔和老爷子笑着，不知道说了什么，忽然问明望："和万宇集团的千金谈得怎么样了？"

明望揉了揉太阳穴，这该死的成年后逃不开的催婚话题。他淡淡地回："没意思，过后就没联系了。"

明父在旁边虎眼一瞪："真以为自己是香饽饽呢，过了年虚岁就三十了，你还好意思挑三拣四的，也该定下来了。"

明望挑眉，过了年他也才二十九岁，怎么就三十了？

明望童年时身体其实不怎么好。那个时候他被母亲打得伤痕累累又关过密闭，差点饿死在小黑屋里。

因为身体被搞垮，他休学养了一年多快两年才重新去上学，所以读书期间他比同级的同学都要大两岁甚至是三岁。

后来他吃了很长时间的营养餐，每逢放假就会被二叔带去部队训练，这才有了越来越健康的身体。

他仰头动了动脖子，随意地应了一声，一副可有可无的态度。

明父被堵，冷哼一声后转过头。

"哥。"明望身旁坐下一个人，是明月，她悄悄说，"你怎么没把许愿姐带过来？"

明望偏头，轻哼出声："那你怎么不把你学校的小白杨带过来？"

明月脸红了，四处看了看，压低声音道："你妹妹还没把人家追到手呢！"

明望嗤笑一声："本事。"

明月嘟嘴。

"你们俩在说什么悄悄话？"明景插进来探听。

兄妹二人立刻闭嘴。明景翻了个白眼，手搭在明望的肩膀上："哥，再帮我理一份财？"

明望瞥他一眼："找我助理去。"

"好嘞！"明景笑出一口大白牙，拿起手机走了出去。

吃过晚饭，明老爷子将明望叫进书房，沉默几分钟后问："听说你要开始搞新人工智能了？"

明望在红木椅上坐下："嗯，徐三和陆老家的外孙也一起。"

明老爷子站在窗前，叹了口气道："这个时代总归是该你们这些年轻人去闯的。"

"不过你也不要一门心思投进去，上个月酒店业绩全线下滑，我都知道了。"

明望笑道："这只是暂时的。"

他要做新 AI（人工智能）系统，今后将以智能语音系统代替人工，以机器人代替服务员，以程序代替管理。未来还会涉足更多领域，而酒店只是一个开始。

明老爷子不说话了。事业上，孙子的商业头脑摆在那里倒是不用他多操心。就是这个婚事……他想了想，说："过几天带你去见见你二叔领导——温老的孙女……"

"您可别了。"明望打断他的话，"该找我自己会找，不牢您操心。"

他站起来。

"公司还有事，我就不跟您唠了。"

明老爷子被堵，气不过一般挥手说道："滚滚滚。"

明望出门，下楼遇见了明父。他神色淡淡地路过，却被明父叫住："公司里找个清闲的职位空出来，最好是文员一类的。"

明望偏头："什么意思？"

明父停顿了一下，还是开口："你萍姨家的女儿今年刚好毕业，外面工作不好……"

明望冷声打断他："你当公司是救济站吗？"

“什么？”明父神色一滞。

“还是说那是你的女儿？”明望语带讽刺。

“胡说八道！”明父提高音量。

“那就让她凭本事进公司。”他说完不再看父亲，转身就走，路过楼梯时见到了靠边站着的明月母女俩。他跟明月妈妈打了声招呼，然后就下楼了。

“哥。”明月叫住他。

明望停下脚步，将手插在兜里，偏头看她。

明月松开母亲，走过去：“哥，我支持你。想进公司，让她们凭本事。”

明望笑了笑：“你也一样，以后要进公司也凭本事。”

明月撇撇嘴，转身扶着她的母亲撒娇：“哥哥讨厌死了，才不要理他。”

明望看着她们，梅姨温柔地笑着，手指点了点明月的脑袋，说了她几句。小姑娘被说得嘴巴翘起老高。

梅姨就是明父后来娶的第二任妻子，受到的待遇和明望的母亲一样。但梅姨对待孩子不像明望他母亲那样偏执，这位母亲很温柔。

一切的原因只是因为明父心有所属，就是那个所谓的萍姨。却又因为世俗娶不了人家，这么多年了还纠缠不清。

说不上来是一种什么样的感受，明望只感觉荒唐又无语。他下楼拿了外套就走，车停在外头，老宅的司机在等着。明望上了车，回了楼湖别墅。

进了家门后，他没开大灯也没出声，而是转到吧台边坐下，抽了瓶威士忌出来打开，倒入酒杯里。

他拿起手机，也不管是什么时间，就给许愿打了个电话。

许愿接到电话时人已经睡迷糊了。摸到正在响的电话，她也没睁眼看是谁打来的，习惯性直接按了接听。她侧翻了一下身子把手机贴在耳朵上，也没说话，连哼都懒得哼一声。

明望看了一眼手机，确定电话接通了。他也没说话，只将手机放回耳边。他坐在吧台边的高脚凳上，手边一盏微弱的灯，端着酒杯一口一口地喝着。喝完他又拿起酒瓶往杯子里倒满酒。

他在深沉的黑夜里，听着某个女人睡着了的呼吸声，慢悠悠地喝着酒。太过安静的环境下，听筒里一点点的呼吸声都能听得一清二楚。

那轻微的呼吸声似乎会传染，本来还烦躁的心情莫名平静下来，衍生出了困意。

明望放下酒杯，静静地坐在吧台边。电话里倏然传来细碎的一声磨牙声，像带着电流一样，激得他起了一身鸡皮疙瘩。等那阵电流过去以后，明望忽然就笑了。

平时看着冷冷清清的女人，私底下也和平常人一样，有些小缺点，有些不为人知的陋习。

他忽然就恶从心起，唤了她一声："许愿。"

原本没指望她能回答的，倒没想到那头迷迷糊糊地"啊"了一声。很软很软的一声，像猫叫一般，似叫到人心里去。

明望的声音也跟着软了些："晚安。"

那头没回话了，在安静的呼吸声里，他将电话挂断，随后起身上楼，拿了浴袍进了浴室。

清晨的阳光从窗帘缝隙里照进来，洒在许愿的眼皮上。她挣扎着翻了个身，手机掉下来卡在脖子上。她伸手拿下手机，没想通放在床头柜上的手机怎么会卡在脖子上。

这个问题直到她洗漱完，坐在餐桌边吃着早餐的时候，才突然想了起来。昨天半夜时，似乎有人给她打电话来着。

许愿忙一口咽下嘴里的食物，将手机拿出来点开通话记录。待看清是谁打来电话后，她愣了一下。最新的通话记录是凌晨一点左右，一串数字，通话时间长达四十多分钟。是明望打来的。

她把筷子放下去，站起来道："妈，我吃饱了。"

许母瞅着她低头看手机，嘴角带笑的样子，一个念头从心里冒出来——女儿不会是谈恋爱了吧？

许愿拿着手机进了卧室，趴在床上看了几遍电话记录。随后她打开微信，点出两个人的聊天记录看了又看。

微信上明望确实没回自己，可是他半夜给她打电话了。

许愿想回个电话过去，但手指放在拨出键上半天也点不下去，索性又点回微信，输了好几次也没找到开场白，最后放下了手机。

下午的时候，美玲将她的孩子带了出来，两个大人加一个小孩去看房子。四处转了一圈后，临走前，许愿突然就看上了一个新建小区——是阳光花园的房子，接近老城区。

美玲带着孩子陪她看了一会儿，二期的房子更接近香橼小区那边。一百多平方米的房子首付也只需要五十多万，这个地段对其他人来说可能是偏僻了些，但对于她们母女俩来说却是正好。

许愿给母亲打了个电话，跟她说了详细地址，挂断电话后又要了售楼顾问的微信。

傍晚的时候，她们找了一家餐馆吃饭。小男孩还挺乖，胖乎乎的小脸蛋，一口一句“姨姨”叫得许愿心都快化了，抱在怀里给他喂饭。

晚饭吃好后，美玲的老公开着车来接美玲和孩子回去。许愿没跟他们一起，站在南城夜晚的街头，热闹依旧，闷热依旧。

周末的街道上人来人往，她沿着小道慢慢走着，身上穿了条黑色的气质短裙，夜风吹动裙摆。

她拿出手机，在机票页面点了点，到了支付页面却始终按不下去，最终还是关了页面。

只剩最后一天时间了，她还是拿不定主意要不要留下来。

绕入一条巷子，四周慢慢安静下来，连风也轻了。每踩一步，她都能听到高跟鞋落地的声音。

两旁是一些开着门的酒吧，彩色小灯挂在门前，增添了氛围感。

她一路看过去，有的酒吧台子搭在外面，或在小河边，或在榕树下。忧郁伤感范的歌手在台上弹着吉他唱歌，周围是一些卡座。

灯红酒绿下，都是一些为情所伤的世俗男女。

“我能有多骄傲，不堪一击好不好，一碰到你我就被撂倒……”

许愿停下脚步，男歌手唱的歌词直击她的心底。她被吸引着一步一步走到吧台边，要了一杯酒，手托着下巴慢悠悠地喝着。

“只要你敢不懦弱，凭什么我们要错过……”

“一个人来喝酒？”传来一道低沉的男声。

许愿转头，旁边站着一个穿白衬衫的男人，面孔白皙，戴一副金丝边框眼镜。这倒让她想起一个词——斯文败类。

她脑海里想象着如果明望是这身打扮，或许更符合“斯文败类”这个词。至少在性感方面，明望比这个男人强多了。

她看着他，淡淡地点点头，端着酒杯重新转过去，看着歌台上的男歌手。

男人看着气质清冷、五官精致的女人，视线从她的红唇掠过，朝吧台的酒保招了招手。

伴随着男歌手低沉的歌声，一杯酒见底。许愿刚要喊酒保，旁边就移过来一杯鸡尾酒。两种颜色混合在一起，分界明显。上层是泡着柠檬的绿色，下面是淡蓝色，杯底似有一座雪山一样。

这杯酒的颜值让许愿眼前一亮，迟疑了一下，顺着男人的手看向他的眼睛。

“尝尝看，酒精浓度很低。”男人微微一笑。

许愿端起酒杯喝了一口，度数确实很低，但她也不敢多喝。她还记得前几天自己就是被几杯鸡尾酒和果酒一起干倒的。

喝了一口后，她就放下杯子。

男人诧异了一瞬，刚想开口说话，许愿已经转头看向歌台。此时换了一个驻唱歌手，唱起了别的歌曲。

许愿听了一会儿，倍感失望。她从包里掏出一张红票子放在吧台上，曲指敲了敲那杯高颜值的鸡尾酒，对男人说：“谢谢你的酒。”没等男人反应过来，她已经走出了酒吧。

出来后看着四方天地，她一瞬间觉得陌生不已，却也不是很惊慌。她掏出手机，本来要打开导航的，却转去了通讯录。

她通讯录里存的联系人很少，一个巴掌就数得过来，并且给里面的每个人都备注了称呼。唯独一个，是一长串数字。

那串数字从眼前滑过，许愿闭着眼睛都能排列起来。她的拇指按了下去。

“夜长梦还多，你就不要想起我，到时候你就知道有多痛。”

不用夜长梦多，仅仅是在这陌生的黑夜里，只是假设她回了苏城，前几天那样和他一起的快乐就会烟消云散，她的心已经隐隐开始痛。

手机在口袋里振动，明望喝了口茶。饭桌对面，徐是钰和市政的人在谈话，几个人喝着酒，一屋子都是南城有头有脸的大领导。

桌面上热闹，规划着项目给南城在今后的发展建设中带来的利弊，几杯茶、几杯酒下去，就将合同拿了下来。

茶杯刚放在桌面上，一只白皙的手轻轻提起紫砂壶，给明望加满。他要拿手机的手顿住，偏头顺着细嫩的胳膊看向女人的脸。

温雅微微一笑，在他旁边坐下。

“好久不见，明望。”见男人带着一丝疑惑，她自我介绍，“我是温雅。”

明望颔首道：“谢谢。”他将手机拿出来，电话刚好挂断。看到是许愿打来的电话，明望勾了勾唇，就打算回拨过去。

“明爷爷近段时间身体还好吧？”

拇指按下去，明望轻轻抬头，终于知道眼前的人是谁了。

不正是老爷子前几天说要带他去见二叔领导家的孙女吗？小时候曾是一个大院的，后来明家搬了出来，也就不怎么来往了。十多年没见，原来都长这么大了。

他突然就想起了许愿。这些女孩子，一个个出落得都认不出来了。

“挺好的。”随着明望的话落下，电话也接通了。

温雅还想说点什么，最终忍住了话题。

“打我电话了？”他靠着椅背，懒洋洋地问。

许愿站在巷子里，轻轻地“嗯”了一声。

“刚刚在谈合作的事，没来得及接。”他随意地问，“怎么了吗？”

还在谈合作？许愿想说的话卡在嗓子眼，想了想说：“那你先谈着吧，不……”

“你在外面？”

许愿的话被打断，愣了一下：“嗯，和美玲出来吃饭。”

男人轻轻笑了笑：“然后喝了点酒？”

“嗯。”她踢了踢脚下的树叶。

又听他问：“那现在在哪儿？”

许愿看了周围一眼，诚实地道：“不知道，周围有很多酒吧。”

电话那头安静了一瞬，明望摇了摇头，嘴角漾起无奈的笑：“把位置共享给我，好好在那儿等着。”

桌面上隔得近的人都朝明望看了一眼。温雅从他身上收回视线，手轻轻地捂着胸口，佯装不经意地问：“要去接人吗？”

“嗯。”明望回了她一声，站起来和几位领导打了招呼，又拍了拍徐是钰的肩膀，拿起手机和钥匙，大步潇洒地出了门。

徐是钰瞅着他远去的背影翻了个白眼，转过头笑着跟几位领导赔了几声罪，说回头项目全让明总来监督。几位领导笑着，倒也承了这个情。

许愿在微信上和明望共享着位置，两个小绿点越靠越近。

“M”的绿点不断在向“愿”的绿点靠近，就像他们俩一样，每一次其实都是明望在主动，而她在退缩。

其实如果不是她这种优柔寡断的性子，或许两个人现在要么已经在一起了，要么她干脆早就回了苏城。而不是一如当下，不知前路，又没有归路。

明望到了巷子外头，车子开不进去，他让许愿走几步路出来。黑色迈巴赫停在巷子口，闪着车灯。许愿走了过来。

车子是明望自己开来的，这是许愿没想到的。她以为他忙着谈合作，应该会叫助理来接自己。

她上车以后，明望将车子倒了出去，一路上两个人都没怎么说话。路过市中心商业大厦时，明望突然开口：“晚饭吃饱了没？”

“饱了。”许愿偏头看他，不明白他问这话是什么意思。

“那去吃点夜宵吧。”明望说着，方向盘一转，往他刚刚出来的地方驶去。

十几分钟后，他在地下车库停好车，带着许愿直达顶楼，推开一个房间门走进去。屋里几位大领导都走了，只剩下几个还有官职的和明望这边的人。还有一个大美人温雅也没走。

他们推开门时，除了徐是钰还在抱怨，里面其他的声音都消失了，纷纷看向门口。

明望将手机拿在手里，抬腿进去的一刹那，手从侧面伸过去，搂住她的腰，带着她坐到位子上。

明望原先的位子左边是温雅，她还稳稳当当坐着。倒是右边的人很有眼力见，将位子让了出来。

明望将椅子拉开，握着许愿的肩膀在椅子上坐下，随后又拉开她旁边的椅子坐下。

许愿坐在餐桌前，悄悄握了握拳。她抬头扫了一圈，倒也不是全不认识。她正对面笑眯眯的男人上次就见过，还有明望的助理张勇是认识的，靠边窝在椅子上谁也不看的少年也见过。

徐是钰笑着打招呼："许小姐。"

"徐总。"许愿回道。

"哈，什么总不总的。要是不介意就随明望一起喊我一声三哥吧。"

许愿转头看明望，男人偏头瞥了徐是钰一眼，对她说："想怎么叫就怎么叫，不用在意。"他说着，将自己喝茶的杯子加满茶水后递给她。

温雅在旁边冷眼旁观，慢悠悠地转回头，端起高脚杯将剩下的红酒一口抿了。

桌面上其他人见明望这么关心人，笑呵呵地打趣："这谁啊？明总也不跟我们介绍一下。"

明望瞥了几个人一眼："认识一下，这是许愿。"停了片刻，他继续说，"高中时的老同学。"

几个男人笑起来："老同学啊——"嘴里的话变了调子。

许愿倒也不介意，给面子地笑了笑。明望却没笑，薄凉的视线飘过去，开口道："得了啊，再过就到头了。"

男人们笑着，倒也转了话题。明望叫来服务员，重新拿了菜单给许愿。

"看看想吃点什么？"

许愿摇头回道："不想吃什么。"给他打电话纯粹只是想见见他而已，只是没想到他会带她来这里。

明望没说话，将菜单拿过来，点了几样饭后点心。他放下菜单的一瞬间，手指在许愿的小指和无名指上轻轻地钩了钩。许愿白皙细长的手指动了动，那只大手又收了回去。

许愿稳着面部的表情，拿过他手边的餐巾纸。

明望勾唇拿烟，几秒后偏头看着旁边的人，视线从她的脸蛋一路往下，最后在形状好看的位置上停了一会儿，才低头点烟。

片刻后，他的手又伸过来，搭在她的椅背上，懒懒地坐着和旁边人说着话。他偶尔动动手指，从她胳膊的皮肤上轻轻地划过。

许愿端着茶杯的手一抖，激起一阵战栗。

给他打了一通电话后，这个男人便肉眼可见地放肆起来。但因为是他，所以许愿心里一点都不反感，面上也不显，只是要随时稳着那颗快跳出胸腔的心脏。

点心上得很快，不过刚说两句话就端了上来，里面有许愿爱吃的杧果布丁。许愿的肚子不饿，却因为他有这份心，拿起调羹慢悠悠地吃起来。

旁边有不轻不重的杯子落桌声，许愿这才注意到她的左手边有一个美女。她高贵又有气质，一举一动之间，大气和涵养由内而外散发出来。

那声音里带着一丝不易察觉的敌意，谁让女人的第六感就是那么准呢。

许愿本来想跟她打声招呼的，现在想来人家也不一定乐意跟自己讲话，她也就不自讨没趣了。只是她不得不感叹，这男人周围当真都是一群高质量的狂蜂浪蝶。

许愿来之前喝了酒，吃完布丁后去了趟洗手间，顺便在洗手间里细致地补了个妆才出去。

走廊上设有专门的吸烟区，被几棵高大的绿植围着。地板上铺了地毯，脚踩上去没有半点声音。她刚要路过，就听到里面传来熟人的声音——

“那个同学你带来两次了啊，而且这一次次的越贴越近……怎么这是？吃回头草呢，还是吃窝边草？”

没人回应他的调侃，吸烟区一片安静。

“嗐！问你话呢！”徐是钰不满地看向靠着窗抽烟的男人。

明望侧身，似笑非笑道：“你没听说过一句话吗？”

徐是钰傻傻地问：“什么？”

“熟人好下手。”

吸烟区安静了几秒后传来一声咒骂，大意是：你可真不是人啊。

许愿靠在走廊的墙壁上，低头轻轻一笑，随后转回洗手间。她看着镜子里面色平静的自己，耳边回响着“熟人好下手”五个字。半晌，她靠着洗手台发起了呆。

就说了她最大的便宜就是老同学这层关系了，否则怎么可能让明望侧眼留步。

等吸烟区的两个男人走远后，许愿才跟在后面回了包间。她从男人身后走过去，在旁边的椅子上坐下。两个人的座椅挨在一起，只见他懒洋洋地靠着椅背，这一侧的大手搭在膝盖上，修长的手指性感又好看。

她收了一下裙摆，白皙的腿从他的手背上若即若离地擦了过去。男人喝茶的动作一顿，片刻后，自顾自地笑了笑。

从私家菜坊出来，已快接近午夜。闷热消散的南城，在黑夜里沉睡了。明望取了车，温雅踩着高跟鞋过去，敲了敲他的车窗：“明望，送我回去吧。我没开车过来。”

明望将手搭在车窗边，向前方抬了抬下巴示意道：“要绕去老城区。”

他拿出手机给张勇打去电话，让他过来接人。挂断电话后，他又看向车外的人：“一会儿会有人来接你。外面不安全，你先进去大厅等。”

温雅还没来得及说话，从旁边过来一个人，带着一股淡淡的忍冬花女士淡香的味道。那抹身影绕过车头，拉开副驾驶室的车门坐了进去。

明望偏头看了那个人一眼，勾起嘴角，转头打灯：“先走了。”车子启动，驶上大路，片刻后消失得无影无踪。

温雅深吸一口气，半晌才转身，大步往回走。

第六章

白日梦

车里安静，黑夜也因为一片寂静被拉长。

车子往一个许愿不知道的地方开去。说不知道，还是因为这些年她一直在外面，而南城又在飞速发展，一天一个样变得令她不再熟悉。

看着周围高楼林立，不像是回老城区的样子，许愿问道："我们去哪儿？"

明望开着车，绕着环城路行驶，反问她："你想去哪儿？"

她看向明望道："那我回家吧。"

驾驶座上的人懒洋洋地笑出声，方向盘一转，开上一条辅路，十几分钟后，进入一个高档小区。

托近段时间四处跑房市的福，许愿看着小区门口几个大字，明白这是整个南城最昂贵的一处高档住宅区，保密性强，不对外销售的那种。

明望将车停好，偏头比了一下，道："下车吧。"

许愿无言，车是他开的，他想不想送她回去一概是他的主意。打开车门下了车，明望走过来，锁了车门后带着她进入电梯。

公寓是一层一户式的，出了轿厢就是公寓大门。明望的手指在智能锁上按下去，指纹验证成功，房门自动打开。

他侧身，做出欢迎的姿态。许愿顿了几秒，还是走了进去。随着她走进去，玄关处的灯光一盏一盏亮起来，身后的门在两个人进来后也自动关上了。随着轻微的“咔嚓”一声，许愿的心都紧了一下。

明望擦着她的身体走过去，拿起客厅的两个杯子，接了两杯水，又偏头看她说：“过来坐。”

许愿走过去，在沙发上坐下。

整个房子都是冷色调，装修是现代风格，只是这灯光一照下来，就显得屋子略有些冷清了。

明望将水递给她。许愿接过来，水是温的。她喝了一口，抬头才发现他还站在旁边，垂眸看着她。

房间里很静，呼吸声都能听见的那种静。许愿的视线不受主观意识的控制，顺着男人那被西裤包裹着的长腿，一点一点滑上去。

窄腰上的黑色衬衫别在皮带里，端着水杯的白皙修长的手，解了几颗纽扣的领口，凸起的喉结。他扭了扭脖子，视线不期然就对上了。她安静地呼吸着，目光平静。

空气中有种不可控制的热度，逐渐让人窒息。男人将手里的水杯放在桌子，打破丝丝波动的热度。趁着这个点，许愿放下杯子，站起来远离男人。

她走到窗边，才发现楼层有点高，正对面就是望江大厦。“陈茜茜会所”几个大红字在夜晚格外刺眼。她俯视着脚下南城夜晚的灯火，有种“高处不胜寒”的错觉。

午夜渐深。许愿站在窗边，身后热度逼近，激起轻微的异样感。明望手插兜站到了她的旁边。

客厅里的灯光随着感应不到人身的热度而自动熄灭。窗外不太明亮的霓虹光线照着两个人，朦胧而看不清。两个人都没说话，静静地望着远方的灯火。

许愿无声地呼吸几口气。站久了腿酸，她将重力靠向玻璃。不想刚靠过去，她的胳膊就擦到男人的身体。她顿了一下，空气似乎凝滞了，连呼吸都变得困难起来。

后背忽然就被激了一下，他伸手握住了她的肩膀，将她靠向玻璃的力转移到自己身上。

许愿不受控制地靠在他怀里，一口吸进肺里的是他身上的薄荷味和他自身独特的味道，头顶有微热的呼吸撩过。

她的身体僵住，心不受控制地疯狂跳动。她下意识就要屏住呼吸，耳郭边温热的呼吸荡漾。

“又要憋气了？”明望说着，抬起手摸了摸她的头顶，“以后可别动不动就憋气，还有……”

还有什么？许愿被他轻柔地摸着头顶，一阵又一阵的战栗回荡在身体里。她轻轻抬头要看他，却有个下巴搭在了她的脑袋上。

“还有，要换气。”

换什么气？换……她突然反应过来。意思是接吻吗？这话引得她脑海里浮想联翩，片刻后被硬生生地压住。

这就是这个男人最撩人的地方，不明说却又明示。

手机突然响了一声，正好打破这窒息的氛围。许愿拿起手机，顺势退出男人的怀抱。

她低头随意地点开手机，是一条提示赶紧支付机票的信息。太过亮眼的屏幕上，黑色字体提示明显，明望想不看见都难。

许愿没躲开他，他也光明正大地看她的屏幕，眉毛挑了挑，忽然笑吟吟地靠在窗边看她。这视线审视下带来的高压让她感觉不自在，转身要进客厅。

他忽然走近她，许愿被逼得停下脚步，避无可避地抬头看他。明望越走越近，她只能后退，最终被抵在玻璃上。对上他晦暗不明的目光，她咽了口口水：“很晚了……”

偏偏短信还接二连三地发来，一声接着一声。

“你要去苏城？”明望低头抽过她手里的手机，眼睛紧盯着她。

许愿卡了半晌，不知道该如何回答这个问题。她抬手将头发往后收了一下：“还没决定好。”

闻言，明望将她的手机轻轻一滑放进自己的兜里，后退一些：“没决定好？那就是南城还有让你放不下的人和事？”

他一个一个猜着：“你妈妈？”

许愿看着他的动作，缓缓摇头。母亲早就决定不出去了，她后续的生活也都安排好了。

“陈茜茜？”

她还是摇头。陈茜茜就更不可能了，她越干越好，哪里需要自己放不下。

“还没提车的事？”他敲了敲玻璃，看着她。

她摇头。关于这一点她也不是很担心，到时候转到苏城也一样。

这也不是，那也不是。明望靠着背后的落地玻璃，哼笑一声：“许小愿，你可真难猜。”他抽出一支烟咬在嘴里，“说说吧，到底是多重要的人或事，让你下不定决心离开？”

黑夜助长了人心底的妄念。许愿舔了舔嘴唇，终于一点一点抬头看他，目光笔直而认真。

明望要拿打火机的手顿住，在霓虹的灯光下，他看见女人眼里倒映着自己的身影。两个人的视线对上，是平静的，是冷淡的。但打破这隐藏的表象后，能看见一丝脆弱和认真。

他的舌尖顶了顶牙，伸手一把拉过她，环住腰肢搂到自己怀里。可他却轻轻一推她的肩膀，让她往后仰去。

背后是落地玻璃窗，许愿的余光只看见万家灯火在脚下，有种被推入深渊的恐惧从心底升起，让她慌忙间紧紧抱住男人的身体。

明望轻笑一声：“怕什么？”

许愿的大脑一刹那空白一片，手掌下是结实的背脊，被他的温度烫到，自身也开始滚烫起来。越热，身上的香味就越浓。

更因为这个人是明望，她对他没有半点硬得起来的抵抗意识。唯一能表现的一点，怕也就是将手垂下来了。

他伸手抬起她的下巴，看着她的眼睛说：“是我说的和做的太隐晦了吗？”呼吸喷在她的脸上，他说，“还是要我直白地说‘许愿留在南城吧’，你才肯留下？”

他越靠越近，只差几厘米就能亲上：“你可真坏，非要我低头。”他这话里带了一丝叹气般的委屈，可口吻里又没有体现出来。

许愿受不了他的话，也受不了这么近的距离他还无动于衷，偏偏折磨着她。她伸手搂住男人的脊背，踮起脚要去亲他。

明望却快一步往后仰头，垂着眼睑看她，邪气地笑道：“要亲我？”他的腿还贴着她的，往前动了一下，嗓音喑哑，“先把票退了吧？”

许愿的腿软了一瞬。他的动作让她半点也思考不了，顺着他的话，也顺着安下来的心应道：“嗯。”

男人心情大好地笑出声，低头抬手碰了碰她的脸颊。许愿偏了一下头，后知后觉地为自己刚刚的大胆脸烧起来。

时间渐渐流淌，四周安静下来。她推了推他，高大挺拔的身体纹丝不动。

“抱一会儿。”他的声音里带了几分惬意，一只手搭在她的肩膀上，无意识地挠着她的脖颈。或许是今晚给他，又或是给她的惊喜都很大，围绕着两个人的激情慢慢变得温柔起来。

许愿靠在他宽厚的怀里，他身体的热度传过来。这一刻，她觉得自己陷进去了。

明知前路只会是一程渡海而过的漂流，她也甘愿清醒地坠落。只是因为这片海，在她的经年岁月里，是那么温柔又致命地吸引着她。

她也明白终有一天她会上岸。海不是归路，岸边才是，所以世人都说回头是岸。

片刻后，抱着她的人垂首，唇瓣碰上她的耳郭，低低的声音从耳骨传进心里：“今晚别回去了？”

许愿的嘴唇动了动，暗暗拍了他的胳膊一下，为他明知的恶劣。明望笑了笑，手滑下去握住她的手，拉着她去到洗手间。许愿在门口停了一下，明望开了灯：“怎么了？”

许愿抿了抿唇：“没有……”话被他突如其来的摸头动作打断，她抬头看他。明望揉了一把她的脑袋，进了卧室，灯光亮起。

她偏头看进去，他进了换衣间，片刻后拿了一件白色浴袍出来。

“你穿穿看，估计还是会大。”

许愿接过来，进了洗手间。明望靠着门框：“洗洗过来睡。”

她转身回头看他，透亮的灯光下，明望看得一清二楚——她眼里有自己的倒影。他被蛊惑了，走进去捧起她的脸。

他拥着她往后退去，声音温柔低沉：“我想吻你了。”紧接着又问她，“可以吗？”

许愿的脸颊肉眼可见地红了起来，忙转移视线。她别别扭扭的，既想跟他接吻，又脸皮薄回不了话，只能板起脸伪装。

明望轻笑一声，为她这副没见过的、岌岌可危的伪装样，忍不住贴近粉红滚烫的小脸，温柔地亲了一下。

许愿缩了缩，片刻后也忍不住微微贴过去，嘴唇贴到一起便被他温柔地吻住。

浴室的温度攀升，这一切是如此真实地发生了。明望不再是她遥不可及的梦，他的身体是滚烫的，嘴唇是温热的。

这让她着迷和疯狂心动。这份认真是明望给她的，独属于她的一份。

许愿原本搭着的手改为拥抱他，被他湿润滚烫的气息包围。此时此刻她只想离他近点，再近点。

时间一分一秒过去，两个人分开了一些。

洗手间很大，快有她家一个房间那么宽敞。靠窗户边的是浴缸，巨大的落地窗外是横穿南城的大江，江水上还有游轮在夜游。五光十色的跨江大桥将南城点亮。

明望突然低下头，许愿正看着外面，被他惊了一下，转头去看他。他凑过去，干燥的嘴唇贴了贴后就放开了她，轻声说："洗完过来睡觉。"

许愿点点头。明望抬手揉了揉她的脖颈，转身出去了。

许愿洗完澡出来，卧室的灯亮着，但明望不在卧室里。她拿毛巾擦了擦头发，转身走出去，在走廊上和指间夹着烟的男人遇上。

明望走过来，手里端着杯水，喝了一口后靠近她，将杯子递到她嘴边。

许愿张嘴，他端着杯子微微抬起，水流进她的口中。略微干燥的嗓子得到滋润，只觉通体舒畅。

喝完水后，他也没问她，抬手搂着她转了个身，朝卧室走去。房门在身后"咔嚓"一声锁上。

明望也洗过澡了，穿着一身藏青色睡袍，脚上踩着白色拖鞋。他将许愿摁坐在床上，熄灭了烟，又把杯子放在床头柜上。随后他起身拿毛巾给她擦了擦头发，看擦不干的样子，又丢下毛巾转身去洗手间拿出吹风机，插上插头，开了热风给她轻轻吹着。

许愿的头发短，顺滑也好吹。他的手指轻轻插入她的发间，微凉的发丝摊在掌心，一缕一缕掉下去，又捞起来，带了一丝玩心。

许愿的头皮微微酥麻，看着站在自己面前的男人，片刻后抬手搂住他的腰。

头发吹干后，明望也懒得将吹风机再放回洗手间了，就那样丢在床头柜上。他从旁边上床，顺手一把将她推倒在床上。

许愿倒在他的床上，大床的弹力将她往上弹了弹，眨了眨眼偏头看他。

明望躺在床中央，头抬起一点看她。

他眼睁睁看着她的耳朵红了起来，脖颈也慢慢红了，这让他心痒难耐。

高中时她就爱板着一张小胖脸，看谁都是冷冰冰的。重逢后她的脸倒是不胖了，却也从稚嫩变得更加清冷和疏离了。

想起重逢后的几次相遇，她对他一贯都是疏离和冷漠。如果不是他动了心思，她又怎么会点破两个人的同学关系。

几次三番都是他去找她。要不是今晚他留下了她，指不定往后在南城都见不到她了。

她又狠心又清冷，偏偏就抓住了他的视线，所以这点变化让他有种难得的感慨。不容易，真是不容易，因此也有了珍惜之意。

他拍了拍身边的空位："睡过来一点。"

许愿又偏头瞧他，看到他眼里的温柔，不受控制地滚了过去。

明望笑了笑，一把接住她。

卧室里开着空调，冷气吹出来。明望拉过被子盖在她身上，淡淡的香味和清洗过后太阳晒干的味道传来，温柔也温暖，盖好后他偏过头看她。许愿也转过身子侧着睡，面向他。

明望轻笑了一下，抬手给她捋了捋贴在脸边的短发。许愿眨着桃花眼看他，伸手将他的大手握在手心里。

两个人都没说话，安静地对视片刻后，明望抬手将灯关了，靠近她贴着她的额头吻了一下，轻声道："晚安。"

十几分钟后，身旁传来他的声音：“许愿？”

许愿维持着正常的呼吸，没回应他。

明望似是轻笑了一声，随即转身将人抱在怀里，她身上有着自己用的沐浴露的香味。他将下巴搭在她的肩膀上，偏头吻了吻她小巧的耳垂，随后闭上眼睛。

时间在静静地流淌，明望睡觉很安静，也很安稳。

许愿听身后的呼吸平缓下来后，才伸手覆上搂在腰间的大手。感受了片刻，她的手指从他的指缝间穿插过去，和他十指紧扣。

这可是明望，她年少时就喜欢的人，此刻在她身后搂着她。

不是午夜梦回，也不是白日做梦，是，妄想成真。

翌日清晨，七点的闹铃一响，许愿就被吵醒了。

她抬手往床头柜上摸去，碰到手机正要关闹铃，手就被一只温热的大手握住，随后闹铃关了。

许愿迷迷糊糊睁开眼，跟明望对视个正着。他已经起来了，似乎刚洗过澡，头发还是湿的。他穿的白衬衣扣了一颗扣子，腿上是一条灰色休闲裤。见许愿醒来，他握住她的手亲了一下手背：“早。”

“早。”许愿回答，看向他的眼睛。

此时他的头发还没有全梳上去，有一些额发垂落下来，搭在脑门上。这和少年时的明望重合了样貌，让许愿忍不住抬手搂着他的脖颈。

明望在她的上方，低头瞧着她问道：“再睡一会儿？”

“你呢？”许愿问他。

“当然是去上班了。”他笑了笑，将她的手臂拿下，下巴往床头比了比，“试试衣服看合不合身。”

许愿偏头看去——一条牛油果绿的吊带裙。

“你去上班了，那我也回家去。”她手撑着床起来，下了床用脚扒拉了拖鞋，穿上就往洗手间走去。

“你不是要去上班吗？”她吐出漱口水后问他。

明望没回，而是走进去站在她身边。

许愿转头看他一眼，就这一眼，明望没忍住伸手拉过她，低头就要吻上去。许愿抵住他，拉开他的手从他的怀里退出去，偏头笑着瞥他一眼，然后走出洗手间。明望靠着洗漱台，舌头顶了顶上颚，也跟着笑了笑。

许愿出了卧室，转到客厅倒了杯水喝，然后便进了厨房。她打开冰箱看了一眼，拿了吐司出来。

等明望整理好出来的时候，许愿已经将吐司烤好，牛奶热好放在桌上。他走到餐厅，拉开椅子在她旁边坐下，看了一眼桌上的早餐。

“你家没其他食物了。”她撕下一块吐司说。

明望笑了笑，拉过她的手揉了揉：“下次让人多备点，你喜欢吃什么？”

许愿看他一眼，将牛奶推过去说：“随便。”

他换了一身笔挺的灰色西装，白色衬衣领子竖在里面，头发整齐地梳上去。正人君子和业界精英的干练和成熟扑面而来，令她的呼吸滞了一下。

明望瞧她一眼，许愿转回视线，若无其事地吃起早餐来。

吃完早餐出门，明望如果再送许愿回老城区，时间上肯定是来不及了。他刚到车库，电话就一个接着一个打来。

他掏出手机看了一眼，到迈巴赫旁打开车门拿了把钥匙出来给许愿。车钥匙是奔驰的，许愿抬头看了看，没看到那辆轿跑。

“那边那辆。”明望侧身，下巴往左前方抬了抬，“今天我就不送你了，反正你驾照也拿到了，就自己开回去吧。”

许愿看了一眼黑色奔驰，缓缓开口：“万一我把车撞了怎么办？”

男人要进车里的动作顿了一下，转头看她，回道：“只要人不给我撞坏了就行。”

许愿握紧车钥匙。明望看了她一眼，干脆将车门关上，走过来拉住她，将她带到奔驰车旁，打开车门把她塞进车里。

许愿将钥匙插进去点火，随后降下车窗看向车外的人。明望手撑着车窗，俯身亲了亲她。

“路上注意安全。”

许愿点头。他手抄兜退后，直至奔驰车开出车库看不见了，他才上了自己的车。

许愿开得很谨慎，倒也没出什么意外，安安全全开回了家。这个点该上班的上班，该外出的外出，楼下空出来许多停车位。

她倒了三次车才将车稳稳地停在车位上。回到家，许母不在家，估计是去外面玩了。

茶几上摆着阳光花园的宣传单，她拿起来看了一眼。

宣传单上有几套户型下面标着许母的字迹。她在沙发上坐下，看了片刻后放下宣传单，拿出笔记本，将辞职函写好。

既然决定不回苏城了，那就还是尽早辞职的好。

她要规划一下往后留在南城该干什么，似乎也只能跟着陈茜茜干了。毕竟在南城除了这件事可以干外，好像也没什么她能干的事了。

吃饭的时候接到一通来自江苏的电话，告诉她有一个快递，让她去签收。

许愿愣了一下才想起来，估计是自己自考本科的毕业证，都已经拖了好久了。她让快递员等一下，想给在苏城的朋友打电话说让帮忙拿一下。

她电话还没打出去，又一通来自苏城的电话打了过来。见是何硕的电话，许愿这才想起还没跟他说不回苏城的事。

她将电话接通："老板？"

"许愿，你这边有个快递。我想着你现在不在苏城，要不我先帮你签收了？"

"好。那麻烦你了。"

电话那头的人笑了笑："还跟我客气呢。"他说着，转头向快递员说明情况，随后将快递签收了。

"对了，你什么时候到浦城啊？我这边看时间去机场接你。"

许愿咬了咬唇，还是说出口："老板，我不打算回去了。"

"啊？"何硕顿住脚步，推了推眼镜，"为什么？"

"就……不想回去了。"

"在南城找到工作了？还是放心不下阿姨？"他往办公区走去。

许愿看向窗外，南城绿树成荫，知了在枝头叫个不停。

这里有她离不开的故人。

“都有。”她回。

何硕轻轻叹了口气，知道许愿的性格，一旦决定了的事是不会轻易回头的。他说：“那你将辞职资料整理好，发到我邮箱里。”

“好。”许愿笑了笑，“老板，这些年谢谢你的照顾。”

何硕也笑：“是你自己努力的结果。”他在办公桌后坐下，看着手里的快递，“你都回去半年了，这是什么快递？”

“是当初你介绍我去考的成人大学毕业证。”

“那这个很重要啊。”他说着看了一眼工作表，“我这个月打算休年假，要不给你送去南城吧？”

“不用那么麻烦，帮我寄个快递就行了。”

何硕将桌面的相册拿到手里，轻轻划了一下自己的照片，背后露出一张少女的照片。他摸了摸照片上的脸，轻声说：“我想去旅游了。”

“嗯？”许愿没懂他什么意思。

“最近的一次旅游还是年前你陪我去墨西哥介绍产品项目的时候。”他说着笑了笑，“一直听你说南城有多美，我想去看看。”也想去看你。

后半句他没说出来，总觉得在电话里说不够正式。

许愿没话说。

何硕也不在意：“过两天应该就可以休年假了，到时候我把你的毕业证一起带过去。”

“好。麻烦你了老板。”

何硕轻轻笑了笑：“真觉得麻烦了我，等我到了南城以后好好招待我。”

许愿也笑了笑：“好。”

吃过午饭，高尔夫售车经理给许愿打电话让她去提车，说是有最新一批车刚从德国过来。许愿化了个淡妆出门，半路接到明望的电话。

“在干吗呢？”他问。

许愿坐在出租车上，看着远处的明氏大厦，笑了笑："在你公司楼下。"

电话那头静了一下，随后是轻轻的叹息声。

"怎么了？"她问。

"早不来晚不来，偏偏在这个时候。"

许愿正想问是不是打搅他什么好事了，就听到听筒里传来广播的声音："亲爱的各位旅客……"

"你在机场？"

"嗯。"明望边回答边进了 VIP 通道。

"去哪儿？"

"去加州。"

"美国啊。"

"嗯。"明望回道，忽然又说，"这次我不在公司，下次带你上去看看。"

许愿笑了笑："现在从你公司旁边过去了。"

"那么快？"

"嗯。"她说，"我去提车。"

明望这才想起她买车了的事，调侃了一句："早知道当初就不让你买了。"

"开你的？"许愿也调侃道。

"不行吗？"明望笑道，"反正我车多。"

许愿轻笑。

片刻后，明望说："我要上飞机了，你新车落户挂牌的事一会儿会有人联系你。"

"好。"许愿说，"注意安全。"

明望笑着应了一声，将电话挂断。

如同明望所说，新车落户挂牌的事一点也不用许愿操心。明氏集团派了一个年轻人过来，全程帮她处理好。

她傍晚将车开回去时，在楼下遇见了许母。她在许母身后按了一声喇叭，许母一惊，往边上站了站。

她开到许母旁边，笑着喊了一声：“妈！”

许母转头，见到驾驶座上的许愿。她一愣，看着崭新的车和车头挂着的红花，迟疑了一下才问：“买车了？”

“嗯。”许愿回着话，在停车位停好下车。许母将手里提着的菜篮子递给许愿，围着车转了一圈，笑着点了点头。

母女俩手挽着手上楼。上楼前，许愿侧身看了一眼楼下。黑色奔驰旁是白色的高尔夫，一黑一白，嗯，还挺般配的。

等明天得把他黑色的车开回去，她心里想着。

回了家，许母大概问了问价格后就没怎么关心了，转身进厨房去做晚饭。许愿跟进去，靠着母亲说：“妈，我决定留在南城了。”

许母摘菜的手一顿，转头瞧她：“真的？”

许愿点点头。

许母笑了，拍了拍她的手：“留下好，留下好。”

第七章

故人远到

何硕说来是真的来。

许愿隔日将奔驰开回明望的住处，还没来得及跟陈茜茜说要跟她一起干，次日下午何硕就到了南江机场。她只好在微信上跟陈茜茜透露了一下，说自己估计会留在南城。

陈茜茜别提多高兴了，让她有时间赶紧过去会所找自己。许愿答应了下来。

周日下午三四点，她开着高尔夫去机场接前任老板。有半年多没见何硕了，他的变化倒没有多大。

他还是戴着那副眼镜，细碎的刘海垂在额前，身穿淡蓝色衬衫，纽扣扣到第一颗，高高瘦瘦的样子。远远见到许愿他就笑了起来，大步走过来。

何硕是大学本科毕业后就进了LU精密科技当工程师，后来转为系统组装部正部长。当年刚满二十岁的许愿就是被他提升为组装课资深组长的。

许愿其实很感激他。工厂就是一个反映社会现象最真实的大染缸，里面鱼龙混杂，干干净净的人进去后出来大多是一身的色彩。多少人进了工厂经不住诱惑，触犯了道德底线的人比比皆是。

等她渐渐明白这是个现实社会后，她已经不在车间里了。她被何硕提为组长后，坐进了办公室，有了属于自己的办公桌。许愿也是肯努力的人，何硕提到自考上大学，她就去报名自学自考。

LU是做智能声触科技的，从芯片到成品，打交道的客户均来自国外，尤其是美国的客户占了百分之八十。为了能跟上客户，她开始自学外语。

每逢周末，别人在约会、逛街，许愿就在何硕的督促下，啃着几本厚厚的语法书。英语PETS-5（全国公共英语考试－五级）考过后，何硕便开始带着她出国。

许愿有生之年第一次坐飞机，第一次出国，去的是内华达。在拉斯维加斯机场下飞机的时候，她才终于意识到——她走出国门了。

从一个没学历也没经验的小普工做到一个组装课的正课长，许愿付出了许多努力，至关重要的还是有何硕的提拔。

不然，她终其一生也只能是一个小小的打工仔，无见识，无眼界，守着自己的一亩三分地，碌碌无为地过一生。更何谈能在重逢后与明望在一起。

这一切都源于她遇到了一位贵人，她的前任老板——何硕。

等何硕走近，许愿笑了笑："老板。"

他也跟着笑了笑，抬手擦了把汗："南城可真热啊。"

"确实。"她说着侧身，"走吧，先去酒店再说。"

"好。"何硕背着包跟在许愿身后。目光从她白皙的脚踝看上去，一袭淡蓝色连衣裙，袖子是薄纱样，白皙的小臂在袖子里晃眼得很。她还是一头黑直的短发，一如既往纤细漂亮。

何硕推了推眼镜，紧跟着她到停车场。看她打开白色高尔夫的车门，他笑道："买车了？"

许愿点头正要坐进去，何硕拦下她："你刚学出来，要不我来开？"

许愿笑着摇了摇头："没事，我能开。"

何硕也就没强求，虽然他时常会不放心她，帮着她，但她说的话他也是一概都听的。他绕过车头坐到了副驾驶座上。

许愿张了张嘴，还没能阻止，他人已经坐好了。都说副驾驶座很重要，她其实是想让明望坐第一次的。

许愿发动车子，跟着导航离开机场。半路上，她问："住哪儿定了吗？"

何硕靠着椅背，偶尔提醒她一句，闻言回道：“还没定，离你住的地方近一些吧。”

前方是红灯，许愿在人行横道线前停下，偏头看了他一眼。何硕懂了她的意思，笑了笑：“你不是说要带我看南城吗？不住得近一些怎么方便呢？”

许愿轻轻拍了一下方向盘：“没事啊，这不是有车了嘛，去哪儿都方便。”

何硕轻笑着摇头，提醒她：“要起步了。”

许愿也就没再问，发动车子开出去。

到了老城区，车子绕了一圈后在香橼小区不远处找到一家宾馆。她看向何硕道：“这地儿也只有这样的宾馆了。”

何硕探头看了一眼。

许愿：“要不还是去市中心那边吧，那边都是酒店，住起来也舒服。”

何硕转头问许愿：“那你和你妈妈住哪儿？”

许愿往侧后方看了一眼：“那个小区。”

他转头看，小区和宾馆只隔着一条街，在一个对角上。这让他心里好受一些：“就住宾馆吧。”

许愿无言，将车开了过去。

不过这家宾馆还好，也不是太旧。何硕开了间房后便上二楼，许愿跟着他上去。打开房门，看到是一个标间，她抱着手臂看了一圈，整体还行，空调卫浴，该有的设施都有。

何硕将背包放在床上，见许愿替他看过了房间，坐在床上笑了笑。他打开背包，将毕业证拿出来递给她。

许愿接过来，翻开看了一眼，随后又合上。见他神色有些疲惫，她就带他去楼下的饭店吃晚饭。

吃过晚饭，出了饭店门口，许愿站在宾馆前的车旁看着他道：“看你很累了，今晚好好休息，明天带你逛南城。”

何硕呼了一口气：“昨天飞了一趟合州，今早回的苏城，中午从东市过来。”他将眼镜拿下来擦了擦，又戴回去。

许愿皱眉道：“这么着急过来干吗？休息一天再来也行啊。”

何硕摇摇头，没说话。

她也就没什么好说的了，举起毕业证挥了挥："那我先走了。"

"好。"他站在车边看着她。

许愿坐进车里，发动车子开回了香橼小区。

何硕这次来南城有五六天的时间，许愿也不着急，打算一天带他去一个地方玩。

南城虽然是江南水乡，但真正说来也没有什么特别出名的景点。

晚上临睡前，许愿跟许母提了一嘴，说她之前LU的老板过来玩，许母给了她几个参考景点。

所以第二天的时候，她带着何硕去爬了一天山。下午脚酸手软地回到老城区，两个人肚子也饿得咕咕直叫。

去宾馆放好东西下楼后，许愿带着他去了老城区的夜市。夜市离许愿住的小区不是太远，就公交车一站的距离。

何硕跟着许愿慢悠悠地走着。黄昏的风不是太热，吹起来倒也带了一丝凉意。

这些年来，他们时常会在苏城的夜市上寻找美食。谁先看到或是吃到，下一次都会带着人去。看着前方的热闹场景，何硕开口："你们这边有什么美食？"

许愿拿下巴往前比了比道："整个夜市都是我们南城的美食。"她转头看何硕，"老板，你这回可以好好享受了。"

何硕笑了："你倒是还记得。"

"那当然。"

那个时候在苏城，每次许愿不想学了或者是学累了，何硕就会许诺，等她学完某个课时就带她去吃一顿好的。倒也不是惦记着那点好吃的，只是为了他这份难得的心意。

本来大好的周末，他可以好好休息去做他想做的事。但他没有，把全部时间都用来辅导许愿了。那时许愿就说，等有一天一定要将南城的所有美食奉上，孝敬老板。

夜市很热闹，许愿回来后还没来过。看着各种各样的小吃，她肚子里的馋虫也被勾了起来。

两个人在一家烤肉店门前站定，何硕看了她一眼："走吧。"

许愿笑了笑，抬脚进去。旁边端着热菜的服务员急匆匆地出来，嘴里喊着："让一让啊！"

何硕立马伸手，不想前面的身影一个灵活地侧身，绕开了。他的手伸到半空，片刻后才放下来跟着进去。

他们点了很多小吃，少不了的就是麻辣小龙虾和蒜蓉小龙虾，这也是他们在苏城的时候经常吃的。烤肉也点了一些，再要了两瓶啤酒。

黑夜渐渐来临，夜晚的烟火味带着麻辣味，透着人间的温暖。

何硕没法形容这一刻，心被幸福的情绪注满。他有半年没和许愿一起走在热闹的街头，一起蹲在夜市吃地摊了。他不是一般的怀念，端起酒杯喊许愿："来碰一杯。"

许愿将手里的竹签放下，单手杵着桌面，端起酒杯跟何硕碰了一下。仰头一口喝完啤酒，冰冷又刺激的液体顺着喉咙下去后，她叹息了一声。

"怎么了？"他放下杯子问。

"好久没这么痛痛快快地吃过了。"

"回来后没来吃过？"

许愿摇头。从苏城回来后，母亲进了医院，她得不分昼夜地照顾。后来母亲出了院她就开始学车，母亲为了让她学车不那么辛苦，让她天天回家吃。

再后来她就遇见明望了。明望那样的人也不会来这样嘈杂的夜市饱腹，更何况她也舍不得他来这样的地方。来来去去最后陪她来吃夜市的居然还是自己的老板。

"有想好在南城干什么了吗？"何硕问她。

将啤酒倒满后，许愿端着酒杯道："跟我闺密搞美容吧。"

"投资还是学艺？"

她喝了一口后回："都有。"

何硕也跟着喝了一口。

"也是，有得干就好好干。"片刻后他又开口，"我估计就一直在 LU 了。”

随后他又调侃：“如果生意不好做，尽管回来找我。”

许愿偏头瞥他一眼道：“老板，瞧你这话说的。”

何硕被她的桃花眼瞥得一颗心酥麻，看着她眼里溢满温柔，问道：“怎么？”

许愿摇头，轻轻笑了笑。夜市昏黄的灯火，给她的笑容带了一丝妩媚。她似是处在人间，却又隔离了人间，如同仙子下凡。

何硕看了她半晌，把心里所有的话狠狠地憋了回去，端起酒杯灌了几口。

吃完晚饭，两个人出了夜市，步行着往回走。晚风吹着，身上的烟火味离开夜市后越发明显。许愿抬起袖子闻了闻，撇了撇嘴。

何硕笑道：“每次都这样。”想吃又怕味。

许愿笑了笑。

穿过人行横道，何硕要将许愿先送回去。许愿也没跟他客气，就往小区那边走去。快进小区时，何硕突然叫住她：“许愿！”

许愿停下脚步，侧身看他。何硕快走几步到她身边，抬手抓住她的袖子。

许愿愣了一下，看着何硕。他将袖口抬起：“沾上油了。”

她翻起袖子看了一眼，是真被他逗笑了：“老板，看你这神情我还以为你有什么大事要跟我说呢。”

看着她的笑脸，何硕吞了口口水。刚刚他差点就忍不住开口跟她说了，这么多年陪着她一起长大，他费了多少心血。

之前看着她谈男朋友，他心里有多难过就有多后悔。跟她开口表白的男人要么成了她的男朋友，要么从此不再说话。他不敢赌是因为怕开口之后会彻底失去她。

那时的她虽然在谈恋爱，他认为男方也是优秀的，可她的眼里无半点小女生谈恋爱时的热情。她每次分手，都是以对方很烦结束的。

他猜不透她心里在想什么。但还好这么多年过去，他始终是站在她身边的人。他想起包里的戒指，想起原本的计划，想说的话硬生生被压了下去。

何硕抬手揉了揉她的脑袋道：“回去好好休息，明天还得带我游南城呢。”

许愿轻轻偏了一下头。以前她做好每一件事的时候，他都会这样揉揉她的头，笑着鼓励她。但自从回了南城后，除了明望碰她，别人再做这样的动作她就感觉不适应了。

“好。”许愿回他，“你也早点回去休息。”

何硕微笑着，手插兜站好道：“你上去后我再走。”许愿点点头，朝他挥了挥手，转身上楼。

何硕站在原地，一直抬头看着楼上。直到三楼的灯亮起，又熄灭，他才转身往外走。路过一辆黑色迈巴赫时，藏在树荫下的车灯忽然亮起，还鸣笛了一声。他被吓得愣住，偏头瞅了一眼。

驾驶座的车窗降下，他的视线移过去，正好跟一双丹凤眼对上。

何硕看了几眼，确定自己不认识这个男人，但男人眼里的高傲和不屑却是看得一清二楚。

他看着男人矜贵的气质和黑色豪车，估计是富家子弟对平民老百姓的看不起吧。他心里这么想着，也懒得跟他计较，转身走了。

从后视镜里看着远去的人影，明望眼里的情绪不明。

半晌，他抓过旁边的手机打开。微信上他给许愿发了两条信息，都没有得到回复。想起刚刚看到的，他将胳膊搭在车窗上，抽了支烟出来叼在嘴里点燃，抬头看着三楼。

他抽烟很急，很快车内就乌烟瘴气。就在他的情绪即将控制不住时，下一秒，他盯着的房间灯光亮起，窗帘后有人影在走动。过了片刻，连客厅的灯都亮了起来。

看着看着，他突然笑了，重新抽出一支烟拿打火机点着，随后将电话拨了出去。

隐隐约约能听到她的手机铃声，他静静地等着。几秒后，一个细软的声音传出来：“喂？”

明望没说话，电话那头的人感觉有些奇怪，开口问：“明望？”

“嗯。”他从鼻子里哼出一声。

听着电话里不情不愿的回答，许愿站在饮水机旁挑了挑眉道：“怎么了？”

见明大少不开口，许愿开始猜测：“起床了吧？”

这话叫他无端泄了气："你都不关心我的吗？"

"啊？"许愿愣了一下，开口道，"那……昨晚没休息好？"

明望哑口无言。

半晌，他说："你要不要拉一拉窗帘？"

要接水的手顿住，他的话再一次从脑海里滚过后，许愿将杯子放在桌上，连忙进了卧室，一把拉开窗帘。

楼下黑色轿车的车灯亮起，许愿愣怔地看着，不确定地问道："你……回来了？"

明望抬头看她，视线穿过茫茫黑夜，在半空中交会。目光相接的那一刻，许愿的灵魂被一击而中，心里划过一丝麻麻的感觉。

她低头一脚扒拉了鞋子穿上，慌乱中手机掉在地上她也顾不得拿了，抓起钥匙就下楼。

看着楼道灯光一层一层往下亮起，明望将电话挂断，偏头吐了一口烟雾。

片刻后，单元楼前出现一个穿着睡裙的纤细身影。他看着她，将车锁解开。

这一次她倒没有推拒，拉开副驾驶座的车门上车。车内开着一盏昏暗的顶灯，还留有许多烟雾，她伸手扇了扇。

他灭了烟偏头看她，视线从她头上的发带到干净白皙的脸蛋，再一寸一寸往下滑。

许愿跟他对视，发现他的神情里带了一丝疲惫。她俯身过去，手轻轻抚在他的脸上，眼里带着一丝心疼："刚回来吗？"

明望没说话，伸手抓住她的手拉下来。看了她半晌，他靠回椅背，声音平静地反问："不然呢？"

许愿要握他的手顿了一下，忽然就问："你几点下的飞机？"

"八点。"他淡淡地回答。

她看着他，终于从他这冷淡的语气里听出些东西来。

她准备睡觉前是十点，从南江机场过来到老城区，不堵车的情况下一个小时就能到了。

那么……他应该是看到何硕送她回来的场景了。他不提，她也就没多说：“刚回来就来了我这里吗？”

明望低头，舌尖顶了顶上颚，偏头看着她，淡淡地笑了笑。

昏暗的灯光里，她见他虽然笑着，但目光清冷，暗暗皱了眉头，正想说话。他先开了口：“许愿，你玩我呢？”

许愿的呼吸滞住，缓缓抬头跟他对视。

他们眼里是一模一样的清冷和平静，他的眼里甚至还多了一丝倨傲。被他的态度刺伤，许愿语气凉凉：“我哪敢呢？”她转身打算下车。

没什么好说的了，一句不问，解释也不给，上来就定罪。她索性也不解释了。

她是爱他，却也没有要舰着脸去贴他冷脸的道理。看见他车停在楼下的那一刻，没人知道她有多开心。要不是怕直接从三楼跳下来会摔断腿，她早就一跃而下蹦到他眼前抱一抱他了。

眼眶温热着，她去拉门把手，没拉动，锁了。

“开锁。”她保持着冷静，声音平静。

车内一片安静，晚风从车窗吹进来，带走车内的烟雾。

片刻后，车窗升了上去，仅留一条缝隙。明望忽然转身，一把拽过她的手臂，抱住她劈头盖脸就吻了下去。他的动作突然又强势，许愿反抗，挣扎间，泪水不受控制地从眼角滑落。

吻到湿意，明望罕见地被震住，抬起头看她。他总是一次又一次被她的泪水吓到。

许愿偏头，泪腺发达就这点不好，她还不至于脆弱到在他面前哭哭啼啼。她拉起自己的裙摆，手一顿，算了，一把拽过他的衬衣擦脸。

明望低头瞥了一眼衣角，松开她一些，似乎是被气笑了：“为别人流的眼泪用我的衣衫擦？”

她冷着声音回答：“没有。”

他没说话了，定定地注视着她，视线渐渐凉薄。

许愿仰头不退不避地迎着他的目光，心里却如有刚刚的晚风，呼啦啦穿堂而过，带着寒意。

完了，她在心里默念。他这样高傲的人，肯定是受不了她这样挑衅的。

她受不了他的目光，像是她背叛了他一样。她推他的身体，要从座椅上起来，但男人纹丝不动。

沉沉的重量压着她，他们的脸离得很近。他处在上方，有些居高临下地看着她，目光中带了些审视，像是在揣摩她的心。

许愿还要伸手推他，被他一把抓过，按在椅背上。脸越来越近，许愿偏过头去。

安静了片刻，她推着他的身体坐起来。

许愿开口："他是我的前任老板，给我送毕业证过来的。"她顿了顿，"人家来了南城，我总不能不招待一番吧。"

明望的重点偏了一瞬："毕业证？"

许愿勾了勾嘴角："不知道你对高中班里的同学关不关注，反正我是高考完就进厂了。"

明望转着手里的打火机道："我知道你考上北方的一所大学了，但后来听说你没去读。"

许愿愣怔地转头看他，没想到明望会知道自己那个时候的事情。

她转回头看着前方，语气平静："人总不能被生活给打倒了，没法读大学却也不能不读书，总得想办法不是。"她停了一瞬，"等我有足够能力的时候，就去报了自考本科。"

车子里安静了片刻。

"许愿。"明望说，"我一直是很佩服你的。"

他看她一眼，又强调："高中时就是。"

高二文理分班，他们分在了一个班。

他当然知道许愿。除了同伴们的调侃，那个一直在自己后面要么第二名要么第三名的女同学，他怎么可能不知道。只是她小小年纪便板着一张脸，也不爱笑。

明明是老师眼中的乖学生，在没人知道的地方却总能做出一些惊人的举动。除了学校，他总能在各种各样的地方看见她。

老校区的矮墙处熟练翻墙，商场里发传单的地方，抱着厚厚的单子死皮赖脸塞给路人，公园里穿着滑稽的戏服花式表演，夜晚混乱的街边烧烤摊上端着盘子……

她就像只打不死的小强，顽强地生活着。每到那时，他总会不自觉地驻足留意。

同班同学都知道她家里的环境，有人带头给她捐款，她昂着头严肃地拒绝了。有人说她不知好歹，要以打破她的面瘫脸为乐，将她关在老实验室里，要让她哭，让她跪下来求助。

但她很顽强，既没哭也没告状。班长知道这件事后，立马带着他们跑到老实验室砸开门。只见她脸色苍白，却是挺直脊背走出的实验室的大门。

看着她远去的身影，少年时的他无法想象她是如何在实验室里待了一整晚的。

班长季远行气不过要找老师告状，被他拦了下来，只说恶人还得恶人磨。

之后的一个星期，欺负她的那几个同学在夜场被逮到，查到他们手里都有东西，被迫退学。这件事其他人不知道，只知道那几个同学退了学。他当然知道内幕，却不发一言，只静静地看着。

那几个恶劣的同学虽然离开了，可还是有同学乐此不疲地拿贫穷来羞辱她。她从来不去计较，坦然面对现实。

她在学校里从来不高调，可偏偏整个年级的同学似乎都认识她，以取笑、调侃她为乐。但她两耳不闻窗外事，认认真真地上课学习。

他那个时候就已经很佩服她了，小小年纪就勇于直面现实，不被外界舆论干扰，宠辱不惊。

他后来想起这个名字，各种情绪堆积在心间，沉闷发酸。他只告诉自己那是惋惜，好不容易考上的大学呢，说放弃就放弃了。

许愿低头，狠狠地搓了搓手。

他从过往记忆中回神，伸手拉过她的手握在手心。半晌后，他语气淡淡地道：“你跟他分开好不好？”

她愣了一下，慢慢地侧过大半个身子去看他。

明望转头，迎着她的视线道：“我不会过问你们过去怎么样，你也不要问我。我们只把今后过好就行，你觉得怎么样？”

他只是想，既然缘分让他们重逢了，就该好好珍惜，别一错再错，不然就是真正地错过了。

许愿没法说清这一刻明望的低头给她带来的震撼有多大。就像是高傲的野兽突然收起獠牙，低下头颅，露出它柔软的一面，也像伸手就可摘到的星辰。

大雾在一瞬间散开，里面站着他颀长挺拔的身影，给了她答案。她没想到的是，他会低头。

明望偏头看向前方，她忽然靠在他怀里，伸手紧紧地抱住他。明望垂眸看她。

许愿搂紧他，坦白一切：“我没有跟他在一起。他只是我的恩师和老板，除此之外再无其他。”

明望弹了弹烟灰，带着一丝玩味问：“那你跟我呢？”

他没说喜欢不喜欢，也称不上告白，就简简单单一句话。

这句话也没有刚刚他让她放手那句来得震撼，但对许愿来说已经很难得了。

不问过往，不求将来。在他漫长的人生里，能陪他一程，已是三生有幸。她自问没那么贪心，想要他的一生。

她甚至还得感谢他，只是这样简简单单的一句话，她可以毫不犹豫地回答他：“好。”

明望看着她的脸，抬手捏了捏，烟雾后的眉眼弯起。

她撑起身体与他平视，靠近亲了亲他的嘴唇。明望看了她半晌，抬手一把搂住她的腰，吻就落了下来。

“有没有想我？”他轻轻吻着，低声问。

刚刚经过这一遭，许愿心里留了些东西，没开口答话。

等了片刻没听到回答，他扳过她的身体，唇回到她的唇上。

他抬头分开一些距离：“给你发了几条信息都不回我。”

夜风安静，树影婆娑。他的声音再度传来：“陪你的老东家把我都给忘了？”

许愿摇头，平静地看着他道：“爬山的时候忘了带充电宝，下午手机就没电了。回来吃了晚饭，回到家才把手机充上电，还没来得及看微信。”她将一天的行程交代清楚。

“他要待多长时间？”他低头，下巴搭在她的头上，轻嗅着她身上淡淡的香味。

“一个星期吧。”许愿抬手抱着他的背。

“也就是说这一个星期你都得陪他了？”

许愿想了想：“也不至于吧。”

他看她一眼，低头亲了一口，手掌放在她微凉的大腿上。

许愿伸手，轻轻摸着他的脸问：“吃晚饭了吗？”

“不饿。”他拉下她的手握在手心，揉捏了一下，然后从她身上起来，把座椅调好，手穿过她的身侧一把将她捞了起来。

许愿将裙摆捋好，偏头看他：“不吃晚饭怎么行？”

明望瞧了她一眼，抬手将她脑袋上的发带拿下来，是一个猫耳朵的发带。

许愿看见了要去拿，明望手一收。他扶着她坐稳，把发带重新套到她的脑袋上，随后弹了弹上面的猫耳朵。

头发全部收上去后，显得她的脸都小了一圈，清冷的五官上是软萌的猫耳朵。这反差不是一般的大。

看着她可可爱爱的样子，他搂过她的脖颈，偏头亲了一口。

许愿睨他一眼，从他怀里出来，坐到副驾驶座上。见车里有矿泉水，她拿过来拧开喝了一口。

明望看着她，将手伸到窗外拂着风，忽然说：“明天我没事。”

许愿喝着水，偏头看他，奇怪地哼了一声：“嗯？”

他也转头：“过去陪我。”是平静陈述的语气。

“不行。”她拒绝，“我老板还没走。”

“嗯？”他收回手，转身瞅她一眼，发动车子。

许愿一愣，按住他的胳膊问：“干吗？”

他打开车灯，神色明显，淡声道：“带你回去。”

“我手机没拿。”她开口。

明望顿了一瞬，动了动脖子踩下刹车，拉起手刹道：“给你五分钟。”

许愿看了他半晌，最终下了车。

南城的深夜格外安静，黑色轿车行驶在路上。许愿将车窗降下来一些，夜风吹着，带来丝丝凉意。

车子开去的地方是上次他带她去过的高档小区。

进了地下车库停好车后，他偏头看她穿着睡裙，外面套着一件薄开衫的样子，意味不明地笑出声。

许愿顺了一把头发，打开车门下车。

他锁了车后就过来拉着她的手进电梯。地下车库十分安静，电梯门关上，轿厢缓缓上升。他拉过她，抬手圈上她的腰。

到了楼层，轿厢门打开，两个人走出去。在门前站定后，他设置了一下门锁，随后拉过许愿的手指录入指纹。

片刻后，指纹录入成功，门前的摄像头打开，再将许愿的人脸录入。智能匹配成功，公寓门打开了。

他们进去后，玄关暖黄色的灯光亮起，身后的门自动关上。许愿往前走去，却被身后的人一把捞了回来。他搂着她的腰，吻一一落在她的脖颈间，头跟着埋下去听着加速的心跳声。

她靠着他的脖颈，尽情呼吸他身上的气息。不一会儿，一阵“咕噜咕噜”声传了过来。两个人的动作齐齐一顿，几秒后，许愿睁开迷蒙的双眼，掌心贴到他的肚子上，问道：“饿了？”

明望深呼吸几口，放开了许愿。半晌后，他摁亮了灯。

她的心“怦怦”跳快，走过去拉着他的大手往厨房走去。一室的灯光随着他们的走近亮起，空调也自动打开了。

进了厨房，明望去倒水，许愿则打开冰箱看了一眼。这一次冰箱里很满，蔬菜瓜果备了很多。她拿了几样蔬菜出来，又拿了鸡蛋，看到培根后也一并拿出来，将东西放到料理台上。

明望端了杯水过来，自后圈着她把水递到她的嘴边。许愿仰头，他举起杯子喂她。喝完水他也没走，就靠着料理台看她动手做菜。

“早知道就回楼湖那边了。”他淡淡地开口。

许愿瞧他一眼，勾唇笑了笑。

洗干净小番茄后，她喂给他一颗，自己也吃了一颗，便开始动手做面。这次材料足，做出来的面味道也浓。最后她煎了两个荷包蛋放在面上，将自己那碗端了出去。其实她不是很饿，但就是想陪他一起吃。

明望把水杯放在料理台上，也拿起筷子端了面出去。餐厅十分明亮，许愿已经坐在餐桌边等着他了。

他将面放在桌上，递筷子过去，许愿接过筷子。拉开椅子坐下后，他尝了口汤，味道鲜浓。偏头看她一眼，她正在埋头吃面。明望笑了，被她吃饭的样子带动了食欲，也开始动筷子。

吃完面，他胃里发酸的感觉消失了，整个身体都舒畅起来。

这无疑是一种幸福感，源于人间烟火，也来自他身旁的女人。他偏头看她，眼里带着温柔。

许愿吃东西不是太快。明望吃完后好半晌，她才慢悠悠地吃完。她站起来要收拾碗筷，却被他拉住手道："放着吧，说了你的手不该弄这些的。"她也就没收拾了。

他站起身拉着她往卧室走去，卧室的灯光亮起，空调也自动打开。许愿已经洗过澡了，他就推着她在床上坐下，自己则进了换衣间将身上的衣服脱下，披了件浴袍进去浴室。

许愿将外套脱了，去外面的洗手间洗了把脸，看见一次性洗漱用品，又漱了口才回到卧室，拉开被子上了床。

室内凉爽，灯光自动调暗。浴室隔音效果好，许愿没听到什么声音，房间里安安静静的。她躺在充满清香的被窝里，累了一天的身体舒展开来，昏昏沉沉间眼皮就耷拉了下去。

不知过了多久，迷迷糊糊中她听到脚步声，想出声喊他，嘴巴却怎么也张不开。

明望手撑着床看了她一会儿，抬手揉了揉她毛茸茸的脑袋，随后上床。他伸手关了灯，月光从纱帘后透了些许进来。他靠近身旁温热的身体，抬手搭在她的身上。

许愿醒过来的时候一时间不知身在何方，且室内昏暗，她差点以为还是半夜。

手机振动声一声大过一声，许愿拿过来，发现是何硕打来的。她接通："老板？"

那头的人笑道："早啊。"

"早。"她回。

“我们今天去哪儿？我看天气预报说下午好像有雨。”

许愿打开被子，拿起床头柜的遥控器一按，厚重的窗帘缓缓收了回去。她看了一眼阴沉沉的天，面不改色地道：“老板，我闺密让我今天去签合同，恐怕暂时陪不了你了。”

电话那头安静了，片刻后，他略带失望的声音传来：“哦，这样啊。那没事，你先去处理吧。昨天爬山我腿还酸着呢，刚好可以休息一下。”

许愿低头，手抠了抠被子：“不好意思了老板。”

“没事没事。”何硕听出了她语气里的愧疚，心里也就不那么难过了。他又问，“那晚上总该签完了吧？一起吃个饭什么的总能行吧？”

“这……”许愿有些犹豫。

“把你那个闺密也带上啊，这顿饭你老板我来请！”

他话都说到这个份上了，许愿也不好再说什么，只得先应下来。

电话挂断后，她正要下床。房间门打开，明望穿着白色T恤、灰色短裤，头上戴着运动发带，一副刚晨跑回来的样子。

她愣怔地看着他身上活泼生动的少年气，脑海里突兀地闪过一个画面——他站在三分线外投篮后意气风发的身影。

那是上高二的时候吧，因为只有上高二时下午的自习课她还能待在学校。

少女时期的陈茜茜是个小花痴，为了看喜欢的男孩子打篮球，硬生生拖着她逃了下午最后一节自习课，跑到老校区看几个男孩子打球。

许愿当时作业都没做完，就不情不愿地被拖着去了。等到了老校区篮球场一看，她打心眼里感谢那个小妮子。因为篮球场上有让她看一眼就再注意不到其他人的少年。

少年穿着白色球服，头上戴着乔丹的发带，手上也戴着护腕。他跑起来速度飞快，篮球在他手里听话得不行，说投篮立马就跃起投进一个三分球。

周围不仅是许愿和陈茜茜，还有好多逃课出来观看的女孩子。少年进球，全场欢呼。他笑着，手撑着膝盖缓了口气，站起来走动，边走动边卷起球衣下摆擦汗。

许愿的眼睛都看直了，等陈茜茜笑话她的时候，才面红耳赤地低头。

意气风发的少年身影，在她心里存了很多年。心脏还保留着那个时候的滚烫和加速，一想起来悸动若年少，当真是纯真又美好。

这一瞬间，时光似乎重叠了，年少的明望再一次出现在她眼前。他走过来，俯下身子，手撑在床边低头看她，眼里是她从未见过的温柔。

她在学校里偶遇他那么多次，他很少笑，看人的目光中带着一丝清冷，和同学之间保持距离。

这种温柔让她沉溺其中，这是她的少年明望啊，怎会如此温柔？

明望看着她迷离的眼睛，笑了笑，低头亲了她一口。

许愿被惊回神。她看着面前的明望，五官更加硬朗，沉稳与生俱来，成熟男人的魅力由内而外散发着。

“明望。”她唤了一声。明望拉着她起来，疑惑地“嗯”了一声，以眼神询问。

许愿不说话了，被他拉着走。明望将她拉进换衣间，打开一个衣柜，里面挂了一些夏季的女士衣衫，裙子、T恤、长裤，应有尽有。

许愿看着这些，又偏头看他。明望站在旁边，视线在一众衣服上滑过，最终拿了一条清凉的夏裙给她：“出差的时候让人置办的，你看看喜不喜欢。”

许愿接过来，衣服是大牌子，布料丝滑，拿在手里便带着一丝凉意。他行动可真快，快得让她有点猝不及防，丘比特的箭像是不要钱似的往她胸口射。

换衣服的时候他们都在同一个空间里，只是各换各的。明望换了一身米白色夏季休闲T恤，一双长腿松松地套上一条灰色长裤。换好后，他就靠着旁边的衣柜看她换。

许愿套上他拿的裙子，视线从穿衣镜和身后的他对视上，片刻后又移开，将裙子捋好。

她换好后，明望走过去牵着她到餐厅。餐桌上已经摆好了早餐，看着应该是外卖，因为垃圾桶里有外卖盒子。却也不是一般的外卖，是老字号的粥和豆浆。

这倒是让许愿十分意外，上次看他这里都是吐司面包之类的东西，还以为他喜欢吃西餐。

明望说的今天没事，其实也只是不用去公司而已。他刚从加州回来，很多后续事情还需要处理，书房就成了他的办公室。

许愿窝在他书房的单座沙发上，捧着一本书随意地翻看着。

旁边的小茶几上是一杯热气升腾的热茶，是铁观音。比起咖啡来，明望本人似乎更爱喝茶。

单座沙发靠近落地窗，此时的窗外大雨滂沱。雨滴溅在玻璃上，汇成小小的水流往下滑去，大江上泛起薄雾。楼下的道路湿漉漉的，车子打开灯光，来来往往的行人都撑着雨伞。

她转头看了明望一眼，他身上是从容又凌厉的气质，俊容专注，十指在键盘上快速敲击，修长的手指在阴雨天里格外白皙好看。

她想，或许直到世间不再下雨的那一天，她才能停止爱他。因为她的爱，就如这窗外的雨，起时一点一点降落，下至中途暴涨，此后连绵不绝。

半晌后，她端起热茶喝了一口。入口微微苦涩，片刻后甘甜涌上来，整个口腔里都是淡淡的茶的甜味。

放下茶杯后，她将目光转向窗外。整个南城被笼罩在雨雾里，模糊着看不清原本的样貌。像是在这世间行走的人们，也看不清前路。

手机振动了一下，她拿过来，是陈茜茜发的微信：什么时候过来呀？

许愿放下书，简单地说了一下近况。陈茜茜发了个表情包表示理解，让她等前老板回去以后再过去也行。

刚要放下手机，何硕的微信又发了过来，是一张下雨的图片。后面跟着文字：真的下雨了，你在外面注意安全。

许愿点出键盘，打了几个字又删了，回：好。

老板：下午在哪儿吃饭啊？

愿：老板你决定就好。

老板：还是你来决定吧，我对南城也不熟。

许愿看着信息想了想，再偏头看了一眼明望。他这会儿靠着椅背，手上转着一支笔，正用英文在和对面的人谈事情。他的英文发音是纯正的伦敦腔，听起来极为悦耳舒服。

这正是许愿羡慕的，她的英语最大的问题就是口语。错过了在最好的年纪继续学习英语，在社会上打滚了一两年才开始重拾英文的她，已经留下了短板，这种口语是她练都练不来的。

几次出国，她都是跟着何硕，介绍产品以及车间里组装的事全由他来，许愿就是跟在他身后见见世面。

她的思绪跑远了一会儿，再回神就和他好看的丹凤眼对上了。

明望已经没在工作，隔着办公桌看着靠窗的人，心里暗暗记着时间。三十秒，他眼神下瞥，看到她白皙的小腿在沙发外晃荡着。

六十秒，他靠回椅背。钟表挂在对面的墙壁上，秒针慢悠悠地转过三圈后，对面的人才回过神。

“这样看着我干什么？”许愿摸了摸脸。

明望没说话，转动了一下脖子，发出一声清脆的响声。

许愿将怀里的抱枕放下，趿拉着拖鞋走到他旁边。明望伸手一圈，她便在他的腿上坐下了。

“在想什么？”他搂着她问。

许愿将手机打开，点出与何硕的聊天页面，放在明望面前。

“推荐一个好一点的去处呗。”她看着他征求意见。

一目十行地看完所有信息，再看一眼备注：老板。他抬起眼皮看她，随意地问：“想听真话还是假话？”

许愿瞅着他道：“真话？”

明望哂笑：“他想得可真美。”

许愿迟疑：“假话呢？”

“南城的大雨还不够他喝的？”淡薄的语气。

许愿轻轻笑了笑：“他还是我恩师呢。”

明望不咸不淡地应了声，你当他是恩师是老板，可人家未必这么想。

昨天晚上的那一幕他坐在车里可是看得一清二楚，那个男人在楼下像望妻石一般站了半个多小时才走。

他低头细看了一会儿她的神色，发现她眼里有的只是敬重，并无半点其他。这使他莫名地愉悦起来，拿过桌上的手机给张勇打了个电话，让他订下八号公馆的包间。

电话挂断后，许愿仰头在他的下巴上亲了一口：“明望谢谢你。”

他竖起食指抵在她的嘴唇上，将她的脸隔开一些，笑了笑：“可别谢太早。”

许愿神色疑惑。他看着她道：“下午带上我。”又是一副平静陈述的语气。

许愿愣了一下，但想到何硕说过可以带人。现在她把陈茜茜换成明望，闺密换成爱人，应该也是可以的吧。

反正都是她身边最重要的人。

下午雨小了很多。

许愿将明望定下来的地址发给何硕，他回了个“好”字。她收了手机，在裙子外套了件明望的白衬衫，将袖子稍稍卷起。这是明望要求的。

许愿原本打算套件外套的，可惜明望让人准备的均是夏日薄款衣服，没有外套。他便拿了件白衬衫递给她，让她穿上。

他自己则穿了一件黑色风衣，将里面的米白色休闲衣换成白衬衫，腿上就是之前的灰色休闲裤。若是脱了黑色风衣，那他里面的衬衣和她身上的衬衣——情侣款的错觉。

许愿觉得他是故意的，但看着又不像，因为他神色淡淡的。

往常的南城夏季是闷热的，即使下雨也是热的。今天不知道怎么回事，疾速下降十几摄氏度，连吹来的风都带着一丝凉意。

车子是他的助理张勇开过来的，是那辆保时捷。

出了公寓门，明望将黑伞撑开，许愿多看了一眼。他揽住她的肩膀，往怀里搂：“就是当初拿给你的那把。”

走了几步，许愿突然问：“你那个时候还不知道我是许愿，为什么就给我递伞了？”

明望低头瞧她一眼。

许愿继续说：“还是你对每位女士都这样？”特指他的绅士和

周到。

“那你也太看得起每位女士了。”他淡淡地说着，笑了笑，“说得好像当初那车不是我让停的，是张勇自己停的一样。”

这一点她后来回去也想到了。许愿心里不得劲，有点矫情在作祟的前兆。她问：“那是为什么呢？”

“你说为什么？”他轻飘飘地将话抛了回来。

说话间也到了车前，他拉开车门，让许愿坐进去。明望打着伞，闲庭信步般绕到另一边，收了伞上车。

车子开出去，在细雨中行驶着。

明望偏头看了一眼他们之间的距离。片刻后，他伸手拉她的胳膊。

许愿心里的不得劲自然而然就消失了，顺着他的力道坐过去，为刚刚的小矫情唾弃了自己一下。

靠近明望她才发现他半边胳膊都淋湿了，原来是刚刚他将伞都遮在了她的身上。

她勾了勾嘴角，头靠着他的脖颈，什么也不想计较了。

车子在雨中走走停停，也走了半个小时左右才到达八号公馆。这个地方以前就很有名，只是后来低调了，现在专供富贵子弟消遣娱乐。

他们到了以后，服务员带着他们进去定好的包间。进去以后，许愿被包间的金碧辉煌闪了一下眼，在明望的旁边坐下。

何硕还在路上，给许愿发信息说还要十几分钟才能到。许愿让他不要着急，慢慢过来。

何硕被服务员带进来的路上一直看着这高档的装修，心里惊疑不定。

一开始他以为是走错了，还是门口的服务员问了一声，他说有约，服务员问他名字，何硕就说了，随后他就被带进来了。

看得出这个地方非富即贵，他心里虽然高兴许愿请自己来这样的地方，但内心总有一丝不安。一路走过去，他将心里的不安按下。

服务员推开了一个包间的门。他一眼就看到穿着白衬衣的许愿，轻轻笑起来：“许……”话被从她身后探出头来的穿着黑色风衣，一身清贵气质的男人给打断了。他愣怔地看着，一时间不知该如何进退。

许愿笑着跟他打了招呼，随后指了指对面：“老板坐吧。”

“哦，好。”他推了推眼镜，走过去。几步路的距离里，他脑海里不断重复：这是她闺密？

他拉开椅子坐下，看了一眼许愿。她正在清洗杯子，视线和男人的丹凤眼对上。

丹凤眼？是昨晚在许愿家楼下的黑色轿车里的那位？这……怕不是闺密那么简单吧？

许愿将水倒满，放在转盘上，轻轻转了过去。直到茶水在何硕面前停下，她才给他们介绍：“老板，这是我高中同学明望。”

明望侧眸看了一眼许愿，神色不明。

何硕端着水放下心，轻轻地点头。

“这就是我之前的老板，这几年来一直都是他在照顾我，是我的恩师。”许愿转向明望。

对面的男人看过来，眼里带着一丝得意和挑衅。明望轻轻颔首，随后不动声色地将许愿的杯子端起来一口喝完茶水。

何硕带着挑衅的神色顿了一下，去看许愿。她没发觉自己的杯子被人拿走了，而是在叫服务员把菜单拿来。

他垂下双眸，后悔没把戒指带过来。

服务员拿来菜单后，许愿先递给何硕：“老板你看看喜欢吃什么。”

何硕接过来，语气随意：“要不就点我们经常吃的那些吧。”

许愿点头：“都可以啊。”她端起面前的杯子，发现没有水了，便提起小砂壶倒了杯水端起来喝了。

何硕低头问：“麻辣兔头要不要？你不是很喜欢吃吗？之前苏城都很少见，难得这里有。”

许愿正要点头，右手就被明望拉住，他的声音跟着响起：“马上就到生理期了，不适合吃那么辣的。”

许愿疑惑地看他，他怎么知道？明望低头回看，神色也很惊讶：还真是？

对面的何硕看他们手拉着手，眉来眼去的样子，顿时心里憋了一口气。而那个所谓的老同学还握着她的手，将她的袖子轻轻卷起。

再看许愿，她并没有反抗，反而转头看着男人，眼里是他从来没见过的火热。

心底的空洞开始形成，有风呼啦啦地吹着，透心凉。

何硕点了麻辣兔头，又点了几样她平时爱吃的菜，然后将菜单递给她："你看看还要什么，再加点。"

许愿接过去看了一眼："我喜欢吃的你都点完了。"

她转向明望，将菜单递过去："你呢？"

明望的舌尖顶了顶腮帮子，瞥了一眼，点了几道粤菜，随后递给服务员，吩咐快点上菜。

"许愿不怎么吃粤菜。"何硕推了推眼镜，笑着对明望说，"她口味重，喜欢吃川渝一带的菜。"

重口味？明望偏头看许愿，目光意味深长。

许愿被看得心一紧，转头看着何硕道："是回了南城以后喜欢上的，吃多了重口味，清淡的反而养生。"

何硕："是吗？"然后笑了笑。

人当真是会变的，吃了五六年的菜说换就换。那么人呢？是不是相处五六年后也会腻？

片刻后，明望将黑色风衣脱下，许愿在旁边接过，给他挂在椅背上。那动作十分自然，像是做过无数次一样。

而且他看了一眼男人，再看了一眼许愿，都是白衬衫，连款式、质地都是一模一样的。

许愿今天是从哪里过来的？他脑海里一直在反复循环这个问题。

包间里十分安静，几个人没再讲话。不是许愿不想讲，而是怕一开口就露出破绽。她面不改色，伸手紧紧按住在桌下作乱的大手。

明望轻轻笑了笑，右手端起茶杯神色如常地喝了一口，手指曲起挠了挠她的腿。

许愿的脸色变了一瞬，在何硕看过来的时候稳住神色，轻轻地笑了笑。眼前突然递过来一杯水，杯口碰了碰她的嘴唇，许愿垂眸启唇，一口喝下。

看她乖乖的，明望这才将手收回来，没再折磨她。许愿忙整理好裙摆，坐了两分钟，又站起来道：“我先去个洗手间。”不等两个人回话，她拉开包间门就急匆匆地出去了。

明望看着她的背影，低低一笑，转过头发现对面的人正在看着自己。

两个人没说话，明望倒了一杯茶，遥遥地举了举，何硕也举了举手里的茶杯。他们都在小口地喝着茶水，也没说话，包间里安安静静。

明望坐得闲散，一身在位者的气势由内而外透出来，包间里的灯光给他英俊的五官镀上一层金光。

何硕看着这样的男人，心里还是有点挫败感的。

又一个优秀者，而且还是她的故人。是久别重逢吗？

明望倒没想那么多，上午许愿的态度早已让他没必要去瞎想，后来见到人他更是没什么想法了，只是想让人知难而退才会有那些举动。

何硕长得不差，却也不出挑，个子估计在一米八左右，偏瘦了些，穿着格子衬衫，纽扣严谨地扣到第一颗，属于清秀类型。

片刻后，明望开了口：“照顾她的那几年，感谢了。”

何硕不知道的是，明望很少说谢谢，一旦说了，那诚心的分量就很足。如果他在南城，有了明望这句话，不知可以替他行多少的方便。

但何硕不知道，笑着回道：“感谢什么啊，我们是相互照顾。”

他回忆了一下，似是感叹：“说来还得是我感谢她。很多时候，特别是逢年过节，许伯母都会做好饭菜让我过去跟她们一起吃，她说拿我当亲人一般。”

“伯母啊，”明望说，“说起来我也有好久没去看她了，也不知道她的身体怎么样了。”

何硕听出了他的意思，原来许愿已经将他带回去见过许母了。

他端起水杯喝了一口水，内心刺痛又翻滚，一时冲动之下开了口：“既然这样，当初她高考后你为什么不帮她？让她孤零零一个人东漂到苏城，进入那种地方？”

明望把玩杯子的手顿住，垂下眸子。那个时候他哪能知道未来会和许愿在一起呢？确实存了一点遗憾，若是早知道就好了。

但是人生哪能预知未来呢？不都是一步一步走了才知道。

何硕自以为戳中了明望的痛处，语气变得不太友好："工厂那种地方有多辛苦，你们这样的人当然不会知道。她是有多难才从那吃人不吐骨头的地方一步一步爬了出来。"

明望看着他，眼神薄凉。

何硕才不管："她好不容易努力到现在，一回去就能出头了，可就是因为你，她都不打算回苏城了。你毁了她七八年的努力。"

"不是因为他。"许愿从外面推门进来，脸色不太好。她并不想将自己的过去在明望前面摊开。

何硕张了张嘴，又悻悻地闭上。

许愿在明望旁边坐下，男人的大手从桌子底下伸过来拉住她的手，轻柔地揉捏了一下。

他知道她为什么会留在南城，是因为他。但他不知道的是，原来她在苏城正处于事业上升期。

他从不鄙视任何一个行业，只要是堂堂正正用双手去获得酬劳，就都是茫茫人海中在努力的人。哪个人不是为了生活，不是为了活得更好，所以根本没有高低贵贱之分。

许愿被他揉手的动作安抚了，偏头看着他。

包间的门被推开，服务员从外面端着菜进来。

许愿想说的话卡住，也就没再开口。何硕也后知后觉有点后悔，但话都说出口了，已经没办法收回来。

一顿饭吃得很安静，麻辣兔头上来，明望没让她夹，倒是给她夹了很多粤菜。

吃完晚饭出了包间，何硕去结账。这顿饭价格很贵，他却被告知已经结过账了。他拿着卡的手顿在半空，心绪不明，片刻后转头看那边的两个人。

他们在等他，穿着一样又站得很近，一个仰头说话，一个垂头倾听，明眼人都看得出来他们是什么关系。

他苦涩地笑笑，收了卡走过去。

几个人下楼，在大厅遇上了徐是钰等一大帮西装革履的精英人士。徐是钰让旁边的朋友们先走，他过来问明望："什么时候回来的？"

明望停下脚步："昨晚。"

"你们这是……"他偏头看了看，"都吃完了？"

"嗯。"明望颔首。

"那正好。"徐是钰一拍手，"城南的项目正在请人……"他说着话，下巴往刚刚先走的那群人比了比。

明望懂了。城南的项目是他和徐是钰一起合作的，既然是谈合作的事，确实也是少不了他的。

他偏头看站在旁边的人，许愿立即明白他有事要忙，便说："那你们去吧。"

明望拉住她的手："让张勇送你们回去吧。"

"那你呢？"她问。

没等明望回话，徐是钰的声音就插了进来："许同学放心，我老徐一定会把明望安安全全送回去。"

许愿笑了笑，拉开明望的手对徐是钰说："那就麻烦你了。"

"嘿，都是自家兄弟嘛。"他大大咧咧地 挥手，不在意地回道。

明望转身要走前轻轻跟她比了个联系的动作，许愿眼含笑意地点头，他这才跟着徐是钰走了。

等人进了电梯，许愿才转头，何硕此时站在大厅一侧的假山流水前随意地看着。她走过去道："老板我们回去吧。"

何硕转头看她一眼，没说什么，跟着她出去了。

出了公馆大门，刚下台阶，黑色保时捷就开了过来，在许愿和何硕前停下。

驾驶室的门打开，张勇西装革履地下车："许小姐，老板让我送你们回去。"他说着打开后座车门。

何硕让许愿先上，等她坐好后，绕过车头从另一边上车。

车子缓缓离开八号公馆，一路都静悄悄的。行驶了半个小时左右，车子开进老城区，要过一个路口时许愿开口了："张助理，在这里停车就行了。"

黑色轿车稳稳地在路口停下，张勇悄悄瞅了一眼后座，后面的两个人下了车。他忙开口：“那许小姐再见。”

许愿点点头：“路上注意安全。”

“好。”

看着车子远去，两个人走回去。

半晌，何硕忍不住开口：“你跟那个明总……”

“他是我男朋友。”许愿打断他的话。

“许愿……”何硕停下脚步看她，艰难地咽了口口水，眼底是化不开的伤痛。

终于还是再一次看她谈男朋友了。这种难过的感觉不比之前任何一次差，甚至更糟糕，因为她的眼里有了热度。

他看了她片刻，将她漂亮的五官记在心底，轻声问：“你知道我这次来准备了什么吗？”

许愿偏头看他，目光中带着疑惑。

何硕垂眼看着脚下的路，继续说道：“我带了求婚戒指过来，就放在宾馆里。”

“求婚？”许愿诧异了一瞬，跟谁求？南城他好像没有认识的人，除了自己……自己？她指着自己，神色微微平静下来问，“我吗？”

“嗯。”何硕看着她说，“我们是最熟悉彼此的，也是最了解彼此的，更是最适合彼此的。”

许愿无言，半晌才说：“可你在我心里是我的恩师，也是我的贵人。”

“你就是不爱我，对吗？”何硕自嘲。可以是她的任何人，但是不爱他。

许愿侧身避开他的视线，在晚风中抬手，手指穿进发丝往后顺了一把头发。她没回答他，之前的话就已经给出了答案。

何硕也没再开口，有些话没必要讲得那么明白，彼此心里都有数。不说出最后那句话，已经够他保留足够的尊严了。

他跟着她走着，橙黄的路灯下，两道身影一前一后，交叠又分开。就好像他们的人生一样，也是相遇，再相伴走一程，最终分道扬镳。

明明还是夏天，地上却有了落叶。就如他的心，随风一吹，飘向不知名的远方。好半晌，他才开口：“许愿，明天我就回去了。”

“不再多玩几天吗？”许愿有些诧异。

“不了。”他轻轻呼出一口气，“我还是回去吧。”

“老板……”

“你不要说话。”何硕开口打断她。

许愿便闭了嘴，不再说话。到了交叉路口，两个人停下脚步。

“我还是那句话，LU一直欢迎你回去。”他深深地看她一眼。

许愿轻轻地笑了：“那但愿没有这个机会。”

“今天我就不送你进去了。”

“好。”

听到她的回话，何硕动了动身体，往她旁边靠过去一些，却又在看到她清冷的目光时停下动作。最后，他沉沉地叹了口气：“许愿，再见。”

许愿点点头。他转身大步往宾馆走去，几次想回头，却还是硬生生忍住了。

见他进了宾馆，许愿也转身回家。

打开门进去，许母正坐在沙发上刷着手机。她边换鞋边喊了一声：“妈。”

“回来了。”许母转头看她。

“嗯。”许愿走过来，靠着母亲坐在沙发上，头一歪搭在她的肩膀上。

许母推了推她的脑袋：“何部长呢？不带他来家里吃个饭吗？”

许愿挂在母亲身上，缓缓摇头：“不来了，他说他明天就回去了。”

“这么快？”许母有些诧异，这不才刚来吗？

许愿点头：“他……他说是带着戒指来求婚的。”

许母更是诧异，脑袋转得很快，灵光一闪。

“找你？”

“嗯。”

“你答应了吗？”

“怎么可能？”许愿不解，“他是我老板。”

许母干脆将手机放下：“老板又怎么样？我看那孩子诚实又上进，配你绰绰有余啊！”说着她戳了戳许愿的胳膊，“再说以你妈我过来人的眼光来看，那孩子估计是早就对你上心了，不然厂里那么多女孩子，咋单单就提拔了你呢！”

许愿没回话，斜靠在沙发背上，瞅着自己的母亲。

许母闭了嘴，片刻后又反驳：“咋的？还不乐意我说？”突然想起这段时间许愿的反常举动，“你不会是谈恋爱了吧？”

许愿慢吞吞地从沙发上站起来：“好累啊，明天要去找陈茜茜。妈，我先睡了。”

“嘿，你这孩子！”

许愿一侧身进了卧室，关门前把头伸到门外：“妈，晚安，早点睡。”然后不等许母开口，她就将门关上。

在床上坐下后，她掏出手机看了一眼，没有新消息。她也就没管，倒在床上，脑海里囫囵吞枣般过了一下在苏城的那几年。

何硕真的是她生命里挺重要的一个人。但缘分这回事，怎么也讲不清楚，不爱就是不爱。

她的后半生，其实就想和相爱的人携手一起走完，老的时候还能手拉着手走在南城的街头。

第八章

新的征途

何硕走的时候没让许愿去送，他到机场后给许愿发了条信息就上了飞机。

许愿叮嘱他一路注意安全，当天下午就去了陈茜茜的会所。

关于美诺的许多项目，许愿之前帮陈茜茜的时候就了解过了。这次主要是看奖励制度和合同制度的。

陈茜茜特地腾出一个下午，将美诺独有的推销方式和奖励制度讲给她听，说完她还往许愿手里塞了一张入场券。

“这是滨市总部这个季度即将召开的夏季招商大会，到时候你就跟我一起去看看。要不要和我一起投资，等听完夏季招商大会再做决定也不迟。”

许愿看了一眼入场券的日期，扬起眉毛道：“一个星期后？”

“嗯。”陈茜茜坐在办公椅上转来转去。

“那这几天？”许愿靠着办公桌问。

“这几天嘛……”陈茜茜想着，“我们每个代理商在成为店长之前都要从基层做起的，也就是说美诺所有的养生美容项目都要会。”

许愿看着她：“你呢？”

“那当然都会啊！”说起这个陈茜茜就来劲了，“当初整个南城也就我一个人去滨市学，为学手艺，我还在滨市租了半年房子呢。”

“你去学了半年？”许愿表示诧异，要学这么长时间？

“那当然，毕竟我是南城的第一任代理。”陈茜茜说着拉开抽屉翻了翻，找出一本证书丢在桌上。

“我硬是把美容证给考过了，我的经理才让我回南城开店的。”

许愿翻开，确实是美容师的证书。

“我也要学这么长时间吗？”她将证书还给陈茜茜。

“那倒不用，但该会的还是得重新再专业地跟着培训学一遍。”

许愿颔首，这个倒是没有问题，干一行就要精一行。

“我们这儿的美容师技术培训每周二、四、六早上都开，你有时间就过来跟着学学。”

“好。”许愿点点头。

“哦，对了，你既然想投资做股东自己开店的话，那你先要有一套自己的仪器。”

“什么样的？”

陈茜茜从后面书架上抽了一套说明书给她，说道：“从脸部排螨仪器开始到全身的，一共是九件套。”

许愿翻开，一件一件看过去，很多都是眼熟的，之前她在这里帮忙的时候用的就是陈茜茜的那套。

最后翻到价格那一页，九件套共计三万六千多，好像也不是很贵。她问：“那我是现在就要……”陈茜茜摇头，没让许愿现在就买，她想让许愿去总部实地考察一番后再做决定。

许愿想想也同意了，反正就这几天。

下午她就跟着陈茜茜学她们的推销模式。要推销产品，不仅仅是从养生会所里消费，还有另一条线，也是美诺最重视的一项发展，那就是招代理商。

每招一个代理商，所有业绩累计在自己身上，直线代理商只能招两个，俗称左膀右臂。而许愿就是陈茜茜的右臂，她已经有一个左膀了。现在在江北区那边开着店，虽然店面没有她现在的这个大，但生意也是红火的。

对于许愿要在哪个片区开店，陈茜茜让她可以考虑起来了。毕竟从夏季招商大会回来后，只要一经投资，美诺总部就会派大使过来扶持新店面。

许愿想不出自己要在哪个位置开店，说起来她对南城是真不熟悉。所以当她晚上接到明望的电话时，眼睛一亮。她不熟，但有人熟啊，明望不就很熟嘛。

想是那样想，但许愿还是没问明望，她打算到时候自己去找。

明望打电话过来无非也就是想跟她一起吃个晚饭。陈茜茜在旁边听着，直接贱兮兮地把她给撵走了。

许愿拿着包到楼下，想着明望从公司过来肯定还得等一会儿，于是转进商场，直奔学习用品柜，买了几个厚的记事本，又买了几支笔。

结账出来后电话又响了，许愿加快脚步出去。明望的车就停在入口不远处，她跑过去，打开副驾驶座的车门，提着东西坐上去。

将车子开出去后，明望偏头看了一眼她手里的东西："买记事本干什么？"

"过两天跟陈茜茜去滨市开会，提前买好。"她将袋子放在脚边。

说到滨市，又是跟陈茜茜一起去，他瞬间就明白了。

"要跟陈茜茜一起干了？"

"嗯。"许愿看了明望一眼，又转回头，"总得找点事情做不是？"

前方红灯，车子缓缓停下。明望伸手拉过她的手放在手心里揉捏了一会儿："有什么需要尽管找我。"

"那我可不会客气。"她笑起来。

明望也笑，放开她的手挂挡起步，笑道："乐意之至。"

车子开往楼湖别墅，铁青色大门缓缓打开。他开车进去，也没让许愿在门口下车，一直带着她进到车库里。

他车库里有许多车，轿跑、越野、商务，甚至是黄色小甲壳虫也有。明望下车后见她盯着小甲壳虫看，走过去拉着她问："喜欢？"

"不是。"许愿跟着他走，"好奇。"

明望低头看她："给林嫂外出买菜置办东西用的。"

许愿点点头。

进了大门，林嫂笑眯眯地迎出来说："听到车响我就知道是你回来了。"

看见许愿，她热情地打招呼："许小姐你来啦。"

“林嫂。”许愿喊她。

“哎！快进来，饭已经做好了。”

换了拖鞋后，许愿将包放在沙发上，去洗手间洗了个手，再跟着明望到餐桌旁坐下。菜式很平常，两个荤菜、一个素菜和一个炖汤。

林嫂的厨艺不错，菜的味道很香浓，也很合许愿现在的口味。许愿和明望吃着饭，从别墅大门口开进来一辆奥迪。林嫂出去了一趟，回来时后面跟着明月。

“哥，我来蹭个饭。”明月从林嫂身后跳出来，看见许愿，惊喜了一下：“呀，愿愿姐。”

许愿放下碗，看着她笑了笑。

明月将身上的小斜挎包拿下来，远远地往沙发上丢去，随后在他们的对面坐下。明望皱了皱眉，斥了她一句：“懒的你！”

明月嘟着嘴摇头晃脑，等林嫂给她拿来一副碗筷后，不客气地先吃起来。她自己吃还不够，看见前面的菜离许愿很远，她还夹了一箸给许愿：“愿愿姐，吃肉啊！林嫂做的红烧肉我可爱吃了，你尝尝。”

明望再次瞥她一眼，明月还要夹菜的手顿住，老老实实坐好吃自己的。

片刻后她抬头，对面她哥可不是正在给愿愿姐夹菜嘛！她懂了，她有个偏心的哥！

吃完晚饭，明月赖着不肯走，还拖着许愿去明望的观影室，抱了一堆林嫂做的零食，打开电影看。

明望还有工作上的事情要处理，就随她们去了。在书房处理完事情出来，客厅安安静静，林嫂的房间也没开灯。他拿起杯子接了杯水后四处看了一眼，然后端着一杯温水去观影室。

观影室的音响声音开得大，空调开得也低，四周漆黑，只有大银幕发着光。他刚到门口，就看到大屏幕上的恐怖画面。

沙发上的两个女孩子紧紧抱在一起，明月窝在许愿怀里，脑袋直贴她的胸口。明望看着她，眸中滑过一股凉意。他靠着门框喝了口水，才慢悠悠地走进去。

明月是一个喜欢看恐怖片又特别容易害怕的人，家里人都被她找完了，再没人愿意陪她看恐怖片，她居然来找了许愿？

明望长腿一迈，刚走过去，明月就放开了许愿，拿起手机给她的小白杨打电话求安慰。

算她识趣，他在许愿身旁轻轻落座。

许愿被吓了一跳，一双大手伸过来握住她的肩膀，一股熟悉的气息传来。她这才放松神经，往热源靠过去。

明望搂着她，将水杯递给她。许愿喝完水，把杯子放在茶几上，转回来窝在他怀里看向大屏幕。

片刻后，她往他怀里钻了钻。明望往大屏幕瞟了一眼，没有任何感觉。

他低头看许愿，她今天穿得很随意，一件白色宽松T恤，搭配一条黑色长直阔腿裤。

旁边的明月打完电话转身："愿愿姐，要抱抱……"话在她转身看到眼前的场景时顿住，她哥什么时候进来了？

不待明月开口，明望就将身后的抱枕丢了过去，落在明月怀中。明月撇了撇嘴，忍痛看了一眼电影，最终还是受不了来自旁边的"狗粮"，丢了抱枕站起来："哼！你们看得了，我不看了。"

许愿忙转头看她："怎么了？"

明望将她的衣服拉好，漫不经心地开口："她再不回去，她的小哥哥就要被人抢走了。"

明月跺了跺脚："哼！"一扭头走了。

观影室的大门被关上，电影还在继续。

半晌，明望拉着她起来，关了观影室的灯后要回三楼卧室。三楼卧室许愿还没踏足过，之前那次在这里醒来的房间是在二楼，明望说那是客房。

上二楼的时候，许愿本要拐过去。明望拉住她一笑："这么见外？"

许愿停了一瞬，转身推了推他。明望带着她上到三楼，卧室宽敞，装修奢华，整体色调是黑灰色的，唯一白的地方似乎也就是床了。

明望进换衣间拿了件衬衣出来给她："去洗个澡。"

许愿接过衬衣又放在沙发上，撩了撩头发："我下去客厅拿一下我的包。”

明望瞬间就明白了，立马说：“我去给你拿。”他将衬衣塞到她怀里，推着她去洗手间，“一会儿拿上来了给你递进去。”

许愿便进去了。冲到一半的时候，浴室门被敲响。许愿关了淋浴喷头，将门打开一条缝，把手伸出去。

明望顿了一下，看着面前被热气蒸得粉嫩的手臂，没忍住一把拽过来，使劲揉捏了一番，才把从她包里翻出来的女性用品递给她。

白皙的手“嗖”一下就缩了进去。

她洗完澡出来，明望已经在床上半躺着，手里拿着一本英文书。许愿在床边坐下，摸了摸头发，这次他洗手间里有摆放明显的吹风机，她洗好后就吹干了。

明望从书里抬头看她，以神色示意她上来。许愿脱了拖鞋上床去，在他旁边躺好，被子覆了下来。

月上枝头，夜深人静，两个人逐渐进入了梦乡。

许愿在明望那里歇了一夜后就开始忙碌起来，早上早早地起来去听培训课，学手法技艺，辨认并记下所有产品的使用方法和功能。

中午她了解了美诺的发展史和招商模式，下午就着手开始为顾客服务了。

这次和上次帮忙不一样，她现在穿着美诺统一的白大褂美容服，手法技艺也是往美诺技师专业培训的靠拢。

为了不打扰明望，她这几天都是回家住，早上自己开车过来，偶尔有时间和明望一起吃个饭。

下午四点，飞机在滨海国际机场降落。许愿跟着陈茜茜取了各自的行李箱出机场，热气扑面而来。

“怎么感觉滨市比南城还热啊？”陈茜茜暗自嘀咕，随后打开手机看接她们的车子到了没有。

“你之前是冬季来的？”许愿抬手扇了扇。

“对啊，我来学的时候是十一月份，气候正好，学完的时候是四月份左右，没赶上夏天。”

前方过来一辆红色的奔驰，陈茜茜眼睛一亮，伸手挥了挥。奔驰在她们面前停下，陈茜茜拖着行李箱到后车厢，许愿也跟过去。

打开后车厢门，将行李箱放进去，她们又转回后座。等在后座上坐好了，从驾驶室递过来两瓶矿泉水，还有一道低沉的女声说："路上辛苦了。"

"不辛苦，芸芸姐。"陈茜茜接过水，分给许愿一瓶，又给她们介绍，"芸芸姐，这是我闺密许愿，以后南城的第三大代理商。"

她又转头对许愿说："愿愿，这是我的直线经理，以后也是你的线上经理，王芸芸，王总，是我们华南地区的总代理商。"

驾驶座上的女人摘下墨镜，转头看许愿，微微一笑："愿愿，不介意我这样叫你吧？以后合作愉快啊。"

许愿看着她，也笑了："不介意的，还要劳烦你们。"

王芸芸也是短发，一身干净利落的粉色小西裤和白色衬衫，脸上化着精致的妆容。

"一起合作嘛，哪有什么麻烦不麻烦的。"她说着转身，挂挡起步。

奔驰离开机场。路上聊了几句后，陈茜茜便开始忙着回消息。

车里十分安静。许愿掏出手机，微信上有信息显示，是明望发过来的，在半个小时前：到了没？

她回：刚到。

等了几分钟没回，估计他是在忙，许愿便收起手机看向车窗外。

滨市的天不如南城那般明亮蔚蓝，稍稍带着点灰。不过想起来这是国家重工业区，倒也不觉得奇怪了。

跑过这么多城市，在这么多城市辗转过，她还是更喜欢南城。

两个多小时后，奔驰停在一家饭店门前，王芸芸转头问她们："喜欢吃粤菜吗？"

见两个人点头，她便笑着将车停在车位上："那就吃粤菜吧？"

"可以啊！"陈茜茜点头，许愿也没意见。

几个人进了饭店，吃饭时随便聊了聊。王芸芸很会聊天，一顿饭下来，不仅让许愿了解了滨市，她也基本掌握了许愿的情况。

吃过饭后，她送她们到一个小区楼下，让她们早点回去休息，明早去听一听总部的早会。陈茜茜应下了。

车子远去后，许愿看着面前的小区问陈茜茜：“你在这里租房了吗？”

“是啊。”陈茜茜回答，带着许愿走进去，“我时不时要来总部学新东西和开会，一来二去次数多了，住酒店的钱都够我租一个好点的房间了，所以干脆就租下了。”

许愿跟着她进去，坐电梯上八楼。

楼层有五间，陈茜茜住最里面。她开了门进去打开灯，许愿跟着她走进去。是一个单身小公寓，一室一卫一厨一厅的小房间。

因为有段时间没住人了，开了门进去后陈茜茜就忙着打开窗户通风透气。

嗯，南方人的习惯。

卧室里放了一张大床，陈茜茜将空调打开，许愿就跟她一起整理床铺。换上新的床单被套后，她们挨个洗了澡出来就睡下了。

明望是在晚上十点左右应酬完后回到别墅的，他打开手机瞅了一眼，除了报个平安，许愿再没给他发任何消息。

手机在手里转了转，他仰躺在沙发上。

林嫂披着一件衣服出来，闻到他满身的酒气，问道：“吃过晚饭没？”

明望摇头。

“你们这些年轻人哦！”林嫂感叹着进了厨房。

她先煮了醒酒汤放在明望前面的茶几上，又嘱咐道：“醒酒汤给你放这儿了，你先喝着醒一醒酒，不然明早得头疼。”

明望闭着眼“嗯”了一声。

林嫂再次进了厨房，半个小时后端了碗面出来给他：“太晚了，吃其他东西不好消化，给你煮了面。”她看了一眼一口没动的醒酒汤，又叹气，“赶紧起来吃咯！”

明望被她唠叨得烦躁，睁眼起来端起温热的醒酒汤一口喝了，又拿起碗上的筷子，捞起一箸放进嘴里，片刻后微微皱眉。

林嫂一直在他旁边，见此便问：“怎么了？吃了这么多年的口味变了？”

“不是。”明望低头，挑了挑面条，忽然就没了胃口。

他想念许愿做的面了。也不知是想许愿，还是想她在身边，总之就是感觉少了点什么。

他拿起手机打开微信，在对话框打打删删，最终还是轻轻呼了口气，看了一眼时间，进了书房。

林嫂无言，默默地看着他。最后她摇头叹气，明家大少爷真是越来越难伺候咯！

次日清晨，不到六点，滨市已天光大亮。

她们睡得早，所以起得也早。洗漱完，将记事本和笔放进包里，她们到楼下吃了早餐就去美诺总部。

出租车行至半路，许愿忽然问：“你什么时候回去？”

陈茜茜愣了一下：“带你一个星期吧，等你将所有东西都弄好了，开始学店面营销时我应该就要回去了。”

许愿点点头，没再问什么。

美诺夏季招商大会要两天后才开，这两天许愿也不用去总部学什么，主要就是去参观。

除了研发中心和销售招商中心，美诺的工厂也是建在滨市的。只是厂子和公司是分开的，公司大厦在新科技园，工厂则在高新技术区。一个在城东，一个在城西。

刚好是今天看公司，明天进工厂参观。

公司占据一整栋大厦，一楼是招待区，许愿没有工作证进不了往上的楼层，陈茜茜便先上去找人开临时通行证。

七点多的美诺公司还是安安静静的，许愿站在背景墙边看着美诺的发展史。片刻后，从大厅进来一个穿一身黑西装的女人，看见许愿后笑道：“来这么早？”

“芸芸姐。”许愿跟她打招呼。

王芸芸是美诺华南地区的总代理，她在公司总部是有带人资格的。许愿在前台填好个人信息，便跟着王芸芸直上九楼。

九楼就是华南地区的代理办公室，许愿进去后，就看见陈茜茜在一个工位上写着什么。她跟在王芸芸身后走过去。

“茜茜。”王芸芸喊她。

陈茜茜转身，见王芸芸带了许愿上来，眼睛一亮，将刚填好的单子撕下来：“芸芸姐来得这么早啊！早知道我就不用费事了。”

王芸芸颔首，对她们说道：“跟我来吧。”

几个人进了王芸芸的办公室，在靠窗边的沙发上坐下，陈茜茜自来熟地倒了三杯水放在桌上。

朝阳升起，从百叶窗外透进来。茶几上的绿植沐浴在朝阳里，窗外就是滨市的万丈高楼，楼下街道上人来人往。

王芸芸拿了公司股份制的合同给许愿看，也顺便简单地介绍了一番。她问：“茜茜说你之前在南城跟着她干了一段时间，你感觉美诺怎么样？”

许愿迟疑道：“我就感觉能挣钱。”

“你倒也实诚。”王芸芸笑着说，“好多代理商来我这里，就是夸美诺前景好，夸美诺的营销方式好，夸美诺产品好。”

陈茜茜在旁边笑着搭话：“但赚钱也确实是事实啊。美容保健利润那么大，敢投资又会营销，当然能赚钱了。”

“不错。”王芸芸点点头，“就拿茜茜来说，来这儿学半年不算，仅仅两年时间，就将养生会所开成南城最大的会所。她也因此获得了自己想要的，房子、车子都有了。”

她说着将合同打开，让许愿看，边看边给她解释。

许愿也从她的话里大概听明白，如果她要做股东型代理商拿美诺的百分比分红的话，估计要在滨市待上一个月左右。

这让她侧目，陈茜茜在旁边解释：“我也是股东型的代理商，还有江北区的小赵也是，只是她投资的是小股，所以开得小。”

王芸芸点点头，接着陈茜茜的话说：“美诺是一次性投资，后期不需要反复投资，而且股东型代理商可以赚四份工资。”

她用染着酒红色的美甲指着合同上的工资分配解释道：“第一份就是拿股东的百分比分红，第二份拿产品抽成的分红，第三份拿小组代理商业绩的分红，第四份拿个人推销的分红。”

她停了一会儿，让许愿消化了一下，才接着说：“所以大部分来考察美诺的代理商一般都会选择股东型的投资。当然，还有另外一种就是纯代理商，这种代理商投资小，没有店面扶持，公司不允许单项代理商开店。”

许愿带着点疑惑地看向陈茜茜。

陈茜茜开口：“就像会所里那些美容师和培训手法的技师，都是这样的。”

许愿回想了一下，稍稍明白了一些。

旁边的王芸芸看她理解了，又继续接话：“单项代理商能有的只是自己的那一套仪器和学习美诺的美容手法。销售产品的渠道除了在直线店长名下的店铺里做项目，就只能在微信朋友圈以及各大社交平台去做推广。”

“也就是微信里常见的那些微商吗？”许愿问。

“对。”王芸芸说，“但现在的年轻人正烦微商呢，所以这一块能销售出去的很少。做单项代理一没有店铺，二拿不了美诺股东的百分比分红。”

“我们做股东代理商的，其实最赚钱的就是拿股东百分比的分红，说来其实也就是在别的代理商头上赚毛利。全国这么多代理商，加起来的毛利也是一笔可观的收入。”

陈茜茜在旁边点头：“我现在拿的分红是百分之零点三，平均每个月纯分红收益在四万到五万。”

这倒让许愿惊讶了一下。她之前在LU一个月工资也才两万多，陈茜茜这个直接就是她的翻倍了，更别说她还有其他三项的收入。

“一般条件允许的代理商，其实我是建议她们做股东型代理的。”王芸芸指着合同上的一条内容说明，“这几条优待，单项代理商是没资格享受的。”

许愿细看股东代理商福利——

一、全国各地的美诺连锁加盟店内享有使用和支配权。

二、全国不限地域享有店中店合租合营的权利。

三、新产品试用，新进科学技术优先使用权。

四、每年由该线上的大使组织一次全球旅游，公司承包所有费用。

别说股东代理商的福利待遇确实不错，也就是相当于走遍全国都有落脚点。

了解完合同后，王芸芸也没急着让许愿立马就投资，而是建议她等夏季招商大会开完了再做决定。

她说的是，到时候在夏季招商大会上，美诺的创始人会单独登台讲解，这就很值得期待了。

华南地区是美诺新扩张的，业绩在整个公司属于中下。但王芸芸并不气馁，觉得新的市场才更有赚钱的机会。尤其以南城为主，这是她今年重点扶持的城市。所以对于许愿的加入，她是热烈欢迎的。

九点的时候，华南地区大部分代理商都来了，有带着新代理商来参加夏季招商大会的，也有回来学习新东西的。

华南地区的代理商早会就在九楼的会议室里召开。王芸芸给了许愿一张临时工作证，让她也跟着进去旁听。

开完早会，许愿已经了解了美诺合同的内容，再把整个十三楼的大厦逛完，就到了下午一点多。于是她和陈茜茜回了租住的小公寓。

她们在楼下买了快餐回到房间，吃完以后就躺在床上吹空调。滨市的热还和南城的不一样，许愿只觉脑袋发晕，想好好睡一觉，倒头靠在枕头上就睡了过去。

陈茜茜在旁边玩手机，见许愿睡着了，便拿了夏凉被盖在她的小腹上。她正要出去，就听到许愿的手机响了。

她拿起来看，是一串数字的陌生来电，看着不像重要的样子，就挂断了。然后她再把手机调成静音，刚调好电话又打来，挂了不到三秒钟又打来。她干脆不管了，将手机放到床头柜上，转移到外面客厅的沙发上躺着。

下午起来后，许愿也没注意有几个未接来电，就被陈茜茜拉着去附近的美诺养生会所参观了。

滨市是美诺养生会所、美容美容会所最多的城市，一个区内就能看到十多家。陈茜茜在这儿如鱼得水，跟大部分美容师、技师和店长都熟。

因为这次夏季招商大会即将来临，各地代理商都过来了，晚上几个要好的店长和代理商约着去外面玩了一圈，直到凌晨一两点才醉醺醺地回到住处。

第二天，王芸芸来接她们去美诺工厂参观，还带了两个广东的新代理商，几个人又在工厂参观了一天。

工厂分为好几个生产层面，不仅仅是仪器，还有护肤产品、化妆品和沐浴洗漱用品。

下午要出工厂时，护肤区的负责人见王芸芸带了新代理商过来，给她们每个人都送了一份试用品。

紧接着第二天就开始了夏季招商大会，在滨市维也纳酒店召开。

陈茜茜此次新晋为钻石代理商，要发表讲话，穿的衣服也是美诺统一的白西装。为了能美美地出现在演讲台上，她一大早就拉着许愿去旁边的美容店好好化了个妆。

她化好妆，再换好衣服，许愿瞧着她一副干练又利落的样子，不由得竖起大拇指。

她们打车去了酒店，将入场券交给门口的迎宾员，然后就进了会场。

会场里很热闹，整个大堂坐满了人，百分之八十都是女人，还有很多是和陈茜茜一样穿着干练的白西装，化着妆，神采奕奕的。

美诺的创始人是华裔女老总，公司传承的精神是新时代独立女性，所以美诺的代理商百分之九十都是女人。

一片女人打江山，放眼看去都是漂亮的姐姐妹妹们，真可谓壮观。陈茜茜将许愿领到华南片区，找了个位子让她坐下后自己就走了。

大会在上午十点准时召开。这场夏季招商大会一共开了三天，这三天里，许愿和陈茜茜忙到飞起。

第一天大会下来后，许愿就跟陈茜茜说她要投资。当天晚上陈茜茜就带着她去了王芸芸家，听王芸芸给她细讲合同制和奖金分配，顺带听听王芸芸的创业经历。

王芸芸也是南方人，一开始做的是单项代理商。因为她家穷，拿不出那么多钱，是属于一步一步积攒起来的。

后来钱攒够她直接就退出了，以新身份投资，直接做股东代理商，前前后后一共花费了三年多时间。

之后的几年时间，她成为福建总代理商，后来又成为整个华南地区的总代理。成为华南地区的总代理商后，她才转到滨市办公，在滨市买房定居下来，为所有华南片区的代理商在总部做后援。

王芸芸拿了本相册出来，给她们看自己这么多年走过来的每一年的变化。

许愿看着照片里的女人，早期还没做美诺前，看着就是一个农村妇女，穿着土气，脸色蜡黄，背上背着一个孩子，站在乡下的田埂上。

她抬头看了一下王芸芸，不敢相信这是同一个人。因为面前的王芸芸比照片上年轻太多了，而且从穿衣打扮上来看也联系不上。

眼前的她穿着打扮都走在时尚的前沿，即使是家居的衣服，身上也是一股沉稳内敛的气质。但翻看了往后的照片后，她不得不承认刚刚那确实就是王芸芸以前的样子。

她是一个离了婚的女人，因为婆家苛刻，老公出轨。她背上背着的孩子是女孩，男方家不要，她就自己拉扯着长大。

也正是因为她前任老公家的抛弃和嫌弃，才使得她为养活孩子争一口气从而遇上美诺，改变了自己和孩子的一生。

许愿听着，打心底里佩服她。一个没有多少文化，起点低到泥潭里的女人，硬生生在这个世上拼出一条生路来。这也是女人最坚强之处，所有打不倒她们的，终将令她们变得更加强大。

她刚过来看过合同以后，心里就有了谱，这会儿就更确定了。

许愿投资的是美诺最大的代理商股份，三十万的大股。投最大的股的好处就是，店面装修到时候公司给的扶持也是最好的，百分之六十的装修都由美诺公司来出。

她要投资的事也提前打电话跟许母说过，许母并不反对，只是让她好好学好好干。有了许母的支持，许愿更是没半点压力，看完合同第二天就去公司把合同给签了。

因为许愿的临时投资，陈茜茜和她跑合同，拿产品，听培训，听招商大会，一点空余时间都没有。

她连和许母联系的时间都没有，更何况是明望。通常都是发着发着消息，许愿这边就不回了。早上发的消息，要到晚上睡觉前许愿才来得及回，一来二去联系就少了很多。

但这段时间许愿真的是太忙了，有很多新东西要去学。不仅仅是书面上的东西，她还得学美容手法、营销方式、推广方式等。

以至于她都没发现已经好几天没和明望联系了。人一旦忙到精疲力竭，就会无暇顾及其他。

一个星期左右，许愿就和王芸芸熟了，甚至跟公司的好多人都熟了起来。她在九楼也有了自己的工位，就在陈茜茜旁边。

白天大部分时间都是王芸芸在带她，学什么干什么，将时间规划得一清二楚。

陈茜茜在南城压了好多事情，甚至江北的店好像也出了点小问题需要她立马回去处理，所以她一看许愿自己能够适应了就立马赶回南城去。她上飞机还是许愿去送的。

将陈茜茜送上飞机后，许愿独自一人坐着出租车回到住处。

滨市的黄昏来临，靠海的城市，一路上海鲜饭馆和酒店特别多，也尤其陌生。陌生的城市辗转驻足得多了，新鲜和刺激便不再有。

年轻时会为每一次踏入陌生城市而感到刺激，随着年龄增长，已经渐渐平淡。

每一个城市似乎都一样，容纳各地的人，却不是所有人的归处。人也总是在漂泊中逐渐长大，变成自己曾经最不喜欢的样子。

许愿靠着车窗平静地看着窗外，道路两旁是高大的法国梧桐，枝繁叶茂。司机是本地人，绕开高峰期堵路的大道，从一条幽静的道路开了过去。

许愿被眼前的五星级酒店吸引了视线。两座大石狮子立在酒店大门旁，右侧是一个漂亮的喷泉。金碧辉煌的高楼，酒店的大字竖立在喷泉旁，在黄昏的夜晚中闪着光。

许愿看着几个大字，瞬间就感觉亲切起来。难得在外地还能看到南城的酒店，她坐在远去的车里转头多看了几眼。

回到住处，房间里十分安静，没有了陈茜茜的吵吵闹闹，许愿才感觉孤单疲惫起来，洗了个澡就关灯睡去。

她就这样过了两天。白天还好，学着东西也不觉得寂寞。但到了夜晚，自己一个人待在出租屋的时候，感受就特别明显。

这天吃过晚饭，她将白天记下的东西整理出来后，拿起手机翻看，这才发现拨号界面的几个未接来电都是明望打来的，而且时间居然是在一个星期以前。

她愣怔地看着，半点想不起来是什么时候的事了。她打开微信一看，细数下来也是明望发来的信息更多。

她就像是渣女一样，满篇都是“嗯、哦、好、知道了”。负罪感袭来，她试探性地给他发消息：在吗？

过了几分钟后，明望回：大忙人终于记起我了？

几个字看得她的心软软的，发了个认错的表情包过去。

明望那头没说什么，过了片刻发过来：累了就早点休息。

许愿打好的一大段文字就那样留在对话框里，发送也不是，不发送也不是。

隔了几分钟，明望再次发来消息：晚安。

这下她更是怎么也发不出去了，便将打好的文字全部删除，也回了一句“晚安”。

那头便没再发消息过来。

许愿说不清这一刻的烦闷和焦虑从何而来，她以前习惯了，一旦忙起工作来就什么也顾不上。

可这次在对待明望的事情上，似乎被她搞砸了。

黑夜渐浓，带着满屋寂寞，层层叠叠将她包裹。

后来的很多次，与明望有交集似乎也是在黑夜。只是滨市的黑夜不似南城那么温柔，这里带着冷冰冰的味道，在夏日腐朽。

许愿抬头看向窗外的黑夜，玻璃上映着她清冷的面容。片刻后，她沉沉地呼了一口气。

她心里有着种种情绪，以至于一整晚都睡不安稳，更离谱的是要起床了还梦见明望和别的女人结婚了。

冒着冷汗从梦中醒来，她安慰自己，梦都是反的。但似乎不起什么作用，焦虑和低落的情绪无意识地伴随了她一早上。

她做什么事都心不在焉，屡次拿起手机，最终也只是在七点时，预计他起床了才发了个“早上好”的表情包。但明望没回。

许愿等了一个早上，都没等来他的信息。她心底发凉，想现在就回南城。她什么都不想要了，就想回去看看他到底怎么了。

但清醒的理智将她拉住，投资进去那么多钱，可不是说着玩的。加上后期的店面等一系列事情，这几乎是她和母亲这几年攒下来的买房子的首付了。

她看了看日期，离回去还早着呢，大概还有半个月。许愿只能按下所有情绪，将注意力集中回来，认真地学东西。

第九章

从南至北

晚上八点，许愿从王芸芸的养生会所出来，抱着一摞记事本进了地铁站。等车的时候她将记事本塞进包里，把手机拿出来。

她带着忐忑的心情打开跟明望的对话框，发现有两条新消息。

明望：忙完了过来这里。

位置分享：[腾讯地图：滨市 ×× 酒店……]

她的心一松，又带了点疑惑，给他发了个问号过去。

他这次回得倒是很快。

明望：在酒店给你放了礼物，去看看。

明望：0726。

许愿看着数字顿了一下，心想巧了，就是不知道他准备了什么礼物。她回了个高兴的表情包过去。

因为他的主动联系，许愿一天的低落情绪立马被抚平。她将位置导入手机导航，转身出了地铁站，直接打车过去。

酒店很大，前方还有两座大石狮子坐镇，两侧是不断升起的喷泉。

这不就是前几天看见的那家酒店吗？许愿突然想起明氏集团最大的主业似乎就是五星级连锁大酒店。

许愿上了台阶走进去，到前台咨询了一下。前台让她出示身份证，许愿照做。录完入住信息后，前台将 0726 的房卡递给许愿。她拿着房卡刷卡进电梯，直上顶楼。

轿厢安静而缓慢地上升，她看着光滑如明镜的电梯内壁里的自己，淡淡地勾了勾嘴角。

电梯门打开，整个楼层的装修奢华低调，也安安静静。地上铺着地毯，脚踩下去几乎没有声音。这一整个楼层似乎只有两个房间。

不知怎么的，许愿居然有点紧张。她呼了口气，走到房卡对应的房间门口，刷卡进去。

房间里一片漆黑，也安安静静，与预想不同的落差让她愣了一下。她往里走去，灯亮起来的时候，房间门也自动关上了。

这是一个奢华的大套房，外面是客厅和吧台，里面有卧室。她里里外外转了一圈却什么也没有，不禁皱起眉头。

哪儿来的礼物？明望莫不是哄她的吧？

她正要转身出去，客厅阳台上的白色窗帘被风轻轻吹起。她似有所感地停下脚步，一步一步走过去，将落地窗拉开。

阳台上的晚风带着大海的味道吹拂而过，也将他身上熟悉的薄荷清香带了过来。

穿白色衬衫和黑色西裤的男人站在阳台边，一只手插兜远眺，另一只手的手指间夹着一支点燃的香烟搭在玻璃护栏上。

熟悉的身影，熟悉的气息，将思念一瞬带到高处。她将包放在旁边的沙发上，愣怔地站着。

男人转头看她，夜晚的霓虹将他笼罩其中，显得越发清贵挺拔，他就站在那里等着她过去。

为了这次相见，从南到北，他已经走了九十九步，最后一步是该她走的。

许愿走到面前的时候，明望微微欠身，嘴角勾起。他夹着香烟的手抬起来，做了个迎接的姿势。

她看着再也忍不住，一头冲到他的怀里抱着他。

“明望……”搂紧温热的躯体，她低低地喊了一声。

“嗯？”明望将烟掐灭，烟头放到旁边的烟灰缸里，手一圈环在她的腰上，单手拥着怀里的人靠在护栏上。

许愿从他怀里抬起头看他，明望适时地低头，四目相对。

他的眼里有她，还容纳了一整片天地般的包容与温柔。他理解她的忙碌，包容她的不联系，只要她还记得他，记得他还在南城等着她。

许愿的手臂使力，紧紧搂住他的腰，头埋在他怀里。

片刻后，明望将插在兜里的手拿出来，抬起她的头凝视她，语气低沉：“哭了？”

“才没有。”许愿的脖颈发力，想从他的手里挣脱。

明望微微叹了口气，似是无奈。

下一刻，温软的唇贴过来，轻柔地贴了贴她的眼尾后下移，吻上柔软的唇，温柔地亲吻她的嘴角。

滨市的晚风一瞬间就变得温柔了，吹得人的心发胀。滚烫的思念由心底发酵，她顺从地闭上眼睛，仰头回应。

也才半个月左右没见，却像是分开了好多年。

这次他再吻她没用咬的了，而是换成温柔的深吻。

夜色渐深，滨市的霓虹如南城一般温柔地点亮整座城市。

许久后，明望才放开许愿，手在她的背上轻轻地摩挲着。他问：“吃饭了没？”

怀里的许愿摇了摇头。

他轻笑一声，手移上来给她顺了顺已经长到肩膀的头发，低声问：“这么迫不及待赶来看我给你准备的礼物？”

“那是肯定的。”她闷声闷气地回话。如果早知道他是将自己当成礼物，那她一定会用火箭飞升的速度赶来，只因为她来见的人是他。一想到这儿，她心里立马涨满柔软和酸涩。

“对这份礼物还满意吗？”他笑着问。

抱着的人给出的回答是将他的脑袋拉低，主动给了一个吻。她无法回答，只能用行动来表达，将一切都倾注在这个吻里，希望他能明白。

有些人光是站在那里就已经赢得了她全部的目光。他和别人不同的是，赢得她目光的同时，他主动走过来，将她温柔地包裹。她的目光被妥帖安放，给予热烈的响应。

她的世界仅剩一个他。一如从前，她的目光里装满一个人后，其他人就再也入不了眼。

不是其他人不优秀，而是在她心里他是最好的那一个。

明望还记得许愿没吃晚饭的事，其实他自己也没吃多少，怕她不过来，又怕她来得太晚。晚饭他只囫囵吞枣一般随便吃了点。

彼此放松，抱着缓了片刻后，他掏出手机打了个电话，随后便拉着她走出了房间。

出了酒店，一辆黑色轿车开过来在他们面前停下，司机下车给他们打开后座的门。待他们坐好后，车子便开了出去。许愿往车窗外看了几眼，都是陌生的地方。

滨市她也不太熟，不知道明望要带她去哪儿，于是转头看旁边的人。

明望闲散地靠着椅背，伸手拉过她，没说什么，将她的手握在手心搁在大腿上，慢悠悠地揉捏着。

车子在某个商场的地下车库停下，许愿跟着明望下了车又上电梯，最后转进一家装修口系的餐厅。

“能吃日系菜吗？”他问。

“能。”许愿点点头，之前为合作的事还去过日本京都呢，当然能吃了。

他们进了餐厅后找了个位子坐下来。服务员拿来菜单，先给的许愿。她翻来翻去最终点了怀石料理，随后又递给对面的人。明望接过去，加了一份寿司，看了片刻又加上一壶日本清酒。

服务员接过菜单走了，过了一会儿又过来给他们送了些小零食。服务员走后，明望将前面的小零食移到许愿面前，再站起来转到她的旁边坐下。许愿往里挪了挪，拿起筷子夹零食吃。

看了她片刻，明望笑了，抬手搭在她背后的沙发椅背上，偶尔捏捏她吃得鼓鼓的腮帮子，右手却拿着手机在回有关工作的信息。

餐厅上餐的速度很快，许愿才将一碟小零食吃完，料理车就推了过来。她看了一眼忙着回信息的男人，动手将他的碗筷摆好。

两个人安静地吃起饭来，中途明望突然问她：“喝点酒吗？”

“嗯？”许愿看他。

明望拿起旁边的小酒杯，倒了杯清酒给她：“尝尝看，日本清酒。”

这种酒许愿倒还没喝过，那个时候忙完事情，在京都酒店泡温泉的时候她是想喝来着，却被何硕给挡了过去，说日本清酒不好喝，还不如回国喝二锅头。

“会不会很烈？”她问。

明望挑眉道：“怕醉？”

“那倒不是。”她说，“我酒量应该还行。”这话说得她自己都不信，明望就更不信了。但清酒不是很容易醉，喝一点也没关系。况且，这不是有他在身边吗？

他将酒杯递过去，许愿接过酒杯抿了一口，感觉味道涩涩的，带点微辣，倒是也能接受。

吃完饭，许愿去了趟洗手间，补了口红和妆。明望埋单后在门口等着，见她出来后就带她在街上走一走。

滨市的夜晚很热闹，夏季闷热，满街看去都是穿着清凉的年轻男女。

走了小半段，许愿上前挽住明望的胳膊。他低头看她，她也看他，眼睛亮亮的，盛满星辉和她面前的男人。

片刻后，明望扯了扯领口，一把拉住她往大厦一侧没有灯光的地方拽过去。见他一双丹凤眼里目光幽深，许愿死死地抱着他的胳膊往人行道上走。

两厢拉扯下，路人投来奇怪的目光。最终明望还是跟着许愿在人行道上走了起来。

上了大桥，河面的风吹过来，消散了些许闷热。许愿站在桥边看着远处漆黑的河面，忽然说：“想我们南城的江水了。”

明望背靠着桥梁，偏头看她道：“只想大江？”

她转头看他，轻轻地笑起来：“都想。”

他抬手，握住她的脖颈拉过来快速亲了一口后放开，轻声哼道：“没良心。”

许愿笑着靠在他怀里。明望环住她，拥着她看向河面，在夜风中点燃一支香烟。

河两岸灯光闪烁，有人在深夜垂钓，给这漆黑的大河增添了些许氛围。桥上是来来往往的人群，也有人像他们一样亲密，或拉着手或挽着胳膊。这黑夜也很美。

许愿的声音很轻：“回去吧。”

“好。”明望掐灭烟，拿出手机给司机打了个电话，报了位置。

黑夜深沉，河风徐徐。两个人都没再说话，安静地靠着彼此。

十几分钟后，轿车开到他们旁边，两个人上了车。车子往酒店开去，然后在地下车库停好。

两个人下了车，明望拉过许愿就往电梯走去。

酒店不像他那边的高档小区，没几户人家，这里人来人往。他们刚进电梯，就进来了一拨人。人没多少，就是叽里呱啦说话有点吵，还有几双眼睛好奇地瞄着他们俩。

上到顶楼，开了门进房间，许愿一眼就被白色大床上的红玫瑰给吸引了视线。没有女人不喜欢花。

她眼睛一亮走过去，抱起花，玫瑰的香味扑面而来。她转头看明望，男人坐在旁边的吧台上，手里不知何时端了杯红酒，在看着她笑。

许愿抱着花过去，越过花朵在他的唇上吻了一下：“谢谢你，明望。”

谢谢你有心哄我惊喜，成全一个女生的浪漫梦。

他那么好，是她的少女怀春，也是成年后的惊喜浪漫。她想将暮年交给他，连带着她那颗皱巴巴满是他的心脏。

明望看着她，女人漂亮清冷的脸蛋映在艳红的玫瑰上，融合为夜玫瑰。

明望放在吧台上的手机亮了一下。他转头看了一眼，再有几分钟就零点了。

他扬眉，将她手里的花放到旁边，拉过她在怀里抱着。

明望凑过去吻了她一下，然后手托着她抱起来，往床边走去。他将她放在床上后，俯下身子手撑着床开口：“生日快乐，许小愿。”

随着话音落下，房间的四周亮起彩色灯光，床头柜上的一个水晶音乐盒唱起了儿歌。

“祝你生日快乐，祝你生日快乐……”

当真是又俗又浪漫，许愿没忍住笑出声。

明望点了点她的额头，站直身子，离开床边。他在昏暗的灯光下走到吧台边打开冰箱，从里面取出一个小蛋糕放在桌上。他拆开包装，转头招呼许愿：“愿愿小公主，过来。”

“愿愿小公主，过来。”这句话在高中时是茜茜那个小丫头跟她说的。

原来时间过得这么快，都已经是七月二十六号了。

高二升高三是没有暑假的，即使放假，大人们也会给孩子报补习班补课。

但许愿没有，一是许母供不起，二是许愿已经不想读了。可即使不想读，她也还是坚持要把高中读完。许母毫无怨言，咬着牙也会供她。

许愿不想母亲那么辛苦，所以整个暑假过得非常忙碌。

她常常清晨四五点就起来，送奶，到包子铺帮忙；中午发传单，做服务员；晚上在烧烤摊打杂，十二点到凌晨一点才回去。她干的是最苦最累的活，只能挣到一点点微薄的收入。

她忙到忘了自己的生日，可即使记起来也不会特意去过，只因为没钱。她已经有三年没过过生日了，可她不在乎。

那天的烧烤摊生意不怎么好，陈茜茜不知道从哪儿冒出来，直接跑到老板娘那里叽里呱啦说了一通。许愿隔得远，什么也听不见，只看见老板娘频频转头看她。

片刻后，陈茜茜跑过来，拉着许愿就跑。

“啊，干吗去？我还忙着呢。”许愿被她拖得走路踉踉跄跄。

“忙什么忙！老板娘让你今天休息！”陈茜茜高声回答，将她拖进旁边的小公园。

路灯下的公共座椅上，美玲正坐在那儿等着，她旁边放了个小盒子。看见美玲后，陈茜茜欢快地跑了过去。

许愿站在后面看着，心里有了猜测，鼻子止不住地泛酸。

果真，美玲将盒子打开，一个很小的生日蛋糕摆在里面。

陈茜茜拿起蜡烛点燃，转头见许愿站在远处，她抬手挥了挥，喊她："愿愿小公主，过来呀！"

那是她青春年少时最珍贵的回忆，因为回忆里是甜甜的蛋糕味。

后来在外省这么多年，许愿很少过生日。即使有人给她过，她也像是置身事外。别人过生日有多高兴，她过生日就有多清冷。

从回忆里抽身，她看着眼前的明望，不明白他为什么会这么叫她，明明前一刻还是"许小愿"呢。

明望没看她，在昏暗的环境里一根一根地插着蜡烛。他只插了七根就没插了，然后将蜡烛点燃。

昏黄的火光下，他转头温柔地笑着看她："来吹蜡烛。"

这世间给她的温暖，大概也就是两个小丫头长久的情谊和此刻温柔的他了。

许愿愣怔地走过去，被他拉着手在旁边落座。她看了他几眼，又看向蛋糕，缓缓闭上眼在生日歌中许下愿望。

明望侧坐在旁边，手搭在她身后的椅背上，垂眸静静地看着她，等她睁眼便笑着问："许了什么愿？"

"许……"许愿及时闭嘴，转头与他对视。蜡烛的火光如星光一般倒映在他眼中，像星辰大海。

她笑了笑转回头，憋了口气吹灭蜡烛。

明望，我所有双手合十的愿望里，永远都是你。

我要你健康、平安、顺利。

小小的愿望中，永远都会有一个与你有关。这是我长达十一年的习惯，自认识你开始。

蜡烛熄灭的那一刻，她的眼睛被一双大手捂住。室内灯光大亮，床头柜上的音乐盒也停止了播放。

许愿被捂着眼睛，什么也看不清，嘴里突然被塞进一块甜甜的带着草莓的奶油蛋糕。他的吻落在她的嘴边，声音低沉温柔："生日快乐，愿愿。"

二十七岁的生日，是他第一个给予祝福的。她想在往后无数个生日里，都贪心地要他第一个祝福。

阔别八年春秋，她终于再次尝到了生日的甜味。

关于友情，关于爱情。这一生中，在她贫瘠的时光里，他们都给了她莫大的勇气，让她勇于面对接下来的生活给予的无数苦难。

兜里的手机铃声大响，明望松开手，换成圈着她。

许愿靠到他怀里，掏出手机，是许母打来的电话。她接了，那头的第一句话也是："生日快乐啊，愿愿，明天记得吃碗长寿面。"

"好的，妈，我记下了。"她回答，又劝道，"妈，已经很晚了，你快去睡觉啦。"

"好好好，妈这就去睡。"许母说，"你也早点睡哦。"

"好。"

电话挂断，微信一声接一声地响，许愿只好点开，陈茜茜的、美玲的、何硕的都有。她刚把前两条信息回了，明望就把她的手机抽走，调成静音。

许愿抬头看他，倒也没生气。

她忽地一笑，靠上去挂在他身上，仰头亲了他一口："我也有礼物送给你。"

明望诧异地垂眸："哦？"他的手搂着她的背，轻佻一笑，"会是我想的那样吗？"

许愿看他，伸手抚上他的俊脸，片刻后微微一笑："如你所愿。"

没等明望说话，她站起身退出他的怀抱，往浴室走去。

许愿洗澡并没有多快，她细致地将自己收拾干净，连头发都吹干了才出去。

拉开门，男人就站在浴室门口，身子靠着门框。

许愿穿着白色浴袍出来，抓头发的手顿住，看了他几眼，侧身让开。

明望笑出声："阳台的沙发上有个袋子，你去试试看。"说完他就干脆地进了浴室。

许愿走到阳台上，不想外面居然下起了雨。这是她来滨市后下的第一场雨，夜风带着雨气和海水的咸味吹过来，吹起她的发丝。

她走过去，把手搭在护栏上，伸手感受了片刻。细密的雨点飘洒进来，落在手心冰冰凉凉的。

收回手甩了甩水后，她将自己的包和那个品牌袋子提了进来。

她走进卧室，拿起遥控，将落地窗和窗帘都关上，又把空调打开，比日常调低了一度。

她转身打开品牌袋子，里面是一条酒红色的细吊带短裙，丝绸面料，摸上去凉凉的。

她钩起酒红色裙子的带子，将裙子套在身上。大小刚刚好，下摆刚好能遮住大腿，腰肢也掐得细细的。

她前后看了一眼，将头发抓成小内卷，又掏出口红稍稍涂了一小层抿开，给整体增加点气色。她撩了一下发尾，然后便上床躺着。

空调安静地运转着，室内一片凉爽。几分钟后，明望裹着浴袍出来，头发还在往下滴着水，他就想过来。

许愿从床上下来，拉着他重回浴室，打开刚刚的抽屉，将吹风机拿出来插上插头后抬头看着前面的人。明望也在看她，片刻后，将手里的毛巾往洗漱台上一垫，抱起她坐在上面，在她的前面低下头。

许愿开了温热的小风，手指插进他的发丝里顺着，轻柔地给他吹着头发。两个人用的是同款沐浴露，香味都一样。唯一不同的是，她身上带了些轻微的女人香。

明望被她安抚得舒服，微微眯起的眼睛从她认真的小脸往下滑。修长的天鹅颈，瘦弱的肩膀上挂着两根细细的丝带，漂亮的锁骨。

片刻后，明望一把拔了吹风机的插头。吹风机的声音戛然而止，一室安静。

许愿淡淡地抬起头看他，目光平静中又带了一丝笑意。他将她手里的吹风机丢回抽屉，一把扛起她就往卧室走去。

许愿倒头挂在他的身上，浑身血液倒流，头发都乱了。她回神抬手狠狠地拍了他一巴掌。

“明望你有毛病吧？”

到了卧室，他一把将她丢在床上。没等她从颠簸中回过神，又被他一把压到身下。男性身体的重量压住她没让她乱动，身体相贴，热度迸发。

雨声被拉长，万物在雨中滋润生长。

室内灯光昏暗，大床上的身影缠绵悱恻。许愿抬手搭在他的脖颈上，突然想起余秀华的诗——

你注定会遇见我，会着迷于岸边的火
会腾出一个手掌
把还有的火星灰烬接住
而我，也必沦陷为千万人为你歌颂的
其中一个
把根本不多的归属感抛出去
一条河和大地一样辽阔
我不停战栗
生怕辜负这来之不易又微不足道的情意

夜渐浓，雨越大。

将大地包裹在其中，在风里轻轻摇曳着。

次日清晨，许愿被手机铃声吵醒。睁开眼，她从身后温热的怀中撑起身子摸到手机一看，已经是早上八点多了。电话是王芸芸打来的。

明望也被吵醒了，睡眼惺忪地醒来，手抚上她的腰后就搭在上面。许愿接通电话：“芸芸姐……”她的声音沙哑至极。

电话那头听到声音，忙问：“愿愿你是不是感冒了？”

许愿没答，抓了把头发，感觉腰酸便躺下来窝到明望怀里。

“滨市的天气就这样，雨水说来就来，你可要注意身体啊。”王芸芸叮嘱道。

“好的，芸芸姐。”

“那你今天好好休息一下，去医院看一看，挂个水、开个药。”

“好。”

“下午或晚上我再去看你，注意身体啊。”

“好，芸芸姐。”

“嗯，那挂了？”

“芸芸姐拜拜。”

“拜拜。”

电话挂断后，旁边递过来一瓶矿泉水，一条有力的手臂搂着她坐起来。许愿靠在他的身上喝了半瓶水缓解干渴，剩下的半瓶则被他喝光了。

明望将空瓶子丢在床头柜上，垂眸见她看着自己，笑着问：“这么看着我做什么？”

许愿手贴着他的胸膛滑上去搂住他的脖颈，他自然而然地低头，在早晨交换了一个绵长的吻。

片刻后，明望的手机也开始响了。他放开她，手从她的身前拿开，侧身拿起手机。是助理打来的电话，再一看时间，大概是催他的。

他将电话挂断后放回原处，头靠着枕头，搂着怀里的人，伸手按了按太阳穴。

“你什么时候回去？”她靠在他的胸膛问。

“十一点要去北城办点事。”他回答，抬手揉了揉她的脖颈。

“那来滨市……是特地过来看我的吗？”许愿仰头看他。

他低头：“不然呢？”说完抬手捏捏她的鼻尖，“让我的小公主一个人在外地过生日吗？”

许愿愣住，头顶低沉的声音又响起：“她自己狠得下心来，我可舍不得。”

“明望……”许愿抬手紧紧搂住他。

“干吗？”他笑了，假意推开她，“撒娇呢？”

“哪有。”话虽这样说，人却还在往他怀里钻。

明望深吸一口气，将怀里的人推开，让她在床上躺着，低头亲了她一口后起身，拿起浴袍边往身上套边朝浴室走去。许愿转头看他，麦色的好身材从眼前一闪而过。

浴室门响，许愿将被子盖好，只留了个脑袋在被子外。明望擦着头发出来，见她这样，意味不明地笑了笑。

许愿偏头不看他，明望将落地镜旁椅子上的浴袍递给她：“起来洗漱一下，下去吃点早餐。”

想到他还有事要去北城，许愿背对着他起来，拉过浴袍披上。

看着她进了浴室以后，明望拿起床头柜的电话打了出去。等许愿擦着头发出浴室的时候，卧室里的窗帘已经拉开了一半。

男人穿着黑色衬衫站在晨光中，一双长腿套上了笔直的灰色西裤。听到声音，他一边扣着手腕上的腕表，一边转过头去看她。

他的头发也已经梳上去，又是一副干练矜贵的成熟男人模样。

明望将表戴好以后，走过来拿起沙发上的品牌纸袋，再拉着她在床边坐下，把袋子递给她，自己出去等她。

许愿换好衣服后出去，明望后退一步看看，满意地笑了笑，才拉着她坐到客厅的餐桌旁。餐桌上已经摆好了早餐，是滨市特有的生煎包、豆浆和油条。

吃完早餐，明望拿起沙发背上搭着的灰色西装外套穿上。他没系领带，领口的纽扣扣到第三颗，被黑色衬衣一衬，倒显得他皮肤白皙。

“要在酒店待着还是回你们租的房子去？”他边穿边问。

“回去吧。”许愿回道。他人都走了，自己待在这里也没意思，而且说不定睹物思人，会受不了。

明望点了点头，坐在沙发上拆开新袜子穿上。他走到门口的鞋架旁，将拖鞋放上去，脚踩进皮鞋里。

许愿拿上包，跟着他走到门口，忽然想起什么，转身去吧台抱起那捧玫瑰。

明望正站在门口等她，一只手插在兜里讲着电话。见她抱着昨晚的玫瑰走过来，他诧异了一下，以神色询问：抱它干吗？

许愿没回他，抱着花走在他身边。明望抽出插在兜里的手，环上她的腰后带着她往下走。

到了酒店的地下车库，电梯口前停了两辆车。一辆是昨天晚上的，那个司机也是，他下车后立刻问好：“明总、许小姐。”

明望颔首，对着电话那头说了一声后便挂断了，随后看向许愿。

片刻后，他拉过她。司机识趣地转身，往耳朵里塞上耳机后朝前走去。两个人在后面看着他的一系列动作，哑然一瞬，转头对视，都无声地笑了。

明望干脆也不辜负司机的识趣，搂过许愿的脖颈，越过她抱着的玫瑰在她的唇上吻了一下：“早点学完早点回南城。”

许愿仰头，目光从他的头发到五官一一看下来。

“嗯？”明望看着她。

许愿勾唇，轻轻笑着点头：“好。”

他放开她，拉着她坐进车里，手给她挡着车门，等她坐好以后，才将车门关上。司机听到声音，赶紧跑回来，对着车外的明望点头打招呼，随即上了车。

许愿无声地笑了笑，将车窗降下，在徐徐起步的车子里看着明望。

明望后退几步，抬手挥了挥。直至黑色轿车出了地下车库，他才上了后面那辆车。

许愿回到住处，将包放好后，就找了几个瓶子出来，再到厨房拿了把剪刀，坐在客厅的沙发上拆开玫瑰。即使过了一夜，那玫瑰也还是艳丽的。

这是明望送她的第一束花，许愿不想把它丢在酒店里，最终被保洁人员丢进垃圾桶。她将花带了回来，分几个瓶子插好，在客厅里放了几束，剩下的全放在卧室里。

换了一件睡衣后，许愿将昨天的衣服从包里拿出来丢进洗衣机里。她翻了翻包才发现，明望将药膏也给她放包里了。

她看了一眼身上的伤口，想起昨晚他的所作所为，一股沉重而隐秘的情感冲击了她的心脏。

她闭眼仰躺在床上，才刚分开，就开始想他了。

王芸芸是傍晚的时候过来看许愿的。那个时候许愿刚睡醒一觉，整个人都是迷糊的。

王芸芸提了一些东西来，有一部分是水果。许愿接过来，让她随便坐，给她倒了杯水后，就提着水果去厨房处理。

王芸芸是个精明的女人，不过片刻就发现小小的客厅里插着好几束玫瑰，而许愿也不像是生病的样子。

她见许愿的脖颈上有痕迹，立马明白了是怎么一回事，这倒让她松了口气。

但许愿不说她也不会问，只当不知道，吃了点水果，做做样子关心了一下就打算离开。

正在这时，客厅的门铃响了。许愿过去开门，看到一个美团外卖员。

“你好，是许愿女士吗？”

许愿点点头，看向他手里的盒子。美团外卖员笑起来，将盒子递给她：“祝你生日快乐。”

许愿莫名其妙地接过来，美团外卖员笑着走了。

许愿将门关上，王芸芸笑着嗔怪一声：“好啊许愿，今天过生日也不说一声，害我空手来，什么礼物也没带。”

许愿将蛋糕盒放在茶几上，笑了笑：“芸芸姐你能来看我就是最好的礼物了。”

说到礼物，她不免想起了昨晚的明望。原来他将自己当成了她的生日礼物，送给了她。

他当真和别的男人不一样。

微信视频电话响起，打断了许愿的神游。拿起手机一看是陈茜茜发来的，她瞬间就知道这个蛋糕是谁点的了，于是接通视频。

陈茜茜的脸出现在手机屏幕上，她看见王芸芸，笑着先喊了一声：“芸芸姐。”

王芸芸笑着打了声招呼，许愿便将手机竖立在茶几上，随后打开蛋糕盒子。生日蛋糕没有多大，是水果盘的蛋糕。

陈茜茜在电话那头，许愿和王芸芸在电话这头，三个人过了一个简单的生日。

生日过后，许愿又忙了好几天。这次她学聪明了，提前和明望打好招呼，给他打了预防针。

明望笑了笑，让她好好学。又过了几天后，他们过上了夜间生活，每晚都要视频通话。

起因是有一次许愿给陈茜茜发视频要看她的仪器到了南城没有，没想到错发给了明望。而当时的明望还在公司加班。

疲惫之时接到许愿发的视频，看着她的脸，明望愣了一下，放下笔，往后靠到办公椅里。

他静静地凝视她，看着她由诧异转为眉眼弯弯的娇俏表情，紧绷着的神经一刹那放松下来。即使视频时两个人都没有说话。

在那之后，他就霸道地要求她每天晚上都要发视频，即使她在忙着，也要将视频开着，放在旁边对着她。

第十章
自少年时

转眼间半个月过去。

许愿提前一天回到南城，不过她谁也没告诉。傍晚下了飞机以后，她坐上出租车，路上堵了一会儿。

天将黑，车子停在高档小区门口。小区门口的安保室已经录入了她的信息，只要刷脸就能进去。

这里都是一栋一栋独立的别墅，风景秀丽，假山流水，小池荷花都有。想到即将见到明望，她的心情放松，还有兴致一路观赏着风景走进去。

转过一个小型喷泉，夜晚的彩灯和流水一刹那升起，一瞬间落下。就在落下的那一秒，她看见喷泉对面，有一男一女立在粉色的郁金香旁。

男人上身穿的是白色T恤，下身是黑色长裤，显然是早就回来了，不像以往那样还在公司加班。

可他昨天不还告诉她，江北的项目正式启动，智能语音系统开始进入内测阶段，接下来都会很忙吗？

当他身边的女人转过身，她的脸出现在许愿视线里的时候，许愿就知道他为什么会那么早就回来了。

她站在原地，就那样平静地看着前方。

女人的五官很漂亮，一头微微弯曲的卷发，笑起来脸颊上有小小的酒窝。

两个人不知道说了什么，明望浅浅地笑了。他们在往这边走，靠得很近，像是在散步。

许愿当然知道她是谁了。因为这个场景在八年前许愿上高三的夜晚，就在南城的源湖公园见过。

一样的喷泉，一样的夜晚，一样的人。

高三时都在传明望和南城一中的校花走得很近。校花的名字也很好听，叫亭甜。

年级里传得沸沸扬扬，有鼻子有眼，就像真看见了一样。但那个时候许愿不相信。

明望对女生的态度一直都是淡淡的，固定玩得好的朋友三年了来来去去也就那么几个。他看着温和，对谁都有礼貌，但目光永远都是冷漠的。

他没澄清谣言，任谣言传得满天飞，还被班主任叫去谈过话，也依然不理。许愿那个时候还自得地想，看，明望都懒得理这些子虚乌有的东西。

打碎她一切幻想的，是在周末的一个晚上。

她照常拿着店家的推销广告传单在源湖公园发，因为那晚源湖公园有音乐喷泉表演。

许愿发着传单，就见到了意气风发的少年。那时的她又羞又窘，以最快的速度藏了起来。

他没看见她。

少年穿着白色T恤和黑色工装裤，踩着红黑色的高帮鞋站在喷泉那边的花坛旁等人。

许愿偷偷摸摸躲在喷泉这边看他，满心欢喜着。他站了多久，她就看了多久，连他等人时的小动作都看得一清二楚。偶尔她也会学他的动作，笨拙地模仿。

几分钟后，他旁边来了个女孩。少女时期的女孩又缠人又会撒娇，靠近他做了个可爱的鬼脸，男孩笑了笑，是许愿从来没见过的笑颜。

那是男孩对女孩的宠溺，若不是喜欢，又哪来的宠溺？

他们相伴着走远了。

许愿低头，笑容难看地僵在脸上，心很疼，跳得又快，捏着传单的手只觉发麻。

她的大脑里一片空白，不知身处何方。一切的一切都在提醒着她，谣言未必是谣言。

“啪”！喷泉喷出，将她淋得透透的。

她像只可笑的落水狗，在这艰难困苦的生活里，借着喷泉的水，才敢任泪水滴落下来。

她瞒着众人，在心里偷偷喜欢他，喜欢着那个意气风发的少年。所以，那也只是她一个人的兵荒马乱。

那时的她，生活没将她打倒，贫穷没将她打倒，暴力也没将她打倒，打倒她的仅仅是他的一个笑容——不属于她的，给别的女孩子的笑容。

只是这一次，许愿挺直背脊，神色平淡，在他们要走近之前，转身向外走去。

年少时没经历过事，艰难落魄的生活也给不了她稳重，所以她借着喷泉没忍住哭泣。但成年后的许愿，已经不如年少时那般脆弱了。

明望和亭甜走了过来。

亭甜刚回国，她哥给她在这儿买了房子。知道是明家的产业后，她就联系了明望，所以才有了刚刚他们在楼下聊天的场景。

两个人说着话走了几步，明望似有所感地抬头往侧前方看去，一个高挑纤细的身影正快速路过假山，往前走去。短发随着她的步伐，隐隐有要飞起来的错觉。

愣了一下，他对旁边的人说了一句：“抱歉亭甜，合作的事你可以跟我的助理联系。”说完他也不等亭甜回话，迈开长腿，大步往前走去。

小区门口是安静的辅路，两侧的树在夜晚投下阴影。门口的花在路灯的照耀下显得略有点蔫儿巴巴的。

高挑纤细的女人拉着行李箱在等出租车。

明望拉了拉衣领，这才不紧不慢地走过去，站在她旁边，开口说道：“回来了也不提前说一声。”

许愿没答，只是点开打车软件看了一下。

四周安静，晚风徐徐吹着，带动树叶在轻轻摇晃。明望偏头看了她一眼，从兜里抽出手，抓住她拉着行李箱的胳膊。许愿的胳膊僵了一瞬，随后用拿着手机的手扒开他的手。

明望没放，手滑下去覆在她的手背上，使了点力，拉着她和行李箱一起往回走。许愿站着没动，明望转身看她：“怎么了？”

她也看着他，脸上带了一丝倔强。

视线交会的瞬间，时间像是按下了暂停键。她眸子里虽有光，却是寡淡的。

半晌，明望淡淡地开口：“别站在外面了，有什么事回去再说。”他说完，拉着她的手再次往里走，动作强势，不容拒绝。

许愿轻呼一口气，看向他挺拔的背影，最终还是跟着他走了。她愿意给他一个开口解释或说明的机会。

她其实也不知道他们后来发展得怎么样了。到苏城后的那段时间，她跟过去断了一切联系，甚至连美玲和茜茜都没再联系了。

她对他上大学之后的事一概不清楚，只是后来跟小姐妹们渐渐有了联系，才从她们口中知道了他的一些事。但大多也是他在商场上的事迹，其余的还是一概不知。

回去的路上，明望一只手拉着她的行李箱，另一只手牵着她的手散步似的往里走。

路过喷泉小广场，也没看到刚刚和他一起走的人了，只有喷泉依旧在升起落下。

进了屋以后，明望进换衣间拿了件睡袍，推着她先去洗个澡。从滨市回来，累了一路，天大的事也得等她消除疲惫之后再说。

许愿无言，接过睡袍后进了浴室。

料想她肯定还没吃晚饭，明望又点了外卖。靠在沙发上等的时候他回想了一下，不过片刻就明白了她为什么会扭头就走，还有见到他后梗着脖子的倔强。

他搭在沙发扶手上的手杵着额头，低低地笑出声。看来年少时的名声够大啊，连她那样的乖乖女都知道自己的事。

原来她年少时，也不是没关注他。

或许是在外面遇见的次数太多，每次都不按常理出现在他眼前，总能一次次让他驻足。又或许她处事不惊的风格，是一次次让他刮目相看的原因。

高三那段时间，莫名其妙地，他对许愿的事格外注意起来。就算她安静地走在校园里，他也能一眼就看见她，可她从来不跟他多讲一句话。

有一次，两个人一起抱着作业在办公室遇上，老师们都不在，整个办公室里就他们俩。

明望靠着办公桌，明目张胆地看她。他发现女孩虽然胖胖的，但五官很精致，皮肤也很白，而且呆呆的样子有点像小企鹅，一瞬间就可爱到了心底。

好想揉她啊。他的手指在作业本上点了点，忍住了。

她眨眼的频率很快，那睫毛就像小扇子一样。明望在心里自动给她配了音。

几十分钟后，看她还是傻傻地抱着一大摞作业，站在语文老师的办公桌旁。他开口提醒她可以先将作业放下，老师回来就能看到。

那时的许愿是怎么回他的呢？明望换了个姿势，靠着沙发细想。

年少的小许愿板着脸看他一眼，面无表情地转过头去没理他。深冬的寒风吹过办公室，一瞬间连空气都静止了，她将他无视得十分彻底。

他摸了摸鼻子，感觉有点自讨没趣。尴尬让他没法继续待下去，将作业放下后，便高傲地出去了。

或许是年少轻狂的自尊心初次受到打击，他想证明一点什么，刚好那段时间亭甜又大胆地天天找他。

亭甜是另外一所高中的校花，学习好，人又长得漂亮，她家跟他家还有生意上的往来。

吃过几次饭后，他没说拒绝，她约他，他也就出去。

因为她哥的关系，两个人之间有了更多话题。亭甜发现似乎只要一说她哥的糗事，明望总会发自内心地笑，之后便都会拿她亲哥来调侃。

年级里开始传他们俩的事，明望丝毫不理会。

女生都是很八卦的。课间休息时，教室外面的阳台上，三个女同学靠在一起聊天。明望耳尖地听到自己的名字，便竖起耳朵仔细听。

陈茜茜那张小嘴叨叨的——果然是关于他的。

他看了一眼背对着自己的女同学。朴美玲在正对面，一抬头就看到了站在她们身后的他，立马给另外两个人使眼色。

他扬着头，手里转着篮球从她面前意气风发地路过，那神情似乎在说：看吧，小爷魅力大着呢！

可惜了，她只是抱着水杯，看也没看他一眼，转身低头跟他擦肩而过。

她又无视了他。

篮球从他的手里落地，被同伴调侃着捡了起来。他就像一只开屏的孔雀，在她面前蹦跶来蹦跶去，可人家看也不看一眼。

那天的他，好像连打球都凶狠了许多，死死地咬着对方。一场球赛下来，比分拉开十倍多。

现在回忆起来，都莫名好笑，年少时的他心思敏感又冷漠。不愿意承认自己对那个胖胖又冷漠的女孩起了关注的心，却被人忽视的糟糕心理，将事情办得乱七八糟，总是给现在的自己添乱。

他还在感叹的时候，外卖到了，明望下楼去取。等他回来将饭菜摆好后浴室里还是没有动静。

他皱了皱眉，走过去靠在门框上，敲了敲门道：“许愿？”浴室里没有声音，他又喊了一遍，换了种叫法，这次喊她“愿愿”。

许愿将吹风机收好，拉开门。他就站在旁边，看她一眼，拉着她的手就往餐桌旁走。

餐桌上已经摆好了饭菜，没看见还好，一看见肚子立马就“咕噜咕噜”叫了起来。

两个人落座，明望将筷子递给她。许愿接过筷子，端起碗静静地吃饭。明望没吃，他已经吃过晚饭了，盛了碗汤陪她用餐。

室内很安静，他看了许愿几眼。许愿垂着脑袋吃饭，并没有开口问他什么，其实是不知该如何开口。

她觉得现在这样也能接受，因为在她看见他们的那一瞬间的想法里，刚刚那个人会出现在这个地方，那应该就是住在这里的，可回来后发现并不是。

他没有将那个人带到这里来，他也将她追了回来。所以她也就不想打破现在这种局面，能在他身边待一天算一天吧。

吃过晚饭，将东西收拾好以后，许愿拉过门口的行李箱进了客房。

明望在她身后喝着水，都没来得及阻拦，她就进了客房，说了一句“晚安”，随后门应声关上。他端着杯子踱步到客卧门口，无声地笑笑，转身进了卧室，又进到换衣间。

许愿背靠着门，知道明望在门外。但他没说什么，片刻后就进了卧室。

她愣怔地站了几分钟，这才拿起遥控器打开空调。随后她拉过行李箱打开，拿出干净的衣服和水乳放到床上，又将行李箱拉上，竖立在墙边。

她爬上床，边涂水乳边拿起手机。她打开微信，发现也安安静静的。涂水乳的动作顿了一下，她将手机摁灭后丢在床头，拉开睡袍，拿起身体乳挤了一些在掌心里，低头慢慢地涂抹着。

她是背对着窗户的，而此时落地窗边的窗帘被拉开了一条缝，一个穿着藏青色睡袍的男人轻手轻脚地从窗帘后出来，一冒头就被眼前的一幕刺激了眼球。

他站着静静地看了半晌，目光渐深。他无声地笑了笑，将窗帘拉好。

许愿不知道自己正被人看着。她将上身涂抹好后，就披上睡袍，又倒了一些身体乳开始一点一点地涂抹着长腿。灯光下，她的长腿纤细白皙，亮到晃眼。

一道火热的视线贴在她的皮肤上。

许愿涂抹的手顿住，轻轻嗅了一下空气。果然，除了身体乳的味道，还有一抹淡淡的熟悉的味道。

他非要这样，她也不出声。涂抹的手变成了抚摸，原本随意搭着的腿也假装不经意间并拢在一起，放在床上侧对着窗户。

下一秒，她的身子便贴上了一具温热有力的躯体。明望一把抱住她，火热的呼吸喷在她的耳后。她往后仰头，身后的人也低头，居高临下地看了片刻，随后重重地深吻下去。

她受不了他这副模样，不得不开口叫他："明望！"

明望停下动作，侧身靠上去撑在她的上方，低头亲了她一口。

"终于肯跟我讲话了。"

她仰躺着看他。两个人对视，他喊了她一声"愿愿"。她愣了一下，看着上方的男人，鼻尖莫名泛酸。

片刻后，她伸手搂紧他的背脊，往下使力。明望贴在她身上，用手肘撑着床，没把全部的力量压在她的身上。

几分钟后，他不得不认输。他一翻身，搂着她换了个位置，让她半躺在自己身上，又拉过被子盖在两个人身上。

室内安静下来，明望摸着她的头开口道："她哥给她在这里买了房，回来的时候遇上就说了几句话。"他又问她，"有什么想问的，你尽管问。对于以前的事，我只回答这一次。"

许愿没什么要问的。她现在不想知道自己在没有他信息的那几年发生的事情，也不想管以后会发生什么，只想和他过好当下的一朝一夕。因为只有这段时间，他是完全属于她的。

曾经多少次，她站在离他千里之外的土地上，希望从身边吹过的轻风能绵长一些，可以跨越山山水水刮到他身边，替她抱一抱他。

如今有机会以身心替代轻风，何不紧紧相拥，管那么多身外事做什么？

明望没听到声音，低头看她。见她像一只毛茸茸的动物幼崽似的搂着他，在他的胸膛蹭来蹭去。

他莞尔一笑，揉了揉她的脑袋，主动交代道："我跟她有一段时间确实走得很近，但我们并没有正式交往过。后来她去了国外上大学，而我去了北方，这之后都跟她没有什么联系了。倒是我跟她哥关系不错，两家现在还有一些生意上的往来。"

原来那个时候的那个女孩不是他的女朋友啊……许愿仰头看着他，忽然问："你在北方的哪所大学？"

明望报出大学名称，她再次低头贴在他的胸膛上。

和她报的第一志愿在同一个城市，那个时候她多方打听，连带着让茜茜和美玲也帮忙打听明望想考的大学。

在知道明望要去的大学后，许愿将自己的分数算来算去，又看了一遍那所大学的所在地，再看那里的大学，最终选定一所二本作为目标。

高三时她落下了许多课程，分数掉得很快。她也不知道能不能去上大学，但第一和第二志愿都填了那个城市。

她没什么想法，其实也没什么未来的。父债子还，她小小年纪身上就背着几十万的债务，前路一片黑暗，她只是想跟着他的脚步走一走。

就连后来出去打工，她第一时间想的也是那座城市，只是她最终还是跟随母亲去了苏城。因为她怕某一天，她落魄地走在街头，和迎面而来的他遇上。丢了最后一分体面，那只会比杀了她还要难受。

她去了苏城也好，跟北方城市相差千里，不会碰面，也杳无音信。

明望忽然问："听说你也考到那边去了？"

"嗯。"许愿点头回答，搂紧他的腰身，闭上眼睛。

明望摸着她的脑袋，笑了笑。

明老爷子其实是想他留在南城，在南大读大学的。因为不管他读不读大学，从高二开始，他就已经开始跟在老爷子身后进公司学东西了。

但是有一天，他看见一个同学的同学录，翻开的正是许愿的那一页。他停下脚步看了一眼，最想去的大学那一栏写着：想去北方的所有大学，想去看雪，想去滑雪（笑脸）。

那天晚上回去以后，他坐在电脑桌前，回忆起这些年来，南城确实很少下雪，至少他在南城是没见过雪花的。

银装素裹的大世界——他也想去北方了。所以后来同学们问起的时候他就说了，要去北方，去哪所学校。

好在他要去的学校是全国闻名的重点名牌大学，老师们高兴，爷爷也不反对，谁都不反对，都让他加油。

但是等他到了那座城市以后，他才明白，他只是一个人。他潜意识里想要一起来的人并没有来。

他在那个地方一待就是三年，第四年直接回到南城进了公司。

他会去北方是因为她想去，可他不知道的是，她要去北方是因为他会去。

两个人没再说话，许愿搂着他的身体，心渐渐安定下来，不过片刻就睡了过去。

等明望从过往的回忆里出神，低头一看，人睡得正熟呢。他轻笑着抬手将灯关了，躺下盖好被子。

她早晨醒来，发现明望不在旁边。她再一转头发现此时身处主卧，而主卧的卫生间里传来细小的声音。

房间昏暗，若不是手机的闹钟响，她可能还以为是半夜，于是拿过手机关了闹铃。

男人光着身子从洗手间出来，像是没料到她已经醒了。他扒拉了一下头发，在她的注视下进了换衣间。

许愿起身，跟着他到了换衣间，靠着门框看他站在衣柜前套西装裤。明望穿好裤子，从穿衣镜里看到身后的她，拿了件衬衫下来，转头看她，以神色示意她走过去。

许愿走进去，他将衬衫套到身上，她便站在他身前给他把扣子一颗一颗扣好。

明望靠着衣橱低头看她，换衣间的窗帘是薄纱，晨光透进来，温柔又宁静。伸手一把搂住她的腰压到怀里后，他又低头去寻她的唇。

许愿身子往后仰，拿手挡着他的脸道："还没洗漱呢。"

"我又不嫌弃。"他脸一拱隔开她的手，头低下去，温柔地亲了亲她的额头，随后笑了笑才吻在她的唇上。

许愿看了他片刻。窗外的阳光在此刻透过薄纱照进来，给他的面容镀上一层柔和的暖光。

低垂微合的双眼像一只山雀一般，温柔进她的心里。她抬手搂紧他的脖颈，整个人挂在他的身上，回应他的亲昵。

早餐是两个人合作完成的。吃完后，许愿再次开着明望车库里的那辆黑色奔驰回了家。

彼时许母刚好挎着布袋子到楼下，走了两步，见正在倒车的人怎么就这么像她的女儿呢？她倒回来多看了几眼，哟，还真是。随后她看向许愿正开着的车——黑色奔驰。

许愿刚从车上下来，抬头一看母亲正站在对面的树下静静地看着。她愣了一下，喊了一声后转到后备厢拿出行李箱，将车锁好后，拖着行李箱走到母亲旁边。

见母亲还在看着明望的车子，许愿尴尬地摸了一下鼻子。

“妈，你要出去吗？”

许母的视线从车上转回来：“本来是要出去的，现在嘛……”

“要不，您先出去？”许愿试探着问。

许母瞪她一眼，转身往楼上走：“死丫头，回来了也不知道提前说一声！”

许愿笑了笑，跟在她的后面上了楼。

进了屋子以后，许母还走到阳台上往下看了一眼：“上哪儿搞来的奔驰？”

“借朋友的。”许愿瞎编。

许母眯了眯眼：“你到底是什么时候回来的？”

“今早六点到的南城，朋友开车去接的我，他去上班后我就把他的车开回来了。”

许母仔细地瞅她，许愿平静地回视。

半晌，许母转进厨房，打开冰箱的冷冻门：“想吃点什么？炖鸡还是排骨？”

“随便弄点就行。”许愿跟在她后面。

“不行，在外面应该都没好好吃饭。”许母说着摸出一块排骨，见她站在后面便赶她，“先去休息一下，回来得这么早，起得肯定早，饭熟了叫你。”

许愿笑起来，凑过去抱了母亲一把：“妈，你真好。”

“去去去！”许母赶她。

许愿回了卧室，躺在床上滚了一会儿，由衷地觉得还是回家好。

有明望，有母亲，最重要的人都在这里。

中午吃过饭，许愿跟许母打了一声招呼，就开着高尔夫去了望江大厦的会所。现在的她也算是店里的代理商了。

陈茜茜通知了所有代理商到会议室开会，将许愿以南城第三大股东代理商、美诺大使的身份正式介绍给大家认识。熟悉的美容师和代理商纷纷恭喜她。

陈茜茜的店长是雅云，她是单项代理商，但业绩积累上来了，已经达到了股东代理商最小投资的数额十二万。

这也是美诺给困难创业者的另一条路，以累积的模式冲数额达到股东代理的额度，那么也和股东代理商一样，享有同样的福利待遇。

股东代理商最少投资额度十二万，起步就是店长的位置。最高额度三十万，晋升为美诺大使，中间分为十八万的华银，还有二十四万的双钻。

陈茜茜是从十八万的华银投资起来的，许愿没投资之前她刚晋升为双钻，许愿投资之后也是直接升为美诺大使。

大使后面再往上升就是美诺的省级副总、区域副总以及公司副总，越往后团队越大，晋升也就越难。

会议结束后，两个人开着车绕着江南和江北转了一圈，也顺带到江北小赵的店里走了一趟。

小赵店里有一批新代理商加入，陈茜茜要留下来帮忙带新代理商学技术，她便开着车回了明望那边的公寓。

明望傍晚就回来了。徐是钰叫他出去喝酒，他笑着说了句“家里有人”，在后者幽怨的目光中回了家。

打开门，公寓里安安静静的。他换了拖鞋，边进去边脱了外套丢在沙发上。

他从客厅进入卧室，又从卧室转出来，找了一圈也没见到人。明望挑了挑眉，捏着手机进了书房。没想到他刚打开门，就看到找了一圈的人。

许愿趴在桌面上，他进来了也没反应。明望没吵醒她。

室内开着空调，温度刚刚好。明望拉了椅子在她旁边坐下，看到许愿的头发比春天时长了一小截。她这样趴着睡的时候，有一部分散在了桌面上。他给她捋了捋，手指插进发丝里轻轻滑动着。

她穿了一件白色T恤，这样在黄昏下趴在桌子上睡着了的情景一时间让他有些恍惚。

高三下学期时，刚进入四月份的南城已经开始变得闷热，比现在更甚。最后那节课同学们都出去了，好像是去看纪录片了，她没去，坐在教室里做题。

他跟着同学们站起来，进了多媒体教室后，等影片开始放映，便在一片漆黑中离开了多媒体教室，转回教室里。

他进去的时候以为她会注意到他，却没想到她趴在教室的课桌上睡着了。而且她趴的还是他同桌的课桌。

他在她旁边坐下，看了一眼教室里大半的课桌——都在夕阳的照射下。

原来是过来躲凉了。

这个认知让他笑了笑，他本以为她不会热，毕竟她是这么冷冰冰的一个人。哪想她也是怕被晒化掉，才换了位子。

教室里没开吊扇，那个时候的教室也没装空调，大夏天就凭着头顶的四台风扇吊着一个班级学子的命。

她似乎是睡得热了，脑袋不耐烦地转来转去，但就是倔强地不肯睁眼。她长长的马尾晃来晃去，发圈滑下来，掉在地上，头发披散下来。

明望弓身将脚下的发圈捡起来，放在她的手边。低头的一瞬间，他看见她趴在手臂上，闭着眼睛，一张肉乎乎的白皙的小脸。

她小小的鼻尖又挺又翘，嘴巴因为挤压，呈一个漂亮的粉嫩桃心状，能看见里面的小舌头。

明望瞬间抬起头，浑身像是被烫到一般，哪儿哪儿都不自在。偏偏这又是他的座位，他——不想让座。

女孩被热得眉头都皱了起来，那厚厚的刘海下的额头上有着密密麻麻的汗珠，就像一个热气腾腾的肉包子。

他低头，拿了张试卷，一道一道折起来。他又转身扯了后座同学的胶带，将两边粘在一起，做成一把扇子。

他先给自己扇了扇，一阵凉风袭来。他把手伸过去，在她的脑袋旁扇了几下。女孩不再扭动，安静下来，嘴角上扬似带着钩子，让他收不回手，就傻傻地给她扇着风。

那个时候的他不会想起去开风扇，也想不起自己书桌里的电子风扇，反而乐此不疲地给趴在桌子上睡着的人扇风。他偶尔给自己扇一扇，也会被女孩不满的哼声给唤回去。

她的头发散落到脸上，他不由自主地给她拿开。她的发丝很滑也很凉，还带着一股淡淡的洗发水的香味。他的手指一碰上便松不开了，玩着她的发尾。

空间安静，四周静谧。他喜欢这一刻的美好，即使手酸了，也没有半点不耐烦。日光一点点变暗，铃声响起，打破一切躁动，也打破了一切宁和。

她被惊醒，他手里的扇子也被他一把丢进桌洞里。在她看过来的一瞬间，他低头慢悠悠地翻过一页书。但其实这个时候，他哪里看得清书上的字。

同学们嘻嘻哈哈地回来了。

她慌慌张张地站起来，带得她身后的椅子往后拖了一截。他一顿，抬头看她。

她不敢看他，收了试卷就要走。他用书本顶了顶桌面上的发圈，那支小胖手一把抓了回去。

“谢谢。”她的声音很轻，但他还是听到了。他还没说话，她就急急忙忙走了。

回到自己的座位上后，她也没把头发扎起来，就那样披着，挡住了整张小脸。

下了晚自习出校的路上，他又看到了她的身影，从他身边擦肩而过，一瞬间跑得很远。他都没来得及跟她打声招呼，就那样看着她灵活的身影越来越小。

那天晚上回到家睡觉时，他第一次做那样的梦。他不是不知道这代表着什么，他的年龄说来比同班同学要大至少两岁，懂得也比在校的任何同学都多。

这也是让他难堪的，因为梦里的人不是美艳的学姐，也不是清纯的校花，更不是可爱的学妹，而是那个胖乎乎又冷冰冰的同班同学。

他们甚至都没怎么讲过话，她似乎也看不上他。

手里的发丝并不像年少那般，一滑长长一段带着洗发水香味的冰冰凉凉。而是一小截短发，手指插到头上了才能感受到发丝覆在手背上。

许愿迷迷糊糊地抬头看他，咕哝道："你回来了？"

"嗯。"明望回着，忽然将她拉过来紧紧抱在怀里。

他的手依然在滑着她的头发，突然道："把头发留长好不好？"

"嗯？"许愿打了个哈欠，疑惑地看向他。

"你长发好看。"

她笑起来道："你见过？就说好看。"

他把头低下来，亲了亲她的脖颈，低声说："你什么样子都好看。"

许愿推了推他道："油嘴滑舌。"在睨了他一眼后，又站起来问，"肚子饿吗？想吃什么？"

明望懒洋洋地靠着椅背，带着不怀好意的目光看她："你说我最想吃什么？"

许愿："……流氓。"她转身出去。

明望在后面杵着脑袋，低声笑开。

晚饭是在外面吃的，明望带她去了八号公馆的粤菜馆。从大门口进去的时候她还恍惚了一下，记起了前任老板何硕，当初请他吃饭就是在这里。

明望要了个包间，偏头一看就知道她在想什么。他把手伸过去搂着她的腰，进了包间后捏了一把她的小蛮腰问："想什么呢？"

许愿身子往后缩，拉住他的手。这个人真是，手脚都不安分。

在座位上坐下以后，明望没点菜，只跟服务员说按老样子上。他又把菜单拿给许愿，让她加几个。

许愿也没点，直接说"就按明总的口味上吧"。服务员拿着菜单退出去，一顿饭在明望偶尔的调侃中吃完。

这晚她没在他这里过夜，吃完饭就让明望送她回去。

在那之后，许愿便开始忙着找合适的店面。她每天早出晚归，偶尔去明望那边住一晚，更多时候还是回老城区。

一连三天都没找到合适的店铺，这天不忙的时候，陈茜茜也跟她一起，两个人江南江北寻找着。

此时的明望正坐在办公室里，面前是一沓商铺招租的资料。半晌，他拿起其中一张，给张勇打了个电话。

几秒后，张勇进了办公室，喊了声：“老板？”

明望将资料递给他道：“下午之前去将这家店铺给盘下来。”

张勇接过资料，店铺的位置在江南……不对，好像就在离公司不远的商场。虽然不知道老板为什么要盘下这家店铺，但他还是立马去办了。

他要出门时明望又叫住他，递给他一些资料道：“把这几家都盘下来吧。”

“好的。”张勇接过，一秒都不敢耽误，立马出了门。

等他在办公桌前坐下，翻看资料后发现全是面积宽敞的店铺，甚至有的店铺之前还是做美容美甲之类的。

而且这些店铺的位置都是要么在公司附近，要么在中央商务区的高档住宅区那边。其他的位置相对来说也很奇怪，都是在老板有房子的周围和附近。

老板要开店？奇怪是奇怪了些，但他还是第一时间将任务给分配了下去。

明望在办公室里签完所有合同，抬头看了一下时间，然后将笔放下，站起来拿了外套就往外走。

总裁办的大部分员工还没下班，都在各自的工位上忙碌着。明望心情颇好地路过时，难得开口让他们都下班，没强制加班。

明望在一片欢声笑语中进入电梯，第一时间掏出手机给许愿打了个电话。

电话铃声响起的时候，许愿正在看一家招租的店铺，是个餐馆，面积挺大，价格也还好，就是对墙壁什么的不太满意。

她是自己一个人来看的，陈茜茜留在江北小赵的店里解决问题了。她正暗自不满意时，明望就给她打了个电话。

她想了想，让他在公司等着，自己过去接他。

明望站在负一层，闻言挑了挑眉，道：“知道我在哪儿吗？就来接我？”

许愿一愣：“不是明氏集团吗？”

明望笑出声：“我没在明氏。”他给她报了详细地址，最后说还是发定位到她的微信上。

许愿点开微信上的地址，是南城新科技园里一家名为K&U的科技公司。她将导航打开，给他回了个“OK”的表情包。

车钥匙在手指上转了一圈，明望看着微信笑了笑，收起来转身上了电梯。许愿向老板致歉后便出了餐馆的门，开着车往新科技园去。她所在的地方离明望的公司也不远，十几分钟就到了。

车开进去，刚被保安拦下，明望就出来了。许愿笑了笑，对保安大哥说：“我要接的人来了，就不登记了。”

保安大哥一愣，见是公司老总，立马站直身子敬了个礼：“明总！”

明望颔首，走到副驾驶室拉开车门坐进去。许愿倒了车，然后驶上大路。

开了一段路后，明望笑道：“开得挺稳的嘛。”

没理他的调侃，许愿问他：“去哪儿吃饭？”

明望拿出手机看了一眼助理发来的信息，回道：“去楼湖那边的商贸广场。”

“我……不认识路。”许愿说。

“没事，我给你指路。”他笑着回答。

楼湖商贸广场离明望的公司说远不远，但她开车也花了四十多分钟。到了地下停车场要倒车，还是明望来的。

他们乘电梯上到一楼，明望并未直接带她去五楼吃饭的地方，而是带着她慢悠悠地往商场外走去。许愿也不问，就跟在他旁边。

出了商场大门，明望边拉着她往旁边的街道走边说：“听说这条街上有家十年老字号，我们去试试。”

“好。”她抓着他的胳膊，目光随意地看着。

走了几步路后，看到前方一家二楼的商铺门口挂着转租的牌子。

许愿不由自主地抬头，好像是一家培训机构，巨大的落地窗后是淡色的窗帘，窗边摆着一盆半人高的绿植。她转头看向四周的环境，再看一眼转租的广告，有点心动。

明望在旁边闲闲地站着，目光随着她的视线看了一眼后又转头看她。在她转头看向自己的时候，他笑了一声：“先去吃饭，再回来看？”

许愿点点头，走之前再看了一眼那个培训室。

明望说的确实是一家老字号菜馆，两个人吃完饭出来，天边晚霞铺陈在云层之上，点亮橙色的黄昏。

人间的黄昏，当真是聚集了这世间所有的温柔。她往远方的天空眺望，随后靠在身边的男人身上，难得地在闹市享受了片刻。

店铺是明望跟她一起去看的。

培训室是一家音乐培训室，占了两层楼。三楼也有，是一间一间分开的小教室，共有六个房间。二楼就是公共大厅、前台、培训室等。

两个人楼上楼下转了一圈，发现培训室现在已经不招学生了，整个机构就只有一个前台，以及几个在打扫卫生、收拾东西的员工。

明望问她：“怎么样？看得上吗？”

许愿点点头。这可比白天看中的那家还要好，并且地理位置也很不错。旁边就是大型的购物广场，这条街又是小型的商业街，到了夜间也是一条热闹的夜市街。

她想去前台咨询，明望却一把拉着她往楼下走去。

“怎么了？”许愿问他。

“你打算明天自己来谈吗？”他带着她慢悠悠地往楼下走。

“那不然呢？再不济还有茜茜呢，到时候带上她来应该能行。”

明望停下脚步，转身看她。许愿的脚步顿住，神色疑惑。

“许小愿。”他气得笑出声，抬手搂住她的腰，往墙上压去。许愿忙扶住他的手臂，偏头四处看了一眼。

夜色暗下来，街边的灯光和小夜市的霓虹灯早已亮起。楼梯拐弯处有声控灯光，但此时暗了下来。

南城的闷热在夜晚散去一些，微风吹着也带来一丝丝凉爽。

明望看着眼前的人。

在昏暗的夜色下，路边的灯光也透不进来。要不是她穿着白色连衣裙，恐怕都看不清这里有人。

他朝她压过去，干燥温热的嘴唇也一并落了下去。

她或许至今都不知道，他第一次拥抱女孩子，也是眼前这个人。

临近高考，所有莘莘学子都在努力备战。只有她，时不时就不见人影，连老师都找不到她。

有一次她更是一天都没来，第二天也是到下午的时候才来。

他当然知道她家里困难，但他觉得就是因为困难才更应该好好读书，将来才能出人头地。

他气她不认真对待人生的这一道分水岭，却又不能指着她的脑袋骂她。别说骂了，同在一个班里，因为高中早恋抓得严，他们一个学期下来能一句话都不说。

以前她还有点职位，是语文课代表，收作业的时候还能搭上一两句话。寒假过后她被撤了职，就真的没有半点交集了。

放学的时候，他留意到她没收拾书包，只是安静地坐在座位上，手托着下巴看着窗外。

他觉得她有些莫名其妙，自己也很莫名其妙，将书包一收就走了，只不过走出后门时抱走了篮球。

等他在篮球场发泄一圈后回来，发现教室里已经黑了，也早已空无一人。他在心里骂了自己一句“有病”，便将篮球丢回后排，转身走人。

他出门时看到一个身影，在慢吞吞又安安静静地走着。

悄无声息的走廊里，连灯光都没有亮起，只有楼下的路灯发出昏暗的灯光，让他一眼就认出那个人是谁。

他没发出任何声响，就那样跟在她的身后，随着她下了楼。

拐角处更加昏暗，她转身时发现身后有人跟着。她虽然被吓到跳起，却也没出声，只是谨慎地盯着黑暗中看不清的黑影。

他更是不愿出声，看她快挪到楼梯口，被她避开的动作激怒了，突然伸手就去拉她的手。

“啪”的一声，他的胳膊被打了一下，声控灯光瞬间亮起。也就是在那一刻，他另一只手蒙在了她的眼睛上。

楼道里还是安静的，她想要甩手他便紧紧地拉住她。两个人无声地对峙着。

灯光熄灭的前一秒，他看见了她的样子。小脸气到鼓了起来，鼻子小小的，粉嫩的红唇抿成一个爱心状，像洋娃娃一般，可爱得他都不想放手了。

楼道的灯光彻底暗下去，她没再挣扎。

他试探性地微微俯身拥抱她，紧张感让他将蒙在她眼睛上的手松开，顺着她的胳膊往下握住软软的小手。

片刻后，他的胳膊上落下一点温热的液体，这是……年少的他震惊了。

她多坚强啊，无论多苦多累，被欺负得有多惨，都没见她掉过一滴眼泪。现在却因为他抱她，她就哭了。

失落感伴随着罪恶感升起，而后他的大脑与身体不和谐，身体先做出反应，一步跳下楼梯就跑了。

晚上回到家，他饭都没吃就跑回自己屋里。他唾弃自己没出息也没担当，抱完人家就跑路。

但不得不说——他摸着自己的嘴唇，感觉到上扬的弧度。他站在床边，忽然弹跳起来做了个投篮的动作。他一时间心情大好，就出去吃了个饭。

等他吃完晚饭洗了个澡出来，摊开练习册，忽然想起什么，拿过手机点开QQ号，在好友列表里找着。他记得他们好像互加了好友的。

翻到最后发现确实有她，他点开后才看见她处于离线状态。对话框点出来又收回去，最终也只是改了签名——愿有前程可奔赴。

他仰靠在座椅上，心渐渐拧巴起来，泛起一阵阵不舒服，因为她的眼泪。

她为什么会哭？是因为他抱她吗？年少时总是会控制不住易躁动的心。心情就像天气，一会儿天晴，一会儿下雨。

第二天早上，他换了几件T恤，最终还是选了白色的。尽管只是穿在校服里面，但他还是挑来挑去。

可等他到了教室，发现昨晚坐着人的位子上又是空的。

在那之后，他有近一个星期没见到她。

“明望？”许愿偏头轻声喊他，身上出了些汗。

明望从回忆里回神，然后从她的唇瓣撤离。有脚步声从楼上传下来，他拉着她离开了这里。

回去时是明望开的车，回了离这里最近的楼湖别墅。两个人进了门，林嫂正在收拾厨房，惊讶地出来迎接他们，问道：“你们回来啦，哎，吃饭了没？”

“已经吃过了林嫂。”许愿回答。

“那好，晚上要吃夜宵再弄。”林嫂笑着将他们手里的包和外套接过去，“好久没见到许小姐了，是在忙吗？”

许愿换了拖鞋：“嗯，刚从滨市回来。”

“那挺远的啊，赶紧上去休息。晚上要是饿了尽管下来叫我。”

许愿还没回话，明望就拉着她往沙发走去，边走边说道：“林嫂去休息吧，不用管我们。”

“哎，好。”林嫂将包放在沙发上，外套拿去洗衣间，挂在干洗衣架上后便回了房间。

客厅里安静下来，室内温度适宜。明望倒了杯温水给她，扯了扯衬衣领口，在她旁边坐下。他身子斜斜地靠着她，倏而开口道：“店铺的事，我帮你解决。”

许愿侧身看他，倒也没拒绝。刚刚他突然在楼梯拐角吻她的时候，她就反应过来了。

他是气她把他当外人看，那她就还是把他当自己人看吧。毕竟这种事让她来弄估计得一个月，而让他来的话，可能一个小时就能搞定。

看着他的神色，许愿靠过去，彼此对视了一会儿。她轻声问：“有什么条件吗？”

明望捏她的脸道：“搬过来跟我一起住。”

“这可不行。”她坐起来一些，“我妈一个人在家，我不放心。”

这倒也是。明望往后仰头，抱着她靠到自己身上，半晌说：“那一个星期来四五天。”

许愿被他逗笑，手点着他的胸膛回道：“不行，这跟一个星期都在这边住有什么区别？”

明望皱了皱眉，退一步道：“三天。刚好对半，你妈妈那边住三天，我这边住三天。”

看了他几眼后，许愿妥协了：“好。”

明望凑过去吻她。她伸手挂在他的身上，回应他的亲吻。

床头柜上的铃声响起，是许愿定的闹钟。一只大手伸出来，关了闹钟。昏黄的灯光里，凌乱的大床上，明望斜躺着，臂弯里是懒洋洋的女人。

他的手抚摸着她的腰，片刻后越过她的身体，低头吻了一下，问道：“要去洗澡吗？”

许愿裹着被子半靠着坐起来，抓了抓头发回他：“去。”

她拉过旁边的睡袍披在身上，看了一眼自己的身体，还是忍不住说了一句：“你属狗的吗？”

怀里的人起身，他被拉开一半的被子也没拉好，就那样斜靠在床头点了支烟，半眯着丹凤眼，餍足又有些痞气地看着她。

和她平静的双眸对上，他才抬了抬手道：“下次不敢了。”

不，下次还敢。

听着他懒散的语气，她睨了他一眼，目光顿住。麦色胸膛上是流畅的肌肉线条，精窄的腰身，平滑的腹部。烟雾后的丹凤眼眯了眯，他慢悠悠地拉过被子挡住她的视线。

她的视线滑上去，对上他狭长漆黑的双眸，看懂了他的意思：要看就上来。

许愿若无其事地将浴袍裹好，下床进了洗手间。

出别墅时已经是午夜了，四周安静，夜风微凉。

“真不留下？”男人靠着门框再次发问。

许愿按了车钥匙，远处白色车子的车灯亮起。她转头笑了笑，别了别头发就往下走。明望站直身子跟在她后面，到了车前，拉住她的手问：“真不要我送？”

“不用。”许愿回握他的手，片刻后松开，“回去休息吧，这都午夜了。”

明望看着她，手插进兜里拿了烟出来点燃，背靠着身后的黑色车子。

许愿看了他几眼，目光在烟上停了几秒，这才打开驾驶室的车门进去坐好。发动车子后，她把车窗降下来：“我走了。”

男人静静地靠着车，情绪不明。

几十秒后他站起身，走到车窗边，手伸进去搂过她的脖颈，头低下去，狠狠地在她的嘴唇上咬了一口。看着红唇上的牙印，他伸出拇指去蹭了蹭。红唇丰润柔软，牙印也随之消失。

许愿看着他的一系列动作，勾唇笑了笑，推开他的手：“我走了。”

明望退后几步，手插进兜里，弹了弹烟灰叮嘱道：“路上注意安全。”

一只细白的手从车窗伸出来摆了摆，车子缓缓开出大门，几分钟后便消失在楼湖别墅区。

午夜的街道上车辆很少，许愿开得随意，吹着夜风回了家。停车时，她看见旁边的黑色奔驰，这才想起忘了给他开回去。

她开门进去，客厅里一片黑暗，想是这段时间她都在外地的缘故，母亲就没给她留灯。

她打开手机电筒，摸进母亲的卧室，给她掖了掖被角，才转回自己的卧室。因为在明望那儿洗过澡了，不用再洗，于是她换了睡衣就躺下，睡了个安稳觉。

第十一章

愿有前程可奔赴

没过几天，明望就给她发信息，让她去公司取商铺转租的合同。许愿抽了个下午，将他的黑色奔驰开过去，顺便去拿合同。

到达明望公司时她没上去，在停车场就被明望拐着去吃了个晚饭。吃晚饭的时候他才告诉她，店铺已经被他盘了下来，让她尽管开店就行。

许愿不愿意，坚持要跟他签出租合同。明望看了她几眼，见她一脸固执的样子，也就没再坚持。

她问了一下租金，明望报了个数。许愿皱眉道："怎么这么低？跟那里的地段不符吧？"

明望给她递了一杯酒，意味不明地轻笑道："这是给自己人的价位。"

她接过酒喝了一口，闻言看他，片刻后突兀地问："如果以后不是自己人了呢？会涨价吗？"

男人要喝酒的动作顿住，偏头看她，神色淡下来："不会。"许愿点点头，安静地抿着酒。

几分钟后，服务员来上菜，两个人也没再说话。

吃完饭，明望的电话响了起来。他接连"嗯"了几声："一会儿就过去。"挂断电话后他就站起来，走到她身边拉着她起来。

两个人靠得极近，明望说："晚上留在我那儿。"他的语气虽淡，但有着一股强势在里面，不容拒绝。

这几天他们都有点忙，他忙江南的项目，她在江北这头忙。两个人见得少了，忙起来时不觉得有什么，如今一回想，倒是想念得很。

没有在滨市那么难过的原因，大抵是都在一个地方，呼吸着同一片空气，只要一个电话、一条信息就能相聚。

许愿挽住他的胳膊，点了点头。

明望淡下去的心情这才回升一些，拉着她就往外走。然而车子开去的地方并不是楼湖别墅或是他的公寓那边，而是一个夜场，明望圈子里的一个朋友开的。

到了那个地方后，发现场子里十分热闹，五光十色的旋转灯光，震耳欲聋的音乐，群魔乱舞的男男女女。

明望护着她上了二楼，二楼是贵宾室，面向楼下的那一侧是宽敞的落地玻璃，灯光闪耀着，进了门以后吵闹的声音才小了一些。里面也都是一些“熟面孔”，纷纷跟明望打招呼。

徐是钰拍拍身边的沙发，笑眯眯地打招呼：“许同学，来这边坐。”

听见这话，某人抬起眼皮，眼神淡淡地射向他，拉着许愿在角落里坐下。

徐是钰唉声叹气，引得她的目光转过去。明望说不用理会，她便转头从落地玻璃往下看了一眼。在舞池里摇晃的年轻的男男女女，随着音乐在热烈地释放体内的激情。

明望坐在她旁边陪着她看了一会儿，用手扳着她的脑袋转过来亲了一下。随后他给她介绍了在座认识的人，许愿大方地笑着跟他们寒暄。

陆续有人进来，她突然想起了陈茜茜，转头凑到明望耳边说：“把茜茜叫过来吧？”

“随你。”他搂着她回道。她便打了个电话给陈茜茜。

陈茜茜当然愿意来了，她现在正缺这一块的资源呢。

许愿让她进来的时候报明望的名字，自会有夜场服务员带着她过来。陈茜茜欢呼一声后挂断电话，打扮自己去了。

室内的气氛逐渐热闹起来，有人拿明望和许愿开玩笑起哄，两个人倒也配合。

室内的女人们见许愿和明望在一起，姿态也很大方和气。她们给明望面子，过来跟她喝酒聊天，还拿了骰子玩起来。

等陈茜茜到的时候，许愿已经喝了不少酒。几个女人玩骰子玩大了，倒不是赌，而是输的那一方喝酒，累计叠加的规则。

周围一群公子哥也加入了进去，场面热火朝天，酒水接连不断地送进来。等陈茜茜一来，明望便将许愿给拉出来，把她塞进去刚好跟徐是钰凑成搭档。

二楼的贵宾厕所里，两个女人正在补妆。其中一个浑身气质清冷，面容也冷淡的长卷发女人正细致地涂着深红色的口红。

“你也不要太伤心了，你看明总现在带着的那个，气质和长相都跟你相似，说不定是在找你的替身呢。”在旁边扑粉的女人说道。

长卷发女人低头将口红盖好，垂眸不语。洗完手，她抬头看了看镜子里的自己，轻声说：“走吧。”

转身时和身后进来洗手间的女人对上正面。两个人都面不改色，各自走各自的方向。倒是刚刚开口说话的那个女人吓了一大跳，尴尬地笑了笑，跟着出去了。

李雨雨出去后正要往前走，忽然停下脚步偏头看去。她身后的人也停下脚步，待看清人后识趣地跑开了。

明望无聊地靠墙等着，片刻后抬头看向身边还站着的女人。只一眼他就收回了目光，从烟盒里抽了支烟出来。他正要摁打火机的时候，烟头前来了一束火光。

女人摁着打火机凑近烟头，明望便停下手上的动作，吸了一口。烟头亮起，香烟点燃，同时也燃起了女人内心的火花。

“明望，”她开口，“我们和好吧。”

他抽烟的动作顿了一瞬，偏头看她，嗤笑一声：“都分了这么久了，有意思吗你？”

“你是不是怪我那个时候一直在外面不回来？”她急忙解释，“那个时候我的事业正处在上升期，忙通告又忙拍摄，一时疏忽了你……”

“我又不在意。”明望打断她，随后站直身子，咬着烟的下巴往厕所那边偏了偏，“别来打扰我们了，好聚好散。”

李雨雨的眼眶都红了，固执地反驳道：“那你为什么要找替身？”

明望：“啊？”这是什么鬼话？

李雨雨指着洗手间，语气里带着点崩溃道：“她难道不是我的替身吗？一样清清冷冷的气质，桃花眼，一副爱理不理的样子。”

明望都把烟从嘴里拿出来了，她还在说：“当初你不也是说最喜欢我这个样子的吗？”

他“啧”了一声，不得不打断她：“那你知道我认识她多久了吗？”

李雨雨红着眼眶看他。他将烟灰弹了弹，语气沉沉：“我们认识十一年了。”

“要真是替身……”他玩味地看着她，“谁是还不一定呢？”

李雨雨睁大眼睛，才不至于让泪珠滚落，明望说的话对她的冲击有点大。

几秒钟后，她踩着高跟鞋快速地离开。因为洗手间门口的半米处，有个女人正双手环胸在听，她丢不起这个脸。

见人走了，明望便将烟掐灭，冷哼了一句：“莫名其妙。”

许愿仰头，又抬手顺了顺头发，脑海里是他的那句——“我们认识十一年了。”

原来他记得时间，认识十一年，分别八年。走过几许春夏秋冬，漫长岁月里，在不曾见面的日子里，她在心里放了他八年。偶尔想念，偶尔深爱，也偶尔心酸。

唯一不曾放下，也放不下，像是长成身体的一部分。如今她可以将他捧在手心里，好好地爱着。

她走了出去。明望见她出来，走过去问：“还行吧？”

许愿靠在他怀里道：“估计不太行。”

男人笑出声，没忍住抱着她亲了一下，随后搂着她的腰往外走：“那我们回去吧。”

“茜茜怎么办？”她仰头问。

“我已经托徐是钰照顾她了。”

许愿这才放下心来。

从夜场出来，耳边清静了不少。月上枝头，银白色月光照着沉睡的城市，四周十分安静。

明望搂着许愿进了车里，又给她系好安全带。他坐到驾驶座上后打开空调，再拿出两瓶水，递给她一瓶。

许愿坐起来一些，水瓶没拿住掉了下去，她转头无辜地看着明望。他无奈一笑，将盖子拧开，喂她喝了几口水。见她不喝了，他才一口气全喝完。

许愿安静地靠着椅背，看着他喝水。明望喝完水，眉头舒展，扭头见她看着自己，抬手蹭了蹭她的脸颊，低声问："这么看着我做什么？"

"明望。"她歪头看着他，眸子里晕染着淡淡的妩媚。

"嗯？"

"开心。"

她这话说得没头没尾，但明望还是笑了。夜里没什么车，明望把车开得飞快，才半个小时不到就回到了高档小区。

第二天清晨，许愿先睁眼，偏头往旁边看去。他还在熟睡，俊颜安静又温柔，还很乖巧。

几十分钟后，她强忍着腰酸背痛起身。被子被带起来，身边人身上盖着的被子自然也被拉了下来。

昨晚的场景一帧帧从脑海里滑过。她轻轻笑了，给他盖好被子后进了卫生间。

洗漱完毕后，门口出现一个人影。

"醒得挺早的。"他刚起来，声音有些喑哑。

"早。"许愿将头发吹干，放下吹风机。

明望在她旁边洗漱，她便靠着洗漱台的一角，安静地看着他。他洗漱完后一把抱住她，压在洗漱台上调侃道："可以啊许小愿。"

许愿偏过头去不看他，脸颊是淡淡的粉红色。

他低头："我得讨回来一些。"吻随即落下，两个人身上的睡袍一点没乱。

她再醒来时已是太阳高升，一缕日光透过窗帘的缝隙落下来。

她的身边已经没人了，起身洗漱一番后，就到换衣间找了条裙子穿上。

她出了卧室，发现客厅里也安安静静的。她拿起手机一看，已经快中午十一点了。手机里有他发的消息：早餐在桌上，起来得早就喝点粥，起来得晚了就吃保温箱里的饭菜。

许愿先去厨房倒了杯水喝，然后走到保温箱旁打开箱门。里面有一盏昏黄的小灯照着，两素一荤，色泽漂亮。她将菜端出来，旁边的电饭煲里有白米饭。摆好饭菜后，她拍了张照发给明望，随后便吃起饭来。

下午张勇就把合同给她送来了，她签好后，张勇给她留了一份，带走了另一份。

接下来，就是等着那家培训机构搬走了。

日子一天天过去，许愿的仪器设备也陆续从滨市寄了过来。她都先放在陈茜茜那里，偶尔有时间就去培训机构那边转一下。

九月来临的时候，培训机构全部搬完，许愿就开始忙店子的事。店面装修的工人都是明望给她安排的。

美诺总部派了两位店面扶持大使过来，对店面的设计装修给出独特的参考，以及资金、材料上的支持。

这一忙起来，她就在离得近的楼湖别墅住下了。比起以前几天才能见一面睡一觉的日子，她忙起来后倒是能天天跟明望见面了。

明望见她确实是忙，偶尔能帮得上忙的地方也会帮帮忙，下了班还充当司机接送她，过起了见得到摸得到却吃不到的生活。他实在是想了就会缠着她，她总是很快就睡着了。

这样的日子一直持续到十月来临。

楼湖广场的美容养生会所正式装修完毕，陈茜茜从望江的店里调了一批美容师和技师过来帮她。

这些美容师大多都是家在这边，自动申请过来的。并且在这一批美容师中，林晓的数额也是刚好够店长级别了，于是许愿就提拔了她当楼湖会所的店长。

仪器、美容床、产品、美容师都到位后，楼湖养生会所便正式开张了。陈茜茜和江北的小赵也过来帮她。

新店开张，优惠、打折、新顾客体验等一系列活动也跟着搞了起来。好多江北楼湖区的顾客都转到了这边，也吸引了更多新顾客进店体验。

她这一忙就忙到了月底，明望是彻彻底底一个月没碰到她。

林嫂很捧许愿的场，听说她开店忙得很，就每天开着小甲壳虫给她送饭。许母更是不甘落后，天天带新朋友到店里体验开卡，然后就等着许愿下班，一起回老城区。

十一月时，会所开始慢慢走上正轨，陆续有新的美容师和代理商加入，林晓也把店内事务安排得合理又妥当。

许愿基本不用操心店里的事，她就负责新代理商的知识培训，产品、仪器的更新换代，以及店内美容师们的奖金发放等。

许母也学会了骑电动车，许愿干脆给她买了一辆，让她出行方便了不少。

难得有一天店里没什么大事，许愿早早地下了班，回了楼湖别墅。可刚进大门，她就和院子里的一个老爷子对上了视线。

凌厉的压迫感瞬间传来，老爷子一身威严的气势，转眼便压了下来。许愿稳住心脏，直往后退道：“不好意思，走错了。”

“站着。”老人的话里透着不容拒绝的压迫感。

许愿不得不停下脚步。

老爷子把手背在身后，一步步走过来，雄鹰一般锋利的眼风扫过她周身，气氛瞬间沉到极点，她连气都像是快要透不过来了。

几秒后，身后一股温热贴近，一双大手握住她的肩膀，她被人搂进怀里。

“爷爷。”一个低沉的声音在身后响起，打破了这股强压。

明老爷子停下脚步，看着明望护着她的姿态，冷哼一声后转身往别墅走去，边走边说：“都给我进来。”

许愿仰头看向明望，他安抚地拍拍她的肩膀道：“没事，一切有我呢。”说完便拉着她走进去。

换了鞋子进到客厅，明老爷子坐在沙发上，将他们的一举一动看在眼里。

林嫂也是大气都不敢出一口，连日常和许愿打招呼都不敢了，只是泡了茶放在几位面前。明老爷子也不说话，端起茶杯慢悠悠地喝着。

许愿心里第一次打起鼓来，手心出了些汗。

明望倒是一副无所谓的样子坐在她旁边，将茶水递给她，手放到桌面下方，在她的腿上无声地轻抚着。

大厅墙壁上的钟表指针一圈一圈地转动着，偌大的客厅里静得一片死寂。

打破这片死寂的是一个西装革履的男人。他走进来给老爷子递了一份资料，随后便安安静静站在老爷子身后，看样子是老爷子的助理。

明老爷子放下手里的茶杯，接过资料翻看着。他翻动纸张发出的声音在寂静的客厅里被无限放大。

几分钟后，明老爷子将手里的资料放下，锋利的双眸扫向许愿。看了几秒后，他转向明望，淡淡地道："分了吧，她给不了你任何帮助。"

明望将茶杯放回茶几上，抬头跟老爷子对视上。

"爷爷难道认为我还需要一个女人才能走得更长远不成？"

"这不是你个人长远不长远的问题，"明老爷子说，"而是关乎家族企业未来的问题。"

他说着看向许愿道："明家以后要走的是另外一条路。她给不了你任何帮助，甚至还会拖你的后腿。"

许愿垂眸不语，男人在她身边淡淡地笑道："既然这样，那我从家族企业退出来不就好了？"

另外两个人同时抬头看他，一个震惊，一个暗藏愤怒。他依旧一副无所谓的样子。

明老爷子相信他做得出来这种事。因为现在他在做的那套新智能系统就不是挂名在明氏集团旗下，而是在他另一家新的叫 K&U 的科技公司名下，那是一家完完全全属于他自己的公司。

明老爷子看向许愿，第一眼见到她，他就知道这是一个拎得清现实的人。如果她继续跟明望在一起的话，明望会面临什么她应当看得清。

许愿当然知道，但她想着，既然明望都不肯放手，那她就更不应该放手了。即使以后还是桥归桥路归路，那也应该是他先放开她的手，她才会游回岸边。

许愿避开了明老爷子的视线。

明老爷子从助理手里拿过一份文件，放到许愿面前，缓缓开口道："这是明氏集团旗下明星大酒店的百分之二的股权。如果你离开他，就每年都能拿到酒店的分红，一千万到两千万不等。"说完他看向许愿，端起茶杯，自得地喝了口茶。

以前明望怎么玩他不管，但这一次，温老亲自来过问，温家小孙女也有意于明望，那么他也就该管管自己这个孙子了。

许愿没看那份文件，觉得这一幕又老套又搞笑，真的特别像电影里演的——拿着这一千万离开我儿子！

她要是没那么爱明望就好了，那她绝对会立马拍手赞成，今后做个不愁吃穿住的小富婆。但是，谁让明望那么好呢？她惦记了这么多年才终于能跟他在一起，这份来之不易或许更价值千金。

她偏头看向他。明望大大方方地将手搭在她的身后抱着她，轻笑着看老爷子。

明老爷子面子上挂不住，两个年轻人战线统一，让他不好下手，冷哼一声后站起来，放了话："我是绝对不会同意她进明家的。"

温家小孙女多好啊，他们又是青梅竹马。那个女娃娃也厉害，在一个好单位里有着很高的职位。两个人要是能合体，那真是强强联合，门当户对。

明望没有去送明老爷子，而是拍了拍怀里人的背脊，搂在怀里道："别听他的，我的人生我还是能做主的。"

许愿信他，但还是问道："你爷爷是不是已经有属意的人选了？"

"南城名门大家哪个不是他属意的？"明望哼笑出声，但心里大概明白，估计就是上次见到的温雅。

爷爷应该是和她见过面了，甚至跟温老都应该已经碰过面了。

他低头看着她："不忙了？"

许愿点点头："不太忙了。"

明望叹息一声："你也就只有不忙的时候才会想起来看我。"

“哪有啊。”许愿的反驳声弱了下去。

吻了一会儿，明望放开她，调侃道：“刚刚怎么不收下那份文件？”

许愿退开一些，睨了他一眼。

他还在笑：“知道你心里有我，那我就原谅你这些天对我的冷淡了。”

听着他说这话，许愿心里又愧疚又温暖，忍不住靠过去，偎依在他怀里紧紧地抱着他。

他却突然坏笑起来：“唉，你说你，刚刚就应该收下那份文件的。咱们表面上不来往，但可以私下来往啊。”他点了点她的脑袋，“又有钱拿，还能继续跟我在一起，到时候你拿一部分资金给我，我帮你理财和投资，几年后你不得资产过亿？”

许愿被他的话逗笑：“那下次你爷爷再找我，我就这样做？”

他打了个响指表示赞同，还夸她聪明。

明老爷子要是听到这话非得气吐血，自家孙子竟然怂恿着外人来坑自家的钱财。

第一次见，属实第一次见。

许愿被他逗得笑起来，明老爷子带来的压迫感，以及之前的低落情绪一扫而空。以后会如何，还是交给未来吧。她攀着他的肩膀，凑上去吻他。可还没亲到，厨房里就响起几声咳嗽声。

她的心一瞬间拧紧，这才想起还有林嫂这个大活人在。她别了别头发要坐回去，却被明望抱住，没让她退回去。

他偏头看了一眼厨房，搂过她的脖颈快速亲了一口，然后就拉着她往餐厅走去。

林嫂见他们到了餐厅，这才将饭菜给摆出来。

吃过晚饭，明望去了书房，他还有事情没处理完。之前听林嫂说老爷子来了别墅，他立马就赶了回来。

许愿则回了卧室接收林晓的工作汇总，最后给陈茜茜也发了一份汇总。这是美诺的规矩，每个周末都要向上级汇报这一周的工作汇总。

忙完工作以后，她拿着明望的衬衫进浴室去洗了个澡。

等她洗完澡出来，卧室里还是没人，看来明望是真的很忙。她到楼下转了一圈，想拿咖啡，又想起他并不常喝，牛奶更是没见他碰过，最后收拾了茶具去他的书房，抬手敲了敲门，“咚咚咚”！

“进来。”一个低沉的嗓音在室内响起，许愿推开门进去。

室内安静又清冷，男人没抬头看她。他戴了一副金丝边框眼镜，坐在黑色办公桌后快速地打着字。

她要进去的脚步停了一瞬，为他这副没见过的模样。

白色衬衫松散地解开两颗纽扣，露出小片锁骨和凸起的喉结。他面容沉静，高挺的鼻梁上架着金丝边框眼镜。桌上放着烟灰缸，里面搭着一支燃着的香烟。

或许是没听到进来人的声音，他停下手中的动作，抬头看向门口。见她这副穿着，男人镜片后的丹凤眼眯了眯：“端的什么？”许是夜晚办公的原因，此时的他语气低沉又勾人。

许愿端着茶具走过去，在桌上放下，提起小茶壶按着泡茶的流程给他倒了杯茶。

明望接过喝了一口，手搂着她坐在怀里，将茶水一饮而尽后放下茶杯。他没讲话，只是搂着她靠回办公椅，再把烟拿起来吸了一口。他整个人姿态慵懒下来，另一只手摩挲着她白皙光滑的腿。

两个人都没说话，安静地相拥。

几分钟后，明望在烟灰缸里摁灭了烟，拍了拍她的腰，声音低哑：“回卧室去等我。”

许愿站起来，多看了他几眼，低头捧着他的脸亲了一口便出去了。炙热的视线一直跟着她，直到被门挡了回来。

明望伸手揉了揉太阳穴，看了一眼电脑，将办公椅滑到桌前，加快了工作进度。

第十二章

南城夜雨

进入十一月后，南城开始降温了。吃着晚饭，明望忽然问她："这段时间空得出来吗？"

许愿先点头，再问他怎么了。明望说他和徐是钰合作的温泉度假酒店搞好了，这几天打算过去巡查一番，想带她出去玩一玩。

许愿想起当初调侃的"金矿"，轻笑着在心中暗忖，就算再忙也要空出时间来啊。

温泉度假酒店在南城外三十多公里处的山上，环抱整个山头，形成一座度假村酒店。规格当然也是五星级的，毕竟明氏集团旗下的酒店都是五星级的。

并且酒店属于半智能化，是他新 K&U 科技公司研发出来的 AI 智能系统。订房什么的全是在机器上进行操作，大厅里还有可爱的小机器人进进出出欢迎客人。

她和明望住的是五星级酒店顶层的总统套房，打开落地窗，外面就是满山枫叶泛着秋色，景色宜人。酒店建在山崖上，阳台又是玻璃构造的，踩在上面总有种要落崖的刺激感。

顶层海拔高，山风吹来，带着一股凉意。明望没让她在外面多玩，拉着她下楼去吃饭。

让许愿没想到的是，会在度假村的餐厅里见到陈茜茜。临出发前许愿还约过她，可她打听完去的人后立马龟缩起来，说身体不舒服不想去了。

陈茜茜看见许愿，眼睛一亮，忙不迭地跑过来抱着她的胳膊，就像是自己身后有狼在追一样。

她这次没那么有眼力见了，全程扒着许愿，走哪儿跟哪儿，连吃的东西都是一样的。以至于明望不止一次地将带有杀意的眼神扫向旁边无奈抽烟的男人。

吃完晚饭，徐是钰总算把陈茜茜给拉走了。人是他带来的，不带走的话保不齐明望能让他变成穷光蛋。

“茜茜不会有事吧？”许愿看着两个人拉扯扭打的背影，有一点点担心。

“能有什么事？”明望笑了笑，搂着她往电梯里走，“老徐又不是什么十恶不赦的人。”

这倒也是。再说就陈茜茜这个人吧，要是她真不想来，撬地球的杆子都撬不动她。

他们也回了顶层。两个人刚在门口亲热上，明望就被人叫走了。临走前，明望将私人贵宾卡塞给了她。

有了这张卡，温泉酒店内的所有汤池和场地她都可以随意参观和使用，是酒店股东才有的待遇。

她坐在沙发上翻看着酒店的宣传名册，酒店后方就是巨大的温泉汤池，还有斜坡式的草地。酒店会建在这里，很大一部分原因也是因为这里的天然温泉。

许愿拿着名册到了阳台，靠着玻璃护栏往酒店后方眺望。

果然看见一片热气腾腾的温泉正对着后面的高山，此时是满山火红的枫林。看着此景，她忍不住掏出手机给陈茜茜打了个电话，两个人约好一会儿去泡温泉。

挂断电话后，许愿将泳衣翻出来，是淡青色的碎花裙装，换上后又披上浴袍，到另一个楼层等着。

陈茜茜没一会儿也出来了，两个人进了温泉专用电梯。许愿的卡放在袋子的最下方，得翻找一下。她正要拿出来，只听“嘀”的一声，电梯门缓缓关上。她看向刷了卡正收回手的陈茜茜，默默放下手中的卡。

轿厢内四方都是亮堂到清晰照映的厢壁，将沉默的两个人照得更加安静。

陈茜茜几次想开口，最终还是说不出来。

进了温泉大厅，戴着粉色发夹的白色机器人滑过来，一个奶声奶气的声音响起：“欢迎光临，两位漂亮的姐姐，请选择想要的汤池。”机器人的奶音拖得长长的，电子屏幕上展示着各种温泉。

两个人被逗笑，陈茜茜按捺不住，逗了一会儿机器人。等她停下来，许愿已经看了好几种温泉，问她：“想去哪个？”

陈茜茜凑过来看了片刻，提议道：“去玫瑰汤池？”

许愿点头，手指点在玫瑰汤池上，屏幕自动跳转页面。陈茜茜拿出卡要刷两人次的，没想到下一刻，一张黑金卡伸了过来。

两个人同时对视，不约而同地笑了起来。各自刷完卡后，机器人就带着她们进去了。

玫瑰汤池属于小型私人汤池，类似于包间一样，中间有竹制的隔层围起来，仅仅露出的一面刚好是面对着满山火红的枫叶山林。两个人对汤池的位置都很满意，机器人放下东西后就退了出去。

汤池十分安静，泉水散发着热气，池边由鹅卵石铺垫而成，四周还有用花瓶插着的玫瑰花。两个人将浴袍脱下来搭在旁边的衣架上，依次进了汤池。

或许是舒服温暖的温泉使人神经放松下来，陈茜茜闭着眼靠在池边的白玉上，突然开了口：“愿愿你跟徐家三少爷熟悉吗？”

许愿扭头看她，也学着她的样子靠在白玉上：“徐是钰徐总吗？”

“嗯。”

没等许愿回答，她紧接着又问了一句：“他是个什么样的人？”

“不是太熟悉，见过几次面，好像是跟明望一起做事的。”许愿只能这么回答，她确实跟徐是钰不熟。

“还是明望好。”陈茜茜突然感叹，“都是熟人，知根知底的，即使一见面就滚到床上去都不带怕的。”

许愿沉默了一会儿。

“意思是你跟徐总……”她说着拿手比了个动作，“什么时候的事情？”

“就那晚，你打电话叫我过去那晚。”陈茜茜说着脑袋就往水里沉，“好烦啊，后来他几乎每天都去我店里，还要我专门招待。”

许愿瞅她，迟疑地道：“这不是挺好的吗？你不是一直想钓个大佬来着。”

“那也不是这种啊，什么都不清不楚，刚见一面都不认识就滚床单的。”

“那不是更好，不认识就没负担，你担心什么？”

哪想陈茜茜挺严肃地道：“怕他有病！”

许愿没忍住，不厚道地笑出声。

“真的。”陈茜茜有些着急，“我后来打听了一下，全是桃花满天的消息。这种夜夜笙歌的人，女友大多是一个月一换。”

“这不挺正常的吗？”许愿说，“他们有资本，皮相又招人喜欢，多的是前赴后继的人。明望还不是一样。”

“可我感觉徐是钰跟明望不一样，总感觉这个徐总脑子有病。”

“再说了。”陈茜茜转向许愿，“至少我在南城这么多年，也算是看着明望一步步将企业做大做强，他身边就很少有这类传闻，也就两年前……”她说着住了嘴，也不知道许愿知不知道这件事。

“我知道。”许愿笑了笑，将两次遇上那个小明星的事跟她说了。

陈茜茜这才松了口气，说道：“你知道就好。”她叹了口气，又继续说，“希望你跟明望好好的。我嘛，就随缘了。”

许愿对她的事不好做什么评价，只将这件事放在心里，打算晚上问一问明望。

她们只泡了半个小时就起来了，泡温泉时间长了也不好。出了汤池路过按摩室，两个人手拉着手进去做了个桑拿。

“还别说，虽然这个人感觉是有点问题，但跟在他身后是真享福。”陈茜茜趴在美容床上哼哼唧唧。

许愿笑了笑，闭上眼睛。片刻后，陈茜茜又开口：“对了，前几天去滨市开会，我总感觉不太对劲。”

“怎么了？”许愿问。

“芸芸姐不是说过，九月开始我们美诺就全权由王董事的儿子小王总来接管了嘛，但我总感觉这个小王总行事过于诡异了。”

“怎么个诡异法？”这下许愿睁开了眼睛。

“我悄悄跟你透露一点吧。”陈茜茜让两个美容师出去，小声说，“他让我们渗透式搞营销，以夸张的宣传方式推销产品。”

“这不挺正常的吗？”许愿说，“现在哪一行不这样干？”

“不一样的。你忘了我们的产品主打就是保健类，所以他说的渗透式是想以保健代替药品……”

她这么一说，许愿瞬间就明白了。

在国内，所有保健类产品不能代替药品，更不能以夸张的话术来宣传保健品的治疗效果，这属于欺诈行为销售，是违法行为。他要是这么搞，美诺的营销方式就彻底变了，也就是触犯了法律。

“这小王总是怎么想的？”她看向陈茜茜，“董事们也不驳回吗？”

陈茜茜叹了口气道：“没有董事回应。小王总一直在国外生活，对国内的市场不了解，偏他又是个听不进劝的。然后这套推销方式在滨市实验的时候，确确实实是快速地将一些积压产品给卖了出去。”

许愿沉默不语，这样做产品是能在第一时间快速销售完，也能快速回笼资金。但这样疾风暴雨的推销方式，后果一旦爆发，那美诺绝对完蛋。

她这才刚投资进去，店面也才刚开起来，可不想就这样折进去了。

“现在这套方案已经在滨市一带的华北地区和华东地区强制实行了。而我们这边被芸芸姐给挡了回去，说是刚开发的市场，小王总倒也没强求。”

“这么快？”许愿侧目。

陈茜茜叹气：“华南地区之所以没有风声，是芸芸姐将一切都压了下来。”她叮嘱道，“你也不要说出去，并且再拿产品时，千万不要最新的那批，尽量要旧货。”

许愿看向她问道：“新产品也有问题？”

陈茜茜摇头道：“这我就不清楚了，但新产品全权由小王总团队的人在生产研发。他这个人我不太相信，还是用旧产品好。”

一场谈话结束，两个人心里都压了些东西，沉甸甸的。导致许愿晚上回到房间，也就忘了帮陈茜茜问问徐是钰为人如何的事了。

第二天，明望上午有事，吃过早餐就走了。许愿和陈茜茜凑在一起，讨论了几套能保留自身的方案。

许愿的建议是店里减少使用美诺的产品，另外寻找新的合作品牌。但店里那么多的代理商和美容师，引新产品进店，她们会不理解，怕一不小心就捅到上层去。

为保险起见，还是得先跟王芸芸商量好，由她来压下来，这样她们才好在下面偷梁换柱。还好当初王芸芸开拓华南市场时，就要求以实体美容养生店面为主，而不是一味地推销产品。

这件事她们也只是提前打探好，在小王总还没把苗头瞄准华南或是南城时，留下一条后路。

温泉酒店是他们来这里后的第三天正式对外营业的。早上的开业仪式明望没上台，而是坐在下面观礼，是徐是钰上台去致辞剪彩的。

笔挺的身形，一身干净利落的淡青色西装，黑色衬衫显得他神秘又性感。明明像是高不可攀的大佬，却又平易近人，对谁都是一副笑眯眯的样子。

因为知道了他和陈茜茜的事，许愿多看了他几眼，随后把头转到旁边的陈茜茜身上。陈茜茜穿着粉色小西装，罕见地盯着前方在发呆。

徐是钰这具有欺骗性的外表着实能迷惑人眼。

“好看吗？”耳边传来一个意味不明的声音。

许愿回神，转头看向旁边的男人。他穿的灰色西装，里面也是藏青色衬衫，领带还是早上她给他打的。此时男人眼里暗沉一片，定定地注视着她。

许愿摇头，注视着他的眼睛，眼中带着淡淡的笑意，跟他悄声调侃：“你最好看。”

大腿上压下来重重的一道力，似带着不满。她伸手握住他的手抚摸着。

下午，酒店经理和另一位董事过来约明望他们一起去泡温泉。

这次他们没有去贵宾专用区，而是去了开放区。一行人五男五女，像普通游客一样领了号码牌由机器人带着进去。

绕过假山流水，温泉大厅里已经有许多游客在享受了。大厅是半开放式的，靠山的那一边是露天，进去的这一边是室内，还有三三两两的游客穿着泳衣在室内走动。

女人换衣服都慢，进了更衣间半天都出不来。男人们换好了衣服便先进汤池里泡着，偶尔吹吹牛聊聊天，顺便听一听游客们的反馈。

两位经理的女伴最先换好泳衣出去，一路上遇到不少对着她们吹口哨的顽劣男人。等她们进了温泉靠过去时，明望起身，拿过一旁的浴巾披上，没说什么就走了。

徐是钰挑眉，看了一眼走远的身影，后知后觉地看向某位经理的女伴，被瞪了一眼。几个男人对视一眼后心里都明白，笑呵呵地相互打趣，唤来机器人换了一个汤池。

许愿换好泳衣从女更衣室出来，迎面便看见明望披着白色浴巾坐在女更衣室外的休息区，他面前是打着领带的白色机器人。

她走过去，到了近前才看清明望是在换汤池，他要换成贵宾汤池。看见她过来，明望让她进更衣室去拿上衣服。他将浴巾抖开披在她的身上，拉着她换了场地。

中途他问她喜欢什么样的汤池，许愿没什么好的选择，就说看看。

一路走过各种花池、鱼疗池、中草药池，最终她说要原生态的，两个人便去了最后面的汤池。

跟昨天的一样，这个包间式的汤池是用实木隔开的，入口处是一扇仿古木质门。原生态的温泉水是淡淡的黄色，带了点薄薄的土石和硫黄的味道，但多泡一泡确实对人有好处。

两个人各自放好浴巾，就进汤池里泡着，看雾气腾腾的淡黄色的水没过胸口。许愿把头发绑了起来，发尾一小截翘着，头上扎着一朵黄白色的鸡蛋花，衬得脸蛋和皮肤白里透红。

明望看着她，缓缓坐过去，手闲不住拨弄了一下。许愿轻轻一笑，他的大手环过白皙的肩头，随意地搭着。两个人安静地靠着，任由温泉水涤荡全身，放松神经。

“喜欢这里吗？”明望问。

“喜欢。”

“以后隔一段时间来泡上一次，尤其入了冬，多过来泡泡。”

“好。”许愿头偏过去靠在他的身上，表示赞同。

温泉不能泡太久，二十分钟后，两个人出了汤池，在池边的躺椅上躺下。

“饿不饿？”明望拧开一瓶水递给她，挤在她身边躺了下来。

“有点。”她扬起下巴喝水。

旁边人的视线一直在她身上，她奇怪地瞥了他一眼便不再理会。

喝下半瓶后，她拧好盖子放在旁边，扭头看向身边的人。两个人滚烫的视线对上，噼里啪啦冒起火星。

一转眼太阳就从山头落了下去，温泉周围渐渐暗下去，直至看不清对面山林的颜色。

他们没回楼上的酒店，歇够后就在汤池换了衣服上去吃饭。

餐厅在酒店二楼，除了自助餐，还有各式各样单独的小店。两个人一家一家地看过去，最后选了一家西餐厅。

两个人吃饱喝足回到顶楼，进去后许愿屁股还没坐热就被陈茜茜喊过去，要跟王芸芸开视频会议。

徐是钰不在房间里，就陈茜茜一个人，两个人在客厅的地毯上坐下，跟王芸芸开了视频。王芸芸也没瞒着她们，将这段时间滨市总部的一次次动荡都告诉了她们。

原来自八月份开始，王董事的身体就查出了各种病症，转到了国外去就医，公司所有的业务均由她的儿子小王总来接手。

这也是美诺唯一不好的一种制度——世袭制度。也就是说，现在的小王总在美诺有绝对的话语权和行使权。

小王总接受的是国外的教育，又是在国外长大，是个急功近利的人，所以才会有接手美诺后一系列的偏激管理。

许愿向王芸芸提出了她的建议，王芸芸也同意这样干。能保一样是一样，分割式做法到时候至少能保住店面。确定好方案可实行后，她们的心里才轻松了不少。

从陈茜茜的房间出来，许愿回了自己的房间。明望坐在电脑前处理事情，手指在键盘上敲得飞快。

他似乎已经洗过澡了，披着一身白色睡袍。她也就没打扰他，进了浴室去洗澡，温泉水长时间留在身上不好。

等她洗好澡出来后，明望已经不在电脑前了。她扫了一圈，在淡色窗帘边的钢琴凳子上看见了他。

他姿态懒散，额前有碎发垂落，看着像是乖巧安静的少年郎，一点也没有白天时的气场和成熟男人的风度。他在少年和成熟男人之间切换自如。

目光撞上后，明望忽然说："给你弹首曲子吧。"

"好。"许愿在旁边落座，期待地看着他。他轻笑出声，修长的手指点在黑白琴键上，一段优美柔和的旋律响起。

旋律不长，淡淡的忧伤传来之际，明望缓缓收了尾音，随后停止。室内安静下来，两厢对望，许愿说："《月光奏鸣曲》第一乐章。"

"嗯。"明望笑了。

"你以前弹过一次，很好听。"这是许愿第一次提起两个人年少时的事。

明望从凳子上站起来，拉着她回卧室，边走边说："是，在高三的一次晚会上。"他回头看她，心里很高兴，继续道，"没想到你记得。"

怎么可能不记得？关于他的一切，每一次都是一段浓重的回忆。

这是她唯一记住的一首著名乐曲。

那天晚上回去以后，回荡在耳边的音乐整晚都折磨着她，抓心挠肺想知道乐曲的名称，以至于一整晚都没睡着。

第二天，她顶着漆黑的眼圈跑去学校，发现有许多跟她一样睡不着的女生。不过一节课的工夫，乐曲的名称和乐谱就在班里流传开来。

那时很少有人用手机，她们三个女生里也就陈茜茜有一部，被许愿哄着到网吧将音乐下载进去。

她听了这么多年依旧喜欢，旋律一响起她就知道了。所以，怎么能不记得呢？

许愿从他身边爬上床，盖好被子，静静地看着他。明望也上床躺下，搂着她聊天，扯七扯八想打听以前她对自己的印象。但许愿一谈到关于他的事情上，就转了话题说起其他事来。

明望暗道，果然是不怎么关注他的，她记忆里跟他沾边的事真的太少了。要不是他在晚会上弹钢琴的影响力太大，她估计怕是都记不得他这个人了。

他偏头看向她，许是有些累，她已在昏暗的灯光下睡了过去。

他伸手捏捏她的脸颊，这是他很早以前就想上手做的事。没有肉乎乎的感觉了，比起那次抬她下巴时的软绵，少了很多肉。

他捏着往里挤了挤，嘴巴嘟起来，红润的桃心倒是还和以前一样。他低头亲上，将年少时不敢做的动作做了个遍。

许愿哼哼了几声，闭着眼不耐烦地隔开他，翻了个身。明望笑了笑，关了灯搂着她睡去。

第二天清晨，他们早早地回了市里。许愿有许久没见到母亲了，便让明望在老城区将她放下，她要回一趟家。

刚进小区，就看到大大的横幅挂在上方，让住户赶紧搬迁，老小区要拆迁重建了。许愿心里涌起一阵不太好的预感。

回家后问起母亲这件事，许母倒是一点也不担心。

“着什么急，这才开始扯皮呢。有些钉子户肯定得狠狠讹一笔才甘心搬走，一来二去的没个半年扯不清楚。”

听到这样的话，许愿也就放心了。到时候资金回笼一部分，可以先将房子的首付给付了，也好有个落脚的地方。

天气一天天转冷，日子照常过，生意也照常做着。

许愿和陈茜茜找到了一款国产的护肤品牌，经过几次实验感觉效果还不错，也就渐渐往店内引进了。店里也取消了更多的疗养手法和技艺，主攻美容护肤这一块。

许愿的店刚做起来，大部分顾客都是美容护肤类的，大型的推背按摩、针灸之类通通往陈茜茜那边迁移。而陈茜茜也在大量减少这些项目的推销。

忙起来以后，许愿偶尔会回家陪母亲住一晚，更多的时候都住在离店近一点的楼湖别墅里。

转眼就到了十二月份，气温大降。

南城是江南水乡，几年都见不到一场大雪。偶尔开玩笑似的飞几片雪花，这一年也算是下雪了。

某天店里来了一位雍容华贵的老太太，旁边还跟着一个妇人。她们进来巡视了一圈，身上带着威压，美容师招待不来，林晓便过来亲自招待。

但老太太不理人，只问店里的负责人。林晓刚说自己就是这儿的店长，老太太锋利的眼神就扫了过来，再次强调要见负责人。在不得已的情况下，林晓赶紧给许愿打了个电话。

彼时许愿正在机场送明望。他在加州的项目出了点问题，不得不亲自过去解决。她接了电话以后，明望问她怎么了。许愿摇头笑笑，只说遇上了一个难缠的顾客，没说其他的。

她又转了话题："可惜马上就是元旦了。"

明望笑了，给她裹好围巾道："我尽快回来陪你跨年。"

她在安检通道前拉住他的手，有些不舍地说："等你回来。"将他送上飞机后，许愿立马赶了回去。

前前后后花了一个多小时，她本以为那位顾客已经走了，哪想她回到店里的时候人还在贵宾室里等着。

整理好自己的仪容仪表后，她微微笑着进去致歉，但老太太只是严肃地看着她。上上下下将她打量完后，语气淡淡地说要去她的办公室坐坐。

虽然这个提议很怪，却也没有拒绝的道理，许愿便带着她们去到办公室。

老太太不怎么说话，倒是她旁边的妇人一直在不着痕迹地打探她的个人情况。听到她的学历只是自考本科，老太太眼里露出些许不满，却也按捺着。

许愿进了办公室后便让她们在沙发上坐下，又倒了两杯水放在茶几上。从刚刚的对话来猜，她大概已经知道眼前两个人的身份了。

来者不善。但她也不懦弱退缩，该怎么招待还是怎么招待。

十一点时，妇人才停止对许愿的各种询问。除去身世和学历，靠自身创业的事让老太太将心中的不满压下去了些许。

许愿正要开口提议去外面吃个饭，办公室的大门再一次打开，许母提着饭盒风风火火地走了进来。

“愿愿，该吃饭了！”她人没到声音先到。

几个人抬头看去。许母进来的脚步顿了顿，笑呵呵地打了招呼，然后在茶几上摆好饭菜。老太太要走的脚步顿住，扭头看向茶几上的几样菜品：“木槿排骨汤？”

“对啊。”许母笑着回，“乡下特有的野木槿花，味道独特，老太太喝过？”

许愿拉了拉母亲的衣角，人家富贵大家，什么菜没吃过？倒是老太太愣了一瞬，开口回答：“很久没喝了，只是小时候母亲常常会炖给我们喝。”她看着汤盅，神色中带了一丝向往。

旁边的妇人开口：“妈，想吃什么回去让王妈弄。”

许母愣了一下，热情地招呼她们道：“不介意的话一起吃啊，我弄得也多。”

老太太倒是不客气，又在茶几上坐下。妇人神色尴尬了一会儿，跟许母说了声“打扰了”。许母笑呵呵地指挥许愿去楼下买几个一次性饭碗。

许愿多看了她们几眼，因为有许母在，倒没有了之前那种威严的氛围。她下楼去买了碗，还多带了几份菜上来，几个人在办公室吃了一顿午饭。

临走前许母还说让她们有时间再来这里，她将家里的干木槿花分一些给她们。老太太笑着瞥了许愿一眼，说让她直接带来就行。

许母没搞懂，许愿却是眼皮子一跳，趁着许母收拾残羹时送老太太下楼。

楼下停着一辆黑色奥迪，司机下来打开后座车门。老太太临上车前停下脚步，转身问道：“你应该知道我是谁了吧？”

许愿点点头。

“虽然吃了你母亲这顿饭，但我依旧不同意你和我大孙子在一起。”

许愿愣了一下，无所谓地笑了笑：“我知道。”

老太太还要说什么，见她这个样子，便没再说什么，上车走了。劝人离这种事她干着也挺羞耻的，但是明家和普通人家不一样，只好辜负这个小丫头了。

这件事许愿没跟明望讲起，两个人有着时差，联系也只是留言。

许愿是没跟他提过，但明望还是在一个星期后知道了这件事。他的留言带了些情绪在里面，问她为什么不第一时间告诉自己。

许愿回他说没有必要，没必要为了这点小事去烦远在千里之外的他，让他徒增烦恼。

可在大洋彼岸的明望从几个字里理解出了另一层意思。没必要，这种不在意的态度，让他感觉什么都淡了下来，连在高奢店挑礼物都没心情了。

在词不达意和沟通少的情况下，两个人的联系渐渐也淡了。

而许愿只以为他的事情很棘手，便乖巧地不再打扰他，专心忙店里的事。她也就更不知道大洋彼岸的人在深夜为了等一条信息等得咬牙切齿了。

十二月份中旬，就在陈茜茜和许愿都放松下来的时候，美诺的产品问题爆发了。

真有人在他们的宣传方式下相信了美诺，生病不去医院，反而坚信美诺的保健疗法，致使病人没能在第一时间得到很好的治疗，本来不重的病硬是拖成了晚期的不治之症。

病人家属第一时间追悔莫及，到美诺总部大闹。小王总直接让人用钱给打发了，一副毫不在意的态度。

哪想家属前脚拿到钱后脚就找记者来揭发，找网上的百万粉丝大V曝光。国内网络传播速度快得打了小王总一个措手不及，越来越多的网友开始关注这件事，事件逐渐扩大，引起了上层的关注。

市场监管局对美诺进行了产品检测，工商相关记者暗中走访了美诺的顾客。负责人一个个被约谈，对推销方式进行了谈话，认为有洗脑话术在里面，强制要求整改，并处以重额罚款处罚。

本以为罚款整改，美诺的风波就该过去了。

就在这时，忽然又爆出美诺新一批的保健品里查出伪劣掺假的化学药品，经检测含有大量违规致癌成分。事件严重且恶劣，几个相关部门着重严查美诺。

总公司第一时间被迫停止生产，并被地方检察院以危害人民生命健康为由起诉。公司主要负责人在第一时间被逮捕，其他负责人也一一被送上警车。

一时之间，全国各地美诺相关行业被勒令停止营业，所有的店面负责人也在第一时间进了警察局。

美诺第一次上热搜居然是以这种方式，引发一片唏嘘，网友们以前有多捧美诺，现在骂得就有多凶。各大加盟商和代理商纷纷退股，甚至反咬美诺，吵得不可开交。

南城三家店面涉及影响不是太大，滨市产品问题爆发的时候王芸芸就力保南城，提供了南城一系列最新的进货单据。

对于整个华南地区来说，调查力度也没有其他几个区的力度大。更何况南城店面也少，暂时是平静的。却也只是风雨欲来前的短暂平静，所有人心里都清楚。

大多数美容师和代理商也只能自认倒霉。个别想闹的，许愿和陈茜茜塞了对等的产品让她们拿回去。

不然还能怎么办？哪个不是受害人？特殊时期，谁都怕。

这件事许愿还是憋着，没跟明望讲，两个人已经四五天没留言了。她屡次拿起手机，信息总是没发出去，就好像自己有事了才想起他一样。而她也不想让他看到自己忙忙碌碌却一败涂地的样子。

但她不知道的是，明望一直都在关注国内的消息。看到美诺出事后，他第一时间就让张勇联系了公司的法务和公关，一切都为她准备好了。可几天过去，人家一条信息都没发来。一次又一次，她总是在忽略他。

她或许对他动过心，却不及他爱她。

某天半夜，国内的中午，明望没忍住给她打了个电话，语气里带了些不悦。

许愿正忙得焦头烂额，也没了心情。两个人闹得不欢而散。

明望手搭在办公桌上，手机丢在桌上，身子往后靠着办公椅，烟一支接一支地抽。

办公室内一片烟雾缭绕，张勇进来的时候被呛了几声，还没开口就被明望打断：“将所有还剩下的项目精简，今晚加班。”

张勇的脸垮掉，嘴里发苦，这已经是第四天忙到深夜了。老板不把自己当人，可他们还是人啊！

可一想到国内的事，他也无话可说。

和明望冷战后，许愿便开始失眠。

压在头上的风雨欲来像一把大刀一样悬在头顶，焦虑使她整夜睁眼到天亮，偶尔睡着了也只有几十分钟就会惊醒。

夜晚的焦虑和崩溃也只是在夜晚，到了白天她要收拾好所有情绪，仰起头来迎接未知。

圣诞这天，她开车去店里的路上，在楼湖商业广场前遇见了明月。她正想打招呼，就看到了跟她挽着手的女人，是那个当初有过一面之缘，一身涵养大气的女人。她的另一只手还挽着明老太太，几个人欢声笑语地进了商场。

许愿将车停好以后，没忍住远远地跟了上去，看到几个人进了一家咖啡馆。咖啡馆里绿植很多，几乎一个卡座后就是一棵绿植。她进去后坐在她们后面，要了杯咖啡，安静地坐着。

几分钟后，去上厕所的明月和温雅回来了。明老太太笑着将买的礼物递给温雅：“这些你先拿着，等年后成了明家媳妇，喜欢什么尽管跟我那孙子说就行。”

“谢谢奶奶。”温雅的声音里透着欢快。

“谢什么？都是一家人了。”老太太笑道。

明月没怎么说话，瞅了瞅礼物，端起咖啡喝着。

许愿手里的咖啡凉了又凉，她想起了和明望的不欢而散，以及近段时间的冷战。

时间过去一个小时，身后的几个人起身出了咖啡馆。她静静地看着她们远去，看她们嬉笑着，亲密无间。

她记得这个女人当初看明望时的倾慕眼神，眼睛是说不了谎的，女人也最懂女人。

她抬头看向窗外，寒风卷起一地落叶。光秃秃的树，雾蒙蒙的天，都在压抑着为生活奔波的人们。

落叶卷啊卷，来来去去地飘零着，不知何地才是它的归处。一如她此刻的身心。

许愿和陈茜茜是在同一天被找去问话的。彼时店子已经没营业了，胆小的美容师和技师都走了，偌大的店里冷冷清清。

许愿安静地坐在前台喝着茶，等待着即将到来的暴风雨。玻璃门打开，一阵寒风吹了进来。

“愿愿姐。”

许愿愣了一下，偏头看去，林晓手哈着气关上玻璃门进来。

“这个时候你怎么来了？”她问。

林晓在她旁边坐下：“怎么说我也是这个店的店长，反正都要被请去谈话，就不麻烦他们一家一家地去找我了。”

许愿笑了笑。

十点钟，玻璃门再一次打开，进来了一拨人，林晓忐忑不安地站了起来。

许愿看着他们亮出的证件，暗忖，该来的总算来了。

许母得知消息后，跑去店子看了一眼，见门上贴了大大的封条。她虽然心里害怕又着急，却还是按着许愿之前交代的去找了律师，准备申诉。

可还没等她找上律师，反而是一家大公司的律师来找了她，之后的事情就顺利得不用她插手了。

许愿只一天就出来了。她不知道自己为什么能这么快出来，因为陈茜茜都还没出来。

她想来想去，只能归根于店里并没有违规产品，所有护肤类产品也都是经过检测的。另外她们的推销方式也属于正常推销，不存在夸大或诈骗的性质。

或许就是这个原因吧，她想。

傍晚的天阴沉沉的，寒风凛冽地刮着。

许愿站在门口，面无表情地深呼吸一口寒风，刺骨的冷压进肺里，她才从微痛中感受到一丝轻松。

她刚要走下台阶，前方驶来一辆黑色轿车，车窗降下，露出一张精致美艳的脸。

司机下车，走过来打开后座车门，比了个“请”的手势。

许愿一步步下去，站在车门旁。车里灯光明亮，女人抬着下巴看她。

几秒后，许愿上了车，坐好后看向女人。

女人也在看着她，两厢对视片刻后，先开口：“恭喜啊，出来了。”

许愿淡淡地回道：“我没做违法乱纪的事，也没危害人民的生命健康，等他们查明一切自然就能出来。”

温雅笑道：“你当真是想得太简单了。”

许愿没回话。温雅也不在意，继续说道：“这是上面用来打击直销市场最好的一块靶子。”

许愿笑了笑：“你到底想说什么？”

“真聪明。”温雅脸上扬起笑容，“就是想来告诉你一声，我要结婚了。”

“你结婚就……”许愿一时间顿住，看向她，心里有了猜测。

“对，他答应和温家定亲了。”温雅肯定地点头，微微笑起来，轻声问，“你知道为什么吗？”

许愿的手心发凉，温雅会这么问自己，那就肯定是跟自己有关了。或许自己能这么快出去，就是因为她。

温雅轻笑道：“你也想到了，真聪明啊。”

车里安静下来，明亮的车顶灯光照得她脸色发白。

温雅交叠着腿，优雅地坐着，红唇上扬。

许愿偏头看向车窗外，发现车并没有开动，还停在原地。

她打开车门下车，临关门的前一刻，温雅看向她，留下一句：“等我们结婚那天，会给你发张请柬。”

车门关上，轿车远去，带起一片片干枯的落叶。

第十三章
时光破碎

许愿一步步走到路边，天空暗沉，北风呼啸。她想大口呼吸，却发现很艰难，一时间天昏地暗。

生活已经够苦了，为什么老天还是不肯放过她？事业、爱情在同一时间快速失败。她睁着眼看向前方的道路，全是来来往往的车辆。

手背上砸下一滴温热的液体。她仰起头的时候，一只温热的大手轻轻触上她的眼尾。

许愿一愣，偏头看过去。他站在阴沉的天地间，在昏暗的空间里挤出一丝光亮。

明望沉沉地叹息一声，从未见过她如此脆弱的模样，让他心里也酸涩不已，一瞬间有点后悔。

她不和他说，他怎么就和她置气了呢？让她受了这么多委屈。他伸手将她搂进怀里，紧紧地抱着。

许愿确实太需要一个怀抱了，此时也顾不上那么多，紧紧抱着身前的人。

许母骑着电动车停在远处，明白了这段时间发生的种种，原来是有人在后面帮忙。她看着黑色轿车停在他们面前，明总拉着自己的女儿上了车。她没有上前去打扰他们，电动车转了个弯往家里骑去。

车子开向高档小区，许愿安静地跟着他。进了公寓后她先去洗了个澡，出来后见明望正打算点外卖，忽然说：“明望，我给你做顿晚饭吧。”

明望看向她，自然是乐意的。

许愿走向冰箱，打开一看却是空的。这段时间他在外出差，她也没过来，家政也就没继续往里面放菜了。

明望站在她身后，正要说还是点外卖时，许愿开口道：“附近有没有超市？”

明望看了她几眼，低沉的情绪终于被她这一系列行为给拉回，甚至有越升越高的趋势。他控制不住地嘴角上扬。

他知道她的手艺好，在一起这么久了，她确实还没有给他做过饭。

“超市不远，小区外一百多米就有一家。”他说着拉起她的手，要一起去。偏偏这时他放在客厅的手机响了起来，他抬手看了一眼时间，正是视频会议的时间。

“你先去忙吧，超市离得不远，我去买点菜就回来。”许愿说。

明望注视了她一眼，抬手揉了揉她的脑袋，无奈地答应了。

进了书房他却没了心情继续开会，丢给徐是钰去搞定，拿起手机正要出门时接到了明景的电话。

“哥，你拜托我的事情，我找人去到那边的时候许小姐已经出来了。”

明望停下脚步：“不是你帮的忙？”

“不是我……咦？也不是你吗？”

“是我，忘了跟你说了。”明望抬手捏了捏鼻梁骨。

“那就好，我先去忙了。”

电话挂断后，明望走到窗边向下俯视，脑子飞速转动起来。

他回来的时候她刚好被带走，先前准备的都用不上，就只好找关系了。

钱他确实能拿出很多，可她又不是因为贪污行贿进去的，钱再多也没用。而且这一次美诺的事影响很大，有些事不是那么容易解决的。

他第一次回家请父亲帮忙，但家里开出了条件，那就是他必须和温雅结婚。

一家人哪有一家人的样子，一个个利欲熏心，恨不得将他当成商品给卖了。这样的家庭令他失望，他二话不说扭头就走人。

他并没有答应，也不是明景帮的忙，那就不知道他们还挖了什么陷阱在等着他。

超市离小区确实不远，但从明望那栋公寓楼到小区大门口比去超市要远多了。

她走得慢，什么也不想考虑，只盯着脚下的路认真地走着，寒风肆意地刮起来。

进了超市以后，她推了辆推车，漫无目的地逛着，一圈又一圈，不知道要买什么。在第五圈转过生鲜区的时候，她才拿起一把青菜。

她转了几圈，明望就在她身后跟着转了几圈，可惜她一直没发现有人跟着。

生鲜区灯光冰冷，温度比其他地方要低好几度。短发女人开始认真地挑菜，她拿了几个西红柿，又挑了鸡蛋、土豆、青椒，还转去冷藏柜拿了肉。

明望静静地看着她，不得不承认，这一刻平凡生活的烟火让他产生了很多念头。

许愿买完东西拎着出门才发现外面下雨了，倒不是很大，她提好手里的袋子走进雨中。

她提着东西走得不快，雨却忽然大了起来。她前后左右看了一眼，都没有可以避雨的地方，干脆也懒得躲了，直接就往前走。

雨太大，她只能一只手提着购物袋，一只手抬起来擦着脸。天空也在这场雨里暗下来，冷空气袭来，路灯发出微弱的光。

就在她第三次抬手擦脸的时候，头顶的雨忽然没了，只在离她不远的地方不断滴落。手里的购物袋也在同一时间被人接了过去，她的鼻尖传来浅淡的熟悉的味道。

“你怎么走得这么快？”明望说着，将伞递给她，让她撑着，随后脱下大衣披在她的身上。

许愿的嘴唇发白，在深冬里被雨冻了一遭，话都说不出来了。

明望裹着她抱了一会儿，才接过她手里的伞，拥着她往前走。没走几步她就打了个喷嚏。

“没事吧？”他低下头拿额头贴了贴她的脑袋，“回去要赶紧洗个热水澡，免得感冒了。”

“明望。”许愿停下脚步，仰头看他。路灯下她的眼眶红着，还湿润了，不知是刚刚被雨水淋的，还是被泪水浸湿的。

“嗯？”明望回了一声，见她没走，不得不停下脚步，“怎么了？”

“你怎么这么好？”她喃喃自语。

明望扬眉，看向她的眼神明显被她的话语取悦了，透着他发自内心的好心情。他张口正要调侃，见到她红红的眼眶和低落的氛围，一瞬间又觉得有哪里不对劲。

“走吧。”不过片刻，许愿回了神，拉着他就往前走。明望却将手里的购物袋丢在地上，一把拉过她，单手抬起她的下巴，在黑夜的暴雨里将嘴唇压了下去。

城市暴雨里的黑夜令此刻的路灯灯光璀璨迷离，许愿麻木的心脏在这个雨夜的吻中怦怦跳快。眼泪流下的那一刻，她伸手抱住他宽阔温热的肩膀。

满城大雨中，他们忽远忽近。他肆意着，她也纵容着，并享受这种致命的、踩在道德底线上的疯狂。

她想自己一定是疯了，疯在这个雨夜里，想与他就此沉沦，不要天明。因为一旦太阳升起，他们就将桥归桥路归路，是她一想起就会流泪的结局。

两个人最终湿漉漉地回了家。回到家洗了个热水澡后，许愿就进去厨房做饭。

明望洗完澡也走了进来，穿着藏青色的睡袍站在她旁边学着捡菜。他见她在切西红柿，手伸过去拈起砧板上切好的一片放进嘴里。等她抬头看他的时候，将手里的礼物轻轻挂在她的脖子上。

他从她的身后拥抱住她，在饭香四溢的空间里轻声说：“我们在一起这么久了，好像还没送过你礼物。”

他用指尖挑起：“喜欢吗？”

“喜欢。”她垂头回他。

她曾拥有过这世间最珍贵的礼物，是任何物质都比不了的珍贵。她将深藏于心底，这一生也弥足珍贵。

晚饭弄得很家常，就西红柿炒鸡蛋、青椒小炒肉、青椒土豆丝和白菜汤。荤素搭配，清淡味浓，两个人在雨声中安静地吃起这顿迟来的晚饭。

许愿这次吃饭很快，也不是快，而是这段时间以来她的胃口都很小。她停了筷子，看向吃得正香的男人。

她静静地看着他，一段时间没见，似乎是瘦了一些。他的胃口好像也很好，她看着他将她剩下的饭菜吃得光光的。

等他吃完，她站起来收拾碗筷的时候，明望一把扣住她的手，好心情地笑着从她手里接过碗筷："我来。"

许愿顿了一下，他已经端着盘子和碗筷进了厨房，她跟了进去。

这是明望第一次接手做家务，做起来有点磕磕绊绊。他倒了太多洗洁精，不过一会儿，整个池子里都是白花花的泡沫。

"愿愿……"他喊她，有些手足无措。

许愿笑出声，走过去捞起他的手，用清水冲洗干净，随后又捞起里面的碗洗好递给他。

明望拿了碗在水龙头下冲洗干净后放在旁边。

两个人安静地做事，他学得认真，等待的时候就抬头看她。

女人穿着家常的衣服，短发长了一些，在脑后绑了个小揪揪，还有一些扎不起来的垂在脸颊边，满身温柔。他擦了擦手，将她的头发钩起绕在耳后。

许愿抬头看他一眼，随后垂首麻利地收拾锅碗瓢盆。

站在灯光下做着家务的女人身上有一种温和的魅力，是属于家庭的温暖。这种温暖让看着她的人的心房一点点倒塌沦陷，他从她的身后抱住她。他的脑袋不自觉地轻轻蹭着她的脖颈，含糊又低低地喊了一声。

许愿停下手里的动作，缓缓抬头，问道："你刚刚喊我什么？"

明望笑了笑，像只撒娇的小动物蹭着她的后背。她垂首继续做刚刚的家务，他偏头看她一眼，用胳膊搂紧了她。

他刚刚没忍住喊了一声"老婆"。

因为好久没见了，他很想她。也因为他们这样太像了，像极了夫妻，幸福感一瞬间将他吸引了进去。

他好喜欢此时此刻，温馨得像是一池春水，让他甘愿沉溺。

自小在冷漠的家庭长大，母亲不爱，父亲不问，他就这样像颗野草一般成长起来。给他温暖的人很少，也没人教他该如何去爱一个人。他只能用自己的方式留她在身边。

成长环境令他不爱开口表达，也不喜欢热闹，却不得不融入热闹里。他享受孤独，也爱着孤独。

可当有一天，他的世界里突然出现一个比他更孤独的人时，他被吸引着向她靠近。只因为这个孤独的空间里，她是那么坚强和温暖。

许愿任由他在身后又抱又蹭，将厨房收拾干净。可他就像是一只大型的黏人考拉，她走到哪儿他跟到哪儿，就算是弯腰放东西也不松开。

她洗干净手，从他怀里转头看他。视线对上，他的头压下来，许愿伸手抚上他的脸，手掌贴着他的脸。

明望被她拦着贴不上去，脸在她的手心里蹭了蹭，目光和她冷淡的视线对上，内心紧了紧，问道："怎么了？"

许愿没说话，从他的头发到眉眼、鼻梁、嘴唇，一点一点细细地描绘着。她的目光中含了太多东西，沉甸甸的，让人透不过气来。

明望只以为她这是被事业失败影响的，俯身抱紧她，在她的耳边一遍遍重复："别怕，还有我呢。"

明望，你可知这句话就像世间最艳丽的花朵，那么诱人。可它会结出果实，会一步一步将我拖入深渊，然后万劫不复。

她的手顺着他的脸颊，一寸一寸往下滑，拂过他脆弱又有生命力的喉结，它在她的掌心上下动了动。

明望没说话了，闭眼靠在她身上，感受她的抚摸。在一起后她其实很少会抚摸他，但他常常会忍不住在她身上留下一些属于他的痕迹。

痕迹很重，带着八年的时光，为从前敏感孤傲的少年没能留住那时的女孩，还为这些年错过的遗憾。

"有酒吗？"许愿忽然开口。

明望睁眼，声音喑哑：“有。”他看了她片刻后放开她，将自己的睡袍拉好。

他拉着她转到靠窗边的吧台上，打开灯。柜架上全是酒，红的、白的、黄的，各种酒。

细白的手指在一排排酒瓶上掠过，她问：“我随便拿？”

“可以，想喝什么就拿什么。”他说着提起两个高脚杯放在吧台上。

许愿挑了一瓶威士忌。明望把酒打开，倒进酒杯里，拉着她在身边坐下。她端起酒杯，在灯光下看着他的眉眼轻笑，笑容里藏了一丝苦涩道：“好像从来没有单独喝过一杯？”

明望想了想，轻笑着赞同，他端起来跟她轻轻碰了一下杯。

“祝许愿顺顺利利。”

许愿呼吸一滞，也说：“祝明望幸福。”

酒一杯接一杯入口，明望也喝，却没她喝得那么猛，只靠在旁边看着她。知她心里难过，所以他并没有阻止她。

一瓶威士忌大半都进了许愿的肚子，喝完她站起来还想再拿，手被一只大手握住，拉着她一步步往前，最终抱住了她。

许愿靠在他的怀里，头贴着他的脖颈，一丝一丝细细地嗅着他身上的味道。酒精催化人心，眼泪终于一滴一滴落到他的皮肤上。

她哭得无声。

明望搂着她的手一紧，一只手抬起轻轻抚摸她的背脊，无声地安慰着。片刻后，他偏头亲吻她的嘴角，抬手将她的头发散开，手指伸进发丝间温柔地抚摸着。

她忽然就转过头，嘴唇贴上来，带着湿润的咸味。他们没再待在吧台，拥抱着进了卧室，倒在床上的一瞬间又没了动作。

屋外是滂沱大雨，像是这天地间流不完的泪。

“明望。”

“嗯？”他搂着她的手臂使力，低头贴了贴她的脸，“别害怕，也别难过。生活就是这样坎坎坷坷，我会一直陪着你的。”

“一直陪着我？”她重复着他的最后一句话，喃喃着。

“嗯。你不信吗？”他翻身在她上方，伸手握住她的手，再与她十指相扣。

酒后的两个人掌心发烫，不仅仅是手掌，连身体也在发烫。滚烫的两颗心带着悸动，试探着在靠近，在远离，也在相互取暖。

“我们认识了这么久，陪伴了这么长时间，你还不信吗？”他低头直视她的眼睛，看见了逃避。

他有些心慌，缠着她要一个承诺：“未来还要一起走下去，你得答应我。”

他要她一个承诺，为这段忽远忽近又患得患失的感情上一道稳固的枷锁。一时的困境不应该打倒她，她那么坚强，一直都是他最爱的样子。

许愿并没有回答他的话，只是安静地平躺在床上，抬头看着他，手抚上他的脸，感觉他的脸在掌心蹭了蹭。

“明望。”

“嗯？”他偏头吻她的掌心。

“我不跟你了。”她忽然说，眼泪顺着眼角滑落，消失在床单上。

他毫不意外，低头吻她：“为什么？”

她心里一片迷茫，情绪一瞬间崩溃，眼泪越流越凶：“你不要问我。

“你不要问我。

“你不要问我。”

她一连说了三句，只重复这一句。

嗅着他身上的气息，一瞬间像是闻到了北方飞扬的大雪，在日出时被融化的寒冷的味道。眼前一片白茫茫，她站在悬崖边，一脚一步的土全掉落下去，周围是空旷的、死寂的。

明望坐起来，一把捞起她搂在怀里，不断地吻着她湿漉漉的脸颊，低声叹息：“愿愿，你说不跟我了，那你有想过我吗？”

他吻着，问着，眼角也有些湿润，内心一片空旷，也跟着她一起难过。他将她的脑袋捧正，额头贴上去。

“难道是我们在一起时你不开心？”

许愿摇头，怎么可能不开心。

春日重逢，夏秋厮混，冬日离别。

四季三餐两人，他曾给过她这样一段温柔时光。

如果岁月似歌，跑调而过，那这段时光就是最浓重的前奏。

只因时光里的他是那么温柔与包容，送她浪漫，给她惊喜，足以弥补年少时的所有遗憾和难过，也能慰藉往后漫长的一生。

她不贪心，真的不贪心。自芸芸众生中留下他，给了她一段弥足珍贵的时光后归还人间，她是多么感激。

“你到底怎么了？”他看她，恨不得将她的嘴巴给撬开，“有什么事不能对我讲？”

她像是哑了，只能看着他。她问不出口，为了她的事连累到他，她倍感愧疚。

她见过明老爷子，也知道在这样的大家族里，他不是一个人。背后牵扯太大，身份、地位、权力、钱财、家庭，哪一样他都少不了。少了，他就不是明家大少爷了。

诚然，无论他什么样子，富贵或是贫穷，她都会跟着他。但是她怎么忍心让他为了自己去跟他的亲人对抗，跟与生俱来的优越和圈子去对抗呢？

拉他下神坛，她做不到，那比杀了她还难。

那么多人，那么多人都在不停地劝她离开他，不是没有道理的。门当户对——自古以来不变的规矩。

明望咬牙道：“你不信我？”他将她放平，一把扯开她的衣服，粗暴地覆了上去。许愿麻木地挣扎，他被刺激了，更是毫不留情。

明望不知道该怎么留住她，他只能用最原始的办法。吻到她眼角的泪时，他惊了一下，内心难过，低声道：“我真是拿你没办法。”

他的动作温柔下来，带着所有的疼爱，让她变得妩媚动人，在他身下盛开。许愿紧紧抱着他的身体，在无边悲伤的痛感中也给予了热烈的回应。他们就像两只怪兽在相互撕咬，想在对方身上留下些什么。

大雨缓和下来成了小雨，室内终归平静。

两个人大汗淋漓，谁也不想动。明望搂着她，忽然开口：“愿愿，结婚吧。”

许愿没反应。

他还说：“有了家，生个孩子，以后一切都会慢慢好起来。”

她缩在被窝里，眼眶再一次蓄满了泪。

是啊，有了家，一切都会变好。可是现实残酷，我们终究走不到一起，我的明望。

他摸了摸她的脑袋："愿愿，你要乖。"

天蒙蒙亮，许愿转动干涩的眼珠从窗帘的缝隙看出去。她睁了一夜的眼。

耳边是他沉沉的呼吸声。他昨天回来按理该倒时差的，却因为她的事忙到飞起，到了后半夜就再也熬不住了。

许愿凑过去，轻柔的吻一一落在他的脸颊上。她坐起来，腰上还搭着他的手臂。她侧身从他那边把烟和打火机拿过来，点燃了香烟。

她吸第一口就感觉一股冰凉的薄荷清香随着烟雾进入肺里，像深冬里冰雪的味道，可惜南城的冬天不下雪。

她不自觉地抽得很慢，甚至最后一半她没有再抽。烟在自燃，把她想拖到天荒地老的时间缩短几万年，下一刻就燃到了滤嘴边。

烟灰颤巍巍地立着，最终"啪"地落了下去。看着那片落在灰色被单上的烟灰，她最终扔了烟蒂，抖了抖烟灰，再看了他几眼，片刻后起身进了洗手间。

将一切都收拾好后，她找来袋子，将这段时间自己带来公寓的东西全收起来，放在玄关。

她最终还是忍不住进了卧室，握了握他的大手，轻声道别："明望，再见了。"

这一生冗长，时光破碎而艰难，我曾拥有过你，便没什么遗憾了。感谢你陪我一程，我的少年和爱人。

她在晨光中离开，走得悄无声息。

明望一觉睡醒已是中午十二点，他习惯性地往旁边伸手一捞，却捞了个空。他迷迷糊糊睁眼，枕边人已不在。他摸过手机看了一眼时间，然后起床洗漱。

擦着头发走到客厅，他四处看了一眼，然后进卧室拿起手机。微信上没有许愿的留言，许愿也没说要去干什么。

他在沙发上坐下，给她打电话。直到电话里传来机械的女声，他才放下电话，又给她发了几条信息，安静地在客厅等了片刻后收拾好自己便出了门。

他将车开去她的店那边，店面冷清，大大的封条还贴在上面，看来她没回这里。他的食指在方向盘上敲了敲，看着微信上一连串的工作信息，最终还是回了公司，是他自己的公司。

而明氏集团里，一场暴风雨正等着他。

明老爷子这次是下定了决心，不惜用任何手段也要逼着明望与温雅结婚。

在圈子里，两家要结亲的消息渐渐也传开了。他容不得明望继续忤逆了。

明望不是个任人摆布的人。他没再管明氏集团如何，将全部精力放在了和徐是钰、陆华谦合伙的K&U科技公司上，着手推广各个领域内的新AI智能系统，同时取消了下半年在明氏集团旗下五星级酒店的所有新AI智能系统的更新。

这也是八月份时，他过早地将AI智能系统投入酒店的原因之一——能有更好的资本来选择他的人生大事。

明氏旗下的五星级酒店是明老爷子那个时候就创下的，随着近年来各种民宿、情趣酒店、快捷酒店崛起，老牌酒店在社会上越发竞争不过，业绩每年都在下降。

下半年明望在酒店投入AI智能系统，高科技带来的新鲜感和便捷、跟风，使得酒店在短时间内被盘活了。

但他也只在南城的酒店下投，系统每隔二十多天就更新一次，机器人的储备程序里更是紧跟当下的潮流，提高各方面的服务力求让顾客满意。

明望退出明氏集团的所有执行和管理，一口气停了旗下酒店的系统更新，转而和其他酒店合作起来。

反正对他来说，只要有合作，对于新公司来说都是不亏的。而且新AI智能系统的应用范围可不仅仅在酒店方面，徐家的汽车产业也是广泛投入了的。

反而是明氏集团酒店，不过短短几天就接到大量投诉。

网上说什么的都有，甚至有网友还怂恿大家，要跟着转去其他有 AI 智能系统的酒店，极大范围地影响到了酒店的声誉和业绩。

明老爷子眼睁睁看着心血在明望手里一点点被毁去，也被他的釜底抽薪气了个倒仰。

为此，温雅几次约明望，想和他好好谈谈，明望都没时间理她。因为在此期间，K&U 科技公司将要在美国纽交所上市。

临近年关，他和徐是钰还有陆华谦一起飞了一趟纽约，一时间忙得天昏地暗。

但不管再忙，每天该发给许愿的信息他一条没落下，即使他没收到过任何一条回复。

许愿回了家，许母拉着她看了又看，最后唏嘘人没事就好。

做了早饭，母女俩静静地吃着饭。许母也没问她以后要干什么，只是安慰她一切还可以从头再来，让她别太难过。

许愿进房间盘算了一下，投资开店后整整投进去四十万，手里已经没多少积蓄了，万幸的是没有负债。只是店面还封着，暂时是开不了了。

她拿出手机给远在苏城的何硕发了一条信息，兜兜转转，她还是要去干回老本行了。

腊月二十六这天，本来是个大好的日子，却偏偏祸不单行。房东一家一家通知租客尽早在过年前搬走，这栋房子过年这段时间就要拆了。

母女俩去外面找了一天也没找到合适的房子可以租，临近过年，大部分房东都回家过年了，没办法给人租房。

晚上回到家，许母突然提议要不还是回老家好了。他们的老家在乡下，是南城最边远的一个小镇，开车回去要三个多小时。

她们确实有许久没回去了，于是第二天许愿便开着车带着许母，再带上一些生活用品先去探探路。

进了乡镇以后，大路田边，山山水水都太熟悉了。她们一路进去还遇到不少老熟人，许母挨个和人打着招呼。

老房子还在，只是久无人住，庭院内杂草丛生，屋顶的瓦片还不齐。她们开了大门进去，又到邻居家借了工具，回院子里打扫和维修。

清理好晚上住的卧室后，又打开窗户透气，母女俩转到院子里除草。

“许愿？”大门口忽然探进来一个脑袋，迟疑着喊她。许愿蹲在院子里，抬了抬草帽，扭头看向大门口。

从门口走进来一个古铜色皮肤的男人，寸头大眼，笑起来露出一口白牙，憨厚地说道：“还真是你啊，今天回来的？”他走进来，偷偷看了她几眼，心“扑通扑通”地跳快。

许愿看了他半晌，愣怔地转向母亲。

许母也在看他，男人抓了抓头发笑道：“姨不记得我了吗？村口老李家的，小学还是跟许愿一届呢。”

“哦——”许母恍然大悟，笑道，“李小四？”

“哎！”男人笑着在许愿旁边蹲下，拿起她旁边的镰刀利落地干起活来，“姨，别说我的小名，许愿不记得。”

许愿在旁边也回忆起这个人是谁了。她笑道：“李存茂嘛，怎么可能记不得。”

李存茂蹲在她旁边，被她白皙动人的笑容晃花了眼。片刻后他才面红耳赤地转过头，嘴巴像是不会说话了一般，只会“嘿嘿”地笑。

他不好意思地对上许愿的视线，憋着一股劲将身边的杂草全给除了。除完草他在墙边转了一圈，又急急忙忙走了。

“这孩子八成是看上你了。”许母将自来水开关打开，一边接着水一边调侃许愿。

许愿在旁边垂眼洗毛巾，对于母亲的调侃不置一词。只是在李存茂还要热情地替她们修屋顶的时候，她委婉地拒绝了。

那一天，她们在收拾好的主卧睡了一晚，第二天就回了南城，开始收拾家具等。许愿那辆车装不下太多东西，最后还是花高价叫了一辆货拉拉拉货。

腊月二十八这晚，她们就在老房子里住下了。

李存茂是个热情的小伙子，虽然许愿拒绝了他的帮忙，但第二天她们回南城的时候他还是过来帮她们把屋顶一一修缮好，还给她们把大门重新安装牢固。

母女俩回来后急急忙忙置办了些年货，新的一年就要来临了。

美玲还是听她妈说许家老房子有人回来了，她跟婆婆吵了一架，心里正气不过，拎着行李赶上最后一趟班车回了娘家。到了镇上的车站，还是许愿开车去接她的。

两个人有好长时间没见了，大年三十晚上吃过晚饭，许母到邻居家去串门，美玲提着一提啤酒上了门。她们就坐在院子里，端了盘酒鬼花生下酒，边喝边看着村里人放的烟花。

“我之前找工作难的时候还想着去跟你和茜茜干呢，哪想一下子出了这么多事，唉。”

许愿喝了一口酒，垂头笑了笑：“或许是我没有那个时运吧。”

她靠着椅背看向夜空，静静地喝完一瓶后，忽然开口道：“美玲，我真觉得现在的我活得一败涂地。爱情、事业、钱财，什么都没守住。”

“你……别难过。”美玲拍了拍她的肩膀，“生活中这样的人多了去了。”

许愿打开一瓶新的啤酒，自嘲地勾了勾唇道：“可二十七岁了活成我这样的，怕是也没几个吧？”

“哪有人一帆风顺的？生活不都是这样，一脚踩下去了才知道脚下是虚是实。五六十岁都能一朝从头再来，我们还年轻。”

美玲喝了一口酒，继续问道：“那你接下来有什么打算呢？”

“我当初回南城最大的愿望就是在南城买房，这个目标得去实现。我能干什么？还不是回去干老本行。”

“去苏城？”

许愿“嗯”了一声，低头看微信。那个人在对话框里给她发了一句“新年快乐”，还说想她了。

她愣怔地看了一会儿，看着屏幕逐渐模糊之际将对话框删除了。她忍了忍，把微信也删除了，随后提起啤酒一股脑喝了个干净。

“什么时候出去？”

“初十左右吧，或许更早。”许愿回道，捏瘪了一个空了的易拉罐。

美玲没办法劝她，只能灌自己一口酒。

大门外，李存茂带着村里的孩子们在许愿家门前的道路上放着烟花，还一个劲地朝院子里瞅。

美玲被逗笑："这个傻大个！"

许愿也很无奈。

新年来临的夜晚，村里老槐树下的大钟被敲响 。

"咚——咚——咚！"

许愿在钟声敲响的当下双手合十——

明望，新年的愿望，我希望你幸福。

你要身体健康，顺顺利利。

你要前程似锦，平步青云。

你要家庭和睦，也要幸福。

大海深沉，现在，她要游回岸边了。

许愿说的早，其实也就是在大年初五就收拾起东西来。她是初六的飞机。

初四的下午，陈茜茜也出来了，联系到许愿后，说是要为美诺的后续事情结个尾。

许愿开着车回了南城。路过一条条熟悉的道路，她心里不是不触动，但她已经习惯了全部压在心底。

到了陈茜茜的公寓，她提了点水果上去。门打开，陈茜茜才刚刚睡醒，睡眼蒙眬地侧身让开道："你先坐会儿，我去洗把脸。"

许愿将水果提到厨房里洗了，问道："吃饭了没？"

"还没呢。"陈茜茜抹了一把脸出来，打开手机，惊叹道，"哇，已经十二点了。吃个外卖吧，愿愿你呢？"

许愿端着洗好的水果走到客厅："我已经吃过了，不用点。"

陈茜茜跟着过去："那给你点杯奶茶。"

看了她一眼后，许愿无奈地在沙发上坐下。

地方食品药品监察局对于南城片区美诺的产品检测报告已经发到网上了，两个人边等外卖，边在各大社交网络平台上进行转发和说明。

陈茜茜开店时就在各大平台注册了美诺的账号，因为这两年经营得好，还有了一批粉丝。

声明发出去后，底下的评论各占一半，批评辱骂的和维护她们的都有。针对几条存有误导性的评论回了之后，她们也就没再继续管网上的事了。

等外卖送来以后，吃过午饭，她们就开车去店铺，先去了望江大厦。

自打被封了以后，这里就被收了回去，不允许再继续开了。她们这次是来收拾东西的。

给搬家公司打了电话后，两个人依次整理好东西，小件的就各自拉一些，大件的则由搬家公司来拉走。她们一次性将这边的东西全搬走，搬不走的通通卖给二手回收站。

下午的时候，她们又去楼湖广场那边搬许愿的东西。她这边的店铺才刚开起来，东西比起望江大厦那边要少很多。所有东西都拖到陈茜茜的公寓，两间客房全部塞满，甚至连阳台上都堆得高高的。

两个人忙活了一下午，全部整理完后累得不行，瘫在沙发上。最后一丝阳光从地平面消失，春节这段时间的白天，天黑得都特别快。

“吃饭去？”许愿问趴在她旁边的人。

“好累啊。自从开店以后就没这么累过了。”

许愿笑了笑，爬起来打开灯去洗手间洗了个手。等她出来，沙发上已经没有了陈茜茜的影子，卧室里的灯光亮着。

许愿走进去，看到陈茜茜换了身衣服，也懒得化妆了，打算就这样出去。

车是陈茜茜开的，她问：“想去哪儿吃？”

“去名华高中旁边的那条小吃街吧。”许愿忽然很想去那个地方。

陈茜茜一边注意着前方的路，一边转头看了许愿一眼，想说什么最终却没说。

从陈茜茜的公寓到名华高中，车子开了半个小时。找了个停车位停好车以后，两个人裹紧大衣往巷子里走去。

这里是出了名的小吃街，即使现在学生放假了，巷子里的饭馆和小店也还开着，照样热火朝天。

八年时间过去，这里的馆子和小吃都没变，变的只是人而已。一批人来，一批人走。

两个人心有灵犀，不用商量，直接坐进一家小店里。店面虽然破旧，但是干净整洁。老板娘拿着茶水和菜单过来问道：“二位吃点什么？”

陈茜茜接过菜单：“你要吃点什么？”

许愿提起茶壶：“都可以，要不老样子？”说着倒了两杯茶水。

“可以，他们家的菜都还没变呢。”

老板娘在旁边笑了：“你们是从名华出去的吧？我这店在这儿开了十年了。”

“是啊。”陈茜茜笑着点好菜，“老板，给我们先上两瓶雪花。”

“好嘞。”老板娘接过菜单，笑着走了。

等她走了以后，陈茜茜才问：“感觉你有心事，怎么了？”

许愿愣了半晌，突然问她：“如果你跟一个人很相爱，可他马上要结婚了，新娘不是你。但他依然纠缠不休地给你发信息，还各种关心，你会怎么办？”

陈茜茜要喝水的动作顿住：“你……是说明望要结婚了？”

“是的。”许愿说，“跟他们圈子里的一个千金，而且还是因为我的事，是她帮的忙……”

“不是。”陈茜茜打断她，“这是什么时候的事？”

许愿说了时间，又把事说了个大概。

陈茜茜皱眉：“不知道她怎么想的，居然会帮你。”

许愿沉默了，无奈地扯了扯唇。

陈茜茜摇头叹息：“还好徐是钰提醒了我，让我趁早注意着。”

“这样吗？”许愿笑了笑，“美玲说得对，跟他们这个圈子里的公子哥谈谈恋爱可以，就别想着会有以后。”

陈茜茜在旁边敲了敲脑门道：“可我后续问题能解决的条件是跟他结婚。”

许愿愣了一下，转过头看她，呆呆地“啊”了一声。

“我怀孕了。”陈茜茜虽然感觉尴尬，但还是说出来，“他家他不是排老三嘛，他的大哥、二哥都是堂哥，早成家立业了。他是他们家的独子，家里比他小的堂弟堂妹都结婚了，就他单着，还在继续花天酒地，他妈妈急得四处求爷爷告奶奶。”

“怀孕是之前就发现了的，那天我拿着检查的单子去他的公寓找他要解决的方法。”她说着声音小了许多，凑到许愿旁边，“主要是想敲他一笔手术费，毕竟他也有责任。”

“然后很狗血，跟小说和电视剧里演的一样狗血。”陈茜茜哀叹。

许愿猜道：“被他妈妈撞见了？”

陈茜茜点头：“把他妈妈敷衍过去，我要了钱就去医院了。”

“不知怎么的，医院居然拖了我两天，然后就出了那件事。”

许愿皱眉道：“那他还不想办法早点帮你，你可怀着孕呢。”

“是我不同意的。”陈茜茜愤恨地咬牙，“他们一家人拿结婚逼我，我以为徐是钰也是不想要孩子的，毕竟他那么花心。可他也不站在我这边，所以才拉扯了这么长时间。”她的话说完，酒和菜也陆续上来。

许愿只能笑笑，什么都说不出。

命运总是对她冷眼旁观。别人轻而易举就能做到的事，到了她这里永远只有失败。

打开啤酒，倒满一杯，见陈茜茜也要喝酒，许愿一把抢了过来：“没听你说要去医院就说明你会要这个孩子，那就不准喝了。”

陈茜茜吸了吸鼻子，老大不乐意，却也只能看着许愿喝：“那你打算怎么办？听你的意思是，明望还不想跟你断了？”

许愿端着酒杯在桌子上滑来滑去，没有开口。

陈茜茜问：“他这是想干吗？外面彩旗飘飘？”

“别这么说他。”

“你到现在还维护他？”

许愿说：“我永远都会维护他。”

陈茜茜张了张嘴，说不下去了。

人生有多少个十年？

从青春年少到成熟稳重，所有人都在变。都说少年时的感情并不会长久，可若是成年后再相爱呢？

年少时遇到太过惊艳的人，余生无法安宁。成年后爱上太过优秀的人，这一生再无可爱之人。因为过往的人里，能让她停留的，只是因为这个人像他。

那天晚上，许愿一个人喝光了两瓶雪花，又要了两瓶。以往是不会醉的，她只是单纯地喝啤酒，不是那么容易醉。

但她还是醉了，发泄不出来的所有难过全放在了酒里，再喝进心里。

陈茜茜结了账，扶着跌跌撞撞的人出去，带着她回了公寓。

她到洗手间搓了毛巾出来给许愿擦脸，毛巾放上去才发现她眼角带着泪。

陈茜茜顿了一下，给她把脸擦干。拧干毛巾挂好后，她到客厅给徐是钰打电话："你们回来了没有？"

"回来了，今早回的南城，咋了？"

"那好，你帮我把明望约出来。"

徐是钰从床上起来，倒了一天的时差，终于精神了些。

他和明望这段时间忙得昏天黑地，公司刚成功上纽交所就跑回来了。他急着见他的老婆孩子，明望急着找消失得杳无音信的许同学，剩下的所有事情通通丢给还孤家寡人的陆小少爷去处理。

他掏了支烟出来，调侃道："约明望干吗？人家现在估计在你闺密那儿享着福呢。"

"享你个大头鬼的福！"陈茜茜听到他的声音就来气，恨他们家趁火打劫，"我就问你，明望是不是要结婚了？"

徐是钰被她吼得一愣，听到后半句又笑了："明望这个兔崽子，速度挺快嘛，这就结婚了？"

"结什么结！"陈茜茜大吼，"你们男人没一个好东西！"

"陈茜茜，"徐是钰喊她，"你吃炸药了？不就是跟我结婚吗，有那么不乐意？"

陈茜茜喘着气，强迫自己冷静下来，又继续说道："明望结婚，但新娘子不是许愿。"

徐是钰也愣住了："不是吧，前几天他还找国外知名设计师定制了一款戒指，我以为……"

“不是，先等等。”徐是钰下了床，“我们在这儿也说不清楚是怎么一回事，我把明望约出来。”

“好。”陈茜茜应下来，“就去你那个慢摇吧。”

“好。”徐是钰这头挂断陈茜茜的电话，立马给明望打去电话。

明望正翻着助理刚传来的许愿的详细信息，看到她老家的地址，徐是钰的电话就打来了。他接起：“说。”

“你出来一下。”

“不想出去。”

“关于许愿同学的。”

明望要挂电话的手顿住：“怎么了？”

“你出来就知道了，是茜茜约的，在我的慢摇吧那边。”

第十四章

人生恍然

早春的南城夜晚格外冷。

陈茜茜将车开得飞快，才二十多分钟就进了慢摇吧外面的停车场。她进了慢摇吧，吧台经理看见她，立马将她引到一个包间。

门打开，徐是钰和明望早已经到了。她走进去，盯着明望看了几眼。

徐是钰一看，忙拉着她坐下。明望从她进来后看了她一眼就没什么反应了，眼睛盯着手机屏幕在看。

陈茜茜不好开口，看了徐是钰一眼，用眼神示意他开口。徐是钰咳了一声，引得明望看过来，他又不说话了。陈茜茜只好硬着头皮开口："明望，恭喜啊，马上要当新郎了。"

明望挑了挑眉，看了一眼挨着坐的两个人："同喜同喜，老徐还是比我厉害，这都当爹了。"

陈茜茜卡了一下："但是，你这都要结婚了，能不能就别打扰许愿了？"

明望倒水的手慢慢顿住。

陈茜茜："她喜欢了你这么多年，重逢后你们又走在了一起，她多开心啊。

"你这转头就要结婚了，却还在打扰她，你让她往后怎么办？永远也忘不了你吗？"

“你说我跟谁结婚？”明望缓缓抬起眼皮，看向陈茜茜。

她愣了一下才回：“不是跟你们圈子里的那个，和你青梅竹马长大的那个吗？她说你已经答应和她结婚了，还说等你们结婚时会给愿愿发请柬。”

明望一瞬间捏紧手里的杯子，手背上青筋鼓起。他问：“什么时候的事？”

陈茜茜更诧异：“就愿愿出来那天啊。她能那么早出来，不就是你那小青梅帮的忙吗？”

“不是青梅。”明望反驳，抿唇回道，“她能出来，是因为她名下的店面合法经营、产品合格，并不是谁帮的忙。”这也是后来明景给他打电话时告诉他的。

陈茜茜惊呆了：“啊？产品没问题？”她一瞬间转向徐是钰，“那为什么我待了那么长时间？”

明望在旁边回道：“因为你的产品数量多，顾客也多，盘查需要一定的时间。”

陈茜茜更生气了：“既然不是她帮的忙，那她为什么要在愿愿面前那么说？”

明望抬手重重地按了按太阳穴。他就说呢，难怪那天晚上她哭得那么厉害。后来她消失不见，把老城区的房间都搬空了，还在大年三十晚上将他拉黑删除了。

他一瞬间就理清了是怎么一回事，原来家里给他挖的陷阱在这里。明望抬头看着陈茜茜问：“她现在在哪里？”

陈茜茜撇了撇嘴，没说。

“她在哪里？带我去看一下她行吗？”明望问。

陈茜茜摇头，声音低下去：“你都要结婚了，还去看她干……”

“砰”的一声，杯子掉在地上。明望突然扯了扯衣领，起身大步走过来要拉陈茜茜。

徐是钰忙站起来挡在两个人中间，好声好气地劝：“别冲动啊，有话好好说。”

明望盯着她：“带我去看她。”他语气强势。

陈茜茜听到这话愣住：“那……”

他无奈地重申："我没结婚。"

陈茜茜抬头和徐是钰对视一眼。这一点徐是钰可以作证，他说："他在纽约定制的那枚戒指，里面刻的字是他和许愿，所以你说起这件事的时候我也挺纳闷的。"他按着两个人坐下，"来来来，好好说清楚。"

但话已经说到这里，该弄明白的都明白了。

陈茜茜突然很生气："既然你有这个打算，那为什么不开口跟她说？"

明望捏了捏眉头："我说过了，不知道她是怎么理解的。天一亮人就没影了，打电话不接，发信息也不回，还将我给拉黑了。"

"你们两个人真是……"陈茜茜无语了，"嘴长着就是开口说话的……哎呀，她要是知道你有这个意思，该多高兴啊，多年的妄想终于成真了。"

明望却突然想起陈茜茜开口说的第一句话，什么叫"她喜欢你很多年了"？

他诈陈茜茜："我知道。"

"你知道？"陈茜茜端起酒杯，猜想肯定是他们在一起的时候说了。她正要喝酒，被旁边的人一把抢了过去，手里被换上一杯热水。

她瞅了徐是钰一眼，转头看明望，忽然就感叹起来："十一年啊，当真是不容易。她十六岁喜欢上你，如今二十七岁可以和你修成正果，兜兜转转你们还是在一起了。只是她爱了你这么多年，你们的感情不对等，今后在生活中会出现很多摩擦，你一定要包容她。"

陈茜茜后面的几句话明望听见了，但前面两句话给他带来的情感冲击太大，以至于他一瞬间愣住了。

原来在很早很早以前，他的十八岁和她的十六岁是那么相似。不敢开口，却又控制不住目光，总是在人群里默默追逐着一个背影。

他不敢开口是因为她总是忽视他，即使哪怕有那么一次对上了目光，她也是冷冰冰地看人。少年骄傲的自尊心使得他低不下头去死皮赖脸地纠缠她，怕她会厌恶。

他从来没在她的脸上和眼睛里看见一丝一毫她在看他或是关注他的神色。都说眼睛是心灵的窗户，喜欢一个人，即使嘴上不说，也会从眼睛里冒出来——骗人的。

至少他就没看出来过。哪怕只是一分一毫，也会给年少的他莫大的勇气。那样他们就不会错过这么多年，他也不用在南城漫无目的地等着了。

以前不知道是在等什么，可她回来后他就知道自己在等什么了——在等故人归。

他以为自己的等待跨越了八年，却原来她的等待也跨越了八年。

他垂眸，想起在一起这么长时间了，她依然没跟他提起过。每次提到从前，她都会转移话题。

他出差很久，她没有那么想他。即使出了很大的事，她也不找他。一切的一切都告诉他，她是不依赖他的。

可陈茜茜是她最好的闺密，不可能说谎，并且这话还是他诈出来的。

陈茜茜还想再说，徐是钰忽然拉了她一下，在她转头看过去时拿起小蛋糕塞到她嘴里，以眼神示意她看旁边。

男人坐在沙发上，弓着身子，手杵在分开的双腿的膝盖上，低着头不知道在想什么。室内淡黄的灯光打在他的侧脸上，表情晦暗不明。

包间里安静下来，沉默，死寂，像是压抑着一场浓烈的暴风雨。

陈茜茜不再说话。

不知过了多久，明望忽然说："我们的感情没有不对等。你……带我去看看她。"

陈茜茜转头看向徐是钰，后者点了点头。

深夜的南城，春寒料峭。

两辆轿车一前一后行驶在路上。徐是钰开着陈茜茜的宝马，忽然道："你刚刚被明望那小子诈了，你知道吗？"

"什么意思？"

"许同学很早就喜欢明望的事，估计她都没跟明望讲过。"

陈茜茜瞪大眼睛，一脸的不敢相信。徐是钰轻笑出声："你不觉得他们之间最大的问题就是又倔又犟还死不沟通吗？"

"年少时傲娇倔强不说不讲，白白错过了这么多年。你真当明望是那种挑熟人下手的人吗？要真是，他怎么不挑你，偏偏挑一个几年不见刚回南城的？"

"那是我们家愿愿漂亮，明望看上她的美色了。"陈茜茜嘴硬反驳。

徐是钰笑了笑："如果他们之间不存在这个问题，那么温雅也就没法挑拨了。"

前方红灯，他停下车转头看了一眼副驾驶座上的人，语气认真："我们之间不要有这样的问题，有什么事一定要及时沟通才能一起解决。"

陈茜茜翻了个白眼："要我是那种憋着不讲的人，今天你们也就逼不了我了。"

徐是钰摸了摸鼻子。确实是，她不是那种什么事都憋在心里的人。当初怀孕了她又不是没钱做手术，她就是要让他知道，因为事情有他一半的责任，所以才会被徐母撞破。

车子进了小区，在楼下停好，他们一前一后进了电梯。

打开房间门，客厅有她留的灯。徐是钰自来熟地拿出两双一次性拖鞋，陈茜茜也不管他们，先进卧室看了一眼，许愿正熟睡着。她出来刚好跟明望对上眼，正要开口说话，就被徐是钰拉了过去。

明望进了卧室，把门关上。他走到床边，低头看睡着的人。

有许久没见到她了，看着睡熟的人，他心中的思念再也压制不住。他低头想亲亲她，却见她侧睡着的身子，枕边挨着眼角处有一小片深色。

心狠狠地颤抖了一下，瞬间被刺痛，他一秒尝到心疼的味道，伸手把她脸上的发丝别回去。她的头发已经齐肩了，那个时候他让她留长发，她就真的没再剪过。

半晌，明望在床前的地毯上缓缓坐下，把手伸进被窝里抓着她的手。或许是感受到了熟悉的力度，她在睡梦中紧紧抓住了他的手。

明望拉着她的手出来，低头在她的手背上亲了亲，舍不得放回去，又怕她冷到，便握着她的手贴在自己的脸颊上。他在心里低声叹息：你真是傻啊，许小愿。这么多年了，你还是一点没变，一次次伪装着骗过了我。

他将她的手放回被子里握着，视线定在她的睡颜上。他会将前路荆棘踏平，然后转身接她，只希望她脚步能停一停。

这一待就是一夜。

陈茜茜除了中途实在冷得受不住进房间去抱了床被子，出来之前看了床上和床边的人几眼，之后就再没进去过。她和徐是钰就在沙发上过了一夜。

清晨六点，天还灰蒙蒙的，卧室的门就打开了。沙发上的两个人被惊醒，明望路过他们，停了一瞬，说道："陈茜茜，谢谢你。"

陈茜茜打着哈欠回他："愿愿是我最好的闺密，谈不上的。倒是你明望，她买的机票在初六，也就是明天早上。"

"好。"他应了声，大步走出去。

屋外寒风肃肃，天边泛起亮光。

明望走到车旁，没有立即上车，而是靠着车门，掏出烟盒，从里面抖出一支。他低头把烟放进嘴里，拿起打火机点燃，丝丝缕缕的白雾从薄唇里飘出来，散在空气中。

早起忙碌的人们已经在小区里进进出出了。明望靠着车门抽烟，眯起眼看向前方，不知道在想些什么。

片刻后，烟还剩半截，他掐灭后直接拉开车门上车。黑色迈巴赫掉了个头，直接开往南城江北的明家老宅。路上他转去了明氏集团一趟，下来的时候手里拿着一沓厚厚的文件。

老宅里只有用人们在忙碌着。明望走进去，用人们跟他打招呼。他没心情理他们，在沙发上坐下，直接一个电话打到温雅那里，让她来明家老宅一趟。

温雅迷迷糊糊醒来，拿着电话反应了一会儿，听到电话那头的声音，嘴角勾起，不急不缓地起床洗漱。

八点左右，住在老宅里的主人们一个个起床下楼了。明奶奶看见客厅里坐着好久未见的大孙子，"哼"了一声后走过去问道："啥时候回来的？"

“奶奶。”明望叫了一声，“刚回来。”

“没吃早饭吧？”明奶奶拉着他，“来吃早饭。”

明望摇头，一脸严肃地坐着，明奶奶这才察觉出一些不对劲：“怎么了？”

“爷爷呢？”

“还在楼上，有事吗？我去叫他。”

“不用。”他看向明奶奶，“我们家要和温家结亲的事您知道吗？”

明奶奶顿了一下，在他旁边坐下道：“这是板上钉钉的事。”

明望不说话了，靠向沙发后背。

不一会儿，从门口进来一个人。她熟练地换了拖鞋过来，看见沙发上的祖孙俩，笑着打招呼：“奶奶、明望，早上好。”

“哟，今儿咋来得这么早？过来坐。”明奶奶笑呵呵地招呼温雅。

明望看着她，眼神晦暗不明，面色深沉。

温雅在明奶奶旁边坐下：“明望，你什么时候回来的？”

明望没回应她，只是偏头看向窗外。温雅难堪了一瞬，明奶奶拍了拍她的手。

十几分钟后，明老爷子下来了，看见明望后冷哼了一声，鼻子不是鼻子眼睛不是眼睛的。

明父此时也走了过来，催促道：“你要说什么快点，不然我上班要来不及了。”话是直接对着明望说的。

明望淡淡地笑了笑，拿起身边的文件拍在桌子上，沉着声音说：“从今天起，我正式退出明氏集团，明天会召开董事会会议。”

全家人一瞬间愣住了。

明家大部分人都是在其他单位，只有明望接手了老爷子的商业。

他也是从小就被培养起来的继承人。如果明望不干了，那明老爷子就得回公司去主持大局。可现实是，如今的明氏集团早已乱成一锅粥。

明望将AI智能系统停止更新后，业绩直线下滑。本以为他只是开个玩笑，毕竟那是他家的祖业。

可明望倒好，趁着过年期间跑国外去上市新公司了。如今他真要宣布退出明氏集团，那股价绝对会暴跌，影响不可谓不大。

明老爷子翻着白眼，一瞬间倒在沙发上。

“爸！”

“老爷子！”

客厅里杂七杂八的声音同时响起。

一群人围着明老爷子，而明望只是理了理衣领站起来，从用人手里接过水杯放在明老爷子手边，淡淡地说：“这是你们逼我的。”

“谁逼你了？！”明奶奶在旁边气道。

明望抬头，视线从明父的脸上滑过，后者别开眼睛，又从温雅的脸上滑过，最后回到明老爷子的脸上。

他语气淡淡的：“不就是想让我结婚吗，你们要结你们自己去结，我自然该另起门户了。别以为我不知道你们背着我做了些什么事。”最后一句话他是对着温雅说的。

温雅抿着唇偏头，没想到还是被他知道了。明望站直身子，弹了弹衣领，手插到兜里就要走。

“站住！”背后传来气虚的一声。

明望站住，没转身。

“你要怎么办？你到底要怎么办？啊？”明老爷子吼着吼着就咳了几声。

明望转身看他：“我早就说过，凭我自己也能将明氏撑起来，甚至带到更高的位置。但你们偏偏要逼我做一些我不喜欢的事，比如娶她……”他将目光转向对面的女人。

温雅咬牙：“明望，没人逼你……”

“你闭嘴。”明望打断她的话，并不想听她多说。

“现在我如你们所愿，要娶她你们自己去娶，要结亲也是你们去结。”说完他转身要走。

“没有逼你。”明奶奶及时出声，“我虽然去找过她，但我没说。大院里传出明家和温家要结亲也不一定是你。”

“你别胡说！”明老爷子瞪了明奶奶一眼，“咱家除了这个逆子还有谁能娶小雅？一个都配不上！”

温雅在旁边冷眼看着，内心却止不住刺痛。

片刻后她站起来，高傲地看着明望。

“你不愿娶，我也不愿嫁，不然以后成了一对怨偶看着也让人笑话，我温雅还不到没人娶的地步。”

“我娶！”门口传来响亮的一声。

众人看过去，一个穿军绿色上衣、黑色工装裤、黑色军靴的男人出现在门口，是明景。

他大步走进来，路过温雅的时候伸手一搂，看向客厅里的所有人。

“温家和明家结亲的人是我们，我总该配得上温总吧？”

他说完，低头看向眼眶红红的女人。

温雅没说话，也没反对，只是扭头眨了眨眼，将眼里的热气憋回去。

“你们……你们……”明老爷子被气得说不出话来。

明望和明景擦肩而过，兄弟俩的目光对上，谁也没多说便移开了眼。

明望要从明氏集团退出一事在上层圈子里引起轩然大波。

明氏集团除了酒店，还有其他产业，在明望接手后更是往地产和新媒体方面涉及。如今他一退出，各大投资商纷纷跟着撤资，导致明氏集团一时之间陷入冰与火的境地。

而此时，一家名为 K&U 科技的新的上市公司也在悄然之间揽下各大业务，让业内的人纷纷侧目。

消息传到明老爷子的耳朵里时，他已经被气得麻木了。他这个孙子留的这一手真是太狠了。

明奶奶在他旁边叹气：“你这么执着干吗？你看如今你想要的明、温两家结亲，这不还是照常进行吗？至于大孙子，你就随他去吧，难得他那么喜欢一个人，你就别为难他了。”

明老爷子转头瞪着明奶奶。

明奶奶一撒手，“哼”了一声后站起来：“老顽固！”

许愿醒来的时候，陈茜茜正在她旁边睡着。看一眼时间，已是上午十点多。她给陈茜茜留了条信息说下午再回来，便开着车回家去了。

明天早上的飞机，今晚还得回南城住一晚，早知道昨天来的时候就把行李带过来了。

下午的时候，她整理好东西，然后提着出门。许母在后面看着她，一瞬间难过不已：“愿愿。”

许愿停下，扭头看她：“妈？”

许母走上前拉着她的手，犹豫着问：“你跟明家……”

“您都知道了？”许愿低头，再抬起头时笑了笑，“没缘分嘛，很正常的。”

许母叹了口气，拍了拍她的手，叮嘱道：“一个人在外面别太辛苦。”

许愿点头，看着眼前不舍得她出去的母亲，松开行李箱抱了抱她。

离开老家后，她开车到南城，进了陈茜茜的小区。将车停好后，她拖着行李箱进了单元楼。而小区的侧边，一辆低调的黑色大众停在楼下。后座车窗开了一条缝，面容清冷的男人正静静地看着她。

直到看不见人了，他才低头看了一眼手机，是和陈茜茜的通话页面，通话时长有一个多小时。

许愿上了楼，她之前给陈茜茜打了电话，等她到的时候门已经开着了。她拖着行李箱走进去，把门关上。

陈茜茜正从卧室走出来：“你来了，来这边坐，我跟你说件事。”

“嗯。”许愿将行李箱放好，走过去在沙发上坐下，“什么事？”

陈茜茜端了杯水放在她面前，组织了一下语言：“那什么……如果你去苏城不急的话，要不等几天再去？”

“怎么了？”

“我就问你，急着去苏城吗？”

许愿摇头。

陈茜茜一愣，心里明白她是想尽快逃离这个地方，可偏偏事情又不是她想的那样。想到刚刚明望说的话，她把想说的话也压了下去。

明望说许愿对他不信任，那他就用事实来说话。将所有她以为的都打散，这是他们之间最大的问题，一定要解决。

只需要把她留在南城，多留几天。因为过两天明景和温雅订婚的消息就会发布出来。

许愿虽然摇头，但还是轻声说：“你知道的，我……”

“愿愿，我要结婚了。”陈茜茜一急，话就脱口而出，引得许愿转头看她。

陈茜茜干巴巴地笑道：“你也知道我和徐是钰的事，他们家那边也等不得，说要尽快办婚礼。我是想让你当我的伴娘……这……我们这么多年闺密了，上次美玲结婚你就没回来，你不知道她有多生气。”

“这么快吗？什么时候？”

陈茜茜在心里扇了自己一个大嘴巴子。为了把闺密留下，她真是把自己的婚事提上了日程，原本都不打算办婚礼的。

她已经都打算好了，领张证，生个娃，以后过得下去就过，过不下去就离，越少人知道越好。不过现在能拖一天是一天，大不了装模作样，反正等温家和明家定亲的消息传出来就稳了。

对，就装模作样。她又高兴起来，继续瞎编：“就这个月，说是月底的日子好。”

许愿有些迟疑，一个月时间还挺长的。

“你看我这是第一次结婚，怪紧张的，还要去试婚纱、拍婚纱照，肚子里又怀着宝宝。你也知道，我爸妈离异后各自组建了家庭以后就都不待见我了，我也只有你可以说说话了。”她本来只是想让许愿留下，哪知说着说着一下子心酸起来，眼泪都快流下来，可怜兮兮地看着许愿。

“愿愿……”陈茜茜拉了拉她的衣角。

许愿抿了抿唇，确实被她说得心软了。

陈茜茜看她的脸色松动，又继续说：“而且你也知道，徐家是大户人家，我这心里也是发慌得紧。你就陪我一段时间，等我结了婚再走，应该不会耽误你吧？一般大公司不都是元宵节过完了才收假的吗？”

许愿无言，最终点了点头。

其实何硕发给她的信息里也是让她和母亲过完元宵节再过去也不迟，只是她怕听到明望结婚的消息，才想早早地离开南城。她就是想逃避。

陈茜茜欢呼一声，扑在她身上，欢呼道：“愿愿你真好。”

那晚留下许愿后，为了表示她真的在忙结婚的事，第二天她就拉着许愿在南城的婚纱摄影店里转来转去。徐是钰听说了这件事，干脆将事情板上钉钉，跟家里人商量了一下，直接来真的。

日子定在正月二十一，是个宜嫁娶的好日子。

陈茜茜每次试婚纱都觉得不对劲，因为每次徐是钰都会过来陪她，就像是真的一样。可是她又不好跟许愿细说。

正月初十这天，温、明两家定亲，倒也没有大肆宣传，只是请了各自的亲朋好友吃了顿饭。陈茜茜会得到消息还是明望的助理张勇告诉她的，并且张助理还在网上悄悄地发布了小道消息。

此时她们正在选拍婚纱的套餐。

“我觉得这套好看，国外四个地方取景，刚好可以去旅游一趟。愿愿你看。”陈茜茜将宣传册放到许愿前面。

许愿一页一页翻开。

手机振动，陈茜茜看了一眼在认真看套餐的人，将信息点开，片刻后喊道：“愿愿！”

许愿抬头看陈茜茜，以眼神示意：怎么了？

“温、明两家定亲了！”陈茜茜将手机摆在许愿面前的宣传册上，“你看看。”

许愿愣了一下，半晌才慢慢低下头去看页面。她在下一秒愣住，页面上是穿着军装的男人和穿着旗袍的女人，两个人手挽着手在给饭桌上的客人敬酒。女方确实是她熟悉的人，但男方许愿就不认识了，她没见过这个人。

这个人不是明望？和温雅定亲的人不是明望？

许愿按捺住突然狂跳的心脏，动了动唇看向陈茜茜，犹豫着问：“他……他是谁？”细白的手指指着屏幕上的男人。

“我记得好像是明望的堂弟明景，是个兵哥哥。”

许愿拿起她的手机，将一篇报道详细地看下来，脑袋像是被糨糊给粘住，不会思考了一般。她最害怕的结果原来是这样的？她愣怔地问：“这是真的吗？茜茜？”

陈茜茜看着她，索性拿出电话道：“我问问徐是钰吧。”

电话打出去，她开了免提，“嘟”了几后，那头便接通了：“喂，茜茜？”

“徐是钰，温、明两家定亲的主角是谁？”

“明景和温雅啊，咋了？”

陈茜茜没说话，看向许愿。

徐是钰又问：“想看吗？巧了，我刚好在现场，我偷拍给你。”

话音落下，电话挂断，几秒后微信提示音响起。陈茜茜点开，将他偷拍来的照片点开。

“看来确实是明景跟温雅定亲，不是明望。”

事实摆在眼前，容不得许愿不相信。可之前温雅明明跟她说定亲的人是明望啊。她捏紧手指，深深地吸了一口气，喃喃自语：“为什么会是这样？”

陈茜茜拍了拍她的肩膀：“愿愿，你有没有想过，其实你一点都不信任明望，你们之间最大的障碍是缺少沟通。”

许愿愣怔地转头看她。

“我们能出来并不是靠谁帮忙，而是因为我们的会所和产品都没有问题，所以我们才没事。”

许愿动了动干涩的唇瓣，半晌说不出话来，原来事情的原因竟如此简单。

“你知道这段时间明望在忙些什么吗？”

许愿缓缓摇头，她不知道，自从将他拉黑以后，他就没再来打扰她了。

“他在跟明老爷子争取他的婚姻权利。春节还没到，他便停了明氏集团的所有工作，转而在纽交所上市了一家新的科技公司。就在前几天，圈子里已经传出了明望从明氏集团退出的消息。然而没过几天，明氏集团旗下的各项业务又都恢复了。

“这场表面上还没打起来的仗，你知道意味着什么吗？”

许愿看着她，心里渐渐有了答案的雏形。

陈茜茜看着她的神色，点头肯定地道：“这意味着他争取到了，明老爷子妥协了，他可以自由选择自己的结婚对象了。

“所以才会有现在你看到的场景。

“他在你放弃他的时候仍在努力，在为你们的以后争取一条大道。而你呢？你不信任他，也不跟他沟通，转身就走人，用逃避来解决问题。

“愿愿，这一次确实是你不对。”

许愿没法开口，嗓子里像是塞了一把刺，直插心脏。

她拿出手机打开微信，把明望加了回来。即使她删除了好友，但她记得他的电话号码，一输进去点击添加，对方都不用同意直接就添加上了。这是……他并没有删除她的意思。

许愿忽然就感觉窒息到说不出话来。她嘴里说着爱他，却一点也没有付出过，遇到困难就像乌龟一样缩回自己的壳里。而那一切的暴风雨皆由他来扛下，他不说也不问，默默地在她的壳外撑起一片天。

在他们之间，原来她也是被爱的那一个。

如今她不知道该如何挽回他们的感情，连打个电话都难。她开不了口，在不管不顾地删了他以后，她都不知道要怎么让他原谅自己。

晚上回了家，许愿不得不找陈茜茜帮忙参考。她觉得凭着自己的一个榆木脑袋，根本想不到解决的办法。

陈茜茜思考半晌，也只能给出“先见一面再说”的建议。

许愿想，现在这种局面发信息确实不靠谱，最好是当面说清楚。

于是她当下就拜托陈茜茜给徐是钰打电话，问在什么地方能见到明望。

徐是钰想了想说：“明天晚上这边有个慈善晚会，你带上许同学过来看看。这段时间连我都很少碰到明望，想见他确实很难。”

“好，你搞两张邀请函给我们。”

徐是钰自然应下，一转头就给明望打了个电话，调侃道：“你小子坐等享福吧，你老婆想方设法要来追你了。”

明望愣了一下，道了声谢，在寂静的深夜里发了一会儿呆，随后起身进了卧室。

路过穿衣镜时，他整了整衣领，看着镜子里眉毛上扬的自己，暗想，是时候硬气一些了。

第十五章
好久不见

早春的南城，一场春雨来得又快又猛。白色宝马行驶在雨中，车窗上有条条水流滑下。细密的雨珠挂在窗边，许愿靠着车窗看向外面。

宝马最终停在南城最大的五星级酒店门口。酒店许愿是再熟悉不过了，早前在几千里外的陌生地方，就是这家酒店给了她亲切的熟悉感。后来，她也是在这家酒店度过了一个难忘的生日。

她揉揉鼻子，将心里涌起的酸涩情绪按捺下去，打开了车门。

酒店保安撑着雨伞过来接她们。进了大厅以后，许愿道了声谢，就站在原地等着陈茜茜。

大厅里进进出出许多人，自许愿进来后都忍不住侧目。过年是个容易长膘的节日，大部分人一过年准要胖那么几斤。可偏偏许愿过个年还瘦了五六斤，本就纤细的人更加瘦弱了。

一身淡紫色蕾丝旗袍勾勒出凹凸有致的好身材，肩上是毛茸茸的白色披肩。她的皮肤白，淡紫色相当衬她。

她的过肩短发打成波浪小卷别在耳后，化了眼妆的桃花眼妩媚多姿，站在大厅里亭亭玉立，一身民国名媛的气质引人侧目。

陈茜茜依旧是一身干练的白色西装裙。她晚了几步进来，看见大厅里朝许愿侧目的人，悄悄笑了，过去挽着许愿的胳膊调侃道："你今晚一定让明望移不开眼睛，以前没这么打扮过吧？"

许愿摇头，内心有点紧张，又有点期待。

两个人在晚会门口递上邀请函，随后便被侍者带进会场找了个位子坐下。她们来得不早也不晚，会场里已经有一大半人。

然而直到慈善晚会开始，许愿都没能见到想要见的人。陈茜茜一遍遍地拨打徐是钰的电话，也没人接。

许愿在会场里只觉烦闷，有些待不住。看着陈茜茜和旁边的人聊得甚欢，她正要出去，就听身后的人“哇”了一声：“明家大少和徐三少，还有陆小少爷来了，捐了这么多钱呢！”

许愿顺着她们的视线看过去，这才发现风度翩翩的三个人被人群包围着堵在了门口。

“说实话，过年时明大少跟他爷爷那一战，我真是佩服极了。现在的大家族哪有子孙敢这样跟老一辈顶撞，哪一个不是被压得死死的？也就明家大少有这种本事。”

许愿不由自主地站起来，走了几步。大厅门口一群人随着中间的三位男士往里移步，许愿就站在他们的必经之路上看着他。

随着他们越走越近，有些人已经看到站在路中间的女人了。大部分人都是见过她的，倒也没有赶她，只是在路过的时候让开了。

可偏偏该看见她的那个人像是没看见她似的，一点余光都没有往她这边扫过来。许愿愣怔地看着他，明亮的光线洒在他英俊的脸上，像蒙上了一层滤镜。

明望身穿黑色西装，身形颀长，宽肩窄腰。他姿态清冷地跟周围攀谈的人颔首示意，丹凤眼微微弯着，内里却是一片冷淡。

他的一举一动许愿都太熟悉了，如云雨巫山，清清冷冷，远近不明。随着熟悉的气息靠近，她的双手紧紧握在一起。

许愿保持着最完美的姿态，勾起嘴角，想要开口，然而男人却面色平静地从她身旁走过。旁边全是别人与他的攀谈声，她想开口的声音也淹没在众人的高声谈论里。

嘴角的笑意凝固，周围有人看过来，许愿保持冷静笑了笑，站了片刻，便转身往晚会的侧门走去。

而在她转身后，大厅里本该与人商谈的男人微微偏头看向侧门。

“明总，你看贵司……”

“抱歉。”男人打断他的话，“合作的事跟我的助理预约时间。”说完他不等人反应过来，一双长腿迈开，越过人群往侧门走去。

许愿出了晚会现场，在走廊上慢悠悠地走着。雨已经停了，空气里都是春雨过后的湿意，吹过的夜风裹着早春的寒凉。皮肤遇到冷气，一瞬间冒起密密麻麻的鸡皮疙瘩。

她却像是感受不到冷一样，呆呆地站在阳台上，看着外面的花园。一滴又一滴的雨珠从树叶上滴落下来，掉进草地里。心里的期待也如雨滴，落入茫茫草叶之中，无半点回音。

大雨滂沱的那天晚上，他一遍又一遍地问她怎么了，可她就是不说，其实是不信任与自卑在作祟。

许愿站在冰凉的阳台上，心也随着夜风一点一点凉下去。直到手被冻得麻木，她才动了动身子。等钻心的痛感过去了，她才慢吞吞地走向休息区。

休息区已经有一个人了。许愿要进去的脚步顿了顿，看着熟悉的背影，想上前去却又想起刚刚的疏离。

她抿了抿唇，还是走上前，在他的旁边站定。男人垂眼抽烟，一言不发。

许愿也没想好要说些什么，几次看他都是手抄兜安安静静地抽烟，并没有想跟她说话的意思，一身傲然冷漠的气质。

她挫败地垂下眼睑。也是，他一贯是冷漠疏离的，是高高在上的明家大少爷，哪是她随意便可搭讪的。即使他们曾经有过甜蜜的一段……可她不甘心。

许愿还没想好要怎么跟他开口，明望已经抽完烟，一言不发地走了。他走之前似乎还看了她一眼。她没看懂他的那一眼里包含了什么，可依旧让她感到难过。

这场景和去年那个时候一模一样。那时是她认为他们之间有着天差地别，他是她高攀不起的翩翩公子，所以按捺下一切。

而如今呢？她明白了他即使是高高在上的大少爷，却也是一个男人，会为爱人去拼搏努力的男人。所以，她也是不会放弃的。即便看样子好像有点难，那她也该勇敢一次。

明望到了门口，还是停下脚步转头看她。她的目光看向窗外，轻轻地叹了口气。他心里忽生难过，看向她的目光中带着一闪而过的委屈，然而表面还是冷清的矜贵。

等了几秒，她依旧没转身。明望深吸一口寒凉的空气，抿着唇走了。

他想起年前年后那段时间，想起他们之间最大的问题，不是阶层也不是圈子，不是外界的一切，而是——她不信任他。

明明她能出来是因为自己的店面合法经营，既没有违规产品，也没有违法营销。可经过温雅这模棱两可的一说，她当真就信了，一言不发地搬家走人，甚至连联系方式都给删了，还想离开这座城市。

她跟他在一起从未想过以后，可他把一切都考虑好了，到头来险些留不住人。说不难过是假的，说不委屈也是假的。

所以当徐是钰说，她想方设法都要来见自己一面时，他没忍住端起了架子，想看她会为自己做到怎样的地步。

只是，这才第一步呢，他怎么就心疼起来了？一点都不够硬气。

回了晚会现场，各种捐赠和慈善活动都已经进入了尾声。许愿四处看了一眼，男人的身影没看到，也没看到陈茜茜。她拿出手机一看，早在半个小时前，陈茜茜就说自己先走了，给他和明望留一点空间。

许愿在内心暗叹，留什么空间啊，人家都不一定乐意理她。再在会场待下去也没什么意思，许愿拢了拢披肩，朝大门外走去。

迎面而来的夜风带着湿度浓密的雨气，出了大门才看见此时外面雨幕重重。大雨疾速落下，路边的灯光一团昏黄。她站在大厅门口发了一会儿呆，然后拿出手机打开打车软件。

一阵阵暴雨加上一阵阵风，夜里的温度越来越低。

许愿今天为了来见明望，就穿了一身旗袍和一件披肩，再没有其他可以挡风的衣物了。夜风从大门口吹进来，冷得她打了个喷嚏。

电话响起，她边接听边往外走。到了大厅外的走廊，雨丝从屋檐外飘了进来。

司机已经到了酒店外面，但是因为雨太大了，要她自己走出去。

挂断电话后，她叹了一口气，只能转身去找酒店保安借雨伞。

她在转身的一刹那愣了一下，透过雨幕看向侧边撑着黑色大伞站立着的挺拔男人。

他依旧穿着西装，只是外面披了一件黑色长款呢大衣，显得身影孤立颀长。撑着的雨伞将他的容貌遮去一半，从大厅里透出来的灯光打在他的身上，是淡漠的颜色。

他这个样子让人只敢远观，却半点不敢上前去搭讪。雨丝飘进来，打湿了许愿的半边披肩和胳膊，她像没反应似的呆呆地看着男人。

片刻后，雨伞轻抬，露出伞下男人的面容，白皙英俊中泛着冷意。白色衬衫上系着暗色领带，堪堪卡在喉结下面。

他整个人都透着一股矜贵禁欲的气息。

“阿嚏——”许愿揉了揉鼻子回神，连忙转身往酒店内走去。

不想她一动身，旁边站着的男人也动了身。他边走边脱下大衣，在靠近许愿的时候一甩一裹，将她给围了起来。

有那么一瞬间，许愿的心跳仿佛停止了，感觉周围的声音都在远去。身体被大衣包裹住，冷风被挡在大衣外，鼻尖传来熟悉好闻的气息，让她一瞬间就眼眶泛酸，声音细微：“明望……”

男人却不理会，拥着她到身边，将伞撑在两个人的上方，往酒店外走去。他们没去坐旁边那辆网约车，而是往正对面的黑色保时捷走去。

许愿上了车便往里面挪，男人看了一眼，坐到她挪出来的位子上，将伞收了，再关上车门。

张勇暗暗瞅了一眼后视镜，把隔板升起来，才把车开了出去。

安静了几秒后，许愿的手机响了，她接听：“喂？”

“小姑娘，你到底出来了没？”

许愿这才想起刚刚自己叫了车，忙道：“师傅对不起啊，雨太大了我就不坐了。我这边给您取消订单，十分抱歉。”

“啊！不坐就早些说嘛，害我白等一场。”

“师傅对不起。”那头挂断电话。她点开打车软件，取消了订单。

车里一片寂静，外面雨雾茫茫，谁也没说话。

许愿偷偷看了明望几眼，手悄悄从大衣里伸出去，临到他身边却又退缩了一下，只敢揪着他的西装衣摆。

昏暗的雨夜里，男人脸上的表情看不清楚。他上了车就松了领带靠在椅背上，浑身都是雨水和清凉的气息。

许愿更不好开口了，只是紧紧攥着手里的布料。明望垂首看了一眼，细白的手指缩回去，下一秒又伸过来重新攥着。

他勾了勾薄唇，闭上眼，手放下去搭在她的手背上，安静地靠着也不说话。

黑夜因下雨被无限拉长，一盏盏路灯如跳跃的星光从车窗外滑过。许愿一直偏着头看他，路边的灯光让她看清了闭上眼的男人。

片刻后，她低头看向挨在一起的两只手，内心潮湿滚烫。

车子最终停在陈茜茜住的小区里，车外的雨小了些。许愿最后看了一眼明望，他已经睁开眼，偏头看向那边的车窗。她抿了抿唇，将大衣拿下后放在座位上，打开车门就要下车。

不想胳膊上有一股拉力将她拉了回来。冷风从打开的车门外吹进来，冻得人抖了抖。身后的人将大衣重新披到她的肩膀上，拉过她的胳膊往袖子里伸进去。

许愿像个三岁的娃娃一样，随着他的动作将大衣穿好。

穿好大衣后，明望正要松开手，却突然被她一把抱住。他愣了一下，垂首看她。

“明望，我错……”

他拉开她的手，语气平淡：“你没有错，是我没把事情处理好。”

“没有——”

“下去吧。”明望打断她的话，把伞递给她。

许愿愣怔地接过伞，看他一副不想跟自己讲话的样子，瞬间闭上嘴巴，磨蹭了一会儿，还是下了车。将伞撑开后，她站在车边看着关上的车门，一句“注意安全”卡在了嗓子眼。

她钩了钩头发，暗自叹了口气，正要转身的时候，后座另一边的车门打开，男人手插兜下车后从车头绕了过来。他走到她的面前，也不说话，直接将伞接了过去。许愿愣怔地站着。

“不走？”男人偏头看她。许愿回神，跟着他的脚步。

雨点淅淅沥沥打在伞上，将她顷刻间加速的心跳声遮掩了过去。

陈茜茜住的那个单元离门口不是太远，却也不近，往常她一个人走也就五六分钟。但此刻她希望时间能再长一点。

早春的夜晚，春寒料峭。一路走进去，路灯泛着微弱的光，光下是拉长的雨丝、细小的蚊虫和薄薄的雾气。

走了几步，明望突然伸手搭在她的肩膀上，搂着她靠近了一些。许愿悄悄向他凑近些，抬手捏着他的衣角，片刻后又悄悄拉住他举伞的胳膊的袖子。

明望没说话，安静地走着。她暗暗松了口气，心里既高兴又伤感，情绪混成一个乱糟糟的线团，理不清也道不明。

到了单元楼前面，许愿停了几步，还是忍不住转身看他。

明望还没走，撑着伞站在楼前，单手插兜挺拔地站着。他的目光隔着细小飞扬的雨幕和伞檐，不知看向何方。

许愿没忍住又冲回了伞下，高跟鞋崴了一下，一个不稳直扑男人怀里，被他一把搂着腰扶了起来。打理好的卷发因为这个大动作，有一丝弯弯曲曲地垂落在鬓边，搭配上耳垂上白润的珍珠耳环，有一丝凌乱的美感。

明望看着看着，目光渐渐幽深，喉结滚了滚，最后还是忍住了。许愿靠在他怀里，手伸到后面搂住他的腰，穿着黑色毛呢大衣的她像一只圆润又笨拙的企鹅。

等她站稳后，他将手收了回去。伞外的雨不见小，反而慢慢转为铺天盖地的阵雨。夜来风雨中，雨点打在伞面上，淅淅沥沥。他们却在这狭小的空间里感受到暂时的宁静。

十几分钟过去，明望兜里的手机一声接着一声响起。

许愿慢慢松开搂着他腰的手，却在下一秒移上去挂在男人的脖颈上，使了点力迫使他低头，随后一仰头亲在他的嘴唇上。明望微微躬身，目光直视她。

许愿亲了几下，看他一副不配合的模样，挫败地微微退开。不过分离一秒，男人温热的唇便追了过来。她回应不过来，肺里的气只出不进，受不了要往后退，后脑勺却抚上了一只大手，不容她后退。

她只能仰头，温柔地回应着换取一丝丝氧气。男人被安抚住，动作渐渐轻柔下来。

雨丝从伞外飘进来，落在两个人相贴的脸上。微凉的触感让明望回神，拥着她进了单元楼内，松开她后转身，一言不发地往外面走去。

许愿跟了几步，张口想叫他，却被雨水阻止了。楼上人家阳台上的雨水一滴接着一滴落下，转眼间撑着伞的男人就已经在雨夜里走远。

许愿回到楼上，陈茜茜还没回来。她打开房门进去，在卧室的床边坐下。她将大衣脱下来抱在怀里，思绪跑远了一会儿又回来。她垂首将大衣一点一点叠好，片刻后给何硕打了个电话。

等陈茜茜回来已经是半夜了，许愿还没睡，穿着睡衣在网上四处看招聘信息。

“看什么呢？这么专心。”陈茜茜把头伸过去看她的笔记本。

她将笔记本页面转向陈茜茜：“我还是不去苏城了，就留在南城，想找份工作先干着。”

“这还不好办。”陈茜茜在床上坐下，“我呢，都打算好了，从哪里跌倒就从哪里爬起来。”

许愿皱眉：“还要继续干美诺？”

“当然不是了，是干美容。”她说着看向许愿，“所有的仪器设备我们都有，美容的手法技艺我们也会，产品就用之前引进店里的国产护肤品牌。这个牌子在国货里也算出名，很多人都知道，属于自带热度。它不像美诺那样是直销产品，说实话我现在真是怕了这个直销了。”

“这次我不打算搞什么连锁加盟代理什么的了，就拿了护肤产品，开家小店，前面卖产品，后面放几张美容床给顾客美美容什么的。”她转向许愿，问道，“你觉得怎么样？”

许愿点头：“当然可以了。”

“我们一起干啊，店铺我找徐是钰拿就行了，他家做房产的，还怕没有店铺？”

“我再考虑一下。”许愿有些犹豫。

“还考虑啥啊，就这么说定了。”陈茜茜是个说一不二的人，当下立马给徐是钰打了个电话。

抬头看着她坐在客厅里打电话的身影，许愿一瞬间觉得自己简直失败透顶。她要是能有陈茜茜的果决和性子就好了。

低头打开手机，点进和明望的聊天页面。自从加回来之后她就没有和他聊过，最后一句也是他发的：想你了。

她想了想，引用那句时隔一个月的话，然后回复明望：我也想你了。一瞬间，满屏的小星星掉落下来。微信真的是太懂人心了。

此刻，她想念他的心情一如这满屏落下的星星一般。

她以为明望不会回她的消息，刚要把手机放下，对方高冷地回了一个“嗯”字。想着他一个人坐在办公桌后面或是靠在床头，面无表情地回了一个“嗯”字，她的心房就一寸一寸地塌下去。

这样的男人，她之前怎么就会不信任呢？

想不到其他要说的，她只能回他一句：要早点休息。晚安。

而另一边的男人正在书房的办公桌前，嘴里叼着香烟，白色衬衫随意地穿着，领带松开好长一截耷拉在脖颈上，一双长腿搭在办公桌上，身子窝在办公椅上捧着手机在等消息。

顶端一直显示“对方正在输入中”，可他等了半天也只等来一句“晚安”。他眯了眯眼，再三确认她确实只是给他发了一句“晚安”，心里蹦出一句脏话，然后将手机锁屏丢在桌上。

许愿回完信息，没收到他的回复，手指一点点进了他的朋友圈。

朋友圈里不知什么时候发了一张照片，是一个黑色的小绒盒。没有配字也没有文案，就简简单单一张照片。时间是大年三十那天晚上，她把他拉黑了以后。

许愿看着，只觉心脏滚烫。原来他那个时候说的结婚，是说他们两个人，是下定决心做好了一切准备的。

她想不明白自己那个时候为什么就会信了那个女人的话，认定了他就是那样的人。如今看见这张照片，她心里的难过简直快要将她淹没，却又流不出一滴眼泪。

夜里睡不着时，许愿又点开他的朋友圈看，手指无意识地划着屏幕。照片下面的朋友圈大部分都是他转发的他的新科技公司——

K&U 的公众号内容。

她鬼使神差地点进去，看到开篇介绍了 K&U 科技的大体运营范围，涉及 AI 智能、AI 语音系统、AI 智能机器人系统、半导体载体芯片等。

其中一篇是人才招聘，需要一名科技领域的团队负责人，要求熟悉科技电子操作，以及有三年以上的相关经验。其次需要三名科技电子工程师，也是要求在该领域从业三年以上，有相关的工作经验。

科技电子工程师这一块许愿说熟确实是熟，在 LU 精密科技里，凡是课级以上的基本都是 LU 的科技工程师。尤其她自己原先也是组装课的工程师。

智能声触更新换代那么多次，每一次的研发和组装她都有参与。从每一条线路到每一个零件，她都能说得出来名字和作用。从制程、质检、内测到公测，到组装、安装系统、下载软件，整条生产线她也都跑过。

不知道这样的算不算电子行业的领域，她想着便写了一份简历，按照上面的邮箱发了过去。

明望的这家 K&U 科技公司办事效率也是很快，她是晚上发的简历，第二天中午就让她过去面试，面试地点在南城新科技园区。这里许愿之前来接明望的时候来过，因此不算陌生。她换了身干练的小西装，开着车到了 K&U 科技。

在大门口停好车，她刚要出示面试通知书，保安大哥一看是她，二话不说便放行了。许愿也没耽搁，将车开进公司停车场，随后按照指示到了一楼面试会议室。

来面试的人还挺多，她找了个位子坐下。旁边的女孩举着小镜子在补妆，简历放在桌面上。许愿瞥了一眼，看见了上面的毕业院校，是国内排名第一的科技类大学，计算机专业成绩第一。

她吸了一口气收回视线，想着这次大概是没戏了。

出乎意料的是，这里的面试不像别的公司那样，一个一个地面试，而是等人都到齐了，面试官才进来在前面坐下。

面试官问的问题也是统一的，首先就是个人学历。在座的除了许愿是自考本科，其他都是应届本科生。一个面试官要将她的简历拿走，被另一个按住，不知道悄声说了什么，她的简历就没被抽走。

其次就是关于科技电子领域的从业经验，以及工程师负责的项目与研发等。在座的人陆续被淘汰，最终只剩下五个人，许愿是侥幸留下的那一个。

面试最后一项是带着剩下的五个人实地进了一趟生产车间。

他们先签了保密协议，经过消毒，套上白色防静电大衣和鞋套后才进了生产的无尘车间。

他们去的是AI智能H20系机器人生产组装的车间。五个人里只有许愿一个是女士，其他都是男士，三个面试官里也只有一位女士。

进了车间以后，光线暗下来，四周都是迷人型和大白型机器人展示的模型。

大白型的机器人屏幕比较大，在肚子上，是适合各大公共场所的服务型机器人，具有可自主服务意识、语音交流、自动化向导等优势。而迷你型机器人属于居家类服务型机器人，屏幕在脑袋上，语音配备皆为儿童音，有清扫、教学、陪聊、检测居家安全隐患等优势。

所有机器人的系统都是K&U内部系统，实时更新，紧跟当下潮流。面试官一边带着几个人进去，一边给他们进行讲解。

穿过真空实验室再往里走就是组装和内测，许愿一路看过去，熟悉感扑面而来，对大部分机器都有一种熟悉感。线路、组装、测试……当她站在一台真空按压机前，看着薄薄的屏幕被输送进去，旁边的工程师在调数据时，她脑海里的参数就跟着动了。

“熟悉吧？”旁边传来一个清脆的声音。

许愿偏头，是面试官里的那位女士，她点了点头。

“我看了你的简历，你之前在LU精密科技里做组装课的课长，是做管理的。可你的求职意向是工程师，为什么呢？”

“有哪一个工程师不是从底层做起的？我自认没有一来就能令贵司的所有工程师都能服我的本领，倒不如从会的层面做起。”

面试官李珍点点头道：“LU是目前全球最大的智能声触科技代工厂，你都已经是课长了，为什么要从那里辞职呢？”

“很多年没回南城了，一回来就不想出去了，毕竟还是挺远的。”

“好吧，勉强算你这个理由合理。”李珍笑了笑。

许愿也微微一笑，看着她，真诚地道谢："刚才谢谢您能留下我的简历。"

"我也是看重你的从业经验。现在很多大学生学历是不错，但很少有经验，特别我们这种随时进入车间的，会让他们眼高手低。同时呢，教会了他们说不定哪天就跳槽了。"

她说完笑了笑："好了，明天你来公司办理入职手续吧。"

"非常感谢。"许愿鞠了个躬。

李珍笑着颔首，带他们参观了一圈车间后就回办公大楼了。

公司占地面积挺广的，除了办公大楼，远处连在一起的几栋大楼就是AI系列的生产车间，还都只是半成品生产组装的车间。其他小零件的生产和半导体、电子芯片载体的车间在其他地方。

晚上回到家，许愿就跟陈茜茜说了这件事。既然找到了工作，那么接下来就得找离公司近一点的房子了。

陈茜茜问："那你去他们公司有看见明望吗？"

许愿摇头，她一个小小的实习工程师，哪有资格见公司的大老板。即使是在办公大楼上下也见不到，因为董事有专属电梯。

"对了茜茜，你帮我问问看新科技园区那边有没有适合的房子，我打算租房。"

"干吗租房啊？"陈茜茜不解，"就住这里嘛，租房还麻烦。远是远了点，但你不是有车嘛。"

许愿摇了摇头："我还是租房吧。"

"那这件事还是得问徐是钰。"

许愿笑了笑："那麻烦他了。"

她一个电话打到徐是钰那边，问他在新科技园区有没有房子。

徐是钰想了想，说梧桐路有一套空着的公寓，装修好后还没去住过。许愿可以过去住，反正他现在又不住，许愿住过去刚好方便他来陈茜茜这里照顾孕妇。

许愿不好意思白住，让他以租房的方式给她算钱。徐是钰也算是大概知道了一点她的性格，倒也不再计较。

电话挂断后，他想起新科技园区那边不正是新公司的所在地吗，想了想就给明望打了个电话，只说他在梧桐路的那套公寓要租给许愿住。

明望当下没说什么，但第二天早上就给他送来了一套别墅的购房合同，要换他梧桐路的那套公寓。拿别墅换公寓他当然乐意了，于是才一天时间那套公寓就易了主。

而这一切，许愿还不知道。

第十六章
故里逢春

翌日清晨，许愿好好打扮了一番，便开车去了公司。门口的保安大哥依旧是问也不问就放行了。

许愿停好车，乘电梯到了十二楼，AI 智能机器人 ED（工程部）的办公地点。进了门，待客区坐着昨天跟她一起面试的两个人，看见她进来热情地打了招呼。许愿淡淡地回了个笑，在他们旁边坐下。

新科技园沿江规划而成，公司大楼临江而建。从十二楼看出去就是广阔碧绿的江水，在早晨的阳光下泛着薄薄的雾气。

昨天最后的五个人中，进了车间一趟回来后又淘汰了一个。所以开始有三十多个人面试，最终留下来的只有四个人。

等人到齐以后，人事经理就给他们办理了入职手续，并分了工位。他们人手配了一台最新的笔记本电脑，工位也靠着窗边。

新入职的工程师里就许愿是女士，所以大家把靠窗有绿植的位子让给了她。四个人里一个是工艺工程师、一个是制造工程师、一个是质量工程师、一个是制程技术工程师，他们都属于工程部门。

许愿是质量工程师，负责跟随研发生产从而制定工作标准与要求，安排现场工作项目，质量检查工作等。或许是跟她之前的工作经历有关，安排给她的也是属于管理类的岗位。

这些工作量对她来说不大，只要熟悉了整个实验室和车间的研发与生产项目后，一切都很好解决。

下午六点下了班以后，许愿回了一趟陈茜茜的房子，收拾了一些行李，然后拿着陈茜茜给的钥匙去了新科技园区的梧桐路。她按照徐是钰给的信息，找到单元楼后便拖着行李箱乘电梯上楼。

房子在十五楼，一层有三家住户。许愿看了一眼门牌号，直奔里间。打开门把行李箱拖进去后，她关上门，转身要进去却被眼前的一幕给惊呆了。

一个英俊的男人，赤裸着上身，下身穿一条黑色西裤，似乎是正打算脱。皮带已经抽了，扣子也已经解开了，修长的手指还搭在裤腰两边。他还戴着一副金丝细边框眼镜。

斯文败类，妥妥的斯文败类！鼻腔里似乎有液体在滚滚而出，一声盖过一声的心跳声快要冲破心房。

“你……你怎么会在这里？”她捂着嘴靠在墙上，眼睛控制不住地往美色上瞟。

明望将裤腰上的纽扣扣好，从沙发上拿起白衬衫随意地披上。他不紧不慢地扣了一颗扣子，朝她投来一眼，眼尾拉长了两分，语气平淡：“这是我家。”

“你家？”许愿诧异地回神，忙几步退后打开大门出去看了一眼门牌号，是1503没错啊。她又走回来，抿了抿唇。房子从徐是钰的到明望的……她瞬间明白了一些什么。

明望倒了两杯水，一杯放在茶几上，一杯端起来喝了两口：“你现在的房东是我。”许愿沉默着点头，极力控制着嘴角不上扬。

男人看了她一眼，提了提裤子后在单人沙发上坐下，慢条斯理地跷起二郎腿，腹部肌肉若隐若现。

某人看直了眼。

明望端着水杯，曲指敲了敲茶几，暗沉的眸光被藏在薄薄的镜片后面，神色不言而喻。许愿收回视线，走过去，在他旁边的沙发上坐下，端起水杯喝水。

她喝水，他便看她。许愿忍受着这道高压的目光，几秒后明知故问：“那你还租给我吗？”

“卧室我占了，如果你介意睡客卧，那就请便。”

许愿摇了摇头道：“不介意的。”片刻后她又问，“那租房合同呢？”

明望放下杯子，双手交叉在一起搭在膝盖上，静静地看着她。许愿捏了捏手指，忽然就被看得有些坐立不安。

“明天送来给你，今天忘了，先住着。”

“哦，好。”干坐了片刻，她挨不过，干脆站起来收拾行李。

公寓有一百五十多平方米，一间主卧、一间客卧，还有一间书房。主卧和客卧都自带洗手间，外面的客厅旁边也有一个洗手间。厨房是单独的一间，还有专门的洗衣间在洗手间外面的阳台上。

房子是刚装修好的，家具都是新的，客卧里的床单被套也都是齐全的。她只需要将自己带来的洗漱用品和衣服放进去就行了。

客厅里十分安静，灯光已经由一开始的高亮转为昏黄的橙光。

她端着杯子出来看了一圈，主卧的灯光没亮，反而是旁边的书房里亮起了灯。她悄悄路过，从门缝里看到男人正在专注地处理事情，于是端着水退回了房间。

快十二点的时候她才听到书房的门响，随后脚步声在门口停了几分钟。许愿闭上眼睛，一只手按压在胸口，想把跳得飞快的心给按回去。

几分钟后，旁边的主卧门发出轻轻一声后关上了。

她侧躺着，一宿没睡着，大快亮时才迷迷糊糊睡了过去。不到一个小时，闹铃便响了。

她顶着一对熊猫眼和即将出门的明望撞了个正着。

“早。”她悻悻地打了招呼。

男人看了她几眼，随后下巴往餐桌那边偏了偏：“早餐。”

等许愿看过去时，他已经打开大门出去了。许愿看了一眼大门，走到餐桌旁。几片烤好的吐司、两个白水鸡蛋，还有一杯温热的牛奶。

她拿鸡蛋滚了滚黑眼圈，吃完早餐，看一眼时间，换了身衣服后描了个淡妆就出门了。从她住的公寓到公司走路要二十多分钟，开车只要几分钟就到了。

许愿在停车场把车停好，拿着包刚要进大厅，后面传来不确定的一声：“许愿？”

她停下脚步转身，待看清人影后，出声喊道：“班长？”

季远行快步过来，米色大衣衬得他个子挺拔，笑起来温柔又和煦：“你这是……来这里上班了？”

许愿点点头，两个人一起进了电梯。

季远行问她：“你什么时候来的？”

“昨天刚入职。”

“刚入职啊，那中午我来找你，带你去餐厅，不然你找不到。对了，你哪个部门？”

“工程部。”

“巧了，我是研发部的，刚好就在你们工程部楼上。”

许愿点了点头。到了十二楼，季远行比了个打电话的手势。

而此时的二十二楼总裁办公室里，明望正猜测着许愿怎么会来这边租房。给徐是钰打了电话，可他只说是许愿突然就要租房子，也不知道是为什么。

明望淡淡一笑，既然租了房子，那就说明她不会离开南城了。那么他就有很多时间用来寻找她在这边租房的原因了。

中午的饭点时间一到，季远行就给许愿发消息。没等许愿将电脑关上，他人就到了工程部门口等着。工程部的一些同事出去时看见他靠在门口等人，笑着调侃道：“季总监在等人？”

季远行温和地笑着颔首，朝里面看去。旁边的人顺着他的视线看过去，见到是许愿，纷纷露出一副“懂了”的神色，嘻嘻哈哈地调侃他。

眼看许愿快到门口了，季远行才赶他们走，笑着说：“瞎闹，我们是老同学，熟人，熟人。”

“老同学啊——”几个人的眼神有些八卦，笑着走了。

等许愿走到跟前，季远行站直身体问她：“饿不饿？”

“还行，不是太饿。”她手插在外套兜里跟在他身后。

办公室的餐厅在一栋单独的小楼里，中餐、西餐各色菜系都有。两个人进了餐厅。

“想吃什么？我们这儿麻雀虽小，但五脏俱全，想吃什么都有。”

许愿看了几眼，随意道：“都可以，我不挑的。”

“那就带你尝尝我们这儿有特色的糖醋里脊。”

“好。”许愿轻轻笑了。

这一幕正好落在走到餐厅门口的张助理眼里。他先是看到了许愿，再三确认的确是老板的那位老同学兼女朋友后，正奇怪她怎么会在这里，毕竟他并没有听老板提起过。

然而等许愿转过身，看到她胸前的工牌时，张助理才明白过来，原来是来公司上班了，就是不知道老板知不知道。

正当他要走进去打招呼的时候，就看见研发部的季总监带着她去点餐，人多的时候还在她身后虚揽着——

老天！这还得了！

张助理只觉头皮一紧，买了面包就直奔总裁办。他要去敲门前又返回办公室查了一下，得到准确消息后才敲了敲总裁办的门。

里面传出一声“请进”后，张勇便进去了。

办公室里的男人还在看文件，片刻后拿起笔“唰唰”签了名，将文件合好放在一旁，抬头看向他，用神色示意：怎么了？

张勇舔了舔嘴唇：“老板，许小姐来公司上班的事你知道吗？”

明望盖笔帽的动作一顿，挑眉道：“许愿？”

张勇点点头。

明望挑了挑眉，盖好笔帽后将笔丢在桌面上，往后靠回椅背，转头看向窗外的大江，明显心情好了起来。片刻后，他问：“哪个部门？”

“工程部，昨天刚入职。”

明望没说话，指尖有一搭没一搭地敲着交叉相握的手背，吩咐道：“你去订两份午餐，要西井牛排，然后打个电话让她上来。”

张勇额头上的汗一瞬间冒出来，没敢答话。

“嗯？”明望偏头看他。

“老板，那个……许小姐应该已经吃过了。”

明望不解。

“在公司餐厅里，季总监带着她。”张勇把眼睛一闭，索性全说了出来。

办公室里安安静静的，但温度一下子就降了不少。

几分钟后，他淡淡的声音传来："那挺好的。她刚来这里，有熟人带着不会出错。"

张勇这才想起来，季总监和老板是老同学，许小姐和老板也是老同学，那么季总监和许小姐也是老同学。

哦，原来是老同学啊，那是他想多了。

等张助理出去以后，明望掏出手机，微信上什么也没有。他用舌尖顶了顶牙，将手机丢在桌面上，转头看向大江，意味不明地笑了笑。

而此时正在餐厅吃饭的许愿，无端打了个寒战，她摸了摸手臂。

"怎么了？"坐在她对面的季远行问道。

许愿摇摇头。

两个人坐一桌，自成一派，周围的人都在悄悄地八卦他们，同事群里早已经盖起了高楼。

中午回到办公区，安安静静的，大部分人都在午休。许愿四处看了一眼，抱着笔记本去了一趟车间。

入职第一天，也没什么实质性的工作内容，她只能先去熟悉一下环境。新研发的实验室和车间她去不了，只能去一般的生产组装车间。

她在车间里转了一会儿，认识了一些工程师。知道她是刚入职的，大家便带着她熟悉各项机械设备和操作。

许愿当然求之不得，跟着记录学习，偶尔还会试着上手调试数据。毕竟之前她就是跟这一块打交道的，有些设备她一上手都能立马操作，令几个带她参观的工程师纷纷侧目。大家调侃说这次公司人事终于招到人才了。

时间过得很快，她在车间里一待就是一个下午。

下午下了班，许愿在导航上搜索最近的大型超市和菜市场，打算好好做顿晚饭给明望吃。她走到车边的时候，季远行正在他自己那辆车边转来转去。

"怎么了？"她走过去问。

"不知道怎么了，就是点不了火，估计是哪里坏了。"

许愿点点头，拉开车门要坐进车里去。

季远行叫住她：“许愿。”

“嗯？”

“我刚刚给修车行打了电话，车开不了了，能不能捎我一段？”

“你住哪儿？”

“南北路。”

“那还挺顺路的。”许愿笑了笑，“上来吧。”她记得南北路那边有家大型超市，刚好可以去那边买菜。

季远行笑了笑：“差点以为你不想捎我。”他绕过车头，坐到副驾驶座上。

许愿难得调侃他：“不顺路的话我是真不会捎你。”她轻笑着转动方向盘，将车子开了出去。

白色高尔夫后面不远处的专用车库里，缓缓开出一辆黑色的迈巴赫。出了大门后，车子一直跟在白色高尔夫后面，只不过远远地保持着距离。

明望单手握着方向盘，另一只手搭在车窗上，目光晦暗不明。那握着方向盘的手背上，青筋根根鼓起。他看着白色车子最终停在一家大型超市前的停车场里，一男一女从车里下来，又一起进了超市。

眉宇间压着深沉的暗色，眼底盛满风雨欲来的平静和寒凉。越是情绪波动大，他周身的气息就越发压抑和冷漠，像暴风雨来临前的宁静。

黑色迈巴赫下一秒就要开进去时一个急转弯，在闸杆前掉了个头，冲上大路，几秒钟后便混入车流，消失得无影无踪。

超市保安都没来得及反应，车已经不见了影子。

超市里，许愿跟季远行分开后就直奔生鲜区，又是选菜又是选肉的。她想起刚搬进去应该没有调料，便拿了些调料，最后又买了点小零食便迅速结账，开了车往梧桐路赶。

买菜耽误了一些时间，不知道她回去的时候明望回去了没有。

她回到家，才发现他还没回来。许愿勾唇一笑，开开心心地做起晚饭来，想让明望一回来就有香喷喷的晚餐饱腹。

家里的锅碗瓢盆很齐全，甚至连米面粗粮都有。她做起饭来也很快，才一个半小时，三菜一汤就弄好了。她把菜温着，等了半个小时人还是没回来。

她想了想，给他在微信上留了言。可半个小时过去了，他还是没回。

她站起来看了看菜，干脆给明望打了电话。

打一个没人接，再打一个也是无人接听。许愿沉默片刻，将菜收好，开着车去了一趟公司。

公司大楼里还有一些人在加班，许愿一层一层看上去。到了十三楼她就上不去了，上面是高层办公区。

她只好转回工程部办公区，在办公桌前坐了半晌，拿起手机翻通话记录，她记得之前张助理有打过她的电话。

一直翻到八月份的记录，才出现了一个陌生的电话号码，这应该就是了。许愿拨打电话，“嘟”了几声后接通：“许小姐？”

“是我。张助理，你们还没下班吗？”

“下了，六点多就下班了，老板今天挺准时的，时间一到就走人了。”

许愿干巴巴地笑道：“这样啊，我就问问，打扰你了。”

“不打扰不打扰，许小姐有什么事都可以直接问我。”

“好，那拜拜。”

“拜拜。”

挂断电话，许愿一时间不知道该去什么地方找明望。她又坐了半个多小时，看着办公区里的人都走光了，才跟着出去。

夜风肃肃，一股凉意从脚底升起。她不知道是哪里出了问题，明明早上出门的时候他还给她留了早餐，到了晚上却连人影也不见一个。打电话不接，发微信也不回。

她开着车去了一趟他之前住的高档小区，从楼下看上去，一层一层地数，他那层是黑的，没有灯光亮起。

她又开着车去了楼湖别墅，别墅里也是黑的，没有一点光。如此一来，她就真的不知道该去什么地方找他了，最后只好回家。

在楼下停车位停好车，她看了一眼旁边空空的车位，心情不佳地回了单元楼。

上单元楼的时候她没注意脚下的那级台阶，一脚踩空，“砰”的一声摔在地上。单元楼里的声控灯都被她这一摔给震亮了。

她一脸蒙地趴在地上，胳膊和膝盖后知后觉地传来一阵钻心的刺痛。

她忍了又忍才将蔓延到眼眶的液体给忍了回去，就着灯光看了一眼胳膊——被擦去一块皮，渗出细小的血丝。她轻轻地吹了吹，手撑地爬起来，一瘸一拐地进了电梯。

回到家后她找了一圈也没看见医药箱，只好点了美团送药。

半个小时后药送来了，许愿用碘伏擦了消毒胳膊，要包扎又不顺手，只能把膝盖上的伤口给包上。

到了晚上十一点，明望还没回来，许愿实在饿得受不住了，只好先热了饭菜吃。吃完饭她简单地洗漱了一下，便回床上躺着。

片刻后，她又起来抱着笔记本到了客厅，窝在沙发上。灯光太刺眼，她干脆关了，打开电脑塞上耳机，随便放了一部电影等着。

不知过了多久，大门传来一阵轻响，电子锁“嘀嘀”地叫个不停。许愿被惊醒，耳机掉了下去，浑身汗毛直竖。她看了看明望的房间，还是一片漆黑，这说明他还没回来。

大门口一直传来声音，就在她吸了一口冷气要跑回房间的时候，大门“咔嚓”一声开了。

许愿站在原地，咽了口口水，后背起了一层冷汗。

从门口摸进来一个黑影，借着笔记本屏幕微弱的光也看不清人脸，只有一股冲天的酒气迎面扑来。

酒鬼？这个小区的安保措施这么差吗？

许愿的眼睛四处瞄着，客厅里也没有顺手的工具，只能捏住笔记本薄薄的屏幕了。

酒气越来越重，黑影磕磕碰碰地走过来。

就在许愿要抬起笔记本一鼓作气砸下去的时候，她的手腕被抓住，手指一瞬间无力，笔记本掉下去摔在地毯上。而她也被一股大力推倒在沙发上，然后被一具滚烫的身体压住。

下一秒她的嘴唇也被堵住，她要挣扎的动作一顿，几秒后抬手搂住身上的男人。

他的动作虽然蛮横，但她早已找到了安抚的办法，温柔地亲吻着，手指在他的脖颈上轻轻地按摩着。男人果然被安抚了，温柔地贴着她。

十几分钟后，绵长的吻终于停了下来。许愿大口呼吸着空气，偏头看向身旁的男人。笔记本屏幕正对着沙发，微弱的亮光照亮彼此的脸。

他闭着眼睛，脑袋搭在她的脖颈上，安静地靠着。几分钟过去，就在许愿以为他睡着了的时候，明望忽然低声叫她："愿愿。"

"嗯。"她摸着他的脑袋，低声回应。

他拱了拱她的肩窝道："你不要我了。"话语中透着委屈。

许愿的心立马软下去，吸了吸鼻子，贴着他的耳郭回答："要的，许愿要明望的。"

"那你亲亲我。"他嘟起嘴唇。

许愿低头亲上，他满足地勾唇笑了，头又落回她的肩窝里靠着。

原来他喝醉酒之后是这个样子的，又乖又奶，让她的眼眶发酸发胀。她低声问他："难受吗？"她的手摸在他的喉结上，给他松了松纽扣和领带。

他乖乖地抬起脖子让她解开："舒服。"

许愿笑了笑，指尖搭在他的锁骨上。他动了动身子，片刻后又委屈得不行："你今天都不等我，跟别的男人去逛街了。"

许愿好笑地道："哪有，他车坏了我捎他一段路而已。我还在家里给你做了饭你也不回来吃。"

"车坏了也不准捎，我看见了，难过了一路。"

许愿愣住，见他仍闭着眼睛，这就是他去喝酒的原因？他真傻，怎么会有这么傻的人啊。她心里酸涩又甜蜜，低头亲了亲他的脑袋，声音也不自觉地变温柔："那明望爱不爱许愿呢？"

"爱啊！"他的音量拔高了一个度，又低下去，"但她好像不怎么喜欢我。以前不理我，看见我时冷冰冰的，不跟我说话。后来她还不认我，也不依赖我，什么都不跟我说。"

许愿的眼泪一滴一滴落在他的衣襟上。

"明望，我是爱你的。我只是不知道该怎么爱你，总是怕给你添麻烦，怕太黏你了你会嫌烦，以后……”怕以后没有你的日子，一个人难以生活。

“你别哭啊。”明望抬手给她擦泪水。

看她的泪水擦不干，他干脆跪坐起来，捧着她的脸压在沙发上亲吻起来。许愿被他夺走了呼吸，眼泪慢慢止住，伸手抱着他。

明望停了片刻，放开她，将外套脱了。许愿呆呆地看着，伸手制止他道：“别脱，晚上冷。”

明望没理她，脱完自己的又来脱她的。许愿揪住衣领，他的动作顿了一下。

“你看，她不爱我，都不让我脱衣服。”

许愿无奈，只能随他。两个人抱在一起，他拉着她倒在客厅的地毯上，让她在上面，一双湿漉漉的眼睛直直地看着她说：“明望要许愿爱他。”

许愿能怎么办呢？这一刻的他就像是求爱的大狗狗，一双湿漉漉的眼睛看着你，语气软软的，可怜兮兮。

你要是不从了他，感觉都能成千古罪人了。所以她低下头，温柔地亲吻他。

许愿醒来的时候胳膊和膝盖都很疼，腰上搭了一只沉沉的大手。她偏头看去，他还是一副乖乖巧巧的样子，额前垂下一些碎发。

她想起昨天晚上的种种，凑过去亲了亲他，拉开他的手，轻手轻脚地下床。

回房间洗漱完她才想起今天不是工作日，于是她套上一身家居服，将半长的短发扎起来后进了厨房。她正熬着粥，明望起来了，披着衬衣站在门口，也不知道是不是醉后还不清醒，一脸麻木地看着她。

许愿将火调小，把温着的蜂蜜水端过去递给他。明望愣怔地接过，看了她片刻后回神，也没说话，就端起来喝了一口。见他还是乖乖的，她的心里松了一下，伸手过去给他整理了一下衣领。

这样的早晨，这样温馨又静谧的时刻，是久违的奇异又温柔的舒适。

早晨醒来看到她在家里，自然地给他递水，自然地给他整理衣服。就好像春节期间的种种杳无音信和远离没有发生过，她还在他身边，从来不曾离开，也不曾不信任。

他还想试试，试着再磨合一下。可当他看到这样的场景，内心又会止不住地发烫，脑海里有个声音一次又一次说：别试了，她愿意回到你身边，会主动来你公司上班，不就是代表她的低头吗？

他到底不忍心看她真的低头又无助的样子。因为她真的低头了，他也会跟着难过。大抵今后不管她犯了什么错，他都会心软原谅她吧，这就是软肋。

他重重地叹息一声，放下水杯，拉过她搂在怀里道："昨晚的话还记得吗？"

许愿抱着他，点了点头。酒醉的人又不是她，她当然记得清清楚楚了。

"那你再说一遍。"

许愿愣怔着仰头："哪一句？"

他狭长的眼皮抬起一点："你说呢？"

脑海里飞速过了一遍昨晚说过的话，话最多是在前半段，他还很乖巧的时候——

"愿愿。"

"你不要我了。"

"你亲亲我。"

以及"你爱不爱我"？

"爱。"

视线和他专注的目光对上，她张了张嘴，最后埋头到他怀里："昨晚酒醉的人又不是我。"

明望没说话，半晌后摸了摸她的头："所以，话都是真心的？"

许愿闷闷地道："明望，如果心脏可以剖开，那你一定会发现我整颗心上都是你。刻了十年印迹，有些甚至成了我血肉的一部分。"

她抬头看他。

"你叫我如何不真心？"

明望抱着她的手一紧。虽然他早就从陈茜茜口中知道了，但如今她终于肯坦诚地对他说出，对他来说有种跨越万水千山终见月的不易。

“愿愿。”

“嗯？”

“往后不管遇到什么事都要告诉我，知道吗？相信我可以撑起你头顶的一片天，再难的事我们都一起面对。即使要逃避，你也该拉着我的手一起，不要丢下我跑了。”

许愿愣住，鼻腔酸涩：“好，之前……对不起。”

他摸了摸她的脖颈：“我也为跟你在一起时的轻浮道歉。”

他是在为当初那句“那你跟我”道歉吗？

许愿紧紧搂着他的腰，快速摇头。当初如果不是他那种态度，她估计都不敢跟他在一起，因为没信心。不经历这一次，她永远不会知道他对自己的真心。

明望揉着她的脖颈，扶着她的后脑勺，一张俊脸压下去。一个温柔的阔别已久的亲吻。

过了好久他才放开她，额头相贴，突兀地问道：“你高中时有没有抱过男孩子？”

许愿偏了偏头不想回答。她不是记不得，而是记忆太深刻了。

那个时候楼道里黑暗，她没看清人影。可那个人抱上来的一瞬间，她在心里可耻地将人幻想成他，因为气息太像了。

但她知道那绝对不会是他，所以才会记忆深刻。那是第一次，在她懵懵懂懂的青春年少里，因为太过深恋一个人，而幻想出来的结果。

明望仔细看她的脸庞，片刻后抱着她靠到墙上，一只手捂住她的眼睛，微微弯腰，轻柔地抱住，百分百还原他们第一次的拥抱。

许愿先是不解，但他又是捂住她的眼睛，又是拥抱住一动也不动。他只是紧紧地抱着，一只手抓住她的手捏在掌心，像是青春期少男少女之间的青涩拥抱一般……

她忽然反应过来，此情此景——她第一次被男生抱也是这样。

她愣怔地看着眼前的人，眼里慢慢聚起大片水雾，不敢相信地问：“是你吗？”她的嘴唇颤抖着，“那个人……是你？”

明望退后一些，握住她的手，十指紧扣。所有的动作都在还原着当时的一切，不是他还能是谁。

眼泪一滴一滴滑下，许愿突然伸手打他的胳膊：“我以为是我……”她难受到说不下去，片刻后又埋头到他怀里，“明望，你怎么那么坏啊？”

“那个时候你为什么要捂住我的眼睛不让我看你？为什么后来又不跟我说话？”

这一点明望也觉得很委屈：“是你不跟我说话的。我跟你说话你不理我，而且每次看见我都是冷冰冰的，还无视我。”

“不是的，不是无视……我也没有冷冰冰，只是我那个时候不知道该怎么面对你。”她仰头看他，眼眶里泛着水雾，“我是怕你知道我对你有那样的心思……”

许愿没法说清此刻内心的震撼有多大，像是一座高山轰然倒塌了。她爱了这么多年的人，原来在很早以前就注意到她了。她不是苦苦的单恋暗恋，只是时光磨掉了年少的傲骨，也埋藏了年少的心思。

明望低头，一边亲吻着她的眼尾一边说：“为什么怕我知道？”

许愿有些哽咽：“那时的你是天上的云朵，我是被生活挫到地上的泥……能见到你我就已经很开心了，我不想让你知道我的生活有多么窘迫。”她说着说着又有点想笑，“那时的我也有可悲的自尊心，不想让你看见那样落魄的我。”

明望叹了口气：“但凡那个时候你能给我一丝笑容、一个目光，我们也不会错过这么多年。”

他抬起她的头，直视她的双眼道：“你说你不想让我知道你的生活是什么样子，可偏偏我就是被你身上这股坚韧吸引了。你猜我为什么会知道你的生日？”

许愿摇头。

“那是因为我看到陈茜茜她们在公园里给你过生日，所以我就记下了那个日子，这么多年也没忘记。”

原来是这样。她的眼里不受控制地再一次聚起水雾。

“你猜为什么那几个把你关在老实验室的同学最终会被退学？”

她还是摇头，倏而看向他。

明望点点头："对，就是我搞的。她们时常会混迹一些夜场酒吧，我看到有个鬼鬼祟祟的人进了她们的包间，立马就报了警。"

她愣怔地看着他，没想到他那个时候小小年纪，做起事来会那么狠。

见她这样，明望后退一步手撑在墙上，低头靠近她，眼中晦暗不明："怪我太狠？"

"没有。"许愿摇头，"因为那一晚我确实是熬过来的，又冷又饿还很害怕，差点就崩溃了。"

"我只是没想到，"她伸手搂着他的腰，"明望，你真的……"话到嘴边却不知该如何表达。

在她不知道的角落里，他都为她做了些什么？她以为只有自己把一腔暗恋放在了他身上，可原来背地里他也将她放在了心上。

他的手搭在她的腰上："我怎么……"

"爱你。"

明望愣了一下，声音低沉："再说一遍，谁爱谁？"

许愿的耳尖发红，埋头到他怀里再也不肯说了。不管他怎么问，怎么逗，她都不出声。

明望笑着搂紧她，拥着她走到沙发边坐下。半晌，他才低声开口："那些年在你不知道的地方，我一直关注着你。你被欺负了我难过，你不理我我也难过。可那又有什么办法呢，我是心甘情愿的。"

他把头埋在她的肩窝，声音发闷："我这一生算是栽在你手里了。"

"明望……"许愿手足无措，低低地叫他一声，过了片刻问，"你是什么时候认识我的？"

"高二？又或者是高一？我不记得了，脑海里突然就有你这个倔强的身影了。"

许愿靠过去道："我认识你的那一天，是刚开学入校的时候。我们迷路了，是你带我们去办的手续。从那时起我就记得你了。"

"那还挺早的。"他从她怀里直起身子，"藏得可真深，害我一直以为你只当我是普通同学。"

"怎么可能是普通同学……"

明望笑了笑："还好现在知道了也不晚。"

许愿突然想起什么：“那之前在水库……怎么就认不出我了？”

明望咳了一声来掩饰尴尬。

本来他不想说的，但看她一直盯着自己，便伸出手在她的脸上比画道：“那个时候你的脸是圆的，还有一半厚厚的头发盖着额头，个子也不是很高，胖乎乎的。”

许愿越听越不满，年少的自己有那么差劲？她小声反驳：“哪有那么难看，我那个时候才一百三十斤左右，也不是很重……”

明望忍不住笑出声：“谁说难看了？明明很可爱。我见过你笑起来的样子，总想着你能不能对着我也笑一笑。”

几秒后，他的声音沉下来，压了些情绪在里面：“我后来无数次幻想过你长大后的样子，可记忆中你的面容越来越模糊。我想，大概还是胖乎乎可可爱爱的样子，脸肉嘟嘟的，个子不会太高，是圆润的。”

他说着沉浸在回忆里：“好几次碰见胖胖的女孩子，我就想着你应该是这个样子，又或许肉更多了。”

“哪想到……”明望低头看她，除了那双桃花眼，她的变化真的太大了。

脸瘦下去成了精致的瓜子脸，小巧的鼻子，眼睛更大更漂亮，露出饱满的额头。利落的短发，纤细高挑的身材，跟过去一点也不沾边。

以至于他那个时候看见她，明明是陌生的，却又敏锐地察觉到一丝熟悉。

他放开她还要说些什么的时候，突然看见她白皙的胳膊上袖子卷起来的小臂上有一处伤口。他一愣，拉起她的胳膊：“怎么弄的？”

许愿抿唇：“昨晚上单元楼时没注意台阶，摔了一跤。”

他昨晚半夜回来，还醉得一塌糊涂，根本没注意到，而她也没说。他心里发堵也酸涩，一次次的，她什么都不说。

“许愿。”明望握着她的肩膀，直视她的眼睛，“我到底要拿你怎么办才好？”

许愿动了动唇，心里有些慌。她伸手抱住他，不知所措地问：“我是不是又做错了什么？”

明望搂紧她，语气低沉：“你总是什么都不跟我说，我没办法知道你心里在想什么，在你身上发生了什么事。你总以为我不在意，可那是你以为的。我很在意你，只要是跟你有关的事，我都很在意。”

话音落下，一室安静。许愿抱着他的手一紧，不知名的酸涩情绪瞬间席卷而来，将她的心稳稳地裹住。

这是清醒下的明望说出来的话，不是醉酒之后的胡言乱语，也不是从前的玩笑一般，而是带着跨越八年的真相后说出来的。

跟他在一起时，她心里下意识地留了后路，只当他们的热情是人生路上的一场露水情缘。她跟别人不一样的人生经历导致她在面对昔日暗恋后来还在一起的出色男人时，心里裹上了厚厚的自卑。

她自认没有那么优秀能做他今后的伴侣，便在不知不觉中低估了自己，也低估了自己在他心里的位置。

明望将情绪压下去，抓着她的胳膊查看，皱起眉头问：“疼不疼？”

许愿点点头：“疼。”

他放下手，果断地道：“去医院。”

做好的早餐晾在了厨房里，明望开着车带她去了最近的医院。

医生给她检查完，也没开药，就在治疗室里涂上一层药，用纱布包好，嘱咐伤口不要碰水，一天后拆掉纱布，等自然结痂就好了。

在外面吃过饭回到家里，明望的手机就响个不停。他看了一眼身后跟着的人，揉了揉她的头发后进了书房。

书房门开着，许愿跟着他进去。明望没说什么，接了两杯热水，递给她一杯后，就在办公桌前拉开椅子坐下，打开电脑，一副要工作的样子。

许愿端着水坐在他旁边干看着，看了一会儿觉得困意涌起，无声地打了个哈欠。

“回卧室去睡。”

她张着的嘴立马闭上，乖乖点头回了卧室。

等她睡醒已经十二点多了，屋子里安安静静的。她爬起来，在书房、客厅和他的卧室找了一圈都不见人。

她正觉得奇怪，手机微信铃声响了，是明望发来消息，说公司有突发事情要去处理，处理完就回来。

许愿回了个“好”字，回卧室拿了笔记本电脑进到书房，在他的办公椅上坐下。滑动椅子往前时，她的袖子钩到了一个抽屉，将抽屉给拉开了。

屉子里放着一个黑色的小绒盒，正是他朋友圈里唯一一张照片里的实物。心“怦怦”跳快，她控制不住地伸手轻轻地摸了摸小盒子。

盒子下面压着的是一个褐色的小本子，她鬼使神差地移出来一截，看见“户口”两个大字后手瞬间顿住。

戒指盒、户口本，所有她不敢想也不敢相信的都摆在了她的眼前，她大脑里一片空白。

要打开笔记本电脑的想法没有了，工作上要勤能补拙的念头更是一去无回。她突然就把抽屉里的户口本拿出来，随后拿起笔记本电脑回了卧室，换了身衣服后就出了门。

直到车子停在老家大门前，许愿才从混沌的思绪里回神。她打开车门下车，推开院子的大门。许母正在院子里晒着干豆角，转头一看：“呀，愿愿！回来了？”

“妈。”许愿走过去。

之前她没走已经跟母亲说过了，只是一直没回来看过母亲。她伸手抱了抱母亲：“妈，我回来拿样东西。”

“什么啊？”

许愿放开她，把兜里一直揣着的户口本拿出来。

“回来拿我们家的这个。”

许母一愣，错愕道：“这是谁家的？不是，你拿户口本……不会是我想的那样吧？”

许愿点头：“就是您想的那样。”

“结婚用？”

许愿还是点头。

“好家伙！”许母一拍手，“谁啊？”

“明望。”

“明总？这是他家的？”许母说着从许愿手里接过户口本，打开一看，明望是自立门户，户主就是他自己。

“要结婚……这……他不得自己上门来提亲的吗？”

许愿抿唇：“之前我们之间出了点事，我是偷偷拿来的。”

“你……”许母瞪大眼睛，“再怎么样也不能上赶着啊！”

“我知道，我只是先回来拿我们家的，免得要的时候又麻烦。”

许母还要说她，许愿的手机微信一连响了几声。她掏出来看，是明望发来的，说定了今晚在商贸中心顶层的法式餐厅吃饭，时间是七点。

看到消息，许愿的眼睛一瞬间亮了，她将手机递过去给许母看。

“明望约我，我拿了户口本就走了。”

许母瞅了一眼信息，再看一眼心情愉快起来的女儿，最终叹了口气，没再说什么。许愿拿到户口本后，抱了抱许母就走了。

她紧赶慢赶，终于在七点的时候把车停在了商贸大楼下。她连衣服都来不及换，就穿着一身米色风衣和牛仔裤上了顶楼。顶楼有侍者接待，带着她上了空中餐厅。

法式餐厅的装修都极其浪漫温馨，大厅一侧还有小提琴手演奏。许愿要进去前看了一眼自己的穿着，心里暗暗后悔，但没办法，再回去换衣服过来铁定会迟到。

明望定的位子靠窗，外面就是五光十色的南城和穿城而过的大江。江上游轮的灯光和城市的霓虹将夜空照亮。

明望已经在位子上坐着了，看见她过来，朝她身上看了一圈，等她坐下后问：“干吗去了？”

“回了一趟老家。”许愿拉了拉风衣的衣摆。

此时，两个棕色的本子放在一个口袋里，沉甸甸的，让她面对明望时有一丝丝的不自在。

“伯母的身体还健康吧？”

“健康的。”

明望点点头，招来侍者点了晚餐，又慢条斯理地将醒好的红酒倒入高脚杯里，再递给她。

许愿愣怔地接过，这个样子的明望仿佛又回到了过年前的他。那个时候没有那么多波折，两个人在一起开心又随意。

她想起今早的种种，又摸了摸风衣口袋里的两本户口本。

既然话都说开了，以后也会像之前一样吧？许愿猜测着，喝了一口红酒，甘甜顺滑，并不涩口。

吃了晚餐从国贸中心下来，明望给助理打了个电话，让他开车走人。他则开着许愿的高尔夫带着她回了家。

回了家他又进了书房，许愿的心跳得飞快，怕他注意到抽屉里的户口本不见了。她想找个机会把户口本偷偷放回抽屉里，但明望一直在书房，她进去了又出来，根本没一点空隙。

后来她洗完澡出来，一看他还在书房里，便回了卧室躺在床上刷手机，打算等他回房间了就立马进书房将户口本放进去。

可这一躺她就睡着了，再睁眼已经是第二天早上了。她一瞬间清醒，竖起耳朵听了一会儿，外面没有什么声响，立马起床打开门刚要出去，就和客厅里的男人对上视线。

他怎么起来得这么早？

许愿干巴巴地笑了笑："早。"

明望点点头道："早。"

不好当着他的面进书房，许愿只好退回房间先去洗漱。

磨磨蹭蹭一番再出来，她往书房一看，他正在里面靠着办公桌打电话。她只好再等等，转身进了餐厅。餐厅里的桌子上已经放好了买回来的早餐。

不等她说话，明望就过来了。他打开早餐的袋子，拿出两份热粥放在桌子上。看着他安静专注的面容，她悄悄侧身打算进书房去，却一瞬间被拉住手。

"干吗去？吃早餐了。"

她只好又转回来在椅子上坐下。吃完早餐没等她说话，明望就换好一身白衬衫黑西装出来。见她还坐在椅子上，他催促道："走了。"

听着他的这种语气，许愿愣了一下："我吗？"

明望整理着衣领颔首。许愿感到奇怪，却也起身进卧室去换衣服。

她拿了一件米白色毛衣正要套上，明望不知什么时候进来了，拉住她的手，目光在衣柜里巡视，随后取下一件白衬衫递给她。

她只好放下手里的毛衣，接过他递来的衬衫。

等她穿好衬衫，明望又随手取过旁边衣架上挂着的米色风衣，抖了抖后披在她身上。从他拿起米色风衣起，许愿的神经便紧绷起来，就怕他一抖使劲了兜里的两个本子会掉出来。

那样她可是会尴尬死的。她赶紧伸手穿好风衣。

明望挑了挑眉，淡淡一笑，拉着她往外走去。

早春的太阳温暖又热烈，春风过后万物生机勃勃，连风也特别柔和。高尔夫的钥匙在明望手上，车自然也是由他来开。

行至半路，许愿看着不像是去公司的路，没憋住问："我们去哪儿？"

明望看着前方的路，闻言瞥了她一眼："你不是知道吗？"

她知道什么了？许愿摇头，很诚实地说："不知道。"随后抿唇轻笑，"但不管你带我去哪里，我都会跟着你。"

明望轻轻笑了，一只手掌着方向盘，一只手伸了过去。许愿将手放在他的手心，他握了握，半晌说了声"小傻瓜"。

车子一直走走停停，工作日的道路挤得不可开交。

直到车子在民政局门前停下，许愿才恍然回神。

"带我来这里……这……不是……"她没法表达现在的心情，最后连表情都变得怪异了，"领证？"

明望将车在停车位上停好，熄了火后偏头看她，轻轻地点头。

许愿勾了勾唇："领证要拿户口本的，这也太突然了。"

明望勾起嘴角笑了，打开车门下车，随后绕过车头，拉开她这一侧的车门："下来吧。"

许愿只好下车，却在他将车门关上的一瞬间，明白了今天早上他特意给她拿白衬衫和米色风衣的举动。

原来他早就知道户口本在她身上。

她转身，突然就抱住他的腰身，仰头看着他英俊的面孔问："你是怎么知道的？"

明望回抱她，微微笑道："你演技不要太差，在餐厅的时候就一直摸风衣口袋，回了家还一直盯着书房看，我能猜不出来吗？"

许愿埋头在他怀里，都不好意思见人了。

明望抱着她走了两步，调侃道："确定要这样进去吗？"

许愿从他怀里退出，仰头看着他，还是忍不住确认："明望，你真的要跟我结婚吗？”

明望低头看她，肯定地道：“只要你愿意。”

她忍不住难过道：“可如今的我一无是处，什么都没有了。我很失败的，什么都干不好。”

“愿愿。”他不禁叹息，她红着眼眶看他。

明望捧着她的脸，大拇指轻轻揩去她眼角的泪，低声道：“到了这一刻你还不明白吗？自始至终，我想要的只有你这个人。”

外加的东西确实能让你更加出彩，但我更爱的是你。那个坚强的、不服输的你。

阔别八年，时光善待你我，让我们在故里重逢。有过离别，有过破裂，更有相互磨合的酸甜。

只是到了这一刻，我才真正明白什么是妄想成真。

橙黄温暖的阳光照着大地。路边老树冒出嫩绿的枝头，一缕缕光线透过树枝洒在男人和女人的脸上。两个人相互对视，紧紧相拥。

几秒后，她感觉无名指一凉，然后就看到手指上被套上了一枚戒指。她抬起手来看，戒指在阳光的反射下熠熠生辉。

这一刻，南城的春天来了。

（正文完）

番外一

四季三餐两人

1. 咱们结婚吧

结了婚对于许愿来说，最方便的就是可以蹭明望的车上下班。比起自己开车，她还是喜欢坐别人开的车，尤其这个人还是自己人。

到了公司的地下车库，明望还有自己的专属车库，电梯也是专属直达的。以至于他们已经亲密地走在一起半个月了，公司里都还没有人发现。

ED 的工作她很快就上手了，大多数时间都泡在实验室和组装车间。一个星期内，她还有幸参与了一次 H20 大白机器人的组装和内测。

刚结婚这段时间明望比较忙，许愿想带他回老家去一趟都见不到他的人影。他有时候早早地出去，要忙到半夜才回来。

她看他工作辛苦，便不忍心提，想着还是等他忙完这一阵子再说。她跟母亲提了一嘴领证了，母亲也不在意，不知道天天在忙些什么，电话讲到一半就说要去忙了。

许愿有些无奈，在一次明望回来得还算早的时候跟他提了一嘴。他笑着回好，等忙完这一阵就一起回去。

到了正月二十一，许愿被早早地拉去当伴娘。她强调了好几次自己跟明望已经领证了，只是消息还没公开而已。

不过陈茜茜不介意，反正他们还没办酒席，在她眼里就是还没结婚，就是要让许愿当伴娘。许愿无奈，只得答应了她。

陈茜茜拉着许愿当伴娘，新郎徐是钰就拉着明望当伴郎。

这夫妻俩当真是一点都不讲究。

婚礼举办地在郊外的温泉酒店，来的人特别多，不认识的占了三分之二。大堂布置得很漂亮，四周是各种鲜花和气球彩带，头顶是投影的银河系星空，各颗恒星在飞来飞去，像梦里的一样。

陈茜茜结婚不像别人那样，别人都是挽着父亲的手进场的。她父母早些年就离异了，她是自己一个人长大的，所以她并没有挽着谁的手进来。

婚礼的前一晚，她让婚礼策划在大门口放了一幅巨大的白色幕布，来往的宾客一开始并没有发现这个特殊之处。

直到主持人宣布新娘入场时，大堂里响起欢快的歌曲前奏，白色幕布也缓缓升起，露出后面穿着洁白婚纱的漂亮新娘，手里拿着话筒和鲜花，大家才纷纷称赞。

灯光打在她的身上，洁白神圣又美丽。徐是钰简直看呆了。

歌曲前奏结束，新娘抬头看着前方站在中央，西装笔挺的男人，拿起话筒跟着伴奏开口低唱："洁白的婚纱，手捧着鲜花，美丽得像童话……"陈茜茜以前就是唱歌的一把好手，高音低音都不在话下，一首《咱们结婚吧》唱得和原唱十分贴合。

许愿和美玲站在台下看着好闺密一步一步走向她的丈夫，眼眶不约而同地红了。明望站在她旁边，伸手拉住她的手揉了揉。

"茜茜她真的是……"美玲按了按眼角，侧身要跟旁边的人说话，却看见发小身边的男人正温柔地注视着自己的老婆。她一瞬间再次被塞了一嘴狗粮，哭笑不得地转头找她老公去了。

大厅里的宾客似乎都没料到新娘还会上才艺，纷纷安静下来跟着打拍子。

"愿愿姐……啊不，嫂子。"许愿右侧冒出一个女孩子，偏头看去，是明月。

她站在旁边看着台上，捂着嘴眼泪汪汪："好感动啊，没想到徐三嫂这么厉害。"她说着转头看向他们道，"你们结婚的时候也这样好不好？太浪漫了。"

她话刚说完，音调不全的粗嘎嗓音响彻大厅："哦，My love——

咱们结婚吧——好想和你拥有一个家（破音）……”

所有人静了一瞬。

好难听。

明月一脸痛苦的表情：我闭嘴。

许愿捂了一会儿嘴巴，没忍住扑到明望怀里，闷闷地笑出来。

圈子里几个同辈的公子哥早就知道会是这种结果，忍了又忍硬是没忍住笑出了声。一声带着一声，几分钟后，整个大厅的人哄堂大笑。

徐是钰一张俊脸都憋红了，但一看新娘子安安静静地看着他，眼中带着温柔的笑意。他硬着头皮将歌唱完，到后面直接是念的歌词。

他唱歌五音不全，以前爱玩，包间门一关，大家也都给他面子，强忍着打人的冲动听他鬼哭狼嚎。婚礼过后，他估计就不敢再去祸害大伙了。

唱完歌，接下来就是新郎新娘宣读誓词，当着众人的面喝交杯酒等流程。

到了下午四点多，婚礼开席。许愿和明望跟在新郎新娘后面，四面八方地接待客人，被拉着挡酒，又拉着闹洞房。

热热闹闹的一天结束了，回到酒店房间后，许愿累得倒在床上起不来了。明望跟在她后面进来，一身的酒气，脱了外套在她身旁躺下，喊道：“老婆。”

许愿“嗯”了一声，回答他，又叹气：“好累啊。”他翻了个身爬起来坐在床尾，脱掉她脚上的高跟鞋，给她按摩。

许愿闭着眼睛享受了一会儿，然后睁开眼看他。温柔的灯光下，男人的发丝被扒拉乱了些许，上头还有一些细碎的亮片。白色衬衫松松垮垮地披在身上，神色认真地给她按摩小腿和脚心。

这是她的丈夫，大海辽阔深沉，却只容纳了她一条灰扑扑的小鱼儿。她不是涉海而过，因为这片海域就是在等着她下来。

她动了动脚，从他的手里挪开，在他神色疑惑间将身子移过去头枕在男人的大腿上。明望低头，接住她的身子。

许愿躺好以后，拉过他的手道：“我以前从来没想过会结婚。”

明望握着她细白的手把玩着，懒洋洋地哼了一声：“嗯？”

她抬头看向上方的男人，轻声说："我以为回到南城，再次见到的你一定家庭幸福美满。"

他把话接上："哪知道还是单身汉一个。"

许愿笑了笑，脸轻轻贴着他的手背："你为什么不结婚呢？"

"我为什么要结婚？你都不回来，我怎么结？"

"瞎说……"许愿搓了搓胳膊，"你变了，油嘴滑舌的。"

明望感觉好笑："怎么，说实话还不行了？"

"那万一我结婚了呢？你也这样等着吗？"她好奇地问。

明望想了想："结婚了？没想过，如果真的是，那大概也就等到三十岁吧。"说着他暗自笑了笑，"毕业后回到南城，我没想过感情的事，只是想着将手里的事业做大。那时候你离开得彻底，我没有你的联系方式，也不知道你去向何方。我有侧面问过陈茜茜，但是她也没有你的消息，我就以为我们无缘了。"

他低头看她："所以我就想，等到三十岁吧，然后跟家里妥协，跟家里看中的人结婚。"

等到三十岁，这之前的时光都留给了她，漫无目的又不知缘由地等着。他没有找她，甚至都没去打听。

还好时光善待他们，让他们在去年的早春三月重逢了。大好的时间里，男未婚女未嫁，是对的时间，对的人。

一如既往，在没有认出来的情况下，她依旧能让他的脚步停留。所以只要是她，即使换了皮，换了颜，也能让他一眼就注意到。

一切都还来得及。

许愿握紧他的手，一瞬间说不出话来。他们都懦弱，他不敢找她，她也不敢回来。她无法想象，如果再晚一年回来，他结婚生子了，她是不是真的会一辈子都不结婚。

明望笑了笑："别想那些了，都过去了，我们现在要做的就是把当下的生活过好。"

许愿点点头，扑到他怀里："这往后余生，请多指教了，明先生。"

他笑着回应，语气诚恳又带着调侃："好的，明太太，余生请多爱我一些。"

许愿勾唇，抬手捶了捶他的胳膊，真感动，却也被肉麻到。片刻后，她转头看着他道：“要不我们别办婚礼了，太累了。”

明望表示诧异：“那怎么行？婚礼是一定要办的，不然别人都不知道我们俩结婚了，那多没意思啊。”

“可是好累啊。你没看到今天的茜茜，面对来的那些根本就不认识的人生硬又尴尬，我不喜欢这样。”

明望沉吟片刻：“可你也知道我这边，必须得这样办。只有这样，所有人才会知道你是我娶进门的妻子。”他闷闷地道，“我可不想再发生之前那样的事。”

看着他这类似后遗症的样子，她也很难过，靠过去抱着他，保证说：“不会了，真的。”

明望低头看她，用商量的语气道：“所以就更要办婚礼了。”

许愿点头：“嗯，办吧。”

他伸手戳了戳她的腮帮子，声音低沉：“委屈老婆了，但我很高兴。”

高兴什么？许愿不解，微微退后一些看着他。

明望轻笑：“你终于什么都愿意跟我讲、跟我提了。”

许愿捶了捶他的胳膊，嘟囔道：“那你还不让我如愿。”

明望拉住她的手，柔声说：“婚礼尽量从简，那天要是累了就跟我说。”

他看着她坏笑起来：“我带你逃婚去。”

许愿笑了，滚进他怀里。

明望搂住她，笑着拥住她往后挪，靠在床头。他计划着：“我们还可以私下办一场，在你老家也行，去国外也行，在哪里都行，只要你开心就行。”

“光我开心不行，你也要开心。”许愿反驳。

“你开心我就开心。”

“真的？”

“你不信？”

明望假意板着脸，手伸过去，有些不安分。许愿掰着他的大手，片刻后“咯咯咯”笑个不停：“我信我信，你……哈哈——别挠了。”

他也跟着笑起来，低头亲她一口。

他看着她笑容明媚的样子，双眸暗沉，一把将她吊带礼服的裙摆铺开，抱起来坐在身上，不怀好意地问：“不来点奖励吗？”

许愿动了动身子，看着眼前的美色，委实被诱惑到了，便手撑着他的胸膛低头亲他。

明望会心一笑，抱着她的腰往上，仰头跟她亲吻起来。

2. 办公室隐婚

陈茜茜在婚礼后，一刻不停地开始了美容店的筹备工作。

之前望江大厦的店面被徐是钰拿了回来，她打算就在原地址继续开店，用她的老话就是从哪里跌倒就从哪里爬起来。

她筹备店面的时候，许愿要是不忙就会赶过去帮她。以前一起干美诺的美容师也都招了回来，以发放工资的模式来聘请她们。

等望江的店面准备得差不多了，许愿就继续在 K&U 科技上着班，毕竟她也是凭实力进来的。

明望听说了这件事后，将楼湖广场的商铺合同拿给许愿，说她如果喜欢的话就尽管去做好了。

许愿确实挺舍不得的，但她现在在公司上班，也不好一心二用。后来想到之前店里的店长林晓，许愿给她打了个电话，问她还愿不愿意继续干美容。

林晓那次是和许愿一起被抓的，却只是进去喝茶谈话，倒没有被拘留，出来后就一直在家待着，没出去找工作。许愿给她打了电话后，她知道这次是开正规的美容店，产品也是知名的国货品牌后，立马就同意了。

许愿以高薪聘请林晓继续担任店长，甚至将店内大大小小的事务都交给林晓来管理。她就成了甩手掌柜，周末没事的时候去店里坐一坐，平时还是照常在公司上班。

张助理是一路看着他们走过来的，知道了许愿的身份后，立马给老板娘开通了所有办公区的权限，就连各大生产研发车间、实验室的权限也给她开了。

一周的时间过得很快，许愿已经熟悉了公司的环境，车间的工作也已经快速接手。

这天，她正准备进车间看研发组的数据，就收到了明望的消息。

开头第一句就是：老婆。

中午上来一起吃午饭。

许愿盯着那两个字看了半天，嘴角不受控制地勾起，片刻后回了个“好”字。

自从结婚以后，他在她面前的口头禅就是老婆长老婆短的。

她在车间里待了一上午，中午吃饭的时候回到办公区，季远行照常来约她。之前的一段时间他去外地出差了，这周刚回来。

许愿想了想，将袖子卷起来，用戴着戒指的那只手刻意撩了撩头发，婉拒了他的邀请。

季远行被许愿拒绝后正想问怎么了，视线却被她无名指上的戒指吸引住。他愣了一下，仿佛明白了什么，苦笑一下：“也行，有什么不懂的地方尽管找我，怎么说也是老同学一场。”

许愿轻轻点头：“好。”

季远行便也点点头：“那我先去吃饭了。”

“好的。”

看着他走远，许愿一直等到办公区的人都走光了，这才走进电梯，刷卡直上二十二楼。电梯门开了，许愿走出去，秘书办安安静静没一个人。她快速进了最里间的总裁办。

她推开门进去，发现整个办公室空空荡荡没有一个人。正奇怪的时候，她侧边一道力将她拉了过去。脚上的细高跟崴了一下，她扑到男人怀里，有些无奈地捶了捶他的胳膊。

明望轻笑一声后抱住她，手不安分地绕了一圈，几分钟后才拉了拉她灰色的西装裙，随后牵着她进了休息室。休息室跟家里一样，有个小客厅，里面有一间卧室，客厅的茶几上摆着两份午餐。

两个人坐下，有一搭没一搭地说着话，将午餐解决了。

午饭过后，困意来得格外快。明望去办公室处理了一点事再回来时，许愿已经在沙发上睡着了。他没打扰她，弯腰一把抱起她进了里间，将她放在床上，再脱了高跟鞋盖好被子。

许愿迷迷糊糊地睁眼道：“明望？”她手撑着身子要起来。

明望俯身将她按回床上，低头诱哄道：“叫老公。”

床上的人眼睛都要闭上了，脑子没转过弯，顺着他的话含糊了一声：“老公。”

明望满意地笑了笑：“睡吧。”他站起来，看了一会儿她的睡颜，片刻后将西装外套脱了爬上床，钻进被窝里抱着人睡了个午觉。

等许愿一觉醒来已是下午三点，吓得她立马起身进卫生间整理一番后急急忙忙跑出去。随后她在休息室的门口停下脚步，尴尬到脸一下子就红了。

外面是明望的办公室，此时三个经理正乖乖站在办公桌前挨训，有一个还是他们工程部总经理。

四个人面面相觑。尤其是工程部总经理，眼睛都瞪大了。

明望咳了一声，几个人立马眼睛盯地，后背冒汗。许愿一瞬间退回了休息室。

明望的手指转着笔，银白色婚戒在无名指上发着光。他倒没说什么，将文件合起来放在桌面上，接着之前的内容说道：“HT60 系列 T20 机器人的研发、程序、组装全部打散重做，一周之内我要看到合格的内测成果。”

这番话比起之前简直温和了太多，原本已经准备好要挨更大的批评的三个经理纷纷松了口气。

明望身子往后靠，淡声说：“下去吧。”

几个人立马拿走各自的报告，快步出了门。出了门他们也都只敢相互对视几眼，随后便散开。

听着外面的人都走光了，许愿才悄悄打开休息室的门。明望偏头，勾起嘴角看她，眼神从她绑起来的头发再到全身上下扫视着。

许愿对着他握了握拳头，快步出了总裁办公室。

总裁办外面的秘书办，大部分秘书助理都目不斜视地看着自己前面的电脑，耳朵却高高地竖起来。

许愿没察觉，她对着朝她点头示意的张助理点了点头，随后便快步进了电梯。

回到办公区坐下，她缓了缓，突然想起明望刚刚说的 AI 智能最新系列 HT60 真人型机器人。来 K&U 上班不到一个月，她就听说了这个系列的机器人，但还没真去看过。

那可是真人型的机器人呢，许愿有点蠢蠢欲动。反正她有各大实验室生产车间的权限，现在手头也没工作，说去就去。

她收拾好东西正要站起来，工程部总经理的助理来到许愿的工位旁边，对她说道："许师，总经理让你去他的办公室一趟。"

内心猜测了一瞬，许愿将东西放下，跟着他去了总经理办公室。

工程部的总经理姓李，是个中年快要秃顶的男人。嗯，搞科技的大多都这样。

许愿进来以后，助理就退了出去，经理将一份文件放在桌面上，示意她过来看。许愿走过去，打开文件。那是一份保密协议书，关于调配她进 HT60 系列组装的保密。

"这是……"她抬头看向经理。

经理抿了抿唇，颇为严肃："经过我们 ED 内各大工程师商议出来的结果，认为你有参与 HT60 生产组装的资格。"

许愿挑眉，点了点头。

"但是……"

她看向欲言又止的经理："怎么了？"

经理本来还想多说几句关于跟上司的关系什么的，倏然看见她垂在一侧的无名指上戴着一枚戒指，脑海里突然闪过明总手指上也有 枚相似的……

他一愣，抬头看向眼前的女人。清冷的气质和明总确实很像，那平淡看向自己的眼神里莫名带着一股淡淡的威严。

经理明白了什么，也不刨根问底了，将保密协议递给她道："签了之后给我的助理，把邮箱里的也签了，明天早上到HT 实验室开会。"

"好。"许愿接过文件。

"还有你的权限，一会儿找助理……"

许愿愣了一下，摆手说："我的不用。"

他不敢多说，点了点头示意她可以出去了，许愿便拿着保密协议离开了办公室。

将保密协议签好后，许愿抱着笔记本电脑和白色静电大衣去了 HT 实验室和研发车间。她先去的实验室，穿好静电大衣，刷卡打开悬浮电磁门进去。

巧的是季远行也在那里，看见许愿进来时愣了一下。他放下手头的工作，想了想后还是走过去："ED 新调过来的人是你？"

许愿点头："方便带我看看吗？"

季远行笑了笑，带着她参观起来，顺便给她介绍每一款机器人的名称和功能。

实验室里很安静，HT60 的工作人员都在屏幕前忙碌着，空调的冷风遍布各个角落。

四周的墙壁上挂着超薄双透的大屏幕，各种机器人的数据和参数在飞速跳动。大部分组装好了的模拟真人型机器人都展示在充电台上，以女性居多，还挺仿真的。

许愿走到一个胳膊机械臂和身体分离的机器人旁边，站定后看了几眼，顺带看起她旁边的参数和编程来。很大一部分她都没看懂，这超出了她的认知范围，却也引起了她极大的兴趣。

越是新进的、弄不懂的，她就越有干劲去学。

季远行拿了个 ABB 示教器给她，随后连接到机器人，将程序导入，给她示范一遍后将示教器递给她。

许愿照着季远行刚刚的操作，点了一下步进按钮，前方机器人的机械手臂果然缓缓移动过来，与躯体机械缓慢吻合。她调转了一下控制轴，手臂缓缓抬起，机械地左右招了招。

许愿正在摸索的时候，一个穿白大衣的程序员过来跟季远行说了几句话。他看了看认真学习的许愿，点了点头，跟程序员回电脑前去了。

四周静悄悄的，许愿一不小心点了微动控制，机械手臂开始乱舞，横竖左右瞎动，根本停不下来。

她被吓了一跳，正想找季远行，一只修长的大手伸过来，点开工具列表，一步一步点下去，随后更改了数据，机器人的手臂缓缓垂直停下。

她抱着示教器正想感谢，那只手在她的腰侧捏了捏，熟悉的味道也瞬间飘过来。她抬头看去，可不正是明望。

他穿一身黑色西装，外面跟她一样套着白色静电大衣，微微垂头笑着看她。他身后跟着公司的另外两位副总，徐是钰和陆小少爷，还有一些工程师和经理。

徐是钰惊讶地看着许愿，不得不竖起大拇指。陆小少爷依旧是那副什么都提不起兴趣的样子，懒洋洋地看着周边的机器人。

大部分人都看向许愿，负责人也看了一眼，见她是实验室工程师，便转向明望，引着他们去另一侧参观。

许愿已经转回头，看着手里的菜单页面，脑海里突然滑过明望刚刚走时的那句耳语——“下了班来楼上。”

又去楼上干什么？

明明是合法的夫妻关系，在这一瞬间却被他搞得隐秘又很刺激。

3. 百年好合

他们依旧住在梧桐路的公寓里。

结婚后，明望在楼湖别墅区又重新买了一套别墅，作为他们的婚房。但许愿去看过一次后就不想再过去了。因为太过空旷，而且离科技园也很远，他们这段时间出门的时间越来越晚，住得近也方便一些。

梧桐路的房子，许愿说就当他们的新房好了，她还是喜欢这边，明望当然是随她。

领证那天，他回来后做的第一件事就是将客卧里许愿的衣服和行李搬到主卧里。并且他不许她再进去客卧，将门锁得严严实实的。

可某天下班后，他又打开了客卧的房门，站在门口看了半天。他在打算将这里装修成儿童房，但他老婆在他规划的时候歪着头要笑不笑地看着他，把他看得心里毛毛的。

他问：“怎么了？”

许愿正坐在客厅的地毯上，周围是迷你居家机器人的外壳、工具箱和电脑。她一边摆弄着线路板，一边手拿螺丝刀：“我什么时候说要给你生孩子了？”

明望靠着门框，舌尖顶了顶上颚，低笑一声，走出来站在沙发边看她拆了家里刚拿回来的迷你机器人。

片刻后，他在她的旁边坐下，拿过她手边的电脑给她调了调程序。她手边的机器人屏幕瞬间亮起，开始飞速内测。她看了一会儿，趴在他怀里等待内测完毕。

机器人屏幕熄了又亮起，许愿手指飞快地敲击键盘调出参数，随后拿螺丝刀拧好手心里细小的螺丝，将线路板小心翼翼地装回去，又上紧细密螺。明望看着，手一伸搂过她抱在怀里，将之前的话接上："这可由不得你。"

许愿往后仰头，犹豫道："我们才刚结婚……"

明望竖起食指挡在她的嘴唇边："我们是刚结婚，但和那些二十一二岁的人不一样，我们这都是晚婚了。"

他捏捏她的腰："我想要一个属于我们的孩子，他身上流着你我的血，但我不想你有任何危险。"

许愿闻言笑起来，一抬腿挂在他身上道："我听出来了，你是嫌我年龄大了。"

明望无奈地一笑，抱起她进洗手间洗了手，随后进了卧室放在床上，认真地道："我是说我年龄大，我比你大两岁呢。"

"两岁？"许愿偏头，"对哦，之前看结婚证上你的出生年月，我那个时候就想问了。"

明望低头，温柔地看着她。

许愿伸手抚上他的脸，忍不住问："小时候……怎么了吗？"

俊脸在她的掌心蹭了蹭，他回道："我父母是商业联姻。在我小的时候，我妈为了让我父亲回家，就用虐待我的方式逼他回来。但我父亲在外面有人了，一次两次会回来，次数多了也就不回来了。

"母亲就开始变本加厉，开始关我小黑屋，不给我饭吃也不给我水喝。这样的日子长达一年之久。"

许愿愣怔地抱紧他的身体，只觉心疼。她以为世间的父母都像她的爸爸妈妈一样，永远无条件地爱自己的孩子。

他摸了摸她的脑袋道："后来还是奶奶发现了不对之处，来别墅将我带了出来。而我父亲这么久不管我，不是他不知道，而是在搜集我母亲虐待孩子的证据。

"我在老宅休养了一年多，身体才慢慢恢复，所以上学晚，跟你成了同学。"

"老婆。"他低头亲她，"给我生个孩子吧，我童年的遗憾，想全部弥补在他身上。”

“好。”许愿答应下来，却又不赞同地道，“不是给你生，而是生一个我们的孩子。”

她手指点点他的胸膛道：“你是孩子的爸爸。”又指了指自己，“我是孩子的妈妈。”

他把话接上：“一家三口。”

许愿肯定地点头，眼睛亮亮的，倒是带了点期待。一家三口，似乎也不错。明望看着她，倏而哈哈大笑：“你说的，可不许反悔。”

许愿很是蒙了一会儿才弄明白：“你……你算计我？”

明望见她这样，怕她耍赖反悔，手往后一摸，掏出手机，解锁就是录音页面。许愿看看手机再看看男人，一翻身就要跑开。

“老婆！”明望丢开手机，扑下去抱紧她，“老婆我错了，我没录音，时长都没有。”

许愿停下，拿起他的手机解锁，点开一看确实没有录音。她愤恨地咬他一口：“明望啊，你怎么就这么坏？”

他笑着低头亲了亲她，亲亲，再亲亲。许愿被亲到没脾气，就在他想干坏事的时候，许愿忽然皱眉道：“说这些都太早了，我们是不是该先见见父母？”

明望头都没抬，埋首在她身前，话语含糊：“一切都安排好了。”

二月初二，龙抬头的大好日子。许愿跟着明望回了一趟明家老宅。

那一天刚好也是明家的家宴，故而明景也带着温雅回来了。许愿和明望一进门，大厅里的热闹氛围就停了一瞬。

明月从厨房跑出来，看见他们笑着喊了一声：“大哥、大嫂，你们来啦！”

许愿对她点点头，笑着回了一声。两个人进到客厅里，明奶奶坐在沙发上朝许愿招了招手，说道：“过来这边坐。”

明望推了推许愿，让她过去。整个明家老宅里，要说明望最亲的，应该就是明奶奶了。

许愿走过去，在老人家旁边坐下，喊道：“奶奶。”明奶奶拉过她的手拍了拍。

到了下午的时候，老宅用人摆出茶水，许愿和温雅照着敬茶的流程给明爷爷、明奶奶和各自的父母敬了茶水。

长辈给她们的赠礼都是一样的，珠宝一套、翡翠一套和不动产一套。明家两个孙子同一时间结婚，再严肃的氛围也被淡淡的喜气冲走了。

明奶奶拉着许愿和温雅说着话，还抖明家兄弟俩小时候的糗事。许愿和温雅应着明奶奶的话，只是两个人彼此不说话，即使目光对上了也很快移开。

晚上吃饭的时候，大家就商量着该走的流程要走。比如许愿这边的上门提亲，和许母商量婚礼日期等。

一周后的周末，明望买了些礼物，开着黑色保时捷带着许愿回了乡下。许愿自上次回来拿户口本后就没回来过，前后也快一个月时间了。

这次回来车是明望开的，等他停车的时候她才迷迷糊糊醒过来，偏头看了一眼车窗外，犹豫地说道："不是这里……"

"你再好好看看。"明望感觉好笑，食指顶着她的脑门转过去。

外面的确是一户人家，大门装修得华丽，周围是用砖头砌好的围墙，地上还有一些没收拾好的水泥和沙灰，看样子是刚刚才装修的。

只是——这周围的地怎么有点熟悉？

许愿还在抻长脖子四处看，明望已经下车到后备厢拿出准备好的礼物。大门"嘎吱"一声打开，许母从里面走出来，看到明望便笑着走过来。

许愿愣了一下，往后看了一眼，忙解开安全带打开车门下车。

"来就来嘛，还带啥礼物啊！"许母笑呵呵地拍了拍明望的手，去接他手里的一些东西。

明望笑着将轻的东西递给许母，等着许愿过来。

周围围了一群小孩子，好奇地看着他们。不远处的老槐树下，李存茂蹲在井口旁，傻愣愣地看着。

许愿四处看了一眼后回来，走到他们身旁喊了一声："妈。"

"走走走，先进去，家里这段时间在搞装修，乱得不行，别介意啊。"

许愿看出老家在搞装修了，但母亲并没有找她拿钱。前头明望和许母熟稔地聊着天，在客厅放下东西以后，丈母娘和女婿就站在院子里指指点点。

许愿倒了杯水，心里渐渐有了底，看着那个穿一身休闲春装的男人站在荒芜的院子里，微微俯身倾听母亲讲话。她握紧杯子，眨了眨眼将眼里那股湿热憋回去，倒了两杯水端出去给他们。

趁着许母去翻晒另一侧的干豆角，许愿仰头看他，拉着他的手，万千心绪藏在眼底。

明望喝了一口水，瞥了一眼背对着他们的丈母娘，快速俯身亲了她一口。

“别跟我说什么谢不谢的。”他凝视她的眼睛，“我们是一家人，我怎么忍心看着妈住在之前那样的房子里。”

许愿抿唇，想起了之前的房子，略失落地道：“我这个做女儿的还没有你这个做女婿的贴心。”她又问，“什么时候的事？而且我看你跟妈好像很熟的样子。”

明望笑了笑，正要说什么……

“今天中午想吃什么？”许母转过身问他们。

“都可以。”许愿看向明望。

他点头：“我也都可以，妈你看着随便做就行。”

“你们这些孩子哟。”许母拎起菜篮子，“我去菜地里看看，应该有小白菜之类的，愿愿你先把饭煮上。”

许愿点点头，许母笑着出了大门。看母亲走远了，许愿转头拉着明望进了厨房。

厨房是新建的，处处都是崭新的家具。她先找了电饭煲出来，舀了米后再加水淘洗。她做着家务，明望就跟在她身后，偶尔搭把手。

等饭煮上以后，两个人在厨房里对视片刻，不由自主就抱在了一起。

“你还没回答我刚才的话。”许愿戳了戳他的胳膊。

明望握住她的手指道：“就领证后的第三天，我给妈打了电话，就带着装修队过来了。”

领证后有两天明望确实不在公司，回到家也是很晚了。她一直以为他是在忙外面的项目，原来是回这里来了。许愿靠到他怀里，搂紧他的腰身，低声道："明望……你真好。"

千言万语也只能汇成这一句话。

这一生何其幸运，能在一地鸡毛里遇见这么一个男人。他撑起了她头顶的一片天，是为她遮风挡雨的港湾，也为她铺平前路后路，让她淋不到半点风雨。

"你这话……"明望皱眉，他还记得上一次，她就是说完这句话后的第二天跑得没影的。他现在一听到就感觉不舒服。

许愿笑了笑，搂着他没说话。

4. 孕前记

电梯缓缓上升中，许愿摸出兜里的口红，对着镜面似的轿厢涂抹。旁边传来一声轻笑，一只大手搭在她的腰上。

薄薄涂一层后拧好口红盖子，十二层也到了。她推了推他的胸膛道："上班了。"

明望撒手，瞅着眼前的人，上下看了几眼还是不怎么满意："穿这么细这么高的鞋不难受吗？"

许愿笑着摇了摇食指。

"还有这裙子，这才刚入春。"他说着靠近，手在A字裙裙摆处比画了一下，"小心老寒腿。"

"这不是有大衣嘛。"许愿拿过他臂弯里的黑色大衣，"再说无论办公室还是车间都有空调，冷不到的。"

明望：她总是有很多借口。

他想再说点什么，许愿快速靠近，他条件反射低头，一个轻吻落在唇上。他伸手要去抱她，她后退一步避开，给他理了理衣领，随后笑着离开。

电梯门关上，轿厢继续缓慢上升，明望摸了摸上扬的嘴角。

这是他们结婚的第三年春天，中间有过小吵小闹，大多以许愿泡在实验室里忘了时间被某人臭着脸拉走。

其他时间的婚后生活都很和谐。

自从许愿答应他生宝宝的事随缘后，俩人的夫妻生活就没做任何措施了。可三年过去了，一直都没有消息。

夫妻俩默契地开始戒烟，在不过分的前提下，明望还会拉着许愿晨跑，又给两个人都办了健身会员卡。

只是许愿太忙了，工作日在公司里上班，大多数时间都在实验室和车间里，就连他也很难见到她。以为周末了夫妻俩能熬个夜、逛个街什么的，又都被她美容院那边的事给绊住了脚。

他知道自己的老婆要强，之前创业失败的事对她的打击很大，所以这次他全力支持她。不管她要做什么，成功也好失败也罢，她身后永远都有他。

但有时候他会有些失落，两个人身体都很健康，每次去医院体检也没什么毛病，可宝宝一直没怀上。或许是缘分还没到，怕她会有压力，明望常常说是自己还不想要孩子。

可是……谁会不想要孩子呢？他今年已经三十一岁了，人家老徐的娃都快上幼儿园了。

刚想到徐是钰，电梯门打开，对上的就是一个穿着小西装，卷头发的小布丁。看见他出来时小家伙眼睛一亮，随后又失望地撇嘴，乖乖地喊他："明叔叔好。"

"铖铖来得真早，爸爸呢？"

"爸爸忘记拿东西了，刚下去呢。"

他说着自动走过去抓住明望的大手，奶声奶气地道："铖铖先跟明叔叔进去吧。"

明望垂首，看着还不到膝盖的小人儿，胖乎乎的小手抓着他的小拇指，几乎没有力量，可柔软的触感又很真实。他内心触动，一瞬间柔软下来，抓住他的小手。

明望把他带去办公室，小男孩乖得很，自己爬上沙发稳稳地坐着，不哭也不闹。明望走到办公桌前，从抽屉里摸出几颗许愿放在这里的糖果，到沙发上坐下。

小男孩眼巴巴地看着道："是姨姨的糖糖吗？"

明望轻笑道："对的。"他将糖果递给小男孩。

"谢谢明叔叔。"小男孩接过，自己动手剥糖纸，小大人似的感叹，"明叔叔是最幸福的叔叔了，比爸爸还幸福。"

“为什么比爸爸还幸福？”

“因为明叔叔有姨姨给糖糖，爸爸没有，妈妈都不理我们。”他低下小脑袋，有点失落。

明望伸手抚了抚他的脑袋：“那是妈妈很忙很忙，等不忙的时候就会给铖铖准备很多好吃的糖果了。”

“真的吗？”小男孩期待地看向他。

明望顿了顿，点点头。小男孩开心地笑起来，把一颗糖果放进嘴里，声音含混不清：“好吃。”

过了几分钟，办公室外传来敲门声。明望说了声“进来”，门就被推开了。徐是钰一只手提着一个小书包，一只手抱着保温瓶走进来。

“爸爸！”沙发上的小男孩笑起来，脚晃得欢快。

“哎！儿子，快过来。”

小男孩滑下沙发，开心地道：“明叔叔，铖铖走啦！”说完不等明望回话，他跑过去就抱住徐是钰的腿，仰头喊：“爸爸。”

徐是钰笑着摸了摸他的头，随后提了提手里的东西向明望示意。明望颔首，他便领着小男孩出了门。

办公室的门关上，原本还叽叽喳喳的屋子一下安静下来，静得明望都有些惆怅了。

一个和爱人一起生下的，满眼是自己的宝宝，听话又懂事……

明望拿出手机，再一次预约了体检。

中午吃饭的时候，许愿回了办公楼，放下笔记本电脑后便上了二十二楼。

办公室里没人，她进了里间的休息室，换了一双舒适的拖鞋后再脱下大衣。身后的门轻轻开了又关上，脱了一半的大衣被人接了过去。

她也就放手给他，走到餐桌旁看了一眼午餐，正想说话，腰间突然圈上一双胳膊。她无奈地笑笑，握住他的手道：“吃饭了。”

“嗯。”身后的人将下巴搭在她的肩上，低声问她，“这段时间还忙吗？”

许愿往后靠到他怀里说道：“不怎么忙了，HT80 的机器人已经在内测了。美容院那边，茜茜也成立了品牌……”说完偏头看他，“在计划什么事呢？”

明望扬眉道：“还是我老婆懂我。”

“每次你这样问，都是已经在心里打好算盘了。”

“好吧。”他凑过去亲了亲，“马上就结婚三周年了，我们要不出去旅个游……”

“年前不刚从北海道回来吗？”

明望轻哼：“谁让某个结了婚的人在那边一待就从秋天待到冬天的，都不记得她还有个等在家里的老公了。”

“讲道理哟。”许愿在他怀里转身，仰头看着他，“还不是你把项目放在那边，我才跟着过去的。”

“是我的错。”明望嘴里应着，俯身贴着老婆打起商量来，“那要不在家休息几天，就我们俩，哪儿也不去……”

许愿一听，立马伸手捂住他的嘴，瞪了他一眼道：“难怪腻腻歪歪的，我听张助理说今天铖铖来公司了？”

“嗯，来了。”明望承认，他确实受了点刺激。

看着他这样，许愿心里涩涩的。她抬手搂住他，同意了：“好，你有任何想法都可以实施，我全力配合。”

“真的？”他有点不敢相信。

许愿仰起头看他，轻轻地喊了一声“老公”。

明望一只手抱紧她，一只手捂着自己的半边脸嘶着气笑开了：“你总不愿意这样叫我，这突然叫一声真是有些受不住。”笑完他推着她到隔间卧室，“那就邀请老婆跟我荒废一下下午的光阴。”

“别闹。”许愿也笑了，拍了拍他的手，“还没吃饭呢。”

晚上回家前，夫妻俩去看了一场电影，随后逛着街回家。

早春的南城到了夜里还有点寒，冷空气四处弥漫。许愿逛了一会儿就受不了了，抱着明望的胳膊躲在他怀里商量着回去。他笑着捏了捏她的鼻尖道：“就说会冷了……”

“哥哥姐姐买朵花吧！”

一束鲜花递到两个人面前，年轻的小女孩笑道：“一朵百合鸿运当头呀！”

许愿对花不怎么感兴趣，拉着明望想赶紧回车里去。

他却停下脚步，细看小女孩手里的花篮问道：“还有什么代表好运的？”

“还有水仙和桃花。”

“都给我包起来吧。”

小女孩惊讶了一秒，手脚利落地包成一束递给明望：“祝先生好运连连。”

明望接过，付了钱后将花递给许愿，随后便带着她回到车上。在车里吹了一会儿空调，身体暖了回来，许愿才低头看手里的花。

百合的花瓣都有些蔫了，桃花开得也不怎么好看，搭配更是奇怪。可为着那句好运，明望还真买下了。

过了片刻，她突然想起什么，问明望：“我这个月的经期是不是快到了？”

明望要挂挡开车的动作停了一下，脑海里过了一下日期，随后一把拉起手刹，惊讶地道：“好像超过半个月了。”

他扭头看她：“老婆……”他舔了舔嘴唇，“你有没有恶心想吐的时候？或者是身体哪里不舒服的时候？”

“没有。”

“那有没有特别想吃辣或者想吃酸什么的？”

许愿摇头。

明望低头细想：“那……那有没有特别嗜睡什么的？”

“都没有。”

“不行。”明望深吸一口气说，“得去医院看看，不然我今晚睡不着，不管是什么原因。”说完他立马一踩油门开了出去。

夜晚的医院，连走廊上都是安静的。许愿坐在椅子上，看着面前拿着单子走来走去的男人。

他已经在她面前不知是笑还是忐忑，反正一会儿一个表情，来回不下十圈了。虽然在车上就已经猜出来了，但等拿到了结果才是真正安了心，宝宝来得当真是悄无声息啊。

她笑了笑，站起来拉住他道：“好了好了，该回家了。”

“老婆。”明望喊了她一声，随后一把抱住她，不顾场合地亲了她一口，“我当爸爸了？”

许愿点头回道：“是。”

“走走走，回家去。”他将许愿护在怀里，一副已经快要生产时的小心翼翼，一只手护在她的腹部往医院外走去。

上了车再次看见刚刚买的花，明望心里乐开了花，将花拿给她：“来，我的大宝贝和小宝贝，这是爸爸送给妈妈无数次的花，也是爸爸送你的第一束花，欢迎你的到来。”

许愿接过，摇头失笑，捧着花看向车窗外。

夜风吹着，霓虹闪烁，照亮夜晚的整个城市。

南城，她的故里，逢了春是归处。

5. 爸爸带儿记

盼盼小朋友一直都是个有福气的孩子。她特别怕疼，一点疼都受不了。因此在爸爸和妈妈之间，她更爱妈妈。因为妈妈的手软软的，脸也软软的，她喜欢蹭妈妈。

随着她一点一点长大，娇气也伴随着她增长。

许愿辞了公司里的工作，和陈茜茜一起把美容院开遍南城的各个区。至于外省的市场，就全部留给王芸芸去扩张了。她们都不想出去外面打拼，陈茜茜因为发现孩子不亲她而急于回归家庭，许愿纯粹是舍不得离开家。

三个人一合计，寻找研发、生产基地，成立护肤品牌，主打美容院线，与南大医学院合作成立专家顾问，开始了自主品牌之路。

成立了团队，自己当了老板，其他地方的市场又不用许愿操心以后，她就空闲了很多，所以盼盼小朋友一直都是待在妈妈身边。

两岁正是盼盼小朋友爱美爱学的时候，她看妈妈化妆，也想跟着来点，看到电视里的奇装异服也想穿。许愿自己爱打扮，当然也会满足她，给她编漂亮的辫子，穿漂亮的公主裙和迷你汉服。

美容院里的美容师们都是年轻的小姑娘，每次许愿带着盼盼去，都很受欢迎。常常会有美容师带了迷你汉服、小旗袍、小熊套装等各种各样的服饰，让许愿给她打扮起来。这正好合了盼盼小朋友的爱美之心，收礼物收得嘴都甜了。

到了五点，许愿收拾好东西，朝办公室门外喊："回家了，盼盼。"

"好。"一身迷你汉服的小可爱提着裙摆乐颠颠地跑进来，手里拿着一把小纸扇。

许愿蹲下来，拿纸巾给她擦了擦脸，顺便把她额头上的刘海梳了梳。

"妈妈。"小可爱仰着脸，叫了她一声。

"嗯？"许愿抱起她，她把小手挂到妈妈的脖颈上问，"爸爸来接我们吗？"

"对呀，不过不是来接我们，是来接你。"

盼盼："啊？"她转头看妈妈，撇嘴问，"妈妈要去哪里？"

"妈妈要和茜茜阿姨，还有芸芸阿姨去谈点事，所以爸爸来接你。"

"好吧。"盼盼将头搭在许愿的脑袋旁，小声嘀咕，"那妈妈早点回来。"

"好。"许愿偏头亲了她一口，刚出门就看到大步走过来的明望。她笑了笑，将孩子递给他。

明望接过盼盼，在她额头上亲了一口："放心去吧。"

随后他低头看怀里的孩子，夸赞道："宝宝今天真漂亮。"

"盼盼每天都很漂亮！"

"对。"回了话，他抬头看向许愿，"早去早回。"

许愿点头："快回去吧，不然一会儿孩子得饿了。"

"好。"他抱着盼盼转身，又一秒转回来快速亲了许愿一口，这才往电梯走去。

许愿这次是和陈茜茜一起去王芸芸那边庆祝她成功谈下华东市场的，预计得去个四五天。

为了早去早回，她们定的是当天傍晚的票。

明望抱着盼盼回了家。

生了宝宝后，他们换了个四室的公寓，林嫂也住在这里帮忙带孩子。只是这两天她的大孙子那边也需要照顾，她就回去了。

许愿一个人带盼盼，盼盼也听话，所以就没另外找保姆。明望想到这一点，便带着盼盼在外面吃了饭才回去。

他平常也带过孩子，只是孩子不经意间会嫌弃他这个老父亲粗手粗脚，让他心里拔凉拔凉的，所以大多时候他都是跟在母女俩身后。

他单独带孩子，这还是头一回。他偏头看了一眼主卧里坐在地毯上叠小衣服的女儿，信心暴涨。

就凭他女儿这听话懂事的样子，他绝对比老徐带得好。

过了一会儿，盼盼走出来，趴在他的腿上道："爸爸，帮我拆辫子吧，宝宝该睡觉了。"

"好。"明望一把抱起她到卧室里的梳妆台前，拉出椅子后放下她。盼盼乖乖坐好。

明望看了一眼宝宝的头发，头皮发麻了一瞬。这……这满头辫子，从这边绕到那边的，这要怎么解？

"爸爸？"盼盼仰头疑惑地看了他一眼。

"马上拆。"他硬着头皮拿起一小根辫子，研究了几秒便开始拆。

"爸爸痛！"盼盼抱着头痛呼，眼眶红红的。

明望一看，冷汗直流，手忙脚乱地哄她："不哭不哭，爸爸轻点。"小脑袋缓缓点了点。

明望放轻手劲，再一次开始拆，拆得极慢。半个小时过去，一根小辫终于拆完，而小朋友已经困得东倒西歪了。

明望不忍心，干脆不拆了，抱起女儿，愧疚地亲了亲她的脸蛋后道："宝宝咱不拆了，爸爸给你洗澡。"

盼盼揉揉眼睛，摸了摸头顶乱糟糟的头发，委屈巴巴地点头。

这乖巧又懂事的模样让明望的心瞬间软得一塌糊涂。他低头要亲亲盼盼，却见盼盼偏了头避开。

冷风穿胸而过，凉得很透底。

他带着失落抱着孩子进了卫生间，给小浴缸调好水温，随后抱起盼盼放在浴缸边的台子上开始解身上繁复的汉服。解了半天，盼盼困得不行，脑袋一点一点的，下一秒往侧边一倒跌进小浴缸里。

"扑通"！

明望整个人俯冲过去，一把捞起孩子，吓得心率飙升：“宝宝？”

“呜——哇！”盼盼没忍住哭起来，“妈妈，我要妈妈！”

“不哭不哭。”明望哄着她，亲她的脸蛋。看着哭得一脸通红的女儿，明望没忍住心酸了一把：我也想要你妈妈。

他抱着孩子，终于解开腰带，把湿漉漉的衣服丢开，卷起大浴巾裹住小小的身体，抱着就往外走去。正要出浴室门，他又看见孩子的头发湿着，便一把拿起吹风机回到卧室。

盼盼此时已经不哭了，但还在抽噎，小声嘀咕：“妈妈，我要妈妈。”

“宝宝。”明望叫她。

盼盼眼眶红红地抬头看他。明望说不下去了，在带孩子方面，他确实不如许愿。孩子不怎么依赖他，也不怎么喜欢他。

当初是他一心想要孩子，可现在看来他那个时候的想法简直是草率。他只考虑到想要一个孩子，却没想过自己不会带孩子。

他在床边蹲下来，说道：“原谅爸爸一次好不好？爸爸一定会好好学，下次不会这样了。”

盼盼是个懂事的小孩，擦了把眼泪，缓缓点头：“盼盼原谅爸爸了。”

明望的眼眶湿润了，站起来坐到床上，把孩子抱进怀里，拿吹风机开最小的暖风轻轻吹着，边吹边轻轻解着剩余的辫子。

盼盼便是在这阵风中迷迷糊糊睡去的。她在梦中看见了妈妈，小嘴一咧，笑得极开心：“妈妈！”

她扑进妈妈软软的怀里，委屈巴巴地告状：“爸爸扯我的辫子，还把我丢进浴缸里，吓坏宝宝了。”

明望：啊！

不！不是这样的！听我解释啊！

番外二

重回少年时

1. 见少年时的你

明望是被一阵阵下课铃声和同学们吵闹的声音吵醒的。他不耐烦地睁开眼睛，看着前面穿着蓝白校服、面容稚嫩的同学们，好一会儿还分不清这是梦境还是现实。

他伸出手，和记忆中精干有力的胳膊差了好远，是少年时期的样子。

旁边两个男同学吵吵闹闹着过来，撞了他的课桌一下。课桌移回来撞到他的胳膊上，感觉一阵疼。

所以，这不是梦？睡醒一觉后，他脑海里很突兀地多出来很多记忆，是往后那些年的。

那他是重回十七岁了还是只多了记忆出来？

他立马转头往窗户边的位子看去，圆润可爱的女孩沐浴在阳光下，白皙的脸蛋被夕阳照得透明，校服规规矩矩地穿在身上。

他一时间分不清现在是什么时间、什么状况，目光在女孩粉嫩的小嘴上停了半晌，最终转过头来。

他明明记得他们俩已经结了婚的。

“明望，走，去打球。”

旁边走过来几个男同学，明望看了一眼他们手里的篮球，跟着他们一起走了。下午最后一节是自习课，老师管得不是太严。

他们到了老校区的篮球场，在球场边换了球衣，季远行给他递来发带和护腕。明望愣了片刻后接过。

年轻时身子骨轻，跑起来爽快极了。明望感觉自己好久没有打球打得这么畅快淋漓了，一身热汗的感觉真的太爽了。

在他进了一个三分球，最终赢得这次篮球赛的高分时，周围响起一阵欢呼声——全是小姑娘的尖叫声。他手撑着膝盖缓了一会儿，无奈地笑了笑，抬头看向四周，却突然定住目光——篮球场左侧台阶上最外层的老树下坐着两个女孩子。

他的目光和其中一个女孩的对上。汗流进眼里，他卷起球衣下摆擦了擦，站起身边擦边朝着她走过去。

“哦哟哟许小愿！看男人看呆了你！”陈茜茜哈哈一笑，趴在她的耳边调侃。

许愿的脸蛋一红，赶紧垂下脑袋，心跳得飞快。想起刚刚在满场跑来跑去的少年里，她的目光一眼就定格在了他的身上。

白色球衣，绑着发带，是意气风发的少年郎。

她看见他带着球越过一个个阻拦他的人，篮球像是长在了他手里，随着他前前后后地运走，还唬得别人一转一转的。

越来越接近他们那边的篮球架了，就在她以为要运球过去投篮时，他在半场时运着球一个弹跳，球投出去后稳稳地进框。

周围响起一阵阵尖叫声和欢呼声。在震耳欲聋的声音里，隔着台阶和人海的距离，少年突然抬头看了过来。

那一刻，视线直直地撞上，她看见他漂亮的眼尾弯起，似乎在对着她笑。

一瞬间，四周寂静，连心跳都快停止了。

“啊啊啊！明望在看我？他在看我啊！”前排台阶上一个女孩惊叫着跳起来。

许愿一愣，垂下脑袋。她已经习惯这种自作多情的难为情了，于是搓了搓手指。

陈茜茜的调侃也让她从难堪的情绪里回了神。

还好还好，这只是她内心的。任内心兵荒马乱，她也不表现出来半分。

“喂喂喂！不是吧不是吧？”陈茜茜惊恐夸张的声音响了起来。

许愿正要问她“怎么了”的时候，刚刚还在球场上的少年就站在了她的面前，周边所有同学都看向这里。

许愿稳住自己，视线从他的脸上滑过，随后拉起陈茜茜，低声说：“走吧。”

明望愣了一下，看着她低头要从自己身边走过，一把拉住：“老……同学。”差点把“老婆”给顺口叫了出来。

许愿没想到他会拉住自己，转身之前她暗暗咽了口口水，手心冒出细密的汗水。她尽量让自己的表情看起来正常，转回头看他的眼睛——视线往下滑，定格在了他的下巴上，等他说话。

明望看着这熟悉冷淡的表情，舌尖顶了顶腮帮子。

他真的很怕她冷淡漠视的样子，总会让他觉得自己在自作多情。要不是在他多出来的记忆里知道了她是从刚入学就喜欢他的事，恐怕这个时候早就松开她的胳膊了。

既然知道了，他当然就不能放她走了。

他看向陈茜茜，示意她先走。陈茜茜居然一秒就看懂了他的意思，内心止不住兴奋，立马拔腿就跑。

许愿一时间手足无措，陈茜茜走了，她在单独面对明望时就更紧张了。但她习惯了越紧张越冷静，也不说话，就那样看着面前的少年。

两厢对视，明望倏而笑了，低下头温声说：“要不要一起回教室？”

许愿捏紧了手，手心里是一把汗，还伴有阵阵耳鸣。她说不清这一刻是怎样的惊喜和震撼，像梦一样。那个少年会来跟她说话，他还约她一起回教室。

她没法开口，声音像是堵在了嗓子眼，只能死板地点了点头。

“那等我一下。”明望几步跳回篮球场。

打篮球的男同学们还在场边，看见他回来，笑着打趣：“不得了，明望看上人家了？”

“特意跑过去的，哈哈。”

“许愿啊，也没多好看啊。”

明望喝了口水缓解干渴，闻言看了一眼说这句话的那个同学，轻蔑地瞥了一眼：那是你们不知道她长大后有多漂亮。他捞起地上的衣服。

“明望。”季远行走过来，揽着他的肩膀，“可别乱来，她家什么情况你也知道。”

明望皱了皱眉，突然想起一个片段——这个人和许愿肩并肩进了超市。他一耸肩，低沉的威压瞬间笼罩下来。季远行愣怔地松开手。

明望将校服外套搭在肩上，说道：“她将来是我老婆。”

话说完，他转头看了一眼在乖乖等着他的女孩，嘴角一勾，几步跨过台阶蹿到了她面前，留下愣在原地的人。

傍晚的风从篮球场吹过，把少年身上的热气也传到了她的身旁。许愿抿抿唇，低头走在他旁边。

男生步子迈得大，许愿在尽量追赶他，几步后越追赶越紧张，都有些同手同脚了。

前面的人却忽然停下转身：“抱歉我没……”

许愿直直地撞到他怀里。她嘴唇抖了抖，闻到他身上的气息。

明望勾起嘴角，想抱她的手在虚虚搭上她的腰前移上来握住她的肩膀，扶着她站稳了。他低头观察片刻，温声问道：“没事吧？”

许愿的身子僵硬，麻木地摇头。

她的内心止不住地翻滚，不知道他刚刚有没有看到她同手同脚的糗样，咽了口口水后微微抬起眼皮。

少年眼里是温柔细碎的光，看着她的目光里满是温和柔软。许愿感觉心被溺了进去，一时间不知身处何方。

视线里，少年忽然抬起手握住她的手。刚碰到不超过三秒，许愿就像被刺到一般甩开他的手，等甩开了又讷讷地抓了抓空气。

“对不起。”她抿唇，再次抬头看他，“我刚刚……”

“没事啊。”一个温柔和煦的声音安抚了她。

她张了张嘴，说不出话来，眨了眨眼睛，将泛起的酸涩憋了回去。

两个人一起回了教室，在门口分开，回到各自的座位上。

进教室不过几分钟，放学的铃声就响了，同学们热热闹闹地离开教室。许愿跟美玲和茜茜打了声招呼，提前走了。

他们家在离名华高中不远的小区里租了房子，以前住的是楼上的房子，高一下学期许父去世后，负债压了下来，许母打无数份工都付不起房租了。

本以为会被赶出去，但房东可怜她们母女俩，将放杂物的地下室以每个月五十元的租金租给了她们。

许愿一直都是步行上学，从家到学校走快一点十五分钟就到了。出了学校大门，她摸出包里的水杯，站在路边喝水。

身后有男同学追逐着跑过，撞到了许愿拿水杯的手臂，一瞬间整杯水洒了下来，杯子也因为手酥麻了没拿稳而掉到地上。

杯子“砰”的一声裂开了，谁说塑料不容易碎的？还不是一样碎了。许愿抹了把脸上的水。

男同学嘻嘻哈哈地看她，吊儿郎当笑着调侃了几句，转身就想走，却被站在身后的少年一脚踹得后退了几步。

“道歉！”他的语气低沉。

许愿听到声音急忙抬头，在路灯的照射下，她看见站在那头的少年比几个男同学更跩的站姿。

男同学显然是认识明望的，也知道他是什么背景，不敢惹，只好憋屈地转回来向许愿道歉。

明望手插在兜里走过来，外套挂在肩膀上。他没说话，从兜里摸出一包纸巾，打开后抽出一张，弯腰想帮她擦干脸上的水。

许愿愣怔地站着，直到纸巾的香味扑鼻而来，她才回神一把抓住他手里的纸巾。

明望笑了笑，放开手看着她胡乱擦了擦后捏在手里。

旁边的男同学见明望不说话，想无声地逃走。才刚迈出一步，就被一只脚拦住了前方的路。他们停下，见明望的下巴朝地上点了点。

裂了的水杯在地上——赔钱。

男同学抽出一张十元的纸币。许愿接过，翻了翻口袋，找出三块递给他。

明望在旁边看着，被她一副小老板的样子逗笑。等身边的人都走了，他才问：“要不要去买水杯？”

听他话里的意思，是会跟她一起去……许愿捏紧手里的纸币，轻轻点了点头。

明望抬头往前看，然后说道："去前边的十字路口吧，那里有家连锁超市。"

连锁超市？那岂不是很贵？许愿舔了舔嘴唇，硬邦邦地说："我突然想起来要赶紧回去。"说完不等明望反应过来，她就飞快地跑了。

她没法跟着明望去连锁超市买东西，那会显露她贫穷又贪小利的本质。生活的困苦教会了她货比三家，越便宜越好，一毛钱她也会计较。

但如果去路边的小地摊，他也跟着她去了呢？看见她喝水的杯子是从那种地方买来的，他又会怎么想她？

穷人也有自尊啊。她不想让他看轻了。

许愿的眼眶发热，脚下不留情地跑得飞快，跑到呼吸越来越重，心脏微微抽疼。

明望看着一瞬间就跑远的身影，嘴里蹦出一句脏话，烦躁地站了半晌，捡起她碎裂在地上的杯子。

记住杯子的款式后，他进了连锁超市就直奔卖水杯的地方。

一个个看过去，他一眼就看中一个粉色的带兔子脑袋的小水杯，水杯还有一根带子可以挎着。他拿起来，觉得这个杯子特别配她，是他心中可可爱爱的样子。于是他买下这个杯子，拎着回到家。

他推开家门进去，梅姨走过来，温柔地问他："吃过晚饭了吗？"

明望摇头，将包丢在沙发上，拿着杯子去冲洗。

明月还是小小的一只，摇头晃脑地出来，看见杯子开心极了："哥哥是买给我的吗？"

明望抬高手："给你嫂子的。"

许愿回到了地下室的小房子里。

小房子很小，就是简单的一间。后来还是房东家抬了几块木板来给她们把中间隔开，成了一个一室一厅的住所。上厕所要跑去小区的公共厕所，洗澡就去房东家在一楼走廊的老淋浴室。

房东家只留下了两位老人家，子女都在外面打拼。之前许父没出事时，许母时常照管着两位老人家。

人都是相互的，所以房东才给许愿留了一把淋浴室的钥匙，让她能用到就去用。

这狭小又简单的房子，目前是母女俩的小家。家里一片安静，许母出去上夜班了，晚饭留在桌面上。

许愿并没着急吃饭，而是打开里间的房门。

母女俩住一间，许母考虑到女儿大了会有自己的小秘密，就给她的小床拉了床帘。

她打开灯，走进去拉开床帘坐在床上，将手心紧紧捏着的纸巾铺平开来。直到皱巴巴的痕迹不见了，她才一点点照着印迹叠好，片刻后拿起来闻了闻。有一股淡淡的茶香味，像他身上的味道。

第二天，许愿早早地到了教室里。大部分同学都还没来，她趴在课桌上眯起眼睛。

昨晚翻来覆去大半夜都没睡着，脑海里他跟她说话的场景就像是放电影一样。电影放给自己看，越看越内心悸动。

她闭着眼正要睡过去，鼻尖闻到一股淡淡的气息，像昨晚纸巾的味道——她一瞬间抬起头。

果然，他就坐在前面的位子上，面向她这边，双手抱着椅背。见她看过去，明望歪着脑袋笑了笑，右手动了动，掏出一个粉色水杯放在她的桌面上。许愿木讷地看着。

他修长的手指推着杯子往前，漫不经心地说："赔你的水杯。"

"可是……"她抿唇，掏了掏兜。

"可别。"明望只一眼就知道她要干什么，"我可是不会要你的钱的。"

"那我……我……"

明望笑了笑，站起来，声音放低："我就是想送你了，你如果不想要我送的东西……"他往后指了指，"垃圾桶在那儿。"

说完他手插兜慢悠悠地转过头去，大大咧咧地坐下。

许愿的目光跟随着他，在他看回来的前一秒预感到什么似的飞快地转了头。

她的手指一点点摸上粉色的水杯，心里噼里啪啦放起烟花。

2. 我的盖世英雄

班主任老林抱着卷子走进来，他是本班的班主任，也是数学老师。原本闹哄哄的教室里瞬间安静下来。

试卷一张一张发下来，名字和分数是一起念的。分数低的丢脸极了，许愿就是其中一个。

试卷是打乱了顺序发的，前一秒还是明望 149 分的高分，下一秒就是许愿 99 分的中低分。试卷满分是 150 分，她这次考得可不是一般的差。

上去讲台上拿试卷的时候，她把头低下来。除了高二的第一个学期追在明望身后，要么第二要么第三，到下学期她就越来越往后掉了，现在直接掉到了中下游。

许愿伸手去接老师手里的试卷，哪想老林卷起她的试卷打了她的手心，还恨铁不成钢地道："许愿啊，你这分数掉得不是一般的厉害啊，干吗呢？整天想些什么？"

许愿一脸通红，全身如发烧一般，火辣辣地灼着心脏。好在老林也没过多地说些什么，叮嘱她要把学习成绩提上来后就让她回了座位。

老林将最后一节自习课也占了，然后才放过他们。同学们一个个精疲力竭，慢吞吞地收拾着东西。

许愿拿着卷子，跟美玲和茜茜打了声招呼，让她们先走。两个女孩看她手里捏着试卷，就知道她要去老地方安静一下，于是点了点头。

许愿出了教室，下了楼就往老校区的老实验室走去。老校区大部分的建筑物都拆了，只有篮球场和侧边的三层老实验室楼还在。每次遇到不开心的事，她就喜欢来这个地方发呆，一个人安安静静地写写作业。

教室里，傅西凯趴在明望的课桌上正和他吹着牛："你是不知道……你看啥呢？"他顺着明望的视线往门口看去，只是一些进进出出的同学而已。

明望皱了皱眉，想起她拿试卷时满脸通红的样子，将手里的游戏机塞给傅西凯，嫌弃道："体感一般般，赶紧滚回去。"

傅西凯手忙脚乱地接住游戏机，正要说什么，明望已经离开了座位。

“哼！那是你不会玩！”他捧着游戏机回到最后一排坐下。

明望习惯性手抄着兜走出去，站在走廊上往下看，就看见她闷头往后面的老校区走。她没背书包，手里又捏着卷子，看来是想留下来晚自习。

他想了想，正要跟下去，就看到两个校服不好好穿，脸上化着妆的女生跟在她身后，旁边还跟着三个吊儿郎当的男同学。

他皱了皱眉，立马回教室拿过外套，打开书包，胡乱抓了几张试卷，要走前又从桌洞里摸出两瓶矿泉水和面包通通塞进书包里，然后便提起书包快步往老实验楼走去。

老实验楼里安安静静的，只有二楼传来一阵脚步声。明望要找人的动作停下，直奔二楼。但他还是来晚了一步，一间实验室外的门已经被锁上，男生手里拿着钥匙，远远地丢了。

他们也不说话，偷偷捂着嘴笑，几个人对视一眼，踮着脚往这边的楼道走来。

明望快速点了视频录制终止，收起手机往楼梯跨步上去。几乎是他刚拐进上一层楼道里，他们就走到了他刚刚站着的地方，笑嘻嘻地从楼道走下去。

他们出了楼道以后，明望低头将手里的视频保存好，随后给梅姨打了个电话说要很晚才能回去。他拎起书包，走到刚刚他们锁门的实验室外，朝四周看了一眼，便转进楼道往下走去。

许愿听到门口有轻微的响声的时候就预感到不好了，她站起身，走过去拉门。可门只拉开一条缝就再也拉不开了——门上挂着一把金黄色的挂锁。

老实验室这边的门锁大部分都是以前的那种挂锁，实验室搬走后这边也就没人管了。许愿想不通是谁要这样对自己，她在学校里没惹过任何人。

她使劲拉了拉门，可还是没能拉开，就知道自己是被锁在老实验室里了。

黄昏落幕，天渐渐黑了，周围一片寂静。这是个叫天天不应，叫地地不灵的地方。

室外一阵风吹过，带起窗外的老树“呼啦啦”作响。大夏天里，她居然感受到了比寒风还要冷的阵阵凉意，胳膊上起了密密麻麻的鸡皮疙瘩。

细碎的声响从后窗处传来，许愿的脸都吓白了。她蹲下去紧紧靠着门，眼睛盯着地板，连呼吸都放轻了。像是什么东西在扒拉墙，一点一点从这个实验室的窗口爬上来。

许愿咽了口口水，手心冒出汗水，跪在地上躲到离她最近的老课桌下面，把自己蜷成一团，再卷起衣服下摆紧紧捂住口鼻。饶是平时再怎么冷静的人，到了这一刻都脆弱得不成样子。

她好想妈妈，也好害怕。谁来救救她啊！

“砰”的一声落地声，什么东西从窗户跳了进来。心跳停了一拍，一种巨大的惊悚感从心底升起，五脏六腑剧烈收缩着。许愿捂紧口鼻，屏住呼吸，眼泪一滴一滴掉落，腿脚麻了也不敢挪动。

有脚步声，从窗户边传过来。

脸憋到通红，心脏已经感受到窒息的疼，肺部的空气逐渐减少，她感觉死亡在向她招手。

突然，一束光亮起，她面前蹲下来一个人黑影。许愿再也憋不住，趴在地上，哭着喊着：“饶了我吧饶了我吧……”

明望狠狠地愣怔了一下，看着面前狼狈的少女，轻声开口：“许愿，是我。”

一个熟悉的声音传进耳朵里，慢悠悠地从脑海里飘过后，她猛地一抬头，面前举着手机照着自己的人可不就是明望。

是人。

她紧绷的神经一下子放松下来，眼泪控制不住地往下掉，身子不由自主地软了下去。明望及时伸手搂住她的后背，让她倚靠着自己。

看着平时冷冷的小脸上湿漉漉的，他的心软得一塌糊涂，把手机放在桌面从上往下照着，再从兜里抽出纸巾，一点一点把她脸上的泪水和汗水擦干净。

许愿有许久没哭过了，这次被吓到，即使止住了哭泣，却开始打嗝了。

身边是少年火热的气息，她的后背还靠在他的怀里，不敢相信两个人居然靠得这么近。

他一定是她的盖世英雄吧？在黑夜里来救她。

“怕不怕？”明望低声问她，视线在她发白的脸上掠过。

许愿木讷地点头，一双水汪汪的眼睛看向他：“怕……嗝。”她忙捂住自己的嘴。

明望笑了笑，胳膊使力，半抱着她站起来。许愿借着他的力站起来，还没站稳就想将手撤回去。明望却一把拉住她。

许愿垂头，不自在极了，因为身上脏兮兮的。但旁边的人一直拉着她，她挣扎了一下。

明望正在把手机换个方向，感受到力度后，瞅了她一眼，痞痞地笑出声：“挣扎什么？怕我吃了你？”

许愿愣了一下，大脑“轰隆”一声炸开，不敢再动了。她不知道为什么突然一下子，他不仅知道了她，还随时能说上话了，更何况是现在的调侃。这是她从来没想过的，于是她乖乖地闭嘴站好。

明望看了一眼周围，用手里的纸巾擦干净旁边的长条木凳子，随后一把丢掉纸巾，拉着她过来坐下。

“知道自己被锁了吧？”

许愿点头，低下头搓着手指，有些难过地问：“是谁要锁我？”

明望看着她圆润的手指上一片灰，在她旁边坐下，把手机放在桌面上，打开视频播放器。这时的手机还是直板式带键盘的那种，视频画质也十分不清晰，但大致能看得出来是谁。

许愿看完整个视频，也没想明白自己什么时候得罪过学校里这群无法无天的人。

“还记得之前她们给你搞的那个贫困捐款吗？”明望问着，又从兜里掏出纸巾，倏而拉过她的小手，用纸巾一点一点擦干净。

许愿的眼珠子随着他白皙好看的手转来转去，心里一时间说不清是悸动还是难堪。

这个学期开学前，她在离家很近的烧烤摊打工。那家烧烤摊的老板也是他们楼上的邻居，平时很照顾她们母女俩。寒假里她想找份兼职，能挣一点是一点。

刚好烧烤摊老板出门时把火钳落在了楼道口，许愿知道他们在哪里摆摊，就给他们送了过去。看他们忙不过来，她又帮了一会儿忙，深夜回来时老板硬是塞了六十块钱给许愿。

在那之后，她就厚着脸皮去烧烤摊帮忙。老板也没撵她，于是她就成了烧烤摊的临时工。

有一天晚上，视频里的男孩女孩穿着夸张地来吃烧烤，看见许愿在那儿帮忙，纷纷笑了起来。

许愿走过去一看，原来是同年级普通班的混混学生。她虽然不知道他们在嘲笑什么，但还是平静地忙着自己的工作。

他们当中的一个女孩走过来，跟她说好学生就该有好学生的样子，不要出来打工耽误时间，要是真缺钱等开学了自己可以发起贫困募捐帮助她。

许愿心里感到难堪，一口拒绝了。女生倒也没生气，笑呵呵地走了。

她以为这件事就算过去了。

等学校开了学，第一天下午，女生抱着一个大大的纸箱来到他们班，把纸箱放在讲台上，上面贴着一张白纸，印着几个特大的黑体字——特困生许愿募捐箱。

全班同学都看向许愿。许愿心里是火辣辣的痛和羞耻感。她顶着全班同学的目光，上去一把撕下白纸，“唰唰”几下撕碎，转头看向全班同学以及外班来看好戏的同学们，沉着声音开口——

“这个箱子里所有捐来的钱都是这位同学自作主张弄的，我许愿从来不需要弄这种把戏，我再穷也读得起书。我不知道她这样做的目的是什么，此事我并不知晓，钱最终会被她拿去干什么我更不知道，大家不要找我。”

说完，她便留下目瞪口呆的女生回了座位。

“许愿，我帮你你还这样说我？你有没有良心啊？”女生气得破口大骂。许愿再也没抬头看讲台的方向，安安静静地坐着，拿起笔在草稿纸上演算着。

同学们一看她这个样子，纷纷对女生指指点点。女生气冲冲地抓起箱子一脚踢飞，然后冲出了教室。

此事后来还是年级主任来处理的，将钱一毛一块地还给了捐钱的同学们。

她只是没想到那个女生会记仇。

明望早已记不清这些事了，感觉已经过去了太久。但他只是猜也知道那些人为什么要这样对许愿，内心冷冷一笑。

他们马上就没机会待在这所学校了。

给许愿擦干净手指，只听“咕咕”一声响起。他看向女孩窘迫地捂着肚子的样子，轻轻笑了笑。随后他站起身，又低头看向揪着他衣摆的女孩问：“怎么了？”

许愿慌慌张张想站起来，问道：“你干吗去？”

他伸手按着她的肩膀坐下，抬手指了指前方道：“我去拿书包。”

“哦。”她愣怔地放了手。

明望几步走过去，将书包提过来，打开后拿出面包和水递给她说：“饿了吧？先吃点东西。”

许愿看着他手里的食物，一瞬间又想哭了。这世间所有的善意都能让人热泪盈眶。

“拿着。”明望将东西往前递了递，许愿伸手接过。明望把书包放在桌面上，在她旁边坐下，拿出另外一瓶水拧开喝了。

许愿有很久没吃到这么好吃的面包了，不知道是因为给面包的人还是太饿了的缘故。

等许愿吃完东西，明望拿起手机直接给公司里他爷爷配给他的助理打了个电话。助理得知明大少爷此时被锁在校园里，不可谓不惊讶，却也立马就四处联系人。

电话挂断后，实验室里安安静静的。

片刻后，一个小小的声音响起：“我们是不是能出去了？”

明望靠过去一些，手伸长了搭在她后面的桌子上，整个人懒洋洋的，偏头看她道：“如果今晚我不来，你是不是要被关一晚上？”

他这样靠过来，两个人挨得十分近，他身上好闻的气息也传了过来，一点点缠绕在她心上。她的心跳得飞快，想了想，点点头，偷偷瞄了少年一眼。

明望捕捉到了，拿手指点了点她的胳膊，调侃道：“要看我就正大光明地看，我又不是不给你看。”

许愿低头，耳朵红了。明望歪头看着，突兀地开口：“你知不知道你以后会很好看？”

好看吗？许愿心里想着，她不知道自己以后会不会好看，但明望是第一个说她好看的人。

她暗自捏了捏腿上的肉，下定决心要减肥。

明望从包里掏出试卷，借着手机电筒的光，将试卷铺开，随后看向她。许愿抬头愣怔地看着他。少年拿下巴点了点她的书包，示意道：“试卷。”

她看着他的神色，捏了捏手心，把试卷拿出来。明望接过她手里的试卷，快速浏览了一遍，随后拿出白纸一道一道演算给她看。

老校区四周漆黑又安静，夜风簌簌。二楼的老实验室里亮着一小团暖光，少年和少女靠得极近，一个讲题一个听题。

黑夜太过安静，喜欢的少年声音沉沉地给她讲着题，像羽毛一般挠着她的心。

许愿趴在课桌上，手杵着圆圆的小下巴，眼睛看着他笔下好看的字迹，一个个数字她看着明白，可连起来就看不懂了。她抬头看他一眼，又迅速低下小脑袋去看他捏着笔的手指。

过了片刻，她又偷偷瞥一眼身边的少年，却突然撞上他清亮好看的眼睛。她愣了一下，赶紧低下头，双手握紧。

明望感觉好笑，手指在试卷上点了点，头突兀地放在课桌上，对上她看着试卷的眼睛低声问：“好看吗？”

许愿的思维还呆滞着，傻傻地点头。

“那你靠过来一点。”他弯起好看的丹凤眼，像弯月一般，继续低声牵引着她。

许愿的心怦怦跳快，木讷地靠过去。少年微微笑着闭上眼睛，喃喃自语：“好困啊，我先眯一会儿。”

微弱的光线下，是他白皙精致的脸、高挺的鼻梁和淡粉的薄唇。她没控制住，咽了口口水，越靠越近。

“少爷！”

“明望！”

实验室楼下来了一大群人，四面八方的灯光照进来。甚至连校长也惊动了，站在门外喊：“明望，你在里面吗？”

许愿吓了一跳，连忙后退，全身后知后觉地烫起来。

明望遗憾地睁开眼，他都已经感觉到她的呼吸喷到脸上了，偏偏时机不对。他抓了抓头发，也没答话，把手机电筒一扬，光线从窗口射了出去。

校长一看，这还得了，都关了大半夜了，赶紧叫人来锯锁。忙活了大半夜，打开实验室的门，亮堂堂的灯光射进去。好家伙，还有一个女同学也被关在了里面。两个人一前一后出了实验室的门。

许愿抱着书包，最后看了一眼明望，先走了。这是他交代她的，他说出了门她只管往前走，剩下的事全交给他。

明望站在走廊上，看着她的身影消失在老校区。等助理跟校长寒暄完，他带着人大步往外走去。

车子停在校门口，明望上了车。助理忙跟上去，发动车子开了出去。不过几十米远，他就看见了路边的身影。

“前面那个同学边上停一下。”

助理看过去，是刚刚和少爷关在一起的同学。车子在许愿旁边停下，明望降下车窗说：“夜深了路上不安全，送你回去。”

许愿看了一眼远处围在一起的混混，果断朝着车子走过去。

明望给她打开车门，她上了车。在将她送到家门口后，明望还说让她好好上学，其他的事都不用她操心。

许愿愣怔地点头。

之后的一个星期，网上突然发出一段模糊的视频，是关于那次实验室锁门事件的。

那个时候很多人还不熟悉网络，但博客、人人网这些地方还是有一定的人流量的，短短一个星期就找出地址是名华高中。

家长们纷纷找来学校，怕自家孩子受到欺负。学校不得不对几位同学进行严厉处罚，当着全校师生的面朗读检讨书和道歉书。

几天后，他们在夜场包间里玩，警察破门而入，查出了违规品。之后的一个星期，他们就从名华高中退学了。

3. 夏日炎炎

夏日炎炎，高三生在一片闷热中迎来了高考。高考那几天刚好是周末，高一高二的学生通通放假三天。

将书放进包里后，许愿借着跟后座的美玲说话的机会，往侧后排瞄了一眼。明望没有像其他同学那样在收拾东西，他手里拿着一台黑色的机子，耳朵里戴着黑色耳机。

他不像学校里其他那些富人家的孩子一样不好好穿校服，白色的校服 T 恤穿在他身上有一股干净清爽的气质，比班里其他同学穿出来都好看，深蓝色校裤裹着大长腿搭在旁边同学的座椅脚架上。

一如既往是她喜欢的样子。

将他今天的模样记住以后，许愿把手里美玲的作业本还了回去。美玲低头在收拾东西，一边收拾一边问道：“愿愿，你要回乡下吗？我爸好像要来城里，我们一起回去呀。”

“我不回去了，这几天可以帮我妈做点事。”

“好吧。”美玲觉得可惜了，这次回去又没有小伙伴可以一起玩耍了。

她将东西收拾好，和许愿打招呼：“那我先走了哟。”

许愿点头。

片刻后，陈茜茜也背着书包过来喊她：“走啦许小愿！”

许愿抿抿嘴唇：“茜茜你先走，我再赶一赶作业，回到家估计都没时间做。”

“好呀。”陈茜茜摸了摸许愿的脑袋，又突然捏了捏她的脸颊，哈哈笑着跑远了。

许愿笑着吸了吸鼻子，低下头赶作业。

同学们陆续走光，太阳也落了山，四周越来越安静。许愿写完一本练习册后放好，抬头习惯性地往侧后方的位子看去。

一片空空荡荡，已经没人了。她抿抿嘴唇，失落地叹了一小口气。

“呵——”身后响起一阵笑声，许愿被吓了一跳，身子扭过去，待看清眼前的少年时又惊讶又害羞：“明望？”

明望笑着拉过椅子，在她旁边的过道放下：“小小年纪叹什么气呢？”

许愿的耳朵红了，忙低头拿笔。明望在旁边看着，也将作业拿出来。

“往里面一些。”

许愿挪进去一点，愣怔地看着他。片刻后，她忍不住低下头偷着乐，心像是滚进了蜂蜜窝里。

好开心呀。

明望写题很快，题目只要看一眼答案就出来了，跟摘抄没啥区别。许愿就不行了，明明看着是会做的，解题思路也对，就是不知道中间哪里错了导致后面一大串全错了。

明望放下笔，拿过她的本子说：“草稿纸。”

许愿将鬼画符的草稿本递给他，一眼就看到上面潦草地写着“明望”二字。许愿也看到了，急忙一把撕了下来，面红耳赤不敢看他。

笔在指尖转了一圈，他靠过去问：“撕了什么？”

原来他没看到？许愿的心一松，鼻尖传来他身上好闻的气息。余光见他靠得很近，修长的手指转着笔往她这边移了过来。她的心脏跟着紧缩，“啪”的一声，笔掉在桌子上，也落在她的手边。

她想拿笔，那骨节分明的手指也弯下来，擦着她的手背捡起笔。一种触电的感觉从相贴的部位蹿起来，噼里啪啦进入身体里，她感觉自己的头发丝都要被电得竖起来了。

偏偏那只手不肯离开，还握了握她的手，低语道：“怎么这么凉？”

许愿控制不住手心发汗，可是她又不想缩回来，木讷地看着不说话。明望把另一只手也伸过来，包住她的手，给她搓了搓道：“夏天都这么凉，冬天岂不是更凉？”

她抬起头看他，少年直视她的眼神温暖又清亮，他们离得很近很近。

“嗯？”明望疑惑了一瞬，“到了冬天会不会生冻疮？”

“会的。”她小声回答。

他握着软乎乎的拇指：“这里会吗？”

许愿点头，羞耻地把手收了回来。

明望笑笑，也不勉强，将她的作业本收起来：“天黑了，该回去了，明后天找个时间一起做，有什么地方不会的留着，到时候我给你讲一讲。”

他偏头看她，在朦胧的光线里忽然伸手捏了捏她的脸颊：“真软。”

许愿手摸着脸，抬起头看他，与他弯弯的眼睛对视片刻，然后不自在地移开视线。

她拿起已经收好的书包，低声说：“走了。”

“嗯。”明望把椅子放回原来的座位上。

两个人走在出校门的路上，明望突然问她：“你老家哪儿的？”

许愿背着双肩包，手捏着书包带子，小声回答：“清远。”

“这么说，”他看向女孩那边，“野生木槿排骨汤你有没有认识的人会做？”

许愿愣了一下：“怎么了吗？”

明望温声笑了：“我奶奶这段时间到处找这道菜的做法，但是走遍大街小巷都没吃到正宗合口的，正念念不忘呢。”

他看向许愿：“听说这道菜最早就是清远那边的，你要是有认识的人会做就跟我说一声，我们家高薪聘请。”

“好。”许愿脑海里有念头在打转，不停拉扯着她的神经。

明家的高薪聘请绝对是母亲打工半年或是一年的工资，而且只是去做道菜，也不是那么辛苦。

出了学校大门，外面是热闹的世界，来来往往的人从身边走过。眼看着一辆黑色轿车停在明望旁边，许愿才急忙叫住他：“明望。”

明望笑了笑，转过头来问：“怎么了？”

许愿捏着手指，低下头说：“你说的那道菜……我妈妈会做。”

“真的吗？”少年的声音里带着喜悦，“那……能请你妈妈有时间来做一次吗？”

他说着打开书包，随便撕了张纸，拿笔写下一串电话号码后递给她道：“这是我家的座机号码……”

许愿正要接，他忽然收手回去，“唰唰”又写上一串：“下面这个是我的手机号，你哪天有时间了给我打电话，一起写作业。”

许愿接过纸，看着两串数字，小心地折好。家里只有母亲有一部手机，到时候可以跟母亲借来打一下。

“我会跟家里人都说好，到时候阿姨打来说明来意就行。”他轻声说。

许愿点点头，明望又笑道：“那……要不我送你回去？”

周围还有很多住宿的同学，看见他们站在一起纷纷侧目，目光中带着好奇。许愿抬头瞥了一眼，立马摇头道：“我先回去了，再见。”没等明望回话，她就跑远了。

她转过学校的围墙，躲在小巷子里看着少年上了车。等车开远后，许愿看了一眼手心里的字条，乐呵呵地快步跑回了家。

推开门，室内灯光亮堂，许愿关好门进去：“妈？”

许母在里间低低地应了一声。许愿进去，正看见母亲在抹眼泪。她心里难受，走过去坐在母亲的旁边抱住母亲，轻声问：“妈，怎么了？”

许母吸了吸鼻子：“没什么。”

“您不是上夜班吗？今天休息吗？”

许母摸了摸女儿的脑袋：“那个厂不干了，明天妈重新去找活。”

许愿愣了一下，松开母亲，掏出兜里折得好好的字条，指了指上面的电话：“我同学说他奶奶想吃野生木槿排骨汤，但在城里都吃不到，我就说您会。他给我留了个电话，让您有时间去他家做菜，是有报酬的那种。”

许母接过字条后回答：“也好，那我明天就先不去找活，去给老人家把汤做了。”

第二天一早，许母收拾好后就拿起手机照着号码打了过去。在她表明来意后，那头的人让她报个地址，说一会儿会有车来接她。

许母挂断电话，看向许愿道：“你说的这个同学家里好像有点钱。”

许愿笑起来：“是的。妈你去了以后别紧张，把菜做好就行。”

许母也笑了：“那我收拾点老家的野生木槿花，城里的木槿花估计都是种植出来的，没那个味。”

许愿跟在母亲后面帮她收拾好东西。

不过十几分钟，许母手里的手机就响了，司机已经到了。许母理了理衣服后走了出去。

许母的这一趟明家之行很顺利，做出来的汤很受明老太太的欢迎。聊起其他很多菜式许母也都会做，明老太太又打听到她现在没工作，干脆聘请她来老宅里当厨师。

许母忍住诱惑，给明老太太做了其他菜式当面试。明老太太十分满意，许母便正式成了明家老宅里的一名厨师。

厨房里还有几名厨师，都是专业的厨师。许母做的菜透着一股浓浓的乡野味道，虽然比不上专业厨师的各种搭配和美观，但明奶奶人老了开始念旧，就喜欢这样的味道，于是许母便成了她的专属厨师。

明老太太开给她的工资也是一开始说好的翻倍，还在明家老宅给她安排了房间。

明家老宅建在半山腰，这边交通不怎么方便，许母大部分时间都住在这里。这份工资入手后，许家经济困难的局面稍稍得到缓解。许母对明老太太更是用心，本职是厨师，却方方面面都照顾到老人家。

许母也禁止许愿再出去打工。之前是逼不得已，可现在不用许愿那么辛苦了，每个月在还债之余还能留一些生活费。许母全给了许愿，她在老宅的日子过得比之前要好太多，根本花不了一分钱。

许愿也听话，没再出去打工，而是把减肥提上了日程。

明望的手机号码她记在了心里，却一次也没敢打给他。

三天的假期很快过去，期末考也来临了。日子像流水一般过去。

许愿的数理化落下很多，明望每天下午放学后都会陪着她留一段时间，给她讲解一下难题。

考完试，大家就忙着收拾东西，一窝蜂离开校园。他们俩依旧是最后走的。

黄昏时的校园里安安静静的，花坛里的小野花摇摇晃晃。校园的天边是橘黄色的云彩，一群鸟展翅从枝头“哗啦啦”飞过，惊醒了校园小路上肩并肩走着的少男少女。

出了校门口，周围安安静静的，一个人也没有。

许愿手里提着一些东西，背上背着沉重的书包。明望是想帮她背书包的，不知她哪根筋轴着，硬是不肯。他抬起头看了一圈，明家的黑色轿车开了过来。他走过去打开车门，转头看向她，喊了一声：“许愿。”

许愿以为他转身就走是分别，也没说话，低着头想要转身，却没想到他在后面喊了一声。

她往上提了提手里的袋子，直愣愣地转身。对上他温柔的眉眼，她讷讷地问："怎么了？"

"我送你回去。"他说着，做了个"请"的动作。

许愿看了一眼轿车，摇了摇头，垂下头看着路说："我先回去了。"她转身要走，背后一只手拉住她背上的书包，她退了几步，书包被人抢走了。

许愿忙去抢书包，人却一个踉跄扑到了少年怀里。他稳稳地站着，低头轻笑："许小愿，你真是……"

许愿忙站直身体，脸和耳朵红成一片，摆摆手不知道说什么好。

"上去。"他的语气低沉下来，暗藏的威压让她再也不敢忤逆，乖乖地爬上车去。她把东西放在脚边刚坐好，明望就进来了，关好门在她的旁边坐下，书包放在他的另一侧。

车子启动了开出去，明望报了个地址，是离得不远的一个小区。上次送她回去他就记住了。

车内安静下来，许愿乖巧地坐着，也没有东张西望，一双手搁在腿上。

片刻后，明望往后靠去，大长腿大大咧咧地分开坐着，丝毫没有避讳的意思，分开的腿碰到了她的腿。

许愿的心紧了紧，想躲又怕太刻意，便稳住身子没动。少年温热的腿贴在她的腿边，带了点摩擦，起了微微酥麻的电流。这电流仿佛带着钩子，浑身上下四处乱窜。许愿不得不悄悄地以蚂蚁爬的速度向旁边撤离。

"暑假有什么打算吗？"

许愿停下小动作，摇了摇头，小声说："没有。"

好闻的气息飘过来一些，他又问："给你写了电话号码，怎么都不打给我呢？"

许愿捏了捏手指，没说话。

"忘了还是丢了？"

许愿还是摇头，小声地接了一句："我记着呢。"

明望把手搭过去，不说话了，盯着她看了一会儿。许愿没忍住，抬头看了他一眼，又快速转头。

他总是这样。这些天以来一直是忽然就不说话盯着她看，害她以为自己哪里出了丑。可她回家去洗手间一看，也没啥问题啊。

忽然，有温热的手贴着她穿短袖露出来的胳膊。她急忙偏头去看。

“有时间跟你妈妈来家里玩，反正我暑假也没什么事。”

她抿抿嘴唇点点头。

车子开到小区外，许愿下了车，接过他手里的包背好，抬头看他一眼。明望站在车边，温和地看着她，拿手比了个“六”贴在耳边：记得联系。

许愿眼睛渐渐亮起，看着他，点了点头。

车子远去，她快步回了家。家里没人，许母大部分时间住在明家老宅，只到周末的时候才会回来看看许愿。

暑假很快过去一半，许母连着三个星期都没回来。

第三个星期她回来了一趟，看见许愿后愣了一下：“乖乖，你这几天是没吃饭吗？怎么瘦了这么多？”

许愿心里乐开花，但没敢说自己是为了减肥，只说吃了。

许母疑惑着从兜里摸出一部翻盖手机递给她：“妈给你新买了一部手机，但是要好好学习知道吗？”

许愿惊喜地接过，狠狠地点头，天知道她有多想要一部手机。

拿到新手机后，她打开看了一眼，里面已经插好手机卡了。她打开通讯录，先一个数字一个数字地存好明望的号码，随后才存了母亲的号码。

QQ号她有，是之前一次去陈茜茜家，用她家电脑注册的。她登录进去，就看到了一个好友申请，来自班级群，是明望的。只要看一眼名字就知道是他的，叫望仔。

是旺仔吧，连名字都是甜甜的味道。

许愿通过了他的好友申请，愣怔地看着聊天页面。他现在不在线，头像是灰的。她抿抿嘴唇，看了一眼镜子里的自己。

一个假期的时间，她瘦了很多。虽然也遭了些罪，但……她摸了摸脸颊，控制不住地勾起嘴角。

4. 生日愿望

许愿有了手机后，第一时间给美玲和茜茜打去电话，随后三个人就在 QQ 上聊了起来。

临近许愿的生日，两个女孩问她打算去哪里过，许愿便说去她家。

许母那次回来不仅仅给许愿买了一部新手机，也将地下室退了，租了个三楼的单间。单间自带小厨房和卫生间，她又请人将以前的木板拆下来，在小单间里装上隔开，成了一室一厅。

里面是母女俩的卧室，刚好够放两张床和一个衣柜，还有一张小桌子，许愿平时写作业就是在小桌子上。

外面就是小客厅，一张玻璃茶几、一套简单的长沙发。三楼阳光正好，从窗户透进来，照得客厅亮堂。

烧烤摊的老板娘给了许愿一沓米黄色和淡粉色的壁纸，她去买了双面胶，花一天时间将里里外外都贴好。小房间瞬间变得温馨起来。

她之前去过陈茜茜家的公寓，也去过美玲家租的大房子，她也想把自己的小家分享给闺密们。

茜茜和美玲自然同意，约好七月二十六日那天在许愿家碰头。

生日来临那天，许愿早早地出去买菜。许母回来一趟给了她很大一笔生活费，她现在没那么缺钱了。她将要用到的食材准备好，该腌制的肉类也早早地弄好，边写作业边等着她们来。

茜茜和美玲是下午来的，三个人碰面后，大眼瞪小眼看了一会儿。陈茜茜惊叫起来：“许愿？！”

美玲也不敢相信地看着面前个子好像一下子拔高的人，还有那不怎么熟悉的瘦脸。

许愿笑着点点头，厚重的刘海用发夹别回去，露出饱满的额头。她高高的马尾扬起，白 T 恤、黑长裤，一股青春美少女的干净清爽迎面扑来。

“我的妈呀！”陈茜茜没忍住摸她的脸，“你这是怎么瘦的？你瘦下来也太好看了吧！”

许愿笑着格开她的手，带着她们上楼。

“愿愿。”美玲竖起大拇指，“好看！怎么突然减肥了呢？”

许愿低头，耳尖悄悄红了。

美玲凑过来道：“听茜茜说明望认识你了？”

“嗯。”

“难怪了……”美玲恍然大悟地点点头。

进了门，陈茜茜又怪叫起来：“这也太好看了吧！愿愿你们家好温馨呀！”

美玲靠近在厨房洗水果的发小，问道：“阿姨找到好工作了？”

许愿点头，拿起一颗提子喂到她嘴里：“去做厨师了。”

美玲点点头，又戳了戳她的脸蛋，叹了一口气：“我肉乎乎可可爱爱的愿愿呢？”她后退一步比了比身高，“你没长高多少啊？怎么感觉比我还高？”

“那是因为我以前横着长，现在瘦了，视觉效果就拉回来了。”许愿笑着，洗好水果后端了出去。

三个女孩好久没见，说了一大通话，又围在厨房里讨论晚餐。

许愿正想动手时，兜里的手机响了。她退后一步：“我先接个电话。”她拿起手机到客厅，打开翻盖一看，是一串熟悉的号码。

她的手抖了一下，差点拿不稳，捏了捏手后接听：“喂？”

“许愿，我是明望。”

“明望。”她小声重复一遍，“怎么了吗？”

那头似乎是在外面，许愿正要开口，听筒和窗外同时响起一声车鸣。她愣了一下，心跳渐渐加速：“你……在哪儿？”

“你下来接我一下，我找不到你家在哪儿了。”

她已经忘了要问什么，直愣愣地回答：“好。”她挂断电话，拿起钥匙就下楼了，也忘了跟厨房里的两个女孩说。

她下了楼梯，远远就看到少年提着一个纸盒站在小区门口。

他穿着军绿色棒球服、黑色长裤，脚上是一双红黑色高帮鞋。他像模特一样身形挺拔，个子高也不弓腰驼背，而是脊背笔直，即使姿态松散地站着，也给人一股正气的压迫感。

许愿的心怦怦跳快，深呼吸一口气后走了过去。

听到后面的脚步声，少年转身看过来，夕阳斜下的光影从他的身后照过来。朦朦胧胧间，有一种他在很远很远的地方的幻觉。

明望这一转身，就狠狠地愣住了。老婆——比起后来那些年，现在的许愿更青春活泼，满身的灵动劲儿，也没有那时候瘦，更没有那时候性感。

原来她年少时刚瘦下来是这副活泼可爱的样子，又是一副他没见过的样子。这算是彻底弥补了之前他不在她身边的那段时光了。

许愿看他难得愣住，内心雀跃，不好意思地钩了钩垂落在耳边的碎发。明望回神，走近一些，低声夸赞："真好看。"

女孩背着手，脚尖在地上碾了碾，值了。为了他的这句夸赞，这半个月来的减肥和身体的折磨都值得了。

目光下移看见他手里提着的盒子，她忍不住多看了几眼。

明望提了提纸盒道："奶奶这两天不舒服，阿姨做了蛋糕却回不来。正好我要来图书馆，就给你带过来了。我才知道今天是你的生日。"

他弯腰正视她的眼睛，真诚地道："生日快乐，许小愿。"

心脏像是泡在蜂蜜里，"咕咚咕咚"地翻滚着。她红着脸回道："谢谢。"她接过蛋糕以为他要走，不想明望却偏了偏头道："走啊。"

"去哪儿？"许愿有些愣怔。

"你家啊。"他自然地回，看向她手里的蛋糕，"不分享吗？"

许愿木讷地看了看他，又点头道："分享的。"说完她就带着他往楼道里走，突然想起美玲和茜茜还在家里，她又停下脚步。

身后的少年在很近的距离下也跟着缓缓停下，问道："怎么了？"视线从她白皙的脖颈往下移，看到好看的形状，目光如炬地盯着看。

许愿转头，青涩透亮的目光看着他，讷讷地道："那个……美玲和茜茜在我家，这……"

明望回神，转头看向四周，见房东家的小孙子正坐在外面楼旁的小花园里，手边是一本本儿童绘画书。他走过去，不知道跟小朋友说了什么，从兜里掏出东西递给小朋友，随后拿起他的一本白色的书走过来。

他扬了扬手中的书道："走吧，一会儿配合着我一些。"

许愿没忍住笑起来，转身往楼上走。他跟在后面，视线从女孩穿着白色 T 恤的背上勾勒着往下，腰肢细细的。

进了家门，陈茜茜和美玲在客厅。

“愿愿你干吗……”去了。后面两个字她们还没问出口就被她身后跟进来的少年的身影打断了。

明望举了举手里的书道：“给许同学来送书才知道她过生日，听说你们都在，我也就赶巧上来沾沾福气。”

两个女生不信，却又无可反驳。许愿装模作样地接过他手里的书说：“你们在客厅坐，我去放书。”她将书放到里间，压在枕头下，看见了封面——《十万个为什么》。

出去后，陈茜茜和美玲已经在厨房里忙活了起来。许愿给明望倒了一杯水后，也跟着进去帮忙。

晚饭是三个女孩一起做的，满满一桌菜。

吃完饭天都黑了，她们将明望带来的蛋糕打开，插上蜡烛，让许愿来许愿。许愿看着三个人，眼眶红了，闭上眼睛许愿——

第一个愿望：母亲和我身体健康，顺顺利利。

第二个愿望：明望前程似锦，健健康康。

第三个愿望：茜茜和美玲身体健康，学习进步。

这人间给她的温暖，全在她的愿望里。老天爷，你可要保佑实现啊。

几个人里除了陈茜茜一个人喜欢闹腾，都是安静的性子。吹完蜡烛以后，一个人分了一块蛋糕，随后就开始往旁边人的脸上抹。却也只是轻轻一撇抹上去，然后对视着傻笑。

明望大大咧咧地坐在沙发上，她们俩不敢抹他，就怂恿许愿过去抹。她也听话，在细白的食指上抹上一大团奶油，安静地走过去问道：“明望，你渴不渴？”

明望抬头回答：“不渴……”他话还没说完，右脸上就被抹了一撇奶油。

他垂眼瞥了一下，笑开：“好啊许小愿。”他站起来，大步跨过去要拿蛋糕。

陈茜茜哇哇大叫着先一步护住蛋糕往远处跑，将蛋糕盒子丢给美玲。蛋糕、蛋糕屑、纸盒、蜡烛、奶油当空撒了下来。美玲被糊了一脸，气得大叫一声，捞起桌面上的蛋糕残骸追着陈茜茜要糊她一脸。

混乱中，许愿被人拉了一把，随后投进一个温热的怀抱里。她愣怔地一把抓住他的胳膊。

明望抱着她，拉开外套罩住她，护在怀里往后退，靠墙躲着。避开了杂乱的“战场”后他也没走，温热的手抚上她的手，片刻后才离开。

许愿的脑子里嗡嗡的，仰头呆呆地看着他。挡着的外套还没松开，两个人之间是安静的、黑暗的、狭小的。

明望低头，没忍住靠近了一些。他的呼吸喷洒在她的脸上，带起一阵战栗，她的心不受控制地又开始跳快。

那头美玲逮住陈茜茜好一顿教训，陈茜茜哇哇大叫：“许愿！许小愿，救命啊！”

许愿被惊醒，看着离自己很近的少年，没忍住咽了口口水，最终还是一把推开他，跑到陈茜茜和美玲那边去了。

明望在她身后慢悠悠地放下撑起来的外套，背靠着墙，微笑着看她们玩闹。

5. 时光正好

暑假很快过完，迎来开学。他们也正式成为高三生，面对的就是紧张的学习和即将来临的高考。

高三第一天开学，许愿就差点迟到。因为前一天晚上明望的QQ突然上线了，他给她发了一句话：“愿有前程可奔赴。”

他随后还问起她以后的打算，可许愿什么都不懂。明望就给她列了一大堆哪所大学怎么样，什么专业怎么样。她渐渐明白一些，越看越感兴趣，直到夜深了才睡过去。

教室里，老师和同学们都已经到了。老林抱着试卷站在讲台上正要发，许愿红着脸站在门口：“报告。”

全班同学和老师一起看向门口。除了早已经知道她瘦了的三个人，其他同学纷纷睁大眼睛看着教室门口。老林看了她几眼，有些不确定地问："同……许愿？"

许愿点点头："老师，是我。"老林愣了几秒，然后挥挥手让她进去。

许愿顶着全班同学的视线在座位上坐下。

"看黑板！看黑板！""啪啪"两声从讲台上传来，同学们才又将视线转向黑板。

"上个学期期末考试，咱们班的成绩都还不错啊！"老林说着，开始发试卷。许愿趁着同学们上台拿试卷，悄悄转头往侧后方看去。

少年手撑着脑袋斜靠着墙，视线在来来回回的同学身上游移。下一秒他和她偷看的视线对上，眼尾弯起，带着笑意。

许愿感觉窒息了一瞬，慌忙转回头。

"许愿。"

"啊？"突然被点名，许愿傻不愣登地站起来。

"啊什么啊，上来领试卷啊。"老林抖了抖试卷。许愿忙走上前去。

"140 分，不错不错，进步很多，要继续保持啊。"

"嗯。"许愿点点头，拿到试卷往座位上走的时候还是忍不住往靠墙的方向看去。少年一直看着她，见她也看了过来，竖起大拇指，眼里全是夸赞。

许愿拿着试卷回了座位，脑海里一遍遍回想着刚刚他夸自己的场景。

好开心啊。不是成绩提上来的开心，就是……纯粹的开心。想着想着，她又控制地嘴角上扬，趴在试卷上冷静了好一会儿才坐直身子。

这一节课过得很快，下课铃一响，许愿的前后桌同学纷纷围了过来。

明望靠着墙远远地看着，看着她被同学们围在中间羞涩地笑起来的样子，也忍不住微微一笑。

"天哪，这是许愿？"

"对啊，瘦了之后一下就漂亮起来了。"

"嘿嘿嘿，不知道那里瘦了没？"一个难听的声音插了进来。

明望微微笑着的神情一下子冷下来，转过头，视线锁定在刚刚说话的那个人身上。那个同学本来“嘿嘿”笑着，看到明望冷下来的神色和一瞬间迸发的压迫感，讪讪地垂下脑袋回去做作业。

入了秋天又迎来冬天，许愿的成绩开始直线回升，甚至进了班级前十。这都要归功于明望时不时地给她补课，给她讲题。

这个学期明望收敛了很多，没再刻意撩拨小姑娘了。学业重要，大学四年没在一起的遗憾他可不想发生第二次。

他多想和许愿一起走在大学校园里，偶尔吵吵架，偶尔去旅游；在热闹的街头拥吻，在寒冷的冬夜相拥。所以为了让她不分心，把成绩提高，他真的是很克制了。

高三的寒假放得都很晚。考完试同学们便迅速离开校园，生怕晚了一步就会被抓回去补课一样。

许愿默认是最晚离开的，明望自然也是随她。两个人一前一后出了学校大门，天色将晚。

自从那一次坐过明家的车后，许愿就再也不愿意让明望送她回去了——因为太过招摇。她骨子里还是一个低调内敛的人。

明望依旧随她。这个学期的大部分时间他都是走路送她回家，看她进了小区他才离开。没走几步，傅西凯和已经上了大学的徐是钰勾肩搭背过来拦他，喊道：“老徐说来学校打球，走啊！”

徐是钰和明望差不多大，只是明望读书晚，又不愿意跳级，按部就班地上着学，以至于徐是钰都上大二了明望还在读高三。

他确实有很长时间没看到徐是钰了。他看了一眼徐是钰手里的篮球，再看一眼背对着自己走远的许愿，喊了一声：“许小愿！”

许愿停下脚步，捏着书包带转身。她当然知道是有朋友来找他了，所以才会悄悄走开。明望几步走到她旁边，微微躬身道：“今天我就先不送你回去了，你回到家记得给我发条信息。”

许愿点点头。

真乖。明望在心里暗叹一声，一瞬间就不那么想跟徐是钰去打球了。

许愿低了低头，随后抬手挥了一下便转身走了。明望直起身子，看着她转过学校的围墙。

“哟——”徐是钰笑着，走过来一把搂住他的肩膀，调笑道，“不得了啊，小兔崽子都有在意的人了。”

明望笑了笑，接过他手里的篮球拍了一下后接住，几个人便往校内走去。进了校门以后，他把篮球顶在指尖转着，明明转得好好的，却突然一下掉落在地。

傅西凯脚一钩将篮球带起来道：“怎么回事？想女孩子了？”

明望停下脚步不语。这种情况只在当初他傲娇地从她身边走过，而她不看也不理他的时候发生过。

他皱了皱眉，立马转身道：“我不跟你们去了。”

“哎！明望！”

“小兔崽子！”

不管身后的人如何骂，他仍加快速度跑出校门。

许愿确实遇到了一些麻烦。

她租住的小区过去不远就是夜市，大半的烧烤摊在天将黑的时候就已经开张了。这种地方鱼龙混杂，最受社会上的小混混们和一些地痞流氓的欢迎了。

她身后是老旧的小区外墙，旁边是种满绿植的花坛，刚刚她是想抄近路从花坛这边的小路回去的。

哪知道这里藏着一个老男人。

她蒙了一下，不动声色地退出去。老男人猥琐地笑着，一步跳回去挡住她的退路。

许愿强迫自己冷静下来，谨慎地盯着眼前的老男人，脑海里快速分析着对策。

她不动，老男人也不动，只是用那双浑浊的眼睛扫视着她全身上下，就像猫捉老鼠。所以她更不能大呼小叫过度极端，以免刺激到老男人。

早就听说小区附近夜晚有流氓出没，之前有明望送她回来她基本不用担心，没想到这次却让她给碰上了。

时间一分一秒过去，老男人咧嘴笑着，口水流了一身，走了过来。许愿紧盯着他的眼睛，再恶心也要集中精力，脚底蓄力。

她在心里计算着步子，在离着三步之远正要跳过花坛逃跑时，一个黑色书包从她的身后飞出来，直砸老男人的头部，随后一阵轻风飘过。

少年冲了过来，一个抬腿踢便将老男人踹翻在地。他还不满意，又抬起脚往老男人身上踩下去。

老男人虽然猥琐，但不傻，一翻身躲了过去。他爬起来要逃跑，少年一把抓住他的手臂，侧身一个过肩摔将他狠狠地砸在花坛外的大马路上。老男人哀号几声，看着少年一副不好惹的样子，挣扎着爬起来跑远了。

明望也懒得去追，立马转身，看着被吓傻的女孩子，走过去一把拉住她搂在怀里。

许愿后知后觉小腿颤抖，全身紧绷的神经放松下来，狠狠地把头埋在少年怀里。他低头，用手在她的背上拍了拍，轻声安慰道："没事了，没事了。"

许愿紧咬着嘴唇，心底蓄满了委屈、难过和开心，乱七八糟揉成一团，憋得她眼眶泛红。

明望就这样抱着她，另一只手伸进兜里掏出手机报了警。

半晌，平复了情绪以后，许愿从他的怀里退出来。抬头对上少年的目光，她只觉心一酥。

我的盖世英雄，永远都会在黑夜来救我。

明望看了她几秒钟，将丢在地上的书包捡起来拍了拍，随后说道："跟我回去吧，这里近段时间都不安全。"

她的唇瓣动了动，想要拒绝。

"是去你妈妈那边。"他把话接上。

对哦，母亲在明家老宅，可不就是他家？沉默片刻后，她轻轻点头。

明望给司机打了电话，随后便带着许愿到路边等着。几分钟后，司机将轿车开了过来，接上许愿和明望开回老宅。

车子开上半山腰的别墅区，明家老宅的占地面积更是宽广。

许愿从来没有来过这种富丽堂皇的地方，眼睛都不敢四处乱看，只是安静地跟着明望走进去。路过花园，走上台阶，又经过长长的木质走廊。用人出来看见明望回来了，喊了声“少爷”，然后给他打开大门。

明老太太正坐在客厅里戴着老花镜看报纸，见到大孙子回来了，高兴地招呼了一声，却在下一秒发现他带了个女同学回来。

这……现在的小孩子都这么开放的吗？她犹豫着要不要招呼。

明老爷子此时也从后花园转了进来，看见少年和少女站在客厅里，脸色沉了下来。

搞什么？小小年纪翅膀硬了？

许愿不安地缩了缩肩膀，偷偷看了一眼老人家，随后对着明奶奶的方向小声地喊了一声：“妈。”

明奶奶：啊！

明老爷子：啊！

明望没忍住，偏头笑了笑后在沙发上坐下。

许母开心极了，几步绕过明老爷子，走过去拉住许愿的手：“你怎么来这儿了？”

两位老人家不约而同地松了一口气，看向许母和明望。明望背靠着沙发，给许愿递了杯水，简单地说了一下情况。还说他刚好回来时看见了，不然许同学可就危险了。

明奶奶直呼这种不良风气要早点整治，不然得祸害多少祖国的花朵。随后她便让许愿在老宅这边先住下来，反正许母的房间宽敞，床也够大，等抓到人安全了再回去。

许愿便在老宅住了下来。

第二天，明望陪着她回家收拾了换洗衣服又回了老宅。老宅里一般就只有两位老人家住，小的全住外面，明望本来也是跟着明父和梅姨他们住在市区的。但是放寒假嘛，他还是更乐意住在老宅这边。

有大孙子回来陪她，明奶奶别提多高兴了。

许愿有一次蹲在房间里写作业被前来找母亲的明奶奶发现后，便让她到客厅来写，时不时还聊几句天。慢慢地，明望也下来跟许愿一起写作业，顺带逗明奶奶开心。

得知他们是同班同学后，明奶奶还鼓励他们要互相帮助，也不让他们在客厅里写作业了，全撵到明望的书房里去写。

明望的书房和他的卧室都在老宅的二楼，两个房间相邻。书房里有书桌，做作业不要太方便，书籍又多，各种学习工具也齐全，许愿也就不推脱了。

其实她心里高兴着呢，能更进一步地踏入明望的领地，时刻与他在一起。

新年来临，南城的冷空气也姗姗来迟。

明奶奶兴起念头要置办年货，带着许母和明望一起出去，许愿自然也跟着。车是明望开的，他早满十八岁了。

天气寒冷，北风呼啸，从商场出来大风就刮了起来，天空暗沉，乌云密布。明望去停车场开车，许愿和许母就陪着明奶奶站在路边等着。

风越来越大，吹得商场四周的装饰物摇摇欲坠。许愿正揉着眼睛，明奶奶往前走了几步想看看明望把车开到哪儿了。

“小心！”许母突然大吼一声，跑上前去将明奶奶往后拉。因为力道太大，明奶奶被扯回来时没站稳摔在了许愿的身上，两个人齐齐倒在地上。手肘直接杵在地上，一股尖锐的疼痛刺骨，但她已经顾不上，看着前方惊叫起来：“妈！”

许母被掉下来的大型商场招牌砸中，被压在了下面。有鲜血从招牌下蔓延出来，一瞬间就染红了路面。

许愿将明老太太扶到旁边站稳，跌跌撞撞地爬过去，伸手去抬招牌：“妈！妈？你不要吓我！”眼泪“哗哗”地流下来。

招牌太重，她使多大力也抬不起来。明老太太后知后觉回神，吓得赶紧过来帮忙。但她们的力气太小了，根本抬不起来。

“救救我妈！救命啊！”许愿边使力去抬，边向过路的行人求救。

好在大家都是善心人，男人们纷纷过来帮忙抬招牌，女人们则在旁边打电话报警。救护车来得很快，没几分钟便往医院开去。

这个新年注定不平安。

许母已经在医院躺了两天两夜了，许愿整天守在病房里，东西吃不下去，觉也睡不着，整个人憔悴得不行。

为此明奶奶不止一次后悔那天去商场。看着女孩子眼里的光渐渐消失，看着她一天天瘦下去，明奶奶心里也很难过。

许母被招牌砸中脑袋，即使做了手术，但如果七天内醒不过来，就很有可能成为植物人。许愿不相信，也不敢相信，她只能每天趴在许母的枕头边，一遍一遍地讲着话，一遍一遍地喊着她。

明奶奶内心愧疚，但女孩从来没有怪过她，还一遍遍地告诉她，许母会醒过来的。

孩子的乖巧懂事让明奶奶越发想补偿她们，不仅帮她们把欠下的债还了，还给了许愿一个承诺，只要不杀人放火，违背道德底线，明家一定会达成她的心愿。

但许愿依旧只是摇头，她唯一的愿望就是母亲能赶紧醒过来。她很固执，已经三天没睡觉了，脸色苍白，眼圈发黑。

明奶奶觉得她这样下去不行，别一个两个都倒下了，那她的良心就更难安了。为此，她多次劝许愿先去休息，可许愿坚持守在母亲的病床前。

明望看不下去了，走上前一把拉起她说："你得去休息了。"

许愿愣怔地摇头，起皮的唇瓣动了动："我要照顾我……"

"我来照顾，许姨我来照顾。"

她看着他，少年的目光坚定："我来照顾你还不放心吗？"

许愿摇了摇头。

"听话，去休息一下，哪怕是一个小时。你这样熬下去是不行的，不然到时候许姨醒了你却倒下了她该有多难过啊。"他低头平视她，摸了摸她的脑袋道，"许小愿，你要乖。"

许愿润了润干涩的喉咙，眼眶湿润着缓缓点头。

明望笑了笑，拉起她的手转进陪护病房，让她在床上躺下。他把窗帘拉好，随后又过来给她盖上被子，说道："睡吧，等你睡着了我就出去看着你妈妈。"

许愿看着他，随后缓缓闭上眼睛，一刹那就陷入深深的睡眠中。

明奶奶站在门口，看着固执得像头小牛一般的女孩子乖乖听话的样子，又看向温柔耐心的大孙子，心里有了一个决定。

等许愿一觉醒来，已经是第二天清晨了。她吓了一跳，立马翻身爬起来，脸都顾不上洗就跑出陪护病房。

外面的病床边坐着一个少年，脸色有些暗沉，眼下挂着大大的黑眼圈，是一夜没睡的样子。但他脸上没有半点不耐烦的神色，正拿着棉签蘸了水一点一点涂在许母干燥的嘴唇上。

许愿的心又疼又涩，吸了吸鼻子走过去，轻声叫他：“明望。”

明望转头，见到她时笑了笑：“饿不饿？”

她点头，接过他手里的棉签道：“你快回去休息一下吧。”

明望点头，伸了个懒腰说：“熬夜伤神啊！你以后可别熬着身体照顾你妈了，不然护工请了也是白白浪费钱。”随后他将旁边的早餐提过来，放在病床旁，“困死小爷了，记得吃早餐。”

“好。”许愿放下棉签站起来。

明望笑了笑，拿起外套道：“我走了，晚上再来看你。”

许愿看着少年潇洒的身影出了病房，偷偷跟了几步，直到背影消失在医院的走廊上她才回到病床旁。

一天的时间过得很快。

许愿趴在床边正在与“咕咕”叫的肚子进行对抗时，明望又来了。明奶奶也一起过来了，还有老宅的一名厨师，把手里提着的饭菜递给许愿。许愿木讷地接过来，厨师便出去了。

病房是高级贵宾病房，靠窗摆着沙发和茶几。明奶奶拉着他们俩过去坐下，随后让许愿赶快吃饭，吃完了她有事要说。

许愿打开饭盒，荤素搭配，色泽漂亮。她坐在沙发上吃起来。看着吃得很香的女孩子，再看向盯着女孩子吃饭的大孙子，明奶奶咳嗽了一下。

除了许愿鼓着腮帮子抬头关心地看了她一眼，她那个大孙子连看都没看她一眼。明奶奶心里呵了一声，打开手提包，从里面拿出一个檀木珠宝盒，放在茶几上推到女孩眼前。

许愿愣怔地抬头看了一眼，轻轻地把盒子推过去道：“老夫人，您收好。”

明奶奶：“给你的。”

许愿还是摇头：“我不能要您的东西。”

“你这个丫头。”明奶奶翻了个小白眼。

明望瞅了几眼，不客气地将盒子拿过来，研究一番后打开，里面是一只成色透亮的翡翠手镯。他愣了一下，想起这只手镯早些年在他母亲的手腕上看见过……他咳了一声后盖好盖子，将盒子推回许愿手边。

明望不说话，也不看她们，目光四处瞟着，耳尖慢慢泛红。

明奶奶在心里哼笑一声，看向许愿道："你不要我就扔了，专门给你的。"

许愿张大嘴巴："扔了？"她看向盒子，拿起来打开，随后又关上，小声嘟囔，"很贵的吧？"

"不贵，小玩意儿。"明奶奶笑着回答。

明望看了一眼明奶奶，再看向盒子，几千万呢是不贵。记忆里这只手镯在许愿跟他结婚后都没戴上，反而传给了温雅。没想到啊没想到……他手摸着下巴，乐滋滋的。

许愿接也不是，不接也不是，明望干脆拿起来放在她手里说："拿着吧，不然奶奶真会扔了的。"

她抿了抿唇，拿好手里的东西。明家人当真是一个样子，之前他拿水杯给她也是这样说，现在老夫人给她手镯也是这样说。

明奶奶看她收了手镯，安心了一些，再看一眼控制不住勾起嘴角的大孙子，自己心里也开心。

等许愿吃完饭，她又过去看了一眼许母，这才带着明望走了。

第二天便是大年三十了，更显得医院里冷冷清清的。

这是许母陷入沉睡的第五天。许愿心里急得上火，却还是极力稳住自己。给母亲擦好手脚后，她便趴在床边絮絮叨叨地说着话，大多都是以前一家三口其乐融融的过往。

就在她说到喉咙干哑，想找口水喝的时候，旁边递过来一瓶矿泉水。许愿转头，少年穿着黑色大衣站在她身后。她接过水，低声询问："我妈妈怎么还不醒啊？"

明望靠近了一些，抬手搭在她的肩膀上，稍稍压了一些力给她道："没事的，会醒过来的。她应该不放心你一个人过年。"

她仰头看他，肩膀上的力传到心底，使她变得坚强起来。

下一秒，他重重地捏了她一下，语气惊讶："醒了！"

“什么？”她后知后觉地反应回来，立马转头看去。

果然，许母微微睁开了一些眼睛，被子上的手指在小幅度地伸缩。

“妈！”许愿扑了上去。

明望立马转身去找医生。

许母在大年三十这天醒了过来，这对许愿来说是个巨大的惊喜。即使这个年是在医院里度过的。

到正月十五的时候，许母已经能出院了。本来她是要回家去的，但架不住明奶奶热情，又被接回了明家老宅。许愿为了照顾母亲，自然也是跟着回了明家老宅。

回到老宅几天后，许愿发现跟明望一个圈子的公子哥和千金们会时不时跑来找明望，且每一个都会来看她一眼，然后就挤眉弄眼地被明望给赶走了。

她直觉没什么好事，可是又没人告诉她。

很快便迎来了高中的最后一个学期。

南城是一个冬天没影，但春夏特别长的城市，刚刚进入三月份便已经是二十七八摄氏度的高温了。

许愿依旧跟母亲一起住在明家老宅里。她是打算回去自家租的房子住的，但被许母拒绝了。理由是要高考了，她留在自己身边才好照顾她，最起码营养不能落下。

还有那边不安全，考虑到她一个女孩子独自上学放学，怕被社会上的小混混给盯上。所以许母不放心她回去住，最后的冲刺阶段，任何后果都要考虑进去。

明奶奶也跟着劝她，明望又说方便给她补习，她便住下了。她住在老宅刚好可以跟明望一起上下学，还顺路。

为了照顾到她，去接他们的车子也换成了普通的黑色别克，并且还是在离学校很远的地方就停车，怕被同学看见了乱传谣言。

明望倒是无所谓，反正注定是他老婆的人，传也就传了。但是他怕影响到许愿，因此什么都听她的。

一个周末，许愿照常去明望的书房写作业和做练习题。

进了书房，她却看见宽大的书桌上摆着一排排的线路板和细小的螺丝，还有各种金属壳。桌面上除了台式电脑还有一台白色的笔记本电脑，两台电脑都连着数据线。她在椅子上放下练习册，趴在旁边看他弄。

明望转着螺丝刀，抬头看了她一眼，笑着低头。一个小时后，一台像电视里的铠甲勇士一样的小型机器人便在桌子上站立起来。

明望呼了一口气，拿过笔记本电脑，按了几个按键，小机器人便缓缓转向许愿，机械地鞠了个躬，肚子上的喇叭还发出声音："主人，你好。"

许愿捂着嘴，惊讶到不行。明望靠近她，将笔记本电脑递给她，让她按上下左右键。

小机器人前后左右滑动，再按明望教给她的其他按键，小机器人就会缓缓抬起手臂，四处问好。

这也太神奇了，一堆废铁经过他的手处理后居然有了"生命"。她抬头看向明望，由衷地崇拜他，问道："到了大学会有这样的专业吗？"

明望扬眉道："当然有啊。"随后他低头看她，语气里带着不为人知的紧张，"我们要不要一起去北城读大学，那边的科技大学有很多。"

许愿看向机器人，耳尖悄悄红了，小声回他："好呀。"

明望勾起嘴角，抬手弹了弹她的脑门："那你加油哟。"

"好。"她躲了躲，将笔记本还给他，转身拉过椅子把作业本打开。

在炎热的夏季里，迎来了一年一度的高考。

紧张又隆重的三天高考转眼便过去了，在所有考生的欢呼声中，压抑了一年的高三学子将书本资料丢得满天飞。

许愿和明望便是在这一阵欢呼声中出了校门，步行到明家司机停车的地方上了车。车子启动，往老宅开去。

行至半路，明望忽然靠过去。

许愿紧紧地握着手，感受到少年火热的呼吸喷在耳后。他的手突然覆住她放在腿上的手，在她转头时，一个吻轻轻落了下来。

许愿睁大眼睛，呼吸一瞬间停止了，不敢相信此刻贴在她脸上的温软是来自少年的。少年轻笑一声后离开她的脸颊，伸手搂过她抱在怀里叹息：“高中时代终于结束了。”

他低下头，轻声说：“我好开心啊。”

许愿低下头，脸颊通红，在心里附和着他：我也好开心啊。

回到老宅，许愿便收拾了东西，打算搬回小区那边去。

她正收拾着，许母拦住她，递了一个袋子给她，并说：“高考完了，夏天也来了，妈给你买了几条裙子，你试试看。”

许愿接过，打开袋子一看，是三条连衣裙，一条白色的鱼尾短裙、一条淡黄色格子裙，还有一条薄薄的碎花裙。

摸着裙子，许愿的心蠢蠢欲动。她其实很久没穿过裙子了，初中开始长胖就没穿过了，瘦了之后就是高三，紧张的学习让她没时间去打扮自己。

每个女孩子都爱美，尤其还是住在少年家里。她也想让他看一看自己漂漂亮亮的样子。

许母给许愿送了裙子就走了，要陪着老太太去老友家做客。许愿换上白色的裙子，裙摆到膝盖上方，是鱼尾裙的款式。她推开书房的门，里面没有少年的身影。

正要转身出去时，背后一股大力拉过她。少年手撑在她身侧，阳光从窗外透进来，照在女孩身上，是纯净的白。他低头靠近她的脖颈，偏头亲了她一口，随即坏笑着看她。

这神情是她从来没见过的，很纯情，却又很性感的模样。她忍不住抬手抱住少年宽阔结实的脊背，后知后觉地反应回来，没忍住红了脸。

明望觉得好笑：“你害羞什么？”

“没抱过男生？”

许愿被他大胆痞气的话语羞到脸红，“哼”了一声，埋头到少年怀里。

片刻后她又仰头，眼睛亮亮地看着他，轻声说：“明望，我好喜欢你呀。”

少年躬身，眼神讳莫如深地看着她，凑过去亲了亲放开，又亲了亲才轻声回答：“我也很喜欢你。”

“我庆幸老天给我机会，让我从一开始就把你留在身边，可以好好陪你成长。”

他低头抵着她的头。

“现在是女朋友，以后是老婆。”

许愿埋头在他怀里，害羞地道：“什么老婆不老婆的，还早呢。”

明望搂紧了她，轻声回道：“不早。跨越时光回来爱你，于我而言一点也不早。”

因为此时，才是时光正好。